btb
Aus Freude am Lesen

Anna Quindlen · Kein Blick zurück

Anna Quindlen

Kein Blick zurück

Roman

Deutsch von Elke Hosfeld

btb

Die Originalausgabe erschien 1998
unter dem Titel »Black and Blue« bei
Random House, Inc., New York

Umwelthinweis:
Dieses Buch und sein Schutzumschlag wurden auf
chlorfrei gebleichtem Papier gedruckt.
Die vor Verschmutzung schützende Einschrumpffolie
ist aus umweltschonender und recyclingfähiger PE-Folie.

btb Bücher erscheinen im Goldmann Verlag,
einem Unternehmen der Verlagsgruppe Bertelsmann.

2. Auflage

Satz: IBV Satz- und Datentechnik GmbH, Berlin
Druck und Bindung: Graph. Großbetrieb Pößneck
Printed in Germany
ISBN 3-442-75024-5

FÜR QUIN KROVATIN

Von Schriftsteller zu Schriftsteller,
in großer Bewunderung und Liebe.

Als mein Mann mich zum erstenmal schlug, war ich neunzehn Jahre alt.

Ein Satz, und ich bin verloren. Ein Satz, und ich höre seine Stimme, diese samtene Honigstimme, die mir eine Gänsehaut über die Arme laufen ließ, als ich jung war, die mit einem gezischten S, einem gedehnten Vokal, dem Schock eines Reibelauts meinen ganzen Körper warm und lebendig machte. Es klang wie ein Flüstern, wenn er sprach, sehr intim; die Worte schienen einem in Kopf, Herz und Bauch zu dringen. »Mensch, Bob«, sagte manchmal einer seiner Kumpels, »du hättest Radiosprecher werden können. Du hättest diese Off-Kommentare in der Werbung machen sollen.« Bobbys Stimme war wie ein Dschinn, der purpurfarben und rauchig aus der Lampe wehte, oder der Duft von Parfüm, wenn man den Glasstöpsel aus der Flasche zog.

Ich weiß noch, wie ich einmal zu einem Prozeß ging, wo er als Zeuge aussagte. Das war vielleicht vier, fünf Jahre nach unserer Heirat, bevor Robert geboren wurde, bevor mein Schlüsselbein gebrochen war und meine Nase, die im übrigen nicht richtig verheilte, weil ich sie mitten in der Nacht vor dem Badezimmerspiegel selbst wieder einrichtete. Bobby wollte, daß ich dabei war, wenn er seine Aussage machte, weil der Fall damals berühmt war, auch wenn in New York City ein berühmter Fall auf den anderen folgt, so wie ein rosagoldener Sonnenuntergang über dem schlammigen Wasser des Hudson vergeht und am nächsten Abend neu erblüht. Ein fünfzehnjähriger Junge aus Brooklyn war angeklagt, weil er eine Dominikanernonne mit gezücktem Messer vergewaltigt und sie hinterher aufgefordert hatte, für ihn zu beten. Sein Anwalt bezeichnete das als Lüge und sagte, der Junge hatte keine Ahnung, daß die Frau in der blaugrünen Jerseyhose und der gestreiften Bluse eine Nonne war; der Sex sei in gegenseitigem Einvernehmen geschehen, obwohl die Nonne zweiundsechzig Jahre alt war und zu der Zeit gerade den Fußboden in einem Heim bohnerte. Sie kratzten Bohnerwachs von den Hosenknien des Jungen und luden den Bohnerwachshersteller vor, damit er einen chemischen Vergleich durchführte.

Der Anwalt war, wie ich mich erinnere, ein alter Kerl, dessen Kanzlei in einer schlechten Gegend lag; die Mutter des Jungen hatte das Geld zusammengekratzt, um ihn zu engagieren, weil Legal Aid einen schwarzen Pflichtverteidiger geschickt hatte und sie überzeugt war, daß ihr Sohn einen weißen Anwalt brauchte, wenn er seinen Fall gewinnen wollte. Der Anwalt des Jungen – halbblind, verkatert, auf die Schultern seines grauen Anzugs rieselten die Schuppen – war dumm genug, den Burschen in den Zeugenstand zu rufen und ihn zu fragen, warum er ein Verbrechen gestanden hatte, das er nicht begangen hatte.

»Da war dieser Cop im Zimmer«, sagte der Junge kaum hörbar, während er die breite Stirn zum Mikrophon neigte und mit den Fingern an der Unterlippe herumspielte, so daß seine Worte etwas dumpf klangen. »Er hat mir nicht so 'ne Fragen gestellt. Er hat mich fertiggemacht, Mann. Hat immer gesagt: ›Sag uns, was du getan hast, Tyrone. Sag uns, was du getan hast.‹ Es war, wie wenn er mich hypnotisiert hätte, Mann. Er hat es immer wieder gesagt. Ich konnte nicht weg von ihm.«

Die Jury glaubte, daß Tyrone Biggs die Vergewaltigung begangen hatte, ebenso alle anderen Leute in New York, die die Massenblätter lasen und Nachrichten hörten. Auch der Richter glaubte es und verurteilte ihn zur Höchststrafe, acht bis fünfzehn Jahre, und nannte ihn ein »Geschwür am Körper der Menschheit«. Doch ich wußte, daß Tyrone zwar log, was die

Vergewaltigung anging, aber die Wahrheit über diesen Polizisten sagte, weil ich mit dieser Stimme Tag für Tag lebte und selbst von ihr wie hypnotisiert war. Ich wußte, was sie bewirken konnte, wie sie sich anhören konnte. Wie ein Beichtvater, wie ein Verführer drang sie einem bis ins Innerste der Seele und sagte: »Gesteh es mir. Gesteh es mir.« Frannie, Frannie, Fran. Manchmal schaffte es Bobby sogar, mir einzureden, daß ich schuldig war und mit jedem Arzt im Krankenhaus schlief, daß es mein Werk war, wenn er ausrutschte und sich sein schlimmes Knie anstieß. Daß ich ihn dazu brachte, mich zusammenzuschlagen, daß ich die Faust ballte, den Fuß verdrehte, die Hand hob und hart zuschlug. Wirklich hart.

Als er mich zum erstenmal schlug, war ich neunzehn Jahre alt.

Jetzt höre ich wieder seine Stimme, so überzeugend, so leise und doch so mächtig, seine Stimme, die mir wie so oft zu verstehen gibt, daß ich im Irrtum bin. Frannie, Frannie, Fran, sagt er. So fängt er an. Frannie, Frannie, Fran. Beim erstenmal war ich noch gar nicht dein Mann. Du warst schon zwanzig, denn es war am Wochenende nach deinem Geburtstag, den wir auf City Island verbrachten. Und ich habe dich nicht geschlagen, weißt du. Ich habe dich wirklich nicht geschlagen. Siehst du, Fran, das ist es. Du verdrehst die Tatsachen. Ständig verdrehst du die Tatsachen.

Ich kann ihn in meinem Ohr hören. Und weiß, daß er recht hat. Er hat mich nicht geschlagen, bei jenem ersten Mal. Er hat mich nur so fest am Oberarm gepackt, daß der Abdruck seiner Fingerspitzen wie eine Tätowierung aussah, eine schwarze Sonne, um die vier kleine Monde kreisten.

Es war Sommer, und ich konnte eine Woche lang kein ärmelloses Kleid tragen oder mich ausziehen, wenn meine Schwester Grace in unser gemeinsames Zimmer kam, das Zimmer, von dem man über den Luftschacht auf die Wohnung der Tarnowskis auf der anderen Seite blickte. Er hatte es getan, weil ich mit Dee Stemples Bruder getanzt hatte und lachte, als er mir deswegen Vorwürfe machte. Er habe mich festgehalten, sagte er, damit ich nicht weglaufen könne, denn wenn ich weglief, wäre das sein Tod, so sehr liebte er mich. Am nächsten Abend schob er den Ärmel meiner Bluse hoch und küßte jeden Abdruck, und seine Tränen tropften darauf, als wollten sie die blauen Flecken wegwaschen, damit die Stellen wieder so weiß wurden wie der Rest meiner weißen, weißen Haut, als könnten seine Tränen sie so reinwaschen, wie die Absolution die Seele von läßlichen Sünden reinwusch. »O Gott«, flüsterte er. »Es tut mir so verdammt leid.« Und ich weinte auch. Wenn ich zu jener Zeit weinte, weinte ich über seinen Schmerz, nicht über meinen.

So voll und überzeugend Bobby Benedettos Stimme war, so tief und fühlbar waren sein Schmerz und seine Reue. Und so gewaltig war sein Zorn. Er war wie eine Tornadowolke, die urplötzlich aus dem Nichts aufsteigt, schwarz und stark losstürmt und das Dach wegbläst. Ich rieche Bier, ich rieche Bourbon, ich rieche Schweiß, ich rieche meine eigene Angst, die übler und stärker riecht als alles andere.

Ich rieche sie jetzt in der riesigen Wartehalle des Bahnhofs in der 30th Street in Philadelphia. Robert und ich sitzen zusammengekauert am Eck einer der langen Holzbänke, uns gegenüber ein Mann, der die mottenzerfressene Kluft eines Obdachlosen trägt und nach Bier und Erbrochenem riecht, wie so viele, die ich im Warteraum des Krankenhauses gesehen habe, die sich Symptome von schlimmen Füßen bis hin zu Blindheit ausdenken, um ein Krankenhausbett für die Nacht und das stationäre Frühstück auf einem Tablett zu bekommen. Die Bänke im Bahnhof sind stabil, einfach, schwer und praktisch. Sie erinnern mich an die Kirchenbänke in St. Stanislaus. Die Kirche des heiligen Polacken, so nannte Bobby St. Stannie, aber er wollte trotzdem, daß wir dort heirateten, wo er getauft worden war, wo man seinen Vater als Cop aller Cops gepriesen hatte. Ich hatte nie lang genug an einem Ort gewohnt, um eine richtige eigene Gemeinde zu haben, und war einverstanden gewesen. Zusammen hatten wir eine Rose aus meinem Strauß auf den Seitenaltar vor die Statue des heiligen Joseph gelegt, zur

Erinnerung an Bobbys Vater. Das war die einzige Erinnerung an seinen Vater, die Bobby jemals mit mir geteilt hat.

Die hohe, gewölbte Decke des Bahnhofs spannte sich vier Stockwerke über uns, über Robert und mir und unserer kleinen Reisetasche, die nur Zahnbürsten enthielt, einmal Wäsche zum Wechseln, ein paar Kassetten mit Videospielen und einen Liebesroman, dumm und seicht, doch vom wirklichen, alltäglichen Leben hatte ich für immer genug. So goldglänzend und majestätisch, wie der Bahnhof war, hatte ich mir den Gerichtssaal vorgestellt an jenem Tag, an dem ich Tyrone Biggs aussagen hörte, nachdem mein Mann im Zeugenstand gewesen war.

Nennen Sie Ihren Namen.

Robert Anthony Benedetto.

Und Ihr Beruf?

Ich bin Polizeibeamter von New York City.

Aber der Gerichtssaal war kein bißchen so gewesen wie der Bahnhof in der 30th Street. Der Saal war niedrig, schmuddelig und mit dunklem Holz getäfelt, das billig wirkte und das ganze Licht aus den niedrigen Fenstern zur Police Plaza schluckte. Er sah eher aus wie eine Sporthalle als wie ein Gerichtssaal. Der Bahnhof in Philadelphia sah so aus, wie ich mir einen Gerichtssaal immer vorgestellt hatte, oder vielleicht so, wie einer in einem Traum aussehen würde, in dem man Richter oder Angeklagter ist. Robert blickte zur Decke hinauf, die so hoch war, daß wir, die wir weit unten auf dem Boden verstreut waren, von ihr verkleinert, fast verleugnet wurden. An einem Ende des riesigen überwölbten Raumes stand die schwarze Statue eines Engels, der einen toten oder sterbenden Mann auf den Armen trug. Ich hielt es für ein Kriegerdenkmal, und unter normalen Umständen wäre ich hinübergegangen, um die Inschrift auf dem Sockel unter den nackten Zehen des Engels zu lesen. Doch was immer das Gegenteil von normalen Umständen sein mochte, hier war es. Ich fröstelte, weil ich in Julikleidern in einem Raum saß, dessen Temperatur auf Aprilniveau gesenkt war, und in meiner Seele war es kalt wie im Januar.

Die Statue war höher als unser kleines Haus einen Block

von der Bucht in Brooklyn entfernt, höher als das Haus meiner Schwiegereltern oder das letzte Haus, in dem ich mit meinen Eltern gelebt hatte, das in Bensonhurst, wo ich mir in dem vollgestopften, kleinen Schlafzimmer mein Brautkleid angezogen und den Saum meiner Schleppe an einem vorstehenden Nagel in den abgenutzten Dielen zerrissen hatte. In der grandiosen Erhabenheit dieser Halle fühlte ich mich winzig, fast unsichtbar, fast in Sicherheit, außer daß mein Blick immerzu von den doppelten Glastüren zur Straße an einem Ende zu den doppelten Glastüren zur Straße am anderen wanderte. Ich wartete, ich wartete darauf, daß Bobby durch die Türen kam, die Hände in den Hosentaschen geballt, das Gesicht dunkel angelaufen, wie immer, wenn er sich über etwas geärgert hatte, was sehr häufig vorkam. Ich hatte die meiste Zeit meines Lebens damit verbracht, darauf zu warten, daß Bobby durch irgendwelche Türen kam, zu warten und zu beobachten, um seine Stimmung – und folglich auch meine – abzuschätzen. Eine Schweißspur rann an meiner Wirbelsäule hinab und glitt in den Spalt, wo mein Schlüpfer anfing. Die Baumwolle am Zwickel war naß, naß von Sommerschweiß und Angst. Ich hatte so oft Angst gehabt in meinem Leben, daß ich glaubte, genau zu wissen, wie man sich dabei fühlt, aber das hier war vollkommen anders, wie der Unterschied zwischen Wasser und Eis. Eis in meinem Bauch, im Oberkörper unter meinen Brüsten, zwischen meinen Augen, als ob ich in der Hitze zu rasch eine Limonade hinuntergestürzt hätte. »Hirnfrost«, nannten es Robert und seine Freunde, wenn ihnen das passierte, und taumelten in der Küche umher und hielten sich den Kopf.

»Warten Sie auf der Bank am Kaffeestand«, hatte der Mann gesagt. Er hatte uns von New York nach Philadelphia gefahren, ohne ein Wort zu sagen. Als wir vor dem Bahnhof aus dem Wagen stiegen, beugte er sich über den Vordersitz, blickte durch die offene Beifahrertür eines alten, blauen Plymouth Volare zu mir auf. Er roch nach English Leather, das auch Bobby benutzt hatte, als wir beide jung waren, jung und noch nicht verheiratet. Bobby hatte es auch bei jenem ersten Mal benutzt, damals,

als ich neunzehn war. Oder zwanzig. Wahrscheinlich hatte sie recht, Bobbys Stimme in meinem Ohr; wahrscheinlich war ich vor jenem ersten Mal gerade zwanzig geworden. Vielleicht wollte er damals nur ausprobieren, wieviel ich ertragen konnte. Vielleicht hat er das jedesmal so gemacht, bis er endlich zu dem Schluß kam, daß ich alles ertragen würde. Einfach alles.

»Was?« hatte Robert gesagt und zu mir hochgeblickt, als der Mann in dem Plymouth, wer immer er auch war, dorthin zurückfuhr, wo immer er herkam. »Was hat er gesagt? Wo gehen wir denn jetzt hin? Wohin gehen wir?«

Und dort war der Kaffeestand, und hier war die Bank, und hier saßen wir, mein zehnjähriger Sohn und ich, und warteten – worauf? Darauf zu entkommen, wegzulaufen, zu verschwinden, damit Bobby uns nie wieder finden konnte. Ich glaube, Robert wußte alles, als er an jenem Morgen beobachtete, wie ich mir vor dem Spiegel des Medizinschränkchens die Haare abschnitt, wie ich ins Telefon flüsterte, die Verbände abnahm und in den Mülleimer warf, alle neueren Fotos in einen Umschlag steckte und ihn an meine Schwester Grace adressierte, damit Bobby keine brauchbaren Bilder zum Herumzeigen haben würde, wenn er anfing, nach uns zu suchen. »Wohin gehen wir?« hatte Robert gefragt. »Wir verreisen«, hatte ich geantwortet. Wäre Robert ein gewöhnlicher Zehnjähriger gewesen, hätte er gebettelt und gequengelt und nicht aufgehört zu fragen, bis ich ihn angefahren hätte, endlich Ruhe zu geben. Doch er war kein gewöhnliches Kind. So lange wir beide zurückdenken konnten, war er ein Junge mit einem Geheimnis, und das hütete er gut. Er mußte das Klatschen der Ohrfeigen gehört haben, die dumpfen Faustschläge, mein ersticktes Schluchzen, wenn ich meine Wunden säuberte und verband. Hinterher hatte er meine blauen Flecken gesehen; er hatte gehört, wie scharf ich die Luft einsog, wenn er mich zu fest umarmte und meine Verletzungen berührte. Doch er sah weg, so wie mein Mann und ich es, jeder aus seinen eigenen Gründen, von ihm erwarteten.

Nur dieses letzte Mal, als er nach der Schule zu mir in die

Küche kam, wo ich ihm seinen Apfel und seine Milch gerichtet hatte und ihm mein geschwollenes, zerschundenes Gesicht zuwandte, das in den Farben eines spektakulären Sonnenuntergangs schillerte und auf dem mein Lächeln wegen der geplatzten Lippe aussah wie das groteske Grinsen eines Clowns, konnte er sich nicht mehr abwenden und so tun, als hätte er nichts gesehen. »Mom, o Mom«, hatte er mit weitaufgerissenen Augen gesagt. »Keine Angst«, hatte ich geantwortet, bevor er noch mehr sagen konnte. »Ich krieg' das alles schon wieder hin.«

»Mom«, hatte er noch einmal gesagt, bevor es ihm wahrscheinlich wieder einfiel, bevor er sich an das Geheimnis erinnerte und daran, wie sein Vater morgens nach den schrecklichen Geräuschen und Schreien kaffeetrinkend am Tisch saß und ich vom Joggen kam und zum Duschen nach oben ging und wir alle so taten, als wäre alles in bester Ordnung. Das wilde Lodern in seinen Augen flackerte, zuckte und erstarb, als er hinzufügte: »War es ein Unfall?«

Denn so hatte ich es genannt, jahrelang. Einen Unfall. Ich hatte einen Unfall. Der Unfall war, daß ich Bobby Benedetto in einer Bar kennengelernt und mich Hals über Kopf in ihn verliebt hatte. Danach war ich Jahr für Jahr immer tiefer gesunken. Nicht so, daß es jemandem, der mich kannte, aufgefallen wäre, und wirklich gut kannte mich sowieso niemand. Von außen betrachtet, sah alles bestens aus: die Arbeit, das Haus, das Kind, der Mann und das Lächeln. Niemand bekam die Schläge zu sehen, und das war die eigentliche Demütigung, die sich in Haß verwandelte. Ich haßte nicht bloß Bobby, ich haßte mich selbst, mein unterwürfiges Selbst, das es nicht wagte, die Fernbedienung vom Tisch zu nehmen, aus Angst, ihn vielleicht gerade damit wütend zu machen. Vor ein paar Jahren hatte ich in der *Daily News* eine Geschichte über einen Hausmeister gelesen, der im Keller des Hauses, in dem er arbeitete, eine Frau angekettet hatte. Wann immer ihm danach war, stieg er die Betontreppe hinunter und machte mit ihr, was er wollte. Ein Teil von mir war auch in einem Keller und wartete auf die Schritte auf der Treppe. Dabei war ich nicht einmal angekettet. Ich blieb, weil ich dachte, es würde besser werden oder zumindest nicht schlimmer. Ich blieb, weil ich wollte, daß mein Sohn einen Vater hatte, weil ich mir ein Zuhause wünschte. Lange Zeit blieb ich, weil ich Bobby Benedetto liebte, denn niemand war mir je so nahe gekommen wie er. Ich glaube, er wußte das. Er machte mich zum Komplizen seiner Taten, und ich machte Robert zu meinem. Bis zu jenem letzten Mal, als mir plötzlich klar wurde, daß ich gehen mußte, daß ich eine endgültige Grenze überschreiten würde, wenn ich meinem Sohn erklärte, meine Nase wäre gebrochen, meine Augen blau und meine Lippe geplatzt, weil ich im Dunklen gegen die Wohnzimmertür gelaufen war. Das Geheimnis tötete das Kind in ihm und das, was von der Frau in mir noch übrig war. Ich mußte ihn retten, und mich selbst.

»Wohin gehen wir, Mom?« quengelte er im Bahnhof, doch er quengelte so, wie jedes Kind auf jeder längeren Reise genörgelt hätte, und am liebsten hätte ich gleichzeitig gelacht und geweint, weil er sich so normal verhielt anstatt verschlossen und leblos. Abgesehen davon wußte er Bescheid. Er wußte, daß wir vor seinem Vater davonliefen, so schnell und so weit wir konnten. Ich wollte sagen: Robert, mein Schatz, ich hole dich aus dem Keller und bringe dich dahin, wo es keine Geheimnisse mehr gibt. Doch das stimmte nicht ganz. Es würden von nun an nur andere Geheimnisse sein.

In Amerika gibt es für beinahe alles Menschen, die etwas für einen erledigen: Man kann sich das Haus streichen, die Fußnägel lackieren, die Kleider aussuchen oder die Kinder betreuen lassen. In den besten Privatschulen Manhattans kann man sogar einen Nissensammler engagieren, wenn der Sprößling Kopfläuse hat. Und es gibt Menschen, die einem helfen, seinen Ehemann zu verlassen, die einem ein neues Haus, einen neuen Arbeitsplatz, ein neues Leben und sogar einen neuen Namen besorgen. Sie geben sich sehr verschwörerisch und geheimnisvoll und sagen, das sei eine lebensnotwendige Vorsichtsmaßnahme; wenn ihre Anführerin Patty Bancroft im

Fernsehen auftritt, sagt sie gerne: »Wir haben uns noch nicht einmal einen Namen gegeben.« Vielleicht hatte ich deshalb das Gefühl, flüstern zu müssen, obwohl Bobby schon längst aus dem Haus war, als ich mit ihr telefonierte: um ihr und mein Geheimnis zu bewahren. Es gibt Menschen, hatte Patty Bancroft gesagt, die Ihnen helfen werden; mehr brauchen Sie nicht zu wissen.

Ich sah zu Robert hinunter, meinem Sohn, der sich auf der Bank über seinem kleinen elektronischen Spiel, das er überallhin mitnahm, fast zusammenkrümmte. Ninjas in leuchtendem Grün sprangen vor und traten nach Männern in schwarzen Masken; die schwarzen Masken wichen zurück und fielen um wie gefällte Bäume. Die Ninjas verbeugten sich. Die Zahl in einer Ecke des Bildschirms vergrößerte sich. Robert atmete, als ob er gerannt sei. Ich strich ihm mit der Hand über das dunkle Haar und den schmalen, spitzen Schädel. Meine Berührung war ihm lästig; er beugte sich leicht zur Seite und schaukelte vor und zurück, um es mit den Ninjas aufzunehmen, sie anzugreifen, sie umzuwerfen. Er war gut in diesen Spielen, er konnte sich in den blechernen elektronischen Geräuschen und bunten Bildern verlieren. Meine Schwester Grace meinte, daß das heutzutage allen Kindern so ginge. Doch das bezweifelte ich. Mein Blick schweifte durch den Bahnhof und fiel auf ein kleines Mädchen in einem Overall, das strahlend und winkend von einem Fremden zum nächsten wackelte, während die Mutter im Abstand von sechs Schritten folgte. Selbst als er klein war, war Robert nicht so gewesen. Meine Schwester Grace meinte, daß Kinder mit einer Persönlichkeit geboren würden, und die von Robert sei so würdevoll und erwachsen wie sein Name. Doch das bezweifelte ich. Als Robert drei Jahre alt war, saß er manchmal da, starrte vor sich hin und schaukelte leicht vor und zurück, und ich machte mir Sorgen, daß er autistisch sein könnte. Natürlich war er es nicht, das sagte auch der Arzt. »Herrgott, du machst aber auch aus jeder Mücke einen Elefanten«, hatte Bobby gesagt und die Arme nach dem Kind ausgestreckt, ohne zu bemerken, daß die schmalen, mageren Schultern des Kindes daraufhin zusammenzuckten wie die Flügel eines Vogels, der davonfliegen, flüchten will.

»Wir fahren in Urlaub«, hatte ich an diesem Morgen zu Robert gesagt.

»Wohin?« fragte er.

»Das ist eine Überraschung.«

»Kommt Daddy mit?«

Wenn wir Glück haben, nicht, hatte eine Stimme in meinem Ohr gesagt, doch laut erwiderte ich: »Er muß arbeiten.«

Robert sah von seinem Videospiel auf und blickte wieder hoch zur Bahnhofsdecke. Die Ninjas waren alle tot. Er hatte gewonnen. Seine Augen glänzten. »Sag mir, wohin wir fahren«, sagte er zum drittenmal an diesem Tag.

»Bald«, sagte ich. »Sehr bald.«

»Kann ich einen Kaugummi haben?«

»Jetzt nicht.«

Im Umkreis des Bahnhofs gab es kleine Läden und Imbißstände: billigen Schmuck, Fast food, Zeitungen, Bücher – die Geldwechsler im Tempel. Die Stimme des Zugansagers klang irgendwie englisch; der ganze Betrieb strahlte etwas Vornehmes aus, das sich sehr von den schäbigen, grell beleuchteten Fluren der Flughäfen abhob. Nicht mit dem Flugzeug, hatte Patty Bancroft zu mir gesagt, als wir vor zwei Wochen zum erstenmal miteinander telefonierten. Flüge sind zu leicht aufzuspüren. Die Frauen, denen sie half, flogen niemals; sie waren keine Vögel, sondern kriechende Kreaturen, bittende, niedergeschlagene Wesen. Züge, Busse, Autos. Und in aller Heimlichkeit. Als ich sie kennenlernte, als sie zum erstenmal das Krankenhaus besuchte, hatte sie gesagt, daß die zahllosen Freiwilligen, die im ganzen Land für sie arbeiteten, einander nur vom Telefon kannten und miteinander nur gemein hatten, daß sie alle aus persönlichen Gründen Frauen helfen wollten, den Männern zu entkommen, die sie quälten, daß sie ihnen helfen wollten, an einem anderen Ort ein neues Leben aufzubauen und sich in der großen, weiten Anonymität Amerikas zu verlieren.

»Und was ist mit den Männern, die von ihren Frauen geschlagen werden?« hatte sie an jenem Tag einer der jungen Ärzte im Krankenhaus gefragt.

»Daß ich nicht lache«, wehrte Patty Bancroft müde ab.

An jenem Tag hatte sie mir ihre Karte gegeben für den Fall, daß ich in der Notaufnahme eine Frau behandeln würde, die nicht nur genäht werden mußte oder Eisbeutel brauchte, sondern fliehen, verschwinden, für immer verduften mußte. »Viele betroffene Frauen werden durch Krankenschwestern an uns verwiesen«, sagte sie, während sie mir die Hand drückte und mir ernst in die Augen sah. Es war die schlichteste Visitenkarte, die ich je gesehen hatte, nur ein Name und eine Telefonnummer. Kein Titel, keine Adresse, nichts weiter als ein paar einsame, schwarze Zeichen. Ich legte die Karte in mein Spind im Krankenhaus. Ich hatte sie bestimmt mehr als hundertmal in die Hand genommen, bis ich die Nummer sechs Monate später wählte. Sie erinnerte sich sofort an mich. »Erzählen Sie mir von Ihrer Patientin«, hatte Patty Bancroft gesagt. »Es geht um mich«, sagte ich, und meine Stimme versagte, wurde zu einem Flüstern. »Es geht um mich.«

»Wohin fahren wir?« hatte ich sie gefragt, als wir miteinander telefonierten, zwei Tage bevor der Mann in dem Plymouth uns an einer U-Bahn-Station in Manhattan abholte, zwei Wochen nachdem Bobby mich zum letztenmal geschlagen hatte. Meine Stimme klang fremd und spröde; meine Nase und mein Kinn hatten angefangen zu heilen, so daß der Schmerz zu einem leichten Pochen mitten in meinem Gesicht geschrumpft war, solange ich meinen Mund nicht zuviel bewegte.

»Das erfahren Sie, wenn Sie dort sind.«

»Ich gehe nicht weg, ohne zu wissen, wohin«, sagte ich.

»Dann müssen Sie bleiben, wo Sie sind«, hatte sie kühl erwidert. Meine Hand war zu meiner Nase gewandert und hatte auf das Bein gedrückt, als wollte sie meine Entschlossenheit auf die Probe stellen. Ich spürte den Schmerz in meinen Backenzähnen, meinem Hinterkopf, meiner ganzen Wirbelsäule. Ich spürte noch immer Blut zwischen meinen Beinen wie die Erinnerung an etwas, das ich bereits verdrängt hatte. »Die Blutungen werden in ungefähr einer Woche aufhören«, hatten sie in der Klinik gesagt. Pack bloß genügend frische Unterhosen ein, ermahnte ich mich selbst. Darauf läuft es am Ende hinaus, ganz egal, wie grauenhaft das Leben geworden ist. Eine Zahnbürste. Saubere Unterwäsche. Die kleinen Dinge halten einen davon ab, über die großen nachzudenken. Abdeckstift. Schmerztabletten. In der Zeit, die ich gebraucht hatte, um meine Flucht vorzubereiten, war mein Gesicht zu einem gelblichen Grün verblaßt. Bobby hatte häufig nachts gearbeitet, so daß wir uns kaum gesehen hatten.

»Was passiert, wenn Ihr Mann Sie findet?« hatte sie nach einer Pause gesagt.

»Er wird mich umbringen«, meinte ich.

»Er wird Sie nicht finden, wenn Sie tun, was wir sagen.« Und sie hatte den Hörer aufgelegt.

»Mom, kann ich eine Coke haben?« fragte Robert in der beiläufigen Art, in der Kinder um etwas bitten, als würde es von ihnen erwartet. Er hatte sein Videospiel in den Schoß sinken lassen und legte den Kopf zurück, um zur Decke hochzublicken.

»Jetzt nicht«, sagte ich.

Oben an Treppe drei hatte sich eine Schlange von Menschen in Geschäftskleidung gebildet. Zwei von ihnen sprachen in ihre Mobiltelefone. Eine Frau mit einem schönen Lederkoffer auf einem Rollwagen verließ die Schlange und ging auf den Kaffeestand zu. Ihre Absätze klapperten auf dem Steinboden. Ich sah zur Treppe drei, wo in ein paar Minuten die Passagiere mit dem Schnellzug aus New York ankommen würden. »Café au lait, bitte«, sagte die Frau zu dem Mädchen hinter dem Tresen.

Sie blickte auf ihre Uhr, drehte sich um, lächelte mich an, sah zu Boden, sah wieder hoch. »Sie haben Ihre Fahrkarten fallen lassen«, sagte sie, bückte sich und hob einen Umschlag vom Boden auf, den sie mir übergab.

»O nein, ich –«

»Sie haben Ihre Fahrkarten fallen lassen«, sagte sie wieder mit fester Stimme und lächelte, und ich spürte, wie sich eine Ecke des Umschlags spitz gegen meine feuchte Handfläche bohrte.

»Metroliner!« kündigte ein Mann in Uniform am oberen Ende der Treppe den Pendelzug zwischen Boston und Washington an, und die Frau nahm ihren Kaffee und rollte ihren Koffer zur Treppe, ohne sich umzusehen. Ich ließ mich auf die Bank fallen und öffnete den Umschlag.

»Mein Gott!« stöhnte Robert.

»Was ist?«

»Nichts«, sagte er.

Im Umschlag befanden sich zwei Fahrkarten für den Metroliner um vier Uhr nachmittags nach Baltimore. Ich schaute auf die große Digitaluhr und die Abfahrtstafel. PLANMÄSSIGE ABFAHRT des nächsten Metroliners 15.12, keine Verspätung. Es waren auch noch andere Dinge in dem Umschlag: Busfahrkarten, ein Führerschein, Sozialversicherungskarten. Einen Augenblick lang war ich vollkommen verwirrt, dann fand ich die Namen: Crenshaw, Elizabeth. Crenshaw, Robert. Es hatte mir gar nicht gefallen, daß Patty Bancroft am Telefon so schroff mit mir gesprochen hatte, aber jetzt war ich unendlich dankbar. Robert hatte seinen Vornamen behalten dürfen, wenigstens in diesem Punkt hatte sie mir meinen Willen gelassen.

Und ich sollte Elizabeth heißen. Liz. Beth. Libby. Elizabeth Crenshaw. Ich erhaschte in der Glasscheibe des Kaffeeausschanks einen Blick auf mich und konnte es fast glauben. Elizabeth Crenshaw hatte kurzes, blondes Haar, einen Koboldschnitt, den ich mir mit einer Küchenschere und Haarfärbemittel im Badezimmer zugelegt hatte, kurz vor Sonnenaufgang, gleich nachdem ich die Tür hinter Bobby ins Schloß hatte fallen hören. Sie trug eine Brille mit Goldrand, die ich von einem Gestell in der Apotheke gekauft hatte; die Gläser waren ungetönt und zeigten die Art billigen Glanz, hinter dem die Augen wie zwei glänzende, undurchdringliche Scheiben wirkten. Elizabeth Crenshaw war dünn und bestand nur aus langen Knochen und angespannten Muskeln, weil Fran Flynn seit mehr als einem Jahrzehnt auf der Flucht war und weil die entsetzliche Angst es ihr in diesen letzten Jahren schwergemacht hatte, etwas zu sich zu nehmen, ohne daß ihr das Essen bei einem Wort, einem Geräusch, einem Blick wieder hochkam. »Haut und Knochen«, sagte Bobby manchmal, wenn ich nackt war und er nach mir griff.

Die Überlegung, was ich anziehen sollte, hatte mich an diesem Morgen einige Zeit gekostet, aber ich war es gewohnt, mir Gedanken über meine Kleidung zu machen, auch wenn mir nicht so viel daran lag wie Bobbys Mutter, die ewig auf der Suche nach herabgesetzter Seide und Kaschmir war, nach gut geschnittenen Hosen für ihre winzige Gestalt, nach Designerware. Die meiste Zeit über trug ich meine Krankenschwesterntracht, deren Weiß meine dünne, sommersprossige Haut noch heller und mein Haar grell orange erscheinen ließ. Doch wenn ich einmal etwas Enges oder Kurzes oder tief Ausgeschnittenes anzog, bekam Bobby schmale und stechende Augen. Allerdings war es schier unmöglich vorauszusagen, was ihm nicht passen würde; es zeigte sich erst, wenn er den Kopf zur Seite legte und mich von oben bis unten musterte, bis meine blasse Haut errötete. »Gott«, sagte er dann mit dieser Stimme, »das willst du tragen?« Und ich kam mir wie eine Hure vor: Frannie Benedetto, die die halbe Nacht bei ihrem kleinen Jungen gewacht hatte, der an einer Magenverstimmung litt, die den ganzen Tag lang mit Spritzen, Mullbinden und Pillen auf den Beinen gewesen war, die die Betrunkenen und Hysteriker beruhigt und sich Zeit genommen hatte, mit den Kindern zu sprechen und die Ärzte zu besänftigen. Fran Benedetto, die nie einen Mann gehabt hatte außer ihrem Ehemann. Doch wenn sie einmal eine Bluse trug, deren Stoff nur die leiseste Spur eines BH-Trägers erahnen ließ, war sie eine Nutte. Beziehungsweise Unterrockträger über Büstenhalterträgern, denn wenn sie einen Rock ohne ganzen Unterrock anzog, wie ihn seine Mutter immer getragen hatte, konnte sie sich auf das Schlimmste gefaßt machen. Es war schon fast komisch, nach einer Weile konnte ich genau sagen, was Bobby gefiel und was nicht, und was ihn wie sehr aufregen würde. Doch von mir selbst wußte ich nicht einmal mehr das. Zum Schluß richtete ich mich nur noch nach Bobby. Meine Kleider, mein Make-up, alles hatte mehr oder weniger er ausgesucht. Natürlich kaufte ich sie, aber immer mit einem Auge auf Bobbys Gesicht. Und auf seinen Händen.

Doch Beth Crenshaw würde ich ganz allein erschaffen, ohne den geringsten Bezug zu Bobby. Ich hatte bereits damit begonnen, noch bevor ich ihren Namen in der Bahnhofshalle erfuhr.

Beth Crenshaw trug ein lockeres und langes Blümchenkleid, das ich hinten in meinem Schrank gefunden und vor zwei Sommern gekauft hatte, die Art, von der Bobby immer sagte, daß Frauen darin wie Großmütter aussähen. Bobbys eigene Großmutter, die Mutter seines Vaters, hatte immer Schwarz getragen, selbst bei einem Picknick oder Straßenfest. »Hierher, Fran«, schrie sie durch das ganz in Weiß gehaltene Wohnzimmer ihrer Schwiegertochter, wo sie wie ein großer Tintenklecks auf der Couch saß. Wenn sie mich umarmte und ganz in ihr Schwarz einhüllte, fühlte ich mich klein und geborgen. »Ah, Gott behüte dich, du bist zu dünn. Sie ist zu dünn, Bob. Du mußt dafür sorgen, daß sie genug ißt.« Bobbys Nana starb kurz vor Roberts Geburt. Ich vermißte sie. Vielleicht wäre alles so oder so passiert, doch ich glaube, Bobby war nach ihrem Tod härter geworden. Und grausamer.

»Der Grund, warum du mich genommen hast«, sagte ich einmal zu Bobby, als wir jung waren, »ist, weil mein rotes Haar und meine weiße Haut so gut zu deinem schwarzen Haar und deiner braunen Haut passen.«

»Das war einer der Gründe«, sagte er. Jener Tag war ein guter Tag. Wir spielten Minigolf auf einem Platz, der einem pensionierten Rauschgiftfahnder in Westchester gehörte, aßen in einem italienischen Lokal in Pelham, schmusten und knutschten auf einem Rastplatz am Saw Mill Parkway. Wir lebten beide bei unseren Eltern, er war auf der Polizeiakademie, ich in der Schwesternschule: Wir konnten nirgendwo anders hin. Das erstemal schliefen wir miteinander in einem Umkleidezelt in jenem schäbigen Strandklub, den seine Mutter so mochte; einer seiner Freunde aus der Highschool, der dort die Becken reinigte, ließ uns bleiben, als der Klub zumachte. Es tat nicht weh, es blutete nicht. Ich fand es schön. Ich fand es schön, wie hilflos es ihn machte, den großen, bösen, braunen, muskulösen Bobby Benedetto, wie er den Mund öffnete und die Augen verdrehte. Am liebsten hätte ich den Rest meines Lebens auf seinem Schoß verbracht.

Er sprach davon, sich eine Rose und das Wort »Frances« auf die Schulter tätowieren zu lassen. Ich sagte, ich würde mir Yosemite Sam auf meinen Oberschenkel machen lassen. »Den Teufel wirst du tun«, meinte er. Es stellte sich dann heraus, daß es nicht nötig war; Bobby hat mich dann selbst tätowiert, mit seinen Händen.

»Rote Haare fallen schrecklich auf«, hatte Patty Bancroft am Telefon gesagt. Das war in all den Jahren das einzig Auffallende an mir gewesen. Intelligent, aber nicht zu intelligent. Unternehmungslustig, aber nicht zu sehr. Freundlich, aber nicht zu freundlich. Die Art Mädchen, das keine Ärztin, sondern Krankenschwester wird. Die Art Krankenschwester, die keine Oberschwester, sondern stellvertretende Oberschwester wird. Die Art Frau – nun, davon wußte ja niemand etwas. »Sie ist noch ganz gut beieinander«, sagte Bobby, wenn seine Freunde rüber kamen, und sie lachten. So sprachen sie alle über ihre Frauen, und ich fragte mich, während ich ihre geröteten und freundlichen Gesichter betrachtete, ob sie an die Knochen dachten, die noch nicht gebrochen waren, oder an die Stellen, die noch nicht mit grünen und blauen Flecken übersät waren.

Und sie schauten mich an und sahen eine glückliche Ehefrau und Mutter wie so viele andere, eine Frau, die arbeitete, wie so viele andere. Fran Flynn – du weißt schon, die dünne Rothaarige, die in der Notaufnahme des South Bay Hospital arbeitet. Frannie Benedetto, die Frau des Cops in der Beach 12th Street, die mit dem kleinen Jungen mit den O-Beinen. An diesem Morgen untergetaucht. Verändert, vielleicht für immer, durch Loving Care Nummer 27, kaliforniablond. Versteckt hinter Brillengläsern. Verändert durch das lange Flatterkleid. Die kaliforniablonde Elizabeth Crenshaw, an der nur noch ihre milchweiße Haut und die zarten Sommersprossen auf Brust und Wangen an Frances Ann Flynn erinnerten. Und ein blauer Fleck auf meiner rechten Wange, der schon gelb wurde, und eine Beule auf meinem Nasenbein. Robert ging an meiner Seite, das einzige, was ich aus diesem ordentlichen Haus hatte mitnehmen wollen, dem Haus, in dem Bobby gern barfuß auf dem Teppich ging und in dem ich das Blut mit Mineralwasser und Clorox auswusch, bevor der Fleck eintrocknen konnte. Beth. Ich mochte Beth. Ich ging fort, ich fing von neuem an, ich rettete mein Leben, ich hatte die Furcht und die Fäuste satt. Und ich brachte auch meinen Sohn in Sicherheit, nicht, weil sein Vater ihn je geschlagen hätte – das hatte er niemals getan –, sondern weil das Geheimnis über unserem Haus Robert auffraß. Als er klein war, berührte er meine blauen Flecken sanft und sagte: »Mama Aua?« Als er schon ein wenig älter war, kniff er manchmal seine großen schwarzen Augen zusammen und fragte: »Mommy, wie hast du dir weh getan?«

Doch nun sah er mich nur noch an, als hätte er gelernt zu schweigen, als glaubte er, das Leben sei eben so. Mein Junge, der schon immer etwas von einem kleinen alten Mann an sich gehabt hatte, war dabei, sich in einen Toten zu verwandeln, mit erloschenen Augen. Es gibt verschiedene Arten zu sterben, und manchmal läuft man danach noch weiter herum. Das hatte ich an meinem Vater und an meinem Mann beobachtet. Ich würde nicht zulassen, daß es auch mit meinem Sohn geschah.

Frances hätte das nicht verhindern können. Aber Beth konnte, und ich war jetzt Beth. Frances Ann Flynn Benedetto, die immer befürchten mußte, daß ihr Mann auf sie losging, sie schlug, sie schließlich umbrachte, die Angst hatte, ihren Sohn bei einem Vater zurückzulassen, dessen Vorstellung von Liebe es war, einem Suppe zu bringen, nachdem er einem das Schlüsselbein zertrümmert hatte – Frannie gab es nicht mehr. Ich hatte sie eigenhändig umgebracht. Ich war Beth Crenshaw. Unter dem fließenden Rock spürte ich, wie meine Beine zitterten, als ein Ansager die Züge mit klangvoller Stimme ankündigte. Aber ich konnte meine Beine spüren, sie frei bewegen. Ich trug keinen gottverdammten Unterrock.

Frannie Flynn – so dachte ich auch noch an mich, nachdem mein Nachname Benedetto geworden war. Der Name, der auf meinen Schecks, auf dem Führerschein, auf dem geprägten Namensschild meiner Schwesterntracht erschien, Frances F. Benedetto. Doch in meinem Innern war ich immer noch Frannie Flynn. Vielleicht wußte Bobby das. Vielleicht konnte er Gedanken lesen. Vielleicht war das ein Teil des Problems, daß er meine Gedanken lesen konnte und ich keine Ahnung davon hatte, was in ihm vorging.

Frannie, Frannie, Fran. Ich höre seine Stimme, meinen Namen, wie damals das Klingen in meinen Ohren, als er mir in einer dunklen Ecke im Foyer des Klubs mit der flachen Hand hart gegen die Seite meines Kopfes schlug, weil ich mit ihm vor seinen Freunden rumgestritten hatte, ob wir auf einer Abschiedsfeier für einen Kollegen noch eine weitere Runde Bier bestellen sollten. Fran. Ich kann seine Stimme durch das Geräusch des Zuges hören, der nach Süden rollt. Ich komme, Frannie. Du kannst mir nicht entkommen. Du gehörst mir, Fran. Beide gehört ihr mir.

Ich kann immer noch nicht verstehen, warum jedermann in New York von Florida spricht, als wäre es eine Kreuzung zwischen Paris und Lourdes. Die Pilgerfahrten nach Disney World, die sagenhaften Alterssitze in Lauderdale. »Moira Doherty, die hat jetzt ein Leben«, sagte die Frau eines Cops bei einem Barbecue. »Kevin hat seinen Abschied genommen, und da sitzen sie nun, nicht einmal fünfzig, in Boca und arbeiten beide Teilzeit. Sie hat mir ihre Kaninchenjacke gegeben. Die brauche ich nun nicht mehr, meine Liebe, hat sie zu mir gesagt. Die hat es gut.«

Vielleicht liegt Moira jetzt in einem Liegestuhl und sieht sich den Sonnenuntergang über dem Meer an, doch Robert und ich sind in einer dieser niedrigen Wohnanlagen mit begrüntem Hof gelandet, in einer Stadt namens Lake Plata, die fast eine Stunde Fahrzeit vom Ozean entfernt liegt. So hat man mir jedenfalls erzählt, ich kann es nicht ausprobieren, weil ich keinen Wagen habe. Die Ironie dabei ist, daß der Umzug von Brooklyn nach Florida für mich ein schlechtes Geschäft war, weil ich den Atlantik, der nur einen Block von unserem Haus entfernt lag und zwischen den falschen Backsteinfassaden wie eine Fata Morgana schimmerte, gegen einen viereckigen Kiesplatz mit seltsam knorrigen Bäumen eintauschte, dazu weit und breit kein Wasser außer in den Pools rings um die Motels am Highway. Florida, oder zumindest dieser Teil davon, ist so flach, daß ich mir vorkomme wie in einem dieser Zimmer im Horrorfilm, wo sich die Decke senkt und der Fußboden hebt, bis man, in der

Falle gefangen, zerquetscht wird. Obwohl ich mich, wenn ich es recht bedenke, lange Zeit in meinem eigenen Wohnzimmer so gefühlt hatte, immer wenn ich das Geräusch von Bobbys Trans Am hörte, der unter der Couch und dem Teppichboden in die Garage fuhr.

Als wir nach Florida kamen, Robert und ich, und unsere neue Wohnung betraten, fiel mir auf, daß sie mich an die Wohnungen erinnerte, in denen wir gelebt hatten, als ich ein Kind war; ich erinnerte mich so heftig an das Gefühl, verloren und einsam zu sein, daß ich fast den schalen Küchendunst in meinem Elternhaus riechen und das leise Zischen hören konnte, wenn mein Vater gierig Sauerstoff aus der dicken, schwarzen Gummimaske saugte, daß ich fast die Zettel vor mir sah, die meine Mutter links neben den Herd legte, die Zettel in ihrer eckigen Handschrift und dann in Gregg-Kurzschrift, als sie mich dazu gebracht hatte, den Stenokurs in der Queen of Peace zu belegen: Schinkenenden, Apotheke. Frannies Einkaufszettel. Meine Mutter hatte immer arbeiten müssen, so weit ich zurückdenken konnte. Daher mußte ich das eben auch.

Robert wußte Bescheid, sobald wir in der Wohnung waren. Er hatte sich in dem düsteren, L-förmigen Wohnzimmer mit der holzgemaserten Eßecke im kurzen Schenkel des L umgesehen, die klobige Tweedcouch betrachtet, eine von der Art, die fleckabweisend sein soll, aber mit ein, zwei oder drei Flecken auch nicht schlimmer hätte aussehen können, und versucht, die Jalousien hochzuziehen, bis ich ihm scharf zu verstehen gab, vom Fenster wegzubleiben. »Fahren wir nach Disney World?« hatte er gefragt, als wir im IRT von Brooklyn nach Manhattan saßen, und wieder, als wir von Manhattan nach Philadelphia fuhren. Im Zug war er dann mit offenem Mund eingenickt, sein Gesicht hatte sich in der Fensterscheibe gespiegelt, und im Autobus von Baltimore nach Atlanta hatte er ebenfalls geschlafen.

»Mom, wo sind wir?« hatte Robert mit müden und erschöpften Augen gefragt, als wir aus dem Bus stiegen.

»Sie sind sicher die Crenshaws«, sagte eine kleine Frau, deren Wagen an der Bordsteinkante hielt, ein Minivan voll Kindersitzen. »Ja«, sagte ich, und Robert schaute mich an, als hätte ich den Verstand verloren. »Wohin fahren wir?« fragte er erneut, drängender diesmal. Die Frau ignorierte ihn und überging seine Worte mit ihren eigenen, als ob sie so etwas gewöhnt wäre. »Ich habe einen netten kleinen Imbiß für Sie dabei«, sagte sie aufmunternd.

Die Frau war nett, auch wenn sie drei Stunden lang unentwegt über ihre preisgekrönten Hunde redete, die Corgis, solche, wie sie die Königin von England hat. Sie war nervös, aber sie hatte Saft, einige Kräcker und einen Apfel für Robert dabei und für mich die langersehnte Thermosflasche mit Kaffee. Robert wurde zweimal beim Autofahren übel, und er mußte sich auf dem Randstreifen des Highways übergeben, während ich ihn zwischen den Schulterblättern rieb und die Hundezüchterin »Beeilung, Beeilung!« rief.

»Wie sind Sie zu dieser Arbeit gekommen?« fragte ich, nachdem Robert wieder eingeschlafen war und die Frau mir meine neue Biographie erzählt hatte, von einem Leben in Wilmington, Delaware, und meinem Mann, einem Buchhalter, von dem ich getrennt lebte. »Woher kennen Sie Mrs. Bancroft?«

Sie stellte das Radio an. »Haben sie Ihnen nicht gesagt, daß Sie darüber nicht sprechen sollen?« sagte sie.

»Sie haben mir überhaupt nicht viel erzählt.«

»Das ist am besten so«, sagte die Frau. »Hinten liegt eine Schachtel mit Donuts. Hier ist Ihr Wohnungsschlüssel.«

Ich weiß nicht, was ich erwartet hatte, als ich die Tür von Poinsettia Way, Nummer sieben, aufschloß, eine dunkelbraun gestrichene Aluminiumtür mit einem Spion, der wie ein Glasauge glänzte. »Wo sind wir, Mom?« hatte Robert gefragt, zum hundertstenmal, wie mir schien, und was hätte ich ihm sagen sollen? Wir sind zu Hause? Sein Zuhause lag an der Bucht in Brooklyn, sein Zimmer war mit einem so dicken und leuchtendblauen Teppichboden ausgelegt, daß man glaubte, durch den Himmel zu gehen; seine Regale und Schränke waren mit allem gefüllt, was man sich nur vorstellen konnte, Teddybären, batteriebetriebenen Robotern, Supermännern aus Plastik, elektronischen Spielen, so daß Robert stundenlang in seinem Zimmer sitzen konnte und nicht nach draußen gehen mußte, wo alles so unheimlich war. Draußen auf der Straße, sagte sein Vater. Draußen in der Küche, dachte ich, wo es laute Stimmen und harte Geräusche und manchmal auch Schreie gab.

Zahlen schwirrten mir im Kopf herum. 153495151. Das war die Nummer von Elizabeth M. Crenshaws Sozialversicherung, die Karte lag auf dem Küchentisch. 1256 Dollar. Soviel war auf unserem gemeinsamen Girokonto gewesen, und die Hälfte davon war ein Bündel auf dem Boden meiner Tasche. Und Gracies Telefonnummer. Wenn ich doch bloß noch so mit meiner Schwester reden könnte wie damals im Halbdunkel unseres Schlafzimmers, als wir Kinder waren und die Straßenlampen einen schmalen, gelben Schein über unsere Betten warfen und die Autoreifen auf den Straßen der Stadt ein zischendes Geräusch machten. Gracie war sechs Jahre jünger als ich, und sie war ebenso mein Baby wie das meiner Mutter, vielleicht sogar mehr; Gracie, die ich als Kleinkind in meinem alten Sportwagen in der Nachbarschaft herumfuhr, der ich erzählte, wie die Dinge hießen, und der ich »Old McDonald« vorsang, ständig unterbrochen von Leuten, die Bemerkungen über ihren brennenden Busch lockiger Haare machten. Wenn ich doch noch so mit Grace reden könnte wie später, als wir beide älter waren und ich mit ihr in der schwülen Dunkelheit lag und ihre Fragen beantwortete, so gut ich konnte: Wie kommt es, daß Nonnen nicht heiraten dürfen? Wie alt warst du, als du deine Periode bekamst? Wie viele Zentimeter hat ein Meter, wie viele Meter ein Kilometer? Wo wohnen wir im Augenblick? In acht Wohnungen hatte ich mit meinen Eltern gewohnt, bevor ich Bobby mit einundzwanzig heiratete, in sechsen davon hatte ich mein Zimmer mit Gracie geteilt. Es gab nie einen einleuchtenden Grund, warum wir umzogen; wir zogen weder in bessere noch in schlechtere Wohnungen, nur aus einer schäbigen Zweizimmerwohnung in Brooklyn in die nächste. So plötzlich, wie sich das Wetter änderte, standen wir an einem Samstagmorgen auf, dem ersten Samstag im Monat, luden die Couch und den Sessel und den Sauerstoffapparat meines Vaters in einen Umzugswagen und schliefen in der kommenden Nacht ein Dutzend Blocks weiter. Was hat es für einen Sinn, Bilder aufzuhängen, sagte meine Mutter immer, während mein Vater vor dem Fernseher saß und kontrapunktierend dazu keuchte. Ihr Spiegel stand immer auf ihrer Kommode, gegen die schmuddelige Wand gelehnt. Nach all diesen Wohnungen hatte ich keine großen Erwartungen mehr. Alles, was ich mir wünschte, war ein Haus, das sich wie ein Zuhause anfühlte, wo die Möbel zusammenpaßten, der Teppich sauber war und mir seine Farbe gefiel. Ich wollte nur irgendwo in einem gemütlichen Sessel sitzen, die Füße hochlegen, mich umsehen und denken: Dies ist mein Zuhause. Ich wollte mir vorstellen können, wie ich in dreißig Jahren, wenn meine Kinder erwachsen sein und eigene Kinder haben würden, noch immer in diesem Zimmer lebte, die Essensgerüche aus meiner Küche so vertraut, daß niemand sie mehr wahrnehmen würde. Das schien nicht zuviel verlangt, und es hat eine Zeit mit Bobby gegeben, als ich glaubte, ich hätte es erreicht. Ich hatte einen Nachbarn, der einen Schlüssel zu unserem Haus verwahrte, für den Fall, daß ich mich aussperren sollte, einen Metzger, der wußte, daß ich meine Schweinelende ohne Knochen haben wollte, eine Kletterrose, die an den Pfeilern des Vordachs hinaufrankte. Ich hatte Wurzeln, und als wir diesen Unterschlupf betraten, wurde mir machtvoll bewußt, wie tief sie verankert waren.

Meine Augen brannten, als wir auf der Schwelle standen. Es war keine anonyme Behausung, diese beengte Maisonette irgendwo in Zentralflorida, meilenweit von der Küste entfernt. Das wäre schlimm genug gewesen. Aber sie roch wie diese anderen, in denen ich die Jahre verbracht hatte, bevor ich Bobby geheiratet hatte, roch nach den Dutzenden und Aberdutzenden von Fremden, die hier Zigaretten geraucht, Hühnchen gebraten und geduscht hatten, die spät zu Bett gegangen und früh aufgestanden waren. Es war ein Ort des Übergangs, bis hin zu dem allgegenwärtigen Geräusch des Wasserhahns, der in das verkratzte Becken der Spüle aus rostfreiem Edelstahl tropfte. In dem Augenblick, wo ich die Wohnung betrat, haßte ich Bobby Benedetto mit einer Inbrunst, die ich mir nie erlaubt hatte, während ich noch mit ihm zusammenlebte. Ich haßte ihn wegen meines verlorenen Lebens, wegen der Tagesdecke auf dem Bett mit dem gerüschten Volant, der Landschaft über der Couch und den Gästehandtüchern im Badezimmer. Weil er mich in das wurzellose Leben, das ich vor meiner Heirat geführt hatte, zurückgestoßen hatte, haßte ich ihn so sehr, daß ich in diesem Moment davon überzeugt war, ihn bei einer Begegnung genausogern umbringen zu wollen wie er mich.

Doch nach zwei Wochen ließ dieses Gefühl nach, und ich sagte mir immer wieder, daß ich dankbar sein sollte für das, was ich hatte. Das hatte Daddy immer mit einem Husten aus seinem Sessel heraus gesagt, wenn ich mich beklagte, daß ich nicht aufs College gehen oder mit meinen Freundinnen einen Sommerjob am Strand annehmen konnte, weil dann niemand auf Grace aufgepaßt hätte. Sei dankbar für das, was du hast. Meine Nase tat nicht mehr weh. Die Blutungen hatten aufgehört. Weiter unten in unserer hufeisenförmigen Wohnanlage gab es eine Familie namens Castro, und unter ihren fünf Kindern war ein zehnjähriger Junge, der den sechsten Grad des Doppelten Drachen geschafft hatte, was immer das sein mochte. »Kennst du den letzten Schritt?« sagte Bennie Castro zu Robert am dritten, schrecklich strahlenden Morgen nach unserer Ankunft, und als ich durch die Fliegengittertür schaute, ließen sich die beiden gerade, Schulter an Schulter, auf die flache Stufe vor unserer Wohnung nieder und beugten sich über den flackernden Schirm eines kleinen Videospiels. Bennie hat zwei Schwestern, zwölf und vier Jahre, und Brüder im Alter von sieben und fünf, und es ist für ihn ein großer Luxus, allein zu sein, ohne Geschwister, die seine Aufmerksamkeit oder seine Spielzeuge verlangen, und so kommt er also jeden Tag zu uns, wo er und Robert zusammensitzen und die Ninjas unaufhörlich miteinander kämpfen. Mrs. Castro lächelt und nickt und sagt in ihrem gebrochenen Englisch, das sei sehr nett von mir, wobei sie so tut, als bemerke sie die verblassenden Blutergüsse in meinem Gesicht nicht. Mit ihrem runden Gesicht, dem straff zu einem Pferdeschwanz zurückgebundenen Haar, ihrem T-Shirt mit dem tasmanischen Teufel und den Knien mit Grübchen wirkt sie jünger als irgendeines ihrer Kinder. »Guter Junge«, sagt sie und deutet auf meinen Sohn.

Ab und zu spielen die beiden Jungs auch Ball auf dem quadratischen Hof mit dem verkümmerten Rasen und Beton, und ich stehe draußen in der Hitze Floridas, schweißgebadet und mit rotem Gesicht, und sehe ihnen zu. Sandy, die jüngste der Castros, folgt ihnen, wie Gracie früher mir folgte, und rennt auf dem unebenen Pflaster hin und her. Gelegentlich stolpert sie und stürzt auf ein Stück Beton, das von einer Baumwurzel hochgehoben wurde, sieht sich ihr Knie an, sieht, wie sich dünne, rote Streifen auf der hellbraunen Haut formen. Sie heult, schreit und preßt gewaltige Tränen unter ihren stachligen Wimpern hervor und ruft nach ihrer Mama, als wäre sie am Ertrinken und ihre Mutter das Boot. Einen Augenblick später hört man ein schwaches Klingeln in der schwülen Luft: »Eis«, kreischt sie und lacht und tanzt, während die Tränen immer noch auf ihren Wangen glitzern. Rettung aus höchster Not.

Mein Sohn weint fast nie. Und er lächelt so selten, daß es wirkt wie strahlender Sonnenschein auf Winterschnee, wenn er es tut, blendend und irgendwie seltsam. So war es schon immer, so lange ich zurückdenken kann. »Eine alte Seele«, sagte Grace immer, vielleicht weil sie wußte, daß es mir guttat, zu hören und zu denken, daß Roberts Schweigen, seine unnatürliche Selbstbeherrschung angeboren und nicht anerzogen war, daß es nicht so war, als würde sich jemand ständig die Ohren zuhalten oder die Augen schließen. Doch wenn Bennies kleine Schwester sich an Roberts Beine klammert, lächelt er immer auf sie herab. Einmal hatte ich ein Kind im Koma, als ich in der Chirurgie statt in der Notaufnahme arbeitete, und ich erinnere mich noch an den Ausdruck im Gesicht seiner Mutter, als es mit den Augen blinzelte und »Wasser« murmelte, nachdem es einen Monat lang dem Tode nah gewesen war. Wahrscheinlich sehe ich ganz genauso aus, wenn ich beobachte, wie Robert auf den glänzenden, ebenholzschwarzen Kopf von Sandy Castro hinablächelt – wie eine Frau, deren Kind ins Leben zurückgekehrt ist.

»Das hier ist kein Urlaub«, hatte Robert mit leiser, zittriger Stimme gesagt, als wir die Wohnung zum erstenmal betraten, und dann sah er vermutlich den Ausdruck auf meinem Gesicht, denn er stieg die enge Treppe an der Wand hinauf und kam nicht wieder runter. Und ich legte mich auf die Couch, auf den billigen, kratzigen Stoff, und schlief sofort ein wie eine Tote, und als ich erwachte, war es fast schon Abend. Die Wohnung war so still, als ob sie noch immer unbewohnt wäre, und ich lief die Treppe zu den Schlafzimmern hoch, nahm zwei Stufen auf einmal, rief dabei seinen Namen und fand Robert wieder einmal schlafend vor. Ich stand neben ihm und sah auf seine gespreizten Beine, die Hände, die sich aus den üblichen Halbfäusten gelöst hatten, die dicke Unterlippe, die er von seinem Vater hatte, die hellbraune Haut. Ich hatte ihn fast ein Jahr lang gestillt, nur um seine weiche Haut zu spüren. »Wer hätte das gedacht, winzig, wie du bist«, hatte meine Schwiegermutter gesagt und mißbilligend auf meine entblößte Brust geblickt. An Sommersonntagen am Strand ließ ich mir viel Zeit, wenn ich ihm den Rücken mit Sonnencreme einrieb, und erspürte sein Rückgrat liebevoll, Wirbel für Wirbel. Abends in seinem Zimmer las ich ihm *One Fish, Two Fish* vor, während er sich in den Halbkreis meines einladenden Oberkörpers kuschelte. »Du verhätschelst das Kind«, pflegte Bobby zu sagen, manchmal mit mildem Lächeln und der Hand auf meinem Arm, manchmal höhnisch und verächtlich.

»Hey, großer Junge«, sagte Bobby immer und gab ihm manchmal einen leichten Klaps mit der flachen Hand, als ob er beweisen wollte, daß Robert von seinen Fäusten nichts zu befürchten hatte. Einmal hat mich eine von den Polizistenehefrauen gefragt, warum Bobby keinen Ehering trage, als wollte sie andeuten, daß mein Mann in den Bars und Klubs von Manhattan herumzog und sich als Single ausgab. Und vielleicht hat er das auch getan. Aber den Ring hat er abgelegt, weil er damit einmal meine Haut aufgeschlitzt hatte, als er mich in die Schulter boxte. Vielleicht könnte man es als rücksichtsvoll ansehen, daß er das beim nächsten Mal nicht riskieren wollte. Aber das bedeutete natürlich auch, daß es ein nächstes Mal geben würde. Was auch immer der Fall war.

Zwei Tage nachdem wir in Florida angekommen waren und er noch immer kein Wort gesprochen hatte, saß ich auf Roberts Bettkante, während der Abend in die Nacht überging, streichelte ihm den Rücken und sagte zu ihm:

»Wir werden eine Zeitlang hierbleiben. Vielleicht eine ganze Weile.«

Er lag zusammengerollt auf der Seite und preßte seine Hände mit den langen Fingern zwischen seinen Knien aneinander.

»Das ist kein Urlaub«, sagte er wieder, aber diesmal in dem flachen, gleichgültigen Ton, mit dem man eine Tatsache feststellt.

»Wir verstecken uns gewissermaßen, Bäh«, sagte ich. »Niemand weiß, daß wir hier sind. Niemand hier weiß, wer wir sind.«

»Vor wem?« fragte er, obwohl ich wußte, daß er es wußte. »Warum?«

»Was?«

»Vor wem verstecken wir uns? Und warum?«

Ich holte tief Luft und betrachtete meine Nägel. Sie waren zu lang geworden, zu lang für die Nägel einer Krankenschwester. Aber ich war die letzten zwei Wochen nicht mehr zur Arbeit gegangen, weil ich mit all den blauen, gelben und grünen Flecken im Gesicht aussah wie die Gesichter, die wir in der Notaufnahme schulterzuckend behandelt hatten. Auf die Karte kritzelten wir »Vermutliche Ursache: häusliche Gewalt«. Ich hatte immer ganz weiche Knie, wenn ich es in die Akte irgendeiner anderen Frau schrieb. Ich sollte eigentlich wissen, was das heißt, dachte ich dann.

»Vor Daddy. Wir verstecken uns vor Daddy. Das weißt du. Du weißt, daß er mir weh getan hat. Du hast mein Gesicht gesehen. Ich weiß, daß das schwer für dich ist, aber dein Daddy hat mich geschlagen, Bäh. Er hat mir wirklich sehr weh getan. Und zwar nicht nur einmal, sondern oft. Du weißt das, du hast mich doch gesehen. Du hast gesehen, wie ich ausgesehen habe. Viele Male. Dieses letzte Mal war schlimm, wirklich sehr schlimm.«

Und plötzlich richtete er sich auf und starrte mich an. Seine dunklen Augen waren riesig und sein Gesicht gerötet, und ich zuckte zurück und versuchte, ihn in den Arm zu nehmen, als ich Spuren von getrockneten Tränen auf seinen Wangen sah.

»Hat er nicht. Du hast gesagt, daß er es nicht getan hat. Ich habe gehört, wie du den Leuten auf der Arbeit erzählt hast, daß du hingefallen bist. Und Tante Grace. Und Großmama. Du hast gesagt, daß du runtergefallen oder krank geworden bist. So'n Zeug eben. Ich hab' dich am Telefon gehört.«

»Bäh«, sagte ich, das war sein Babyname, Bählämmchen, abgekürzt zu Bäh, einer einzigen Silbe, die vor Liebe zitterte. Ich streckte die Hand aus, aber er wich zurück, rollte sich zusammen, wandte sich ab und zog seine Schulter wie eine Flosse, einen Flügel, eine Mauer hoch. Wie oft hatte er nachts wohl so im Bett gelegen und es gehört, wenn die Hand auf das Fleisch klatschte oder die Schulter gegen die Wand stieß, wenn die Streitereien über das Abendessen begannen, mangelnden Respekt, Ehebruch, den Ausflug in den Dorney Park, das Waschmittel für den Wagen, über fehlende Mülltüten oder das Roggenbrot, das ausgegangen war, und die falsche Sorte Senf.

»Ich hab' gelogen«, sagte ich. »Ich hab' gelogen, weil ich nicht wollte, daß die Leute davon erfahren. Ich habe mich geschämt. Und ich hatte Angst. Ich hatte Angst vor Daddy.« Ich holte tief Luft. »Ich habe immer noch Angst vor ihm.«

Sein Schluchzen ließ ihn und mich und das leichte Bett erbeben, das Bett, das kaum mehr als ein Feldbett war und nicht zu vergleichen mit seinem Hochbett zu Hause, mit dem Schreibtisch und dem Computer darunter, der Pinnwand mit dem Kalender der Yankees, in dem alle Spiele der Saison aufgelistet waren. Wäre es denn so gefährlich, wenn ich ihm irgendwo einen neuen Yankees-Kalender besorgen und an die Wand hängen würde? Gab es da draußen jemanden, der schon nach uns Ausschau hielt, nach einer Frau, die im Juli einen Kalender der Yankees kaufte, in einem Monat, in dem mehr als die Hälfte des Jahres schon vorüber war? Mehr als die Hälfte ihres Lebens war auch schon vergangen, achtunddreißig Jahre, und sie hatte viel Zeit damit verbracht, ihre Wunden zu verbinden und zu verstecken, hatte sie aber nie ausheilen lassen. Ich hatte nie etwas anderes sein wollen als eine gewöhnliche Frau, eine gewöhnliche Ehefrau und Mutter. Und jetzt wollte ich nichts weiter als eine ganz gewöhnliche Scheidung, eines dieser traurigen, peinlichen Arrangements, in dem die Kinder – begleitet vom Gezänk über den Unterhaltsscheck – ihre Rucksäcke zwischen den Wohnungen ihrer Eltern hin und her tragen. Aber nicht einmal das war mir vergönnt. »Du gehst nirgendwo hin, Fran«, hatte Bobby mehr als einmal gesagt. Und er meinte es ernst.

»Mommy, ich möchte nach Hause.« Robert weinte, drehte sich um und streckte die Arme nach mir aus. Und ich wußte nicht, ob er seinem alten Zimmer nachtrauerte, seinem Little-League-Team und seinem Freund Anthony aus dem Kindergarten und der Soße seiner Großmutter am Sonntag nachmittag und seiner vertrauten Schule und dem Häuserblock und dem Park und dem Auto und seinem geliebten Vater. Oder ob er mehr wollte, all diese Dinge und dazu das Gefühl von Sicherheit und Geborgenheit, das ich ihm nie hatte geben können – und jetzt war ich weggelaufen, um es ihm und mir zu verschaffen.

»Ich weiß, Baby«, sagte ich und hielt den warmen, klebrigen Körper fest an mich gepreßt, während ich ihm übers Haar strich und selber weinte. »Ich liebe dich, Bäh. Ich liebe dich so sehr. Du bist der beste Junge auf der Welt.«

Am nächsten Morgen lernte er Bennie kennen. Und damit wurde alles anders. Wir sprachen nicht mehr darüber. Ich mußte ihm Zeit lassen, sich nach und nach an alles zu gewöhnen: die neue Stadt, die neue Schule, die neuen Freunde. Keine Unfälle mehr. Nicht mehr so tun, als wären es überhaupt Unfälle gewesen. Wie soll man seinem Sohn erklären, daß sein Vater Dinge getan hat, die man selbst kaum glauben kann? Manchmal denke ich daran, wie Bobby mich an die Wand geschleudert oder im Polizeigriff ins Auto gezwungen hat, und glaube einen Moment lang selbst, daß ich übertreibe, und genau das soll ich nach Bobbys Willen auch glauben. Doch dann kann ich das Blut in meinem Mund wieder schmecken und weiß, daß alles so war wie in meiner Erinnerung. Ich hatte mir sogar eine extra weiche Zahnbürste zugelegt, damit ich nicht noch häufiger als ohnehin schon Blut schmecken mußte. Doch wie soll man das einem Kind erklären, das seinen Vater liebt?

Zwei Wochen nachdem wir nach Florida gekommen waren, berührte Robert eines Abends meine Wange, als ich ihm einen Gutenachtkuß geben wollte. Er hatte die alte Baumwolldecke bis zum Kinn hochgezogen, die Klimaanlage breitete leichte Kühlung und Schimmelgeruch über die dicke, feuchte Luft. Sein Haar war länger geworden und fiel ihm über ein dunkles Auge. In dem dämmrigen Licht, das durch ein kleines Fenster fiel, sah er Bobby ähnlicher denn je, dem Bobby allerdings, den ich immer geliebt hatte, dem freundlichen, sanften, jungenhaften Bobby. Ich gab ihm einen Kuß auf die Stirn und strich ihm das Haar zurück, und statt daß er steif wurde und sich zurückzog, lächelte er.

»Dein Gesicht sieht jetzt besser aus«, sagte er. »Können wir mal ins Kino gehen?«

Ich ging ins Bad, dem einzigen Platz in der Wohnung, wo es einen Spiegel gab, was vermutlich kein Zufall war. Die Bewohner dieser Wohnung wollten sich nicht im Spiegel betrachten, wollten die Blutergüsse und Narben ebensowenig sehen wie die Trauer und die Demütigung, die sie aus ihren eigenen Augen anstarrten. Als Kind stellte ich mich, wenn Gracie in unserem Zimmer ein Schläfchen hielt, oft auf eine Schuhschachtel vor die Kommode meiner Mutter und starrte mir in dem Mahagonispiegel mit dem kunstlos geschnitzten Rahmen in die eigenen Augen. Ich weiß nicht genau, warum: vielleicht um herauszufinden, wer mir aus diesen haselnußbraunen Augen entgegenblickte. Ich fühlte mich wirklicher, wenn ich mein eigenes Gesicht sehen konnte, statt hinter ihm herzugehen. Vielleicht hatte ich deswegen in den letzten Jahren Spiegel gemieden, weil mir der Ausdruck in meinem Gesicht so seltsam vorkam, wachsam und gleichzeitig eigenartig leer, wie der einer blinden Person, die sich mit ausgestreckten Armen durch einen gefährlichen Gang tastet. Ich sah nicht immer so aus. Nicht im Krankenhaus, wo ich mich nie fürchtete, nicht einmal vor dem Blut und den Schreien und den Verrückten. Nicht wenn ich mit Robert allein war, wenn ich ihn von der Schule abholte oder mit ihm ins Kino ging, wenn wir beide ganz allein waren. Aber sonst hatte ich immer Angst. In meinem eigenen Haus. Vor meinem eigenen Mann. Ich schämte mich, hinter diesem Gesicht zu leben. Ich ging fort, weil ich nie wieder so aussehen wollte. Aber wegzugehen war fast genauso schlimm wie dazubleiben. Alle Menschen, die ich liebte, waren für mich verloren. Im Radio lief Country-Musik. Der Sender war schon eingestellt, als wir in diesen gräßlichen, von lauter Fremden bevölkerten Ort mit seinen verkümmerten Bäumen kamen. Das Gute an Country-Musik ist, daß man dabei weinen und vorgeben kann, man weine wegen der Musik.

Als ich aus Roberts Zimmer hinunterkam, kontrollierte ich die Fenster. Ich überprüfte die Fenster jeden Tag. Sie waren immer noch verschlossen. Im Schrank hatte ich zwei Schachteln mit Kleidern gefunden, Damengröße 8 und Kindergröße 12, meist T-Shirts und Jeans. In den Küchenschränken gab es ein paar halb aufgebrauchte Tüten mit Zucker und Mehl, einige Teebeutel und ein Glas mit Erdnußbutter, und ich fragte mich, wen Patty Bancrofts Leute hier zuletzt untergebracht hatten, wohin diese Frau gegangen war, ob ihr Mann sie gefunden und zum Zurückkommen überredet hatte, sie um Verzeihung gebeten und überzeugt hatte, wieder nach Haus zu kommen, wo ihre eigenen Kleider im Schrank hingen. Vielleicht war er wie Bobby, dieser schattenhafte Mann, und hing an der Vorstellung einer glücklichen Familie, noch während er sie mit seinen eigenen Händen und Worten und seinen dunklen, dunklen Augen zerstörte. »Ich verlasse dich, Bobby«, hatte ich einmal gesagt, als er mich am Haar gepackt hatte, und noch einmal, als er mich zu Boden geworfen hatte, und wieder und wieder und wieder. »Nein, das tust du nicht, Fran«, hatte er gesagt. Ganz unbewegt, genau so, wie Robert sich manchmal anhörte. Ganz der Sohn seines Vaters. Als ich mich einmal geweigert hatte, ihm im Einkaufszentrum ein Spiel zu kaufen, hatte er mich weggestoßen, sehr heftig, und ich hatte in seinen kleinen Händen das Echo der großen Hände seines Vaters gespürt. Im Auto auf dem Nachhauseweg hatte Robert gesagt, daß es ihm leid tue. Doch das hatte Bobby auch immer behauptet.

Die Jalousien in der Wohnung waren immer noch heruntergelassen. Die Nachbarn mußten uns für Vampire halten. Vielleicht ließen aber auch alle Frauen, die eine Zeitlang hier lebten, die Jalousien geschlossen. Ich hatte den Umschlag mit den Familienfotos an Grace in den Briefkasten an jener Ecke in Manhattan eingeworfen, bevor ich in den Plymouth gestiegen war: »Mach dir keine Sorgen. Wir werden schon zurechtkommen.« Sie mußte ihn jetzt schon bekommen haben. Ihre Telefonnummer brummte in meinem Schädel. Ich stand in der kleinen Küche und kam mir vor, als wäre ich noch immer in irgendeinem Keller angekettet, nur daß ich diesmal für immer allein dort bleiben mußte. Ich fühlte mich so einsam, daß es mich bei einem Blick aus dem Fenster nicht überrascht hätte, mich von nichts als tiefem Schwarz umgeben zu sehen. Doch oben schlief mein Sohn mit einem gelösten Ausdruck im Gesicht und einem sanften Schwung um den Mund, von dem ich hoffte, daß er eines Tages mein Vermächtnis an ihn sein würde. Ich würde einen Tag nach dem anderen überstehen, um ihm das zu ermöglichen. Ich aß muffige Cornflakes aus der Schachtel, während ich in der kleinen Küche stand. Ich befühlte mein Gesicht mit den Händen. Die Flecken mochten verblassen, aber es tat immer noch tief in den Knochen weh, dort, wo nur ich wahrnehmen konnte, was man mir angetan hatte. Und ich hatte nur noch den einen Gedanken: Wenn ich nicht ausgerechnet an diesem einen Abend in gerade diese Bar gegangen wäre, als ich selbst fast noch ein Kind war und so gut wie nichts von Ehe oder Scham oder Schmerz wußte, wäre ich jetzt nicht da, wo ich war. Andererseits hätte ich dann auch Robert nicht. Und Robert war das einzige, was zählte.

Ich fing mein neues Leben nicht an, es begann ganz ohne mein Zutun. Ich bekam einen Brief, der mich davon in Kenntnis setzte, daß Robert an der örtlichen Grundschule angemeldet war, daß er in Klasse 5c kommen und zum ersten Schultag weiche Bleistifte und ein Ringbuch brauchen würde.

Wir gingen zusammen durch die öden, stickigen Straßen von Lake Plata, um uns die nur zehn Minuten von unserer Wohnung entfernte Schule anzusehen. Seine Schule sagte ich, wenn wir darüber sprachen, doch es kam uns beiden seltsam vor. Die Architektur war uns genauso fremd wie die Bäume und Sträucher; außer uns selbst gab es nichts, was uns an unser früheres Leben erinnert hätte. Robert nahm sogar meine Hand, als wir von der anderen Straßenseite auf das niedrige, stuckverzierte, beige verputzte Gebäude mit dem roten Ziegeldach und den verkümmerten Palmen an allen vier Ecken hinüber blickten. Die Hazienda-Schule nannte ich sie im stillen, die Taco-Bell-Schule, Grundschule bis sechste Klasse. Als ich im Sekretariat anrief, sagten sie, sie hätten schon alle Unterlagen aus Roberts alter Schule bekommen. Ich konnte mir gerade noch die Frage verkneifen, wo das gewesen sein mochte und ob er dort ein guter Schüler gewesen war. Patty Bancroft hatte uns damals im Krankenhaus nur gesagt, daß sie Leute hatte, die Papierspuren legen konnten. Berufliche Werdegänge, Schulzeugnisse, Pässe. »Näher möchte ich mich dazu nicht äußern«, hatte sie gesagt. Am Tag bevor die Schule begann, hatte Robert sein schwarzweiß marmoriertes Aufsatzbuch hervorgeholt und »Robert Crenshaw« auf das kleine Etikett geschrieben, auf dem stand: »Dieses Buch gehört –« Ich hatte ihn eine Seite »Robert Crenshaw« schreiben lassen, bis mir aufging, daß es wie eine Strafe war, so, wie die Nonnen Grace und mich damals hundertmal »Ich darf im Unterricht nicht schwatzen« hatten schreiben lassen. Dabei war Robert so brav – zu brav, dachte ich manchmal, wenn er widerspruchslos ins Bett ging, sobald ich ihn dazu aufforderte, obwohl ich ihn länger hätte aufbleiben lassen, damit er mir Gesellschaft leistete, damit die Wände mich nicht erdrückten und das Geräusch der Motten, die gegen die Jalousien flogen, mir nicht zu laut in den Ohren dröhnte. Ich konnte ihm ansehen, daß er dachte, ich würde ihn wieder nach Hause bringen, wenn er nur folgsam wäre. Vielleicht war er deshalb schon als Kleinkind so still gewesen. Vielleicht hatte er geglaubt, wenn er gut genug wäre, würde sein Vater mich nicht mehr verprügeln. »Das wird jetzt nicht einfach für dich«, meinte ich, während ich ihm über die Schulter blickte. »Eine neue Schule, neue Freunde. Und dann der Name und die Geschichte, wo du herkommst und so weiter. Ich wünschte, ich hätte das irgendwie anders lösen können, aber das konnte ich nicht. Es tut mir leid.«

Robert packte sein Aufsatzbuch wortlos in seinen neuen Rucksack. Schulsachen, ein Rucksack, ein neues Polohemd: Das kleine Geldbündel in meiner Handtasche schmolz dahin. Es kam mir vor, als spielten mein Sohn und ich in irgendeiner seltsamen Fernsehserie mit. Alles fühlte sich künstlich an. Ich ging in die Küche, um mir ein Glas Wasser zu holen, und blieb einen Moment dort stehen, während ich mich fragte, ob ich nicht einfach aufgeben sollte. Das Telefon hing vor mir an der Wand. Grace hätte die Flugtickets noch vor dem Abendessen in Tampa für uns hinterlegen lassen. Ich weiß nicht, was ich in jenem Moment vielleicht getan hätte, wenn ich nicht gestolpert wäre und mir das Glas mit einem Geräusch, einem Gefühl gegen die Schneidezähne geschlagen hätte, das ich nie wieder hören oder spüren wollte. Ich konnte jetzt nicht mehr zu Bobby zurückgehen, ohne Robert glauben zu lassen, daß das so richtig und alles weitere die natürliche Ordnung der Dinge war. Er hatte ein Geheimnis gegen ein anderes getauscht. Doch das neue war nichts im Vergleich zu dem alten.

»Crenshaw klingt gut. Du kannst es dir einfach immer wieder vorsagen. Und denk daran, daß Daddy kein Polizist ist, und sprich nicht über New York oder Großmama oder so was, wenn es um deine Familie geht. Wir kommen aus Delaware. Glaubst du, daß du das behalten kannst? Das ist der klitzekleine Staat auf der Karte, der gleich unter New Jersey liegt.«

»Mom«, sagte Robert, »Kinder reden nicht so viel über solche Sachen. Sie reden nicht so viel über ihre Nachnamen oder woher sie kommen. Nur Erwachsene sprechen über so was.«

In solchen Augenblicken war ich wirklich dankbar für das, was ich hatte. Wir waren nur drei Wochen vor Schulbeginn hierhergekommen, mein Sohn hatte an diesem noch fremden Ort nur drei Wochen zielloser Sommerleere vor sich, und die wurden von Bennie ausgefüllt, der mit Robert in dieselbe Klasse gehen würde. Ich hatte das Gefühl, als ob hinter all diesen Dingen jemand stand, der uns behutsam auf dem Schachbrett dieses kärglichen und heimatlosen Lebens umherschob. Dafür war ich dankbar. Kinder brauchen eine Struktur. Das war immer mein Wahlspruch gewesen, seit der Zeit, als ich Grace Geschichten erzählt hatte, mit ihr in den Park gegangen war und sie vor dem Schlafengehen gebadet hatte, als ich selbst noch fast ein Kind war und meine Mutter als Sekretärin des Vorsitzenden der Gewerkschaft der städtischen Angestellten arbeitete, während mein Vater in seinem Sessel hockte und in das flackernde Licht des Fernsehers keuchte und ihr am dritten jeden Monats seinen Invalidenscheck überschrieb. Gracie und ich verließen das Haus jeden Morgen zur gleichen Zeit und gingen nebeneinander her – die rothaarigen Flynn-Mädels, die Große karottenrot wie eine Comicfigur, die Kleine eher kastanienbraun. »Kenntnis«, sagte ich. »Unangenehm ... mythisch.« Worte buchstabieren am Freitagmorgen vor dem Test. Stundenpläne lernen am Dienstag. Und jeden

Nachmittag, wenn wir uns an der Ecke trafen, fragte ich zuallererst: »Was hast du bekommen?«

»Hundert Punkte«, erwiderte Grace fast immer, die Schülerin überholte die Lehrerin. Struktur. Mit einer Struktur gab es keine Zweifel, keine Fehler, keine Einsamkeit. Außer manchmal in der Nacht, wenn ich an ihrem Atem hören konnte, daß Gracie eingeschlafen war. Ah, Bobby, ich war so bereit für dich, als ich dich zum erstenmal sah, als ich dich in jener dunklen Bar in Brooklyn wie ein Feuer in einer kalten Nacht glühen sah.

Jetzt würden Roberts Tage eine feste Struktur haben: die Stunden in der Schule, die Stunde Hausaufgaben, nicht zuviel freie Zeit, um nachzudenken oder zu grübeln. Er hatte Bennie, der mit ihm jeden Tag den Bus nahm, und ein Poster von Don Mattingly in Nadelstreifen über seinem leichten Bett. Er würde Sportteams beitreten und viel trainieren müssen. Jetzt würde nur noch mein eigener Tag vor mir liegen, endlos lang, der weniger einem Leben glich als einer Unterbrechung des Lebens, dem Teil einer Schallplatte, wo sie einen Sprung hatte und immer wieder die gleichen Töne hören ließ. Wenn Bennie und Robert oben spielten, gestattete ich mir eine Seifenoper im Fernsehen, eine Stunde mit Familienfehden, unvorstellbar prächtigen Hochzeiten und angedeutetem Sex. Ich ging mit den Jungen den weiten Weg von zwanzig Minuten zum Home Depot, nur um einen Dosenöffner und einen Topflappen zu kaufen. Ich zählte mindestens zweimal am Tag mein Geld, in der verbissenen Art einer Frau, die seit ihrem sechzehnten Lebensjahr für sich selbst hatte aufkommen müssen, und fürchtete mich so sehr davor, kein Geld mehr zu haben, daß ich mir eines Tages die Bewerbungsunterlagen vom K-Mart besorgte und sie dann in die Küchenschublade legte, weil ich nicht wußte, wie ich den Abschnitt über frühere Berufserfahrungen ausfüllen sollte. Ich kaufte einen Stapel Karteikarten, die ich in Supermärkten ans Schwarze Brett heften wollte: Putzarbeit gesucht. Doch wenn ich mit Bennie und Robert unterwegs war und die flachen Bungalows aus Schlackensteinen betrachtete und die herausgeputzten aluverkleideten Wohnwagen, die in den Seitenstraßen auf Betonplatten ruhten, fragte ich mich, ob sich überhaupt jemand in Lake Plata eine Putzfrau leisten konnte. Und als ich mir das Telefon in unserem Wohnzimmer ansah, fiel mir auf, daß es gar keine Nummer auf der Wählscheibe hatte, und mir wurde bewußt, daß ich nicht wußte, welche Telefonnummer ich auf die Karte schreiben sollte, unter welcher Nummer man mich erreichen konnte. Mir blieb gar nichts anderes übrig, als nach meiner eigenen Telefonnummer zu fragen, wenn ich das nächstemal mit Patty Bancroft sprach.

Mein einziger Luxus war eine dicke Sammelausgabe von Agatha Christie, die ich bei Job Lot vom Grabbeltisch erstanden hatte. Ich las darin, während ich dem Sprechgesang des Moderators in einer Nachmittagstalkshow im Radio lauschte, der Latinos, Demokraten und Homosexuelle gleichermaßen zu hassen schien, aber seinen Haß so sehr genoß, daß es fast ein Vergnügen war, ihm zuzuhören. Er zischte das Z des Wortes »Zustrom« so heraus, als wollte er die Welle der Einwanderer zurückpusten. Big John Feeney hieß er. Ich stellte ihn immer ab, wenn die Jungen nach unten kamen.

Ich besaß noch vierhundertundzwei Dollar von dem Geld, das ich von zu Hause mitgebracht hatte. Von zu Hause. Von zu Hause. So dachte ich daran. Ich mußte aufhören, so zu denken.

»Was wäre, wenn die Rektorin eurer neuen Schule eine Giraffe wäre...«, sagte ich am Freitag, bevor die Schule begann, als Robert und Bennie Blimpies aßen, ein besonderes Mittagessen, das ich ihnen zusammen mit einem Bummel unter den Arkaden in einem Einkaufszentrum am Highway spendiert hatte.

»Und sie immer mit dem Kopf anstieße, wenn sie in ein Klassenzimmer geht...«, erwiderte Robert.

»Und deswegen die ganze Zeit einen Football-Helm trägt...«

»Und den Quarterback in dem Team spielt, das in dieser Saison immer gewinnt...«

Bennie sah uns mit großen Augen und offenem Mund an. »Das ist ein Spiel«, sagte Robert. »Meine Mom hat es erfunden. Es heißt ›Was wäre, wenn?‹«

»Was wäre«, sagte ich immer zu Grace Ann, wenn sie auf der Schaukel saß, »wenn wir ein Haus auf dem Land hätten...«

»Und ich ein Pferd hätte und du ein Pferd und Daddy einen großen Wagen ohne Dach...«

»Ein Kabriolett nennt man das. Und wenn es eine Kutsche für die Pferde gäbe und wir eine Gouvernante hätten...«

»Und wir Würmer essen müßten!«

Oder, als wir älter waren und zur Bushaltestelle gingen, sie auf dem Weg zur Queen of Peace, ich zur Schwesternschule: »Was wäre, wenn du dich im Krankenhaus in einen Arzt mit blondem Haar und blauen Augen verliebst...«

»Und du dich in einen Schriftsteller mit einer Wohnung in Greenwich Village...«

»Und du und dein Mann die Wohnung neben uns bekommen und ihr beide im St. Vincent's Hospital arbeiten würdet...«

»Und du ordentliche Professorin an der New York University würdest...«

»Was wäre«, sagte ich zu Robert, als er am ersten Schultag sein Frühstück aß, »wenn du heute zur Schule gehen würdest...«

»Und den Tisch neben Bennie bekäme...«

»Und einen wahnsinnig netten Lehrer hättest, der dich sehr mögen würde...«

»Und in das Fußballteam aufgenommen würde...«

»Was wäre, wenn es dir hier bald wirklich gefallen würde...«

»Ich muß Bennie abholen, sonst verpassen wir den Bus«, sagte Robert und nahm seinen Rucksack.

An jedem ersten Schultag seines Lebens hatte ich ihn begleitet, hatte ihn auf dem Arm getragen, als er in die Vorschule gekommen war und geweint hatte, und war mit ihm Hand in Hand in die erste Klasse gegangen. Man ist im Irrtum, wenn man glaubt, daß New York eine große Stadt ist: »Ich kenne dich«, sagte der Cop vor der staatlichen Grundschule an der Sheepshead Bay, als wir dort auf dem Weg zu St. Stannie vorüberkamen. »Du siehst genauso aus wie dein Dad.«

»Ich weiß«, hatte Robert erwidert, so leise, daß man ihn

kaum hören konnte. Die Schule von St. Stannie war aus rotem Backstein, ein schmuckloser Kasten im Schatten der gotischen Kirche, die alle Schnörkel und Verzierungen für ihr Tabernakel, das bunte Glas und die Apsis aus Kalkstein aufgebraucht hatte. Das einzig Bemerkenswerte an der Schule war ein langer, im Fischgrätmuster gepflasterter Weg, der zum Eingang führte. Auf ihm schleppte sich Robert auf seinem Gang in Mrs. Civellos erste Klasse voran, mit jenem seltsam wehrlosen Aussehen, das ein Frackhemd einem kleinen Jungen verleiht – bis er plötzlich kehrtmachte, zu mir lief, meine Oberschenkel umklammerte und sein Gesicht an meinen Bauch drückte. Dann drehte er sich wieder um und rannte hinein, während seine Navykrawatte ihm um den dünnen Hals flatterte. Einige der anderen Kinder hatten ihren Babyspeck noch nicht verloren; unter ihren buntkarierten Schulröcken wurden runde Oberschenkel sichtbar, über zahnlückigem Grinsen dicke Pausbacken. Aber Robert war immer eine gespensterhafte Erscheinung gewesen, dünn und knochig, schmalbrüstig wie ein Vögelchen, und seine Augen nahmen die Hälfte seines Gesichts ein.

Ab der dritten Klasse hatte ich einen halben Häuserblock zurückbleiben müssen, während er mit Anthony und Sean und Paul und seinen anderen Freunden zur Schule gegangen war. Aber so sehr wie an diesem ersten Tag in der fünften Klasse in Lake Plata hatte ich mir noch nie gewünscht, bei ihm zu sein, und da hielt nun dieser gelbe Bus an der Ecke, in den Eltern nicht einsteigen durften. Robert schob Bennie auf den Sitz am Fenster, so daß er noch weiter weg von mir war als die dünne, gelbe Buswand aus Metall und Glas. »Jetzt haben die Mamis Urlaub«, dröhnte die Busfahrerin über den Lärm des Motors und der Kinder hinweg.

»Bye, Mrs. Crenshaw«, rief Bennie und wandte sich ab, um sich mit Robert zu unterhalten.

Ich war fast zehn Minuten vor dem Bus an der Schule und überzeugte mich davon, daß niemand das Gebäude vom Parkplatz aus beobachtete. Ich sah mich in der Eingangshalle um und überprüfte die Gänge, doch ich sah nichts weiter als ein paar vereinzelte Lehrer, die an mir vorbeihasteten. Ich ging wieder hinaus und versteckte mich hinter einem Minivan auf der anderen Straßenseite. Die Busfahrerin war eine große Frau mit einer Baseballmütze der Dolphins, die ihre Schäfchen laut abzählte, als die Kinder sich über die Stufen ergossen. Robert war Nummer neunzehn und verschwand in einem Meer dunkler und heller Köpfe, die sich auf die Tür zubewegten. »So, das sind siebenundzwanzig, und ab geht die Post«, hörte ich die Busfahrerin sagen. Als sie weggefahren war, konnte ich die Tür der Schule sehen und ein kleines Mädchen in einem rosa Kleid, das von einem Mann in Khakishorts und Polohemd mit einer Pfeife um den Hals von ihrer Mutter losgerissen und wimmernd ins Haus geführt wurde. »Sie wird sich bald eingewöhnen«, rief er der Mutter nach, die sich die Augen wischte. Ein kleiner Junge hatte sich in der Türöffnung umgedreht und blickte zu seinem Vater zurück, der mit einer Videokamera auf dem Bürgersteig stand. Der Junge blinzelte und kniff ein Auge so fest zu, daß sich sein übriges Gesicht zu der Art Grimasse verzog, die ich bei Patienten mit Schlaganfall gesehen hatte. Die Leute, die in das Gebäude hasteten, stießen immer wieder mit ihm zusammen.

»Was soll ich nun machen?« fragte er seinen Vater.

»Winken und auf Wiedersehen sagen«, meinte sein Vater.

»Auf Wiedersehen«, sagte das Kind, ohne zu winken. Er trug eine Lunchdose, die wie der Kopf von Mickymaus geformt war, obwohl es in der Schule Mittagessen gab. Das wußte ich, weil ich Bennie dutzendmal danach gefragt hatte und erst zufrieden war, als ich den Speiseplan in der Lokalzeitung las. Heute gab es Hähnchennuggets, grüne Bohnen und Tapiokapudding.

»Jason geht jetzt offiziell in die dritte Klasse«, sagte der Vater mit der Videokamera und der verlogenen Stimme eines Wetterberichtsprechers. Neben ihm unterhielt sich eine Gruppe Mütter über die überfüllte Vorschulklasse.

»Armer Jason«, sagte eine Frau an meiner Seite.

»Dad übertreibt es wohl ein bißchen«, sagte ich.

»Sie mußten diesem Blödmann mit seiner Kamera Hausverbot erteilen«, sagte die Frau. Sie trug rosa Leinenshorts und eine passende Bluse, eine weiße Sonnenbrille und rosa Nagellack. Sie hörte sich an wie eine Schauspielerin, die bei einer Sommeraufführung die Blanche Du Bois aus *Endstation Sehnsucht* spielt, und sah aus und roch, als hätte sie sich für diesen Morgen so sorgfältig zurechtgemacht wie ich an meinem Hochzeitstag. Gedehnte Vokale und Diorissimo oder etwas, was so ähnlich duftete.

»In der ersten Klasse filmte er Jason auf seiner ersten Exkursion, Jason, wie er vor der Klasse seinen Vortrag über Alligatoren hielt, Jason, wie er sich im Kinderfußball versuchte, wo er sich übrigens wirklich nicht gut machte. Letztes Jahr wollte er Jason beim Vorlesen filmen. Schätze, das hat das Faß zum Überlaufen gebracht. Er darf die Schule mit der Kamera nicht mehr betreten. Wie ich hörte, hat es deswegen fast einen Prozeß gegeben, ›wegen Verletzung seiner verfassungsmäßigen Rechte‹. Hat man das verfassungsmäßige Recht, ein Hampelmann zu sein?«

Wir sahen beide zur Schule. Die Sonne schien so grell auf die Fenster, daß sie wie verspiegelt wirkten und wir nichts sehen konnten. Aber ich spürte Robert dort drinnen, ich spürte, wie er an seinem neuen Pult saß und verstohlen um sich blickte, um herauszufinden, wer wichtig war und wer nicht, wem man sich ohne Gefahr nähern konnte und wer einen mit einem Wort, einem Blick zurückstoßen würde. Ich konnte spüren, wie er die Lehrerin beobachtete und sich bemühte, ihren Worten zu folgen, während er mit jeder Faser seines kleinen Körpers auf die Atmosphäre im Klassenzimmer reagierte, wie es allen Neuen ergeht. Zumindest war es mir so ergangen, als ich die Neue war. Und obendrein mußte er sich seinen Nachnamen merken wie Bruchrechnen oder Dividieren, etwas Schwieriges, was man ihm gerade erst beigebracht hatte. Ich sah Robert vor mir, wie er einen Test schrieb, einen Aufsatz verfaßte und in seiner krakligen Handschrift ein großes B für seinen Nachnamen malte und es, die Zunge zwischen den Zähnen, ausradierte, um es durch ein großes C zu ersetzen.

Vielleicht war aber auch alles ganz anders. Vielleicht war man sich als Kind seiner selbst noch so unsicher, daß man sich mit jedem neuen Schuljahr ein Stück weit neu erschuf; vielleicht waren nur Erwachsene dumm genug zu denken, daß sie genau wüßten, wer sie waren. »Hi«, sagte ich mir manchmal, wenn ich morgens Kaffee kochte oder abends Toast und Eier zubereitete, »ich bin Beth Crenshaw.« Ich übte meine Unterschrift auf einem Papierblock, den ich in der Schublade der Anrichte im Wohnzimmer gefunden hatte, so, wie ich früher in der Schwesternschule Mrs. Robert Benedetto an den Rand meiner Notizbücher geschrieben hatte.

»Wenn ein Mann in die Schule kommt und behauptet, Roberts Vater zu sein, müssen Sie mich sofort anrufen«, hatte ich der Schulsekretärin am Telefon gesagt.

»Das wissen wir schon, Mrs. Crenshaw«, sagte sie müde, als wäre ihr ganzes Leben voll Sorgerechtsstreitigkeiten und paranoider Eltern. Und wieder hatte ich das Gefühl, daß eine unsichtbare Hand uns leitete. Eine Hand, die es mir unmöglich machte, Fragen zu stellen; denn eine Mutter, die nicht wußte, wer so freundlich gewesen war, die Schule zu warnen, die nicht wußte, woher die Schulakten ihres Sohnes gekommen waren und wer sie geschickt hatte, und die im Sekretariat nachfragte: »Wissen Sie vielleicht unsere Telefonnummer?« würde wohl in einem sehr merkwürdigen Licht erscheinen. »Schutzengel« nannte Patty Bancroft die Mitglieder ihres unsichtbaren Netzwerkes, aber mir kam das alles weniger himmlisch als erdrückend vor, als existierte ich jetzt nur noch in der Phantasie von anderen. Ich schaute die schmalhüftige, schmalschultrige Frau neben mir auf dem Parkplatz an und fragte mich, ob unsere Unterhaltung zufällig war oder ob die Kleider, die ich jeden Tag trug, die Kleiderspenden Größe acht, einmal ihr gehört hatten.

»Beth Crenshaw«, sagte ich etwas nervös, streckte die Hand aus und beobachtete ihre Reaktion.

»Oh«, sagte sie, »entschuldigen Sie bitte. Cindy Roerbacker. Sind Sie neu hier?«

Ich nickte.
»In welche Klasse geht Ihr Kind?«
»In die fünfte.«
»Welche Lehrerin?«
»Mrs. Bernsen.«
»Gut. Mrs. Jackson ist eine Idiotin. Die netteste Frau der Welt, doch mein zweijähriger Sohn könnte ihr Sozialkunde beibringen.«
»Und in welcher Klasse ist Ihr Kind?«
»In der vierten.« Sie seufzte. »Sie heißt Chelsea. Mein Kleiner heißt Chad.«
»Und Ihr Mann Charlie?«
»Craig«, sagte sie. »Ist das nicht gräßlich? Ich habe mich hinreißen lassen, und jetzt bin ich damit geschlagen. Wenn wir noch ein Mädchen bekommen, werden wir sie wohl Caitlyn nennen müssen.« Der Mann, der das schreiende Kind in die Schule geführt hatte, trat durch die Flügeltür am Eingang, ging den halben Weg hinunter und blickte von einem Ende der Straße zum anderen. Er hatte schütteres, blondes Haar und helle Haut, die ebenso gerötet war wie meine.
»Der Konrektor«, sagte Cindy und verschränkte die Arme über der Brust. »Mr. Riordan. Ein sehr, sehr netter Mann, nur etwas ...« Ihre schlanke Hand schwirrte durch die Luft wie ein Vogel. »Vielleicht auch nicht. Ich weiß es nicht so genau.«
»Das kann man nie wissen«, sagte ich und grinste. Ich dachte an den Tag im Krankenhaus, als ich eine Lernschwester in den Vorratsraum gezogen und ihr die Hölle heiß gemacht hatte, weil sie einer Freundin beim Austeilen der Essenstabletts erzählt hatte, daß Dr. Silverstein wie ein Schwuler riechen würde.
»Himmel«, sagte ich nachher zu meiner Freundin Winnie, »wenn ein Mann sich schön anzieht und nur ein bißchen theatralisch wirkt, gilt er gleich überall als schwul.«
Winnie tätschelte mir die Hand mit ihren kurzen Fingern und viereckigen Nägeln. »Fran, du bist wirklich ein Herzchen«, sagte sie, »aber Dr. Silverstein lebt schon seit seinem Studium

mit einem Architekten namens Bill zusammen. Du mußt dir sorgfältiger aussuchen, an welcher Front du kämpfst.«

Ich vermißte Winnie, die Oberschwester in der Notaufnahme im South Bay Hospital, die ein Vergewaltigungsopfer allein dadurch beruhigen konnte, daß sie der Frau über die Hand strich, während ich ihr Schamhaar nach Beweisen absuchte, Winnie, die mir hinterher, als ich im Bad weinte, das Gefühl gab, daß ich niemanden gequält, sondern nur geholfen hatte. Ich vermißte unsere Nachbarin, Mrs. Pinto, die mir im August und September Säcke mit reifen Tomaten auf die Treppe stellte und Robert »schöner Mann« nannte, was seine olivfarbene Haut rotbraun anlaufen ließ. Gott, und wie ich Grace vermißte, wie ich es vermißte, jeden Tag am Telefon mit ihr zu sprechen, über ihre Studenten, über meine Patienten, über alles und nichts: wo man billige Turnschuhe kaufte und welche Wimperntusche die Augen nicht reizte. »Wo warst du denn?« hatte sie immer gefragt, wenn sie mich morgens nicht erreichen konnte. Gott, wie sie mich vermissen mußte.

Ich wünschte, ich würde auch meine Mutter mehr vermissen, doch als meine Schwester aufs College gegangen und mein Vater gestorben war, zog sie zu ihrer Schwester Faye und verschwand aus unserem Leben in ein Leben voller Trips zu Fabrikverkäufen und nach Atlantic City, voller Gemeindefrühstücke und Bingospiele. Es war, als ob ihre Ehe und ihre Kinder nur ein kurzes Zwischenspiel in ihrem wirklichen Leben gewesen wären: Marge und Faye, zwei Schwestern, die den Wetterkanal sahen und sich darüber stritten, wessen Kindheitserinnerungen zuverlässiger waren. Mit meiner Mutter hatte ich vielleicht einmal in der Woche gesprochen und weniger Worte gewechselt, als ich gerade zu Cindy Soundso gesagt hatte, die jetzt auf ihre Uhr sah.

»Müssen Sie zur Arbeit?« fragte sie.

Ich schüttelte den Kopf. »Und Sie?«

»Erst heute nachmittag. Ich verkaufe halbtags Avon-Kosmetik. Bei diesem Wetter schmelzen die Lippenstifte andauernd. Manchmal stelle ich alles in den Kühlschrank. Das haben sie nicht so gern, doch wie soll ich verdammt noch mal Cremerouge verkaufen, das flüssig wie Farbe ist?« Sie schnaubte auf ihre Bluse hinab. »Mein Gott, wenn ich bloß da reingehen könnte, ins Kühle. In der Vorschule mußte ich den halben Tag dort sitzen und mich rausschleichen, wenn Chelsea Singen hatte. Deswegen bin ich bei P. T. A. gelandet, dem Eltern-Lehrer-Verband. In der ersten Klasse haben wir einen kalten Entzug versucht, aber sie schrie so sehr, daß ich draußen im Flur bleiben mußte, wo sie mich zumindest bis zur Pause sehen konnte. In der zweiten und dritten Klasse bin ich bis Januar die erste Stunde dageblieben. Arbeitete freiwillig in der Bibliothek und so. Dieses Jahr hab' ich gesagt: ›Chelsea, Liebling, es wird Zeit, daß du dich abnabelst.‹ Doch sie hat mich gebeten, draußen zu warten, wo sie mich vom Fenster aus sehen könnte, nur für eine halbe Stunde am ersten Tag. Craig meinte, zuerst sei es eine halbe Stunde, danach hieße es bis zum Lunch. Ich weiß nicht.« Sie zuckte mit den Schultern. »Halten Sie mich für verrückt?«

»Nee«, sagte ich. »Es ist schwer, ein Kind zu sein. Und eine Mutter. Ich weiß nie genau, ob ich etwas tue, weil es gut für ihn ist oder weil es mir selber guttut.«

»Das ist genau der Punkt«, sagte sie und fächelte sich mit der Hand Luft zu. »Obwohl ich mich immer noch frage, woher sie das alles hat. Wenn sie zum Beispiel nach Haus kommt und sagt: ›Mom, ist dir aufgefallen, daß die Kacheln an der Decke in der Eingangshalle der Schule herausfallen und einem auf den Kopf knallen könnten?‹ Oder wenn sie einen fragt, ob man sich mit den Schuhbändern in der Rolltreppe im Einkaufszentrum verfangen könnte. Im Fernsehen zeigen sie Tornados oder Erdbeben, und sie will wissen, wo man sich hinstellen oder wie man sich verstecken könnte, um davonzukommen.« Sie schirmte ihre Augen mit der flachen Hand ab und sah zur Schule hinüber. »Unser Haus wurde einmal vom Blitz getroffen, als sie drei war. Dabei wurde zwar nur der Kamin an der Seite verkohlt, doch weiß man, wie sich so etwas auf ein Kind auswirkt? Haben Sie einen dieser schrecklich tapferen Jungs?«

Ich zuckte die Achseln. »Er ist ein Junge. Er behält seine Ängste für sich.«

Sie nickte. »Jungs«, sagte sie, und ich sah sie an, mit ihren glänzenden, schwarzen Haaren und gelackten Nägeln, und fragte mich, was sie sagen würde, wenn ich antwortete: »Genau, aber dazu kommt noch, daß sein Vater mich dauernd zusammengeschlagen hat und er wahrscheinlich denkt, daß es besser ist, still und nett zu sein, wenn nicht die ganze Welt aus den Fugen geraten soll.« Was würde sie sagen, wenn ich ihr antwortete: »Ihr Kind möchte gern eine Naturkatastrophe erleben? Dann hätte es mein Gesicht nach einem Kampf sehen sollen.«

Was wäre, dachte ich im stillen, wenn ich für den Rest meines Lebens mit mir selber sprechen würde? Was, wenn ich nie mehr sagen könnte, was ich denke? Ich sah zur Schule zurück und packte dann plötzlich, ohne weiter nachzudenken, Cindy am Arm. »Was ist los?« fragte sie und drehte sich um. Einen Augenblick lang starrte ich nur auf die beiden Streifenwagen, weiß und rot und blau, die vor der Schule aufgefahren waren und mit ihrem kirschroten Licht den silbernen Sonnenschein zerhackten, und die Männer in Uniform, die aus den Wagen stiegen, mit federnden Schritten den Weg hochgingen, das Gebäude betraten und gleich hinter der Tür mit dem Mann in den Khakishorts sprachen. Die gar nicht aufhören wollten, mit ihm zu sprechen. Als nächstes würde einer der Cops ein Foto aus der Brusttasche ziehen, das Foto, das Robert im letzten Jahr in St. Stannie zeigt, wie er auf den Stufen unter der Statue der heiligen Jungfrau saß und dasselbe Polohemd trug, das er getragen hatte, als wir von New York nach Lake Plata fuhren. Ich hatte meiner Schwiegermutter einen Abzug davon geschenkt. Es stand in einem vergoldeten Rahmen auf ihrem Nachttisch, neben den Papiertaschentüchern und den Schlaftabletten. Ich konnte förmlich sehen, wie sie es Bobby gab und er damit in den nächsten Fotoladen ging, um Abzüge machen zu lassen, und ich sah ihn vor mir, wie er an seiner Unterlippe zupfte, während er darüber nachdachte, was er mit mir machen würde, wenn er uns erst gefunden hatte.

Die Männer gingen hinein; ich stellte mir vor, wie sie sich im Büro über einen Stapel Papiere beugten, die Akten der neuen Schüler durchblätterten, die in die fünfte Klasse gingen, Robert sahen, mit der Lehrerin flüsterten und ihn aus dem Zimmer führten. Es ging mir alles so durch den Kopf wie bei diesem Daumenkino, das Robert zu Weihnachten bekommen hatte, wo sich die vielen kleinen Bilder beim schnellen Durchblättern aneinanderreihen und eine Geschichte erzählen, die Geschichte über den Anfang vom Ende meines Lebens.

»Da gehen zwei Cops in die Schule«, sagte ich. Ich war wahrscheinlich die einzige Frau in Amerika, die dieser Anblick in Angst und Schrecken versetzte.

»Sie sind immer hier am ersten Tag«, meinte Cindy. »Sie reden mit den Kids darüber, daß sie nicht mit Fremden sprechen und mit niemand mitfahren sollen, nur mit Bekannten und so. Das Übliche halt.« Sie blickte mit zusammengekniffenen Augen über den Platz. »Der eine ist, glaube ich, Officer Bryant. Ich weiß nicht, wie es Ihnen geht, aber ich kann es auf den Tod nicht ausstehen, wenn die Polizisten jünger als ich sind.«

»Sind Sie sich da sicher?«

»Ganz sicher«, sagte sie. »Er ist mindestens zehn, zwölf Jahre jünger als ich. Der andere, ich kann mir seinen Namen einfach nicht merken, ist sogar noch jünger.« Sie sah mich an. »Alles in Ordnung? Möchten Sie eine Tasse Kaffee?«

Es klingt dumm, wenn ich beschreiben will, was mich in diesem Augenblick bewegte. Vielleicht war es die pure körperliche Erleichterung, der Ballon in meinem Magen, der nun Luft abließ, das Summen in meinem Kopf, das nun erstarb. Vielleicht war es das Wissen, daß mein Junge für den Polizeibeamten nur ein weiteres Gesicht in der Menge der übrigen Kinder wäre und daß diese Frau mich nicht bemerkenswerter fand als eine der anderen Mütter. Vielleicht war es die Art, wie Cindy über ihre Tochter sprach, diese Mischung aus Sorge, Egoismus und Liebe, die eine gute Mutter wie Schweißgeruch verströmt, wenn die Kinder klein sind, der Brennstoff, der mein Feuer seit einem Jahrzehnt am Leben gehalten hatte. Oder bloß die Art, wie sie den kleinen Finger unter die weiße Sonnenbrille steckte, um einen Waschbärenflecken Wimperntusche unter einem blauen Auge wegzuwischen. Vielleicht war es auch nur dieser südliche Akzent, der so anders als der meine war. Oder das Gefühl der Erleichterung, weil die Polizei gekommen war, um die Kinder zu warnen, wenngleich meine Befürchtungen nicht so sehr einem Fremden galten, der sich meinem Jungen näherte, als vielmehr einem Mietwagen, der an der Ecke parkte, und seinem Vater, der den Ellbogen auf die Fensteröffnung stützte und in jener tiefen, betörenden Stimme sagte: »Hey, Kumpel.«

Vielleicht erinnerte sie mich auch an meine Freundin Winnie und an Gracie, Freundin und Schwester zugleich. An die Freundschaft mit Bridget Foley in der Grundschule, bis ihre Eltern nach Long Island zogen, und mit Dee Stemple in der Highschool. Ich hatte nicht so viele Freundinnen gehabt, ich war nicht die Art Mädchen, das mit einer ausgelassenen Clique herumzog. Vielleicht habe ich mich deshalb so stark zu Bobby hingezogen gefühlt, weil er immer einen Kreis von Leuten um sich hatte, die ihn beachteten, ansahen, ihm zuhörten und lachten. Ich war immer zu beschäftigt gewesen, hatte in der Bäckerei Donuts mit Gelee gefüllt, um das Geld für die Schwesternschule zu verdienen, Grace bei ihren Aufsätzen geholfen, meinen Vater mit dem Taxi zum Arzt gefahren und auf den Klempner gewartet, wenn die Heizung im Januar ausfiel. Doch ich hatte immer eine gute Freundin gehabt, und während ich Cindy Roerbacker ansah und ihrer zutraulichen Plauderei zuhörte, erinnerte ich mich daran, wieviel mir eine solche Freundschaft bedeutet hatte, wieviel es mir bedeutet hatte, daß ich einfach den Mund aufmachen konnte, während ich auf einer Bank im Park saß oder auf dem Bett im Mädchenzimmer lag, am Waschbecken stand oder das Telefon in die Kammer zog – daß ich einfach den Mund aufmachen und mein ganzes Ich ausschütten konnte, all diese kleinen Mosaikteile meines Ichs, die nur selten vom Kitt der Persönlichkeit zusammengehalten wurden. Und dann kam Bobby und machte alles kaputt. Er mochte meine Freundinnen nicht, nannte Dee ein Flittchen, Winnie eine Lesbe und Grace eine Heulsuse; Bobby, der dafür sorgte, daß ich ein Geheimnis hüten mußte, das wie ein wildes Tier in unserer Mitte saß, unerkannt und bereit, alles zu zerbrüllen und zu zerbeißen.

»Wie geht's denn Bobby?«

»Gut. Gut. Prima. Hat viel zu tun, weißt du.«

»Alles in Ordnung?«

»Alles wunderbar.«

Ein so großer Teil meines Lebens steckte mir wie ein Knochen in der Kehle, den ich nie und nimmer herausziehen durfte. Doch ich hatte mich daran gewöhnt. Früher hatte Bobby mein halbes Leben zu einem Geheimnis gemacht, und jetzt hatte ich ein anderes zu bewahren. Fran Benedetto hatte etwas, was sie nicht erzählen konnte, nicht bei einem Bier, einem Burger, einer Tasse Kaffee. Doch Beth Crenshaw konnte über ihr Leben sprechen, soviel sie wollte. Es war viel leichter zu lügen, als die Wahrheit zu sagen.

In wenigen Minuten wurde mir klar, daß das hier alles Zufall war, daß Cindy keine Erfindung Patty Bancrofts war. Im Minivan sagte sie, daß ihre beste Freundin im Sommer nach Kalifornien gezogen war, sprach mitfühlend über die Schwierigkeit einer Scheidung und entschuldigte sich wegen der Saftpackung und der Schachtel Kräcker unter meinem Sitz. In ihrer Küche kochte sie koffeinfreien Kaffee und stellte uns einen Teller mit Muffins hin, und etwas an der Art, wie sie sprach und lachte und manchmal aus der Schiebetür zum Pool starrte, verriet mir, daß sie ebenso Gesellschaft brauchte wie ich. Ihr Leben klang eher wie ein Reisebericht als wie eine Daseinsweise: zweimal morgens die Woche Turnen mit Chad, jeden Mittwoch Lunch für die Senioren in der Baptistengemeinde, Chelseas Ballett und Gymnastik, Sonntagsschule, Avonverkauf. Doch mir war, als würde ihr die Zeit, die sie allein am eigenen Küchentisch verbrachte, ein bißchen lang.

»Ich habe einen Haufen Zeugs aus dem Haus von Craigs

Mutter geräumt, als sie in eine Eigentumswohnung gezogen sind«, sagte sie. »Steht einfach im Keller herum. Wenn Sie also etwas brauchen, Vorhänge oder Stühle oder so was ... Ich hatte eine Freundin aus der Highschool, die so damit beschäftigt war, sich an die großen Stücke zu klammern, den Wäscheschrank, Fernseher und die Musikanlage, daß sie erst als ihr Mann gegangen war bemerkte, daß sie nicht einen einzigen Stuhl behalten hatte. Sie stand einen guten Teil der Woche in ihrer eigenen Wohnung rum.«

»Es geht schon«, sagte ich.

»Ganz sicher?« fragte Cindy. »Dort unten sind eine Menge Sachen. Manches ist hübsch. Nicht richtig schön, aber vorzeigbar. Und sauber. Craigs Mutter ist wirklich sehr sauber.«

Ich glaube, daß uns unsere Kinder Kraft geben. Roberts ersten Tag in der ersten Klasse habe ich nur überstanden, weil ich mich an die stramme Haltung jener kleinen Schultern erinnerte, und was mich bei Fußballspielen auf meinem Platz hielt, wenn ihn der Trainer anbrüllte, war die würdevolle Art, in der er sein mageres, spitzes Kinn in die Luft reckte. Und ich dachte daran, wie er es abgelehnt hatte, über seine Ängste vor einer neuen Schule, einem neuen Namen und einem neuen Leben zu sprechen, wie er beschlossen hatte, ganz allein im Strom der Kinder zu schwimmen, die ich an diesem Morgen gesehen hatte, nur mit Bennie und seinem Rucksack als Rettungsringe. Er fing ein neues Leben an, sein Leben als Robert Crenshaw, und schuf sich einen Platz darin. Und das würde ich auch tun. Verdammt sei Bobby Benedetto, das werde ich auch tun. Vielleicht sollte ich mich hinter meinen Jalousien verstecken, mich unsichtbar machen. Vielleicht war es das, was Patty Bancroft erwartete. Vielleicht war es das, was die meisten ihrer Frauen taten. Aber nicht mit mir. Ich hatte mein Haar verändert und meine Kleider, meinen Namen und meine Adresse, damit ich endlich anfangen konnte zu leben. Ich brauchte einen Job und eine Freundin, und ich mußte versuchen, diese verrammelte kleine Wohnung mit den dünnen Teppichen und der farblosen Couch zu einem Ort zu machen, der so aussah, als würde darin gelebt, als würden Menschen ihre gewöhnlichen, ereignislosen Leben darin verbringen.

»Im Grunde«, meinte ich, »könnte ich ein paar Vorhänge gebrauchen.«

»Können wir das nicht alle?« sagte Cindy Roerbacker mit leuchtenden Augen, sonnigem Lächeln und einer Spur Lippenstift an den Zähnen. »Machen wir ein Schmuckstück aus der Wohnung.«

Robert begann seine zweite Woche in der neuen Schule. Er mochte die anderen Kinder und seine Lehrer. Er schlief weniger und sprach mehr, wenn auch noch nicht so viel wie andere Kinder. Und ich gönnte mir den Luxus von einem Eimer buttergelber Farbe, um zu feiern, daß ich einen Monat in Lake Plata überstanden hatte, ihn durchlebt und dabei gelernt hatte, meine vor Angst verspannten Schultern nach und nach ein wenig zu lockern. So klein war das Wohnzimmer meiner Wohnung, daß ein Eimer genügte. In die Küche hatte ich ein besticktes Tuch gehängt, das ich in Cindys Keller gefunden hatte und auf dem in Kreuzstichen zu lesen war: »Vielleicht hast du Glück und kommst in den Himmel, bevor der Teufel erfährt, daß du tot bist.« Mrs. Roerbackers alte, bunte Strickwolldecke hing über der Couch, und an beiden Enden lagen ein paar Kissen. Aus Cindys Keller hatte ich einen alten Schaukelstuhl aus Eiche mitgenommen, ein Seestück in einem Ahornrahmen, eine Chenilledecke mit blauen und gelben Bommeln, ein Paar Bistrogardinen mit Kirschmotiv und einige Dekos mit derart leuchtenden Streifen, daß einem davon schwindlig werden konnte. »Bist du sicher, daß du die haben willst?« fragte Cindy, als wir sie hinten in den Minivan packten. Sie rümpfte auch nicht die Nase, als sie mir half, die Sachen in die Wohnung am Poinsettia Way zu tragen, sah sich nur um und nickte, als ob es genau das war, was man von einer Scheidung, einer Entwurzelung, erwarten konnte. »Damit kannst du schon was anfangen«, sagte sie. Es dauerte nicht lang, die Wände zu streichen, die Wohnung war so klein. Doch als ich unten fertig war, sah es dort aus wie auf einem Foto in einer Frauenzeitschrift über Einrichten mit wenig Geld. Außer daß die Jalousien immer noch fest geschlossen waren. Die Deckenbeleuchtung blieb den ganzen Tag über eingeschaltet.

»Es sieht anders aus hier drinnen«, sagte Robert, als er aus der Schule nach Hause kam und seinen Rucksack auf den Tisch fallen ließ.

»Gefällt es dir nicht?«

»Es sieht anders aus.« Beim Essen sackte er über seinen Spaghetti mit Butter zusammen und gab nur brummelnd Antwort. Die Schule war in Ordnung. Bennie war in Ordnung. Mrs. Bernsen war in Ordnung. Die Spaghetti in Ordnung. Mit »in Ordnung« gibt einem ein Kind zu verstehen, daß es nicht reden will. Was die Eltern gern ignorieren; sie bohren nach, wie Zahnärzte mit diesen kleinen, scharfen Silberinstrumenten. »In Ordnung« ist die örtliche Betäubung.

»Es riecht hier nach Farbe«, sagte er schließlich.

»Das geht in ein, zwei Tagen vorbei.«

»Wenn du gestrichen hast, werden wir wohl bleiben«, murmelte er schließlich. Die unterdrückten Tränen ließen seine Stimme hohl und tief klingen.

»Es wird besser werden, Bäh. Du wirst sehen. Du wirst noch mehr Freunde finden und Sport treiben und herausfinden, was hier in der Gegend sonst noch los ist. Und wenn ich erst wieder Arbeit habe, können wir vielleicht in eine größere Wohnung ziehen.

»Kann ich Anthony schreiben?«

»Nein«, sagte ich. Ich streichelte seinen Arm. An meinen Nagelhäuten klebten gelbe Farbränder, blasse Herbstmonde. »Ich weiß, das ist alles sehr schwer für dich. Du bist wirklich so brav und tapfer. Und vielleicht werden sich die Dinge irgendwann verändern. Ich weiß es noch nicht.«

»Ich muß meine Hausaufgaben machen«, sagte er.

»Ich weiß, Bäh, aber ich möchte noch etwas mit dir reden.«

»Erst will ich meine Hausaufgaben machen.«

Nach dem Essen setzten wir uns auf die Couch und sahen uns Sitcoms an, in denen sich Familien im Lauf einer halben Stunde zerstritten und wieder versöhnten, während unsichtbare Zuschauer über alles, was sie sagten oder taten, laut lachten. Bei Robert hatte man nie viel Glück, wenn man ihn direkt ins Gespräch ziehen wollte; ich hatte immer warten müssen, bis seine Worte aus seiner Schweigsamkeit auftauchten und auf mich zuschwammen. Wie die leuchtenden Fische, die aus den dunkelblauen Schatten des Meeres auftauchten, vorüberflitzten und verschwanden, die Bobby und ich beobachteten, als wir eine Woche auf den Bahamas verbrachten und vor einem steilen Riff schnorchelten. So waren Roberts Worte, wie kleine, hübsche Fische, die auf mich zuschwammen und dann in der Tiefe verschwanden. Als wir unser Geschirr in den Ausguß gestellt hatten, zwei billige Porzellanteller, zwei Gabeln, einen Topf, setzte sich Robert neben mich, und ich legte meinen Arm um ihn. Seit er ein kleiner Junge war, hatte er, wenn wir nebeneinander saßen, immer eine Haarsträhne von mir genommen und damit an seiner Wange herumgespielt. Es war ein unbewußter Reflex, eine Gewohnheit wie Daumenlutschen oder Nägelkauen; es hatte Bobby wahnsinnig gemacht. »Das ist doch nicht normal, Fran«, sagte er. Jetzt, da mein Haar kurz war, konnte Robert nicht mehr damit spielen, aber ich neigte meinen Kopf immer ganz nah zu ihm hin, so daß er mein Haar riechen und spüren konnte. Ich ließ es gerade ein bißchen wachsen, soviel ich mir erlauben konnte.

»Bennies Eltern kommen aus Kuba«, sagte er, und seine Augen glänzten im Schein des Fernsehers.

»Viele Menschen sind hergekommen, weil die Regierung schlecht für sie war. Viele sind nach Florida gegangen. Es ist der südlichste Teil der Vereinigten Staaten, der Kuba am nächsten liegt.«

»Seine Mutter kann nicht so gut Englisch. So wie Mrs. Pinto, die hauptsächlich italienisch geredet hat.

»Es ist wirklich schwer, eine neue Sprache zu lernen, wenn man älter ist.«

»Jonathan in unserer Klasse meint, daß die Leute in Amerika nur englisch sprechen sollten. Das finde ich blöd. Alle in Brooklyn sprechen andere Sprachen. Oder sehr viele Leute...«

»Es wäre schön, wenn Bennie mir etwas Spanisch beibringen könnte.«

»Wieso kannst du kein Italienisch?«

Ich zuckte mit den Achseln. »Ich weiß, was ›so ein hübsches Gesicht‹ heißt, weil das jede Dame in der Nachbarschaft über dich sagte, als du ein Baby warst.« Er blickte mich nicht an, aber ich konnte sehen, daß er ein wenig lächelte.

»Jonathan sagt, daß er einen Swimmingpool in seinem Garten hat.«

»Die Dame, mit der ich neulich Kaffee getrunken habe, die, von der ich dir erzählt habe, daß sie ein Mädchen in der vierten Klasse hat. Die haben auch einen Swimmingpool.«

»Über dem Boden oder im Boden?«

»Was?«

»Jonathan sagt, daß sein Pool im Boden ist. Er sagt, daß Pools über dem Boden billig wären.«

»Die Dame, die ich getroffen habe, Mrs. Roerbacker, hat einen Pool, der irgendwie beides ist. Weil er hinten in ihr Haus reingebaut ist, aber im Garten über dem Boden liegt. Du wirst ihn schon noch sehen. Sie hat dich zum Schwimmen eingeladen.«

»Jonathan ist ein ziemlicher Arsch«, sagte Robert und drückte sich an meine Schulter; seine Augen mit den dichten Wimpern wurden schmal und schimmerten wie schwarzer Onyx.

Ich hörte, wie sein Atem schwerer ging, wie der Sekundenzeiger der alten Küchenuhr vorrückte und draußen auf der Straße ein Auto vorbeifuhr. Wir nickten ein. Der Schlaf war ein Zufluchtsort geworden, an dem uns die Welt wenigstens für ein paar Stunden weniger unsicher erschien. Wenn wir aufwachten, konnten wir uns beide ein oder zwei Minuten lang einbilden, daß wir immer noch dort waren, wo wir hingehörten. Oder einmal hingehört hatten. Vielleicht träumte Robert von ganz alltäglichen Dingen, vielleicht träumte er von jenen

Morgen, an denen er in die blau-weiße Küche in Brooklyn mit dem sonnenbeglänzten Linoleumboden gekommen war, an denen Daddy Eier mit Speck aß und das Essen mit einem halben Toast auf dem Teller umherschob und Mommy ohne Schrammen am Herd stand.

»Sei mir nicht böse, Mom«, sagte Robert immer, wenn er versuchte, die Dinge so wie früher zu machen, »aber du siehst ohne Brille besser aus.«

Wir beide zuckten zusammen, als das Telefon klingelte. Das Läuten schrillte durch das stille Zimmer, und wir erstarrten, als ob wir Ochs am Berg spielten und sich irgend jemand umgedreht und uns erwischt hätte, als wir uns bewegten. Doch ich war weniger von dem Geräusch gelähmt als vielmehr durch Roberts Gesichtsausdruck, der sich durch die Mischung aus Furcht und Hoffnung so seltsam und stark veränderte, daß ich wegschauen wollte, wie man wegschaut, wenn jemand weint. Ich wußte nicht, wer am Telefon war, aber ich wußte, wer es in Roberts Phantasie war.

»Geh doch ran, Mommy«, sagte er schließlich.

Im Hintergrund hörte man Geräusche: das Krächzen und Brüllen einer Lautsprecheranlage, das scharfe Klimpern, als das Geld in den Münzfernsprecher fiel, das zarte Klicken, als das Telefon die Bezahlung erkannte und annahm. Kläng, kläng, klick: Ich wußte, wer am anderen Ende war. Patty Bancroft sagt immer, sie fürchte jeden Versuch, ihren Frauen nachzuspüren. So nennt sie sie, ihre Frauen, als ob sie einen Harem beaufsichtigte oder die Madame in einem Bordell wäre. Mein Körper muß sich bei dem Geräusch entspannt haben, denn als ich zu Robert aufsah, konnte ich an seinem unbewegten Gesicht die Erkenntnis ablesen, daß es nicht sein Vater war, der uns angerufen hatte. »Herr Gott, wie dieses Kind spürt, was in dir vorgeht«, hatte Bobby hin und wieder gesagt. Manchmal glaubte ich, daß er eifersüchtig war, wenn er das sagte.

»Wir haben eine Arbeit für Sie gefunden, Elizabeth«, sagte Patty Bancroft, während irgendwer im Hintergrund einen Flug aufrief.

»Beth«, antwortete ich.

»Wie bitte?« sagte Patty Bancroft.

»Beth. Beth Crenshaw.«

Schweigen. »Nun gut«, sagte sie. »Wir haben Arbeit für Sie gefunden, Beth. Als ambulante Krankenpflegerin. Sie rufen morgen bei Ihnen an. Die Bezahlung ist nicht schlecht. Leider keine Renten- und Sozialversicherungsleistungen, doch mehr konnten wir nicht tun.«

»Danke«, sagte ich. »Ich hab' mir schon Sorgen gemacht. Ich werde hier ganz unruhig, wenn ich nichts zu tun habe.«

»Sie müssen Geduld haben«, sagte sie. »Wir wissen, was wir tun.«

»Ich weiß nicht einmal meine eigene Telefonnummer«, entgegnete ich.

»Nun, das war ein Versehen.« Sie las mir die Ziffern langsam vor. »Geben Sie sie nicht mehr Leuten als unbedingt notwendig«, fügte sie hinzu.

Verschwiegenheit, hatte Patty Bancroft gesagt, als sie das Krankenhaus besucht hatte, sei oberster Grundsatz ihrer Organisation. Sie hatte nie einen Namen genannt, so daß kein Stück Papier, keine Geschäftskarte und kein Zeitungsausschnitt ihre freiwilligen Helfer verraten konnte, wenn sie Frauen ermutigten, von zu Hause in das anonyme Amerika zu fliehen, wo Robert und ich jetzt lebten. Am Highwayabschnitt bei Lake Plata liegen, soweit ich ohne Auto sehen konnte, ein Burger King, ein Lagerhaus, eine Drive-in-Bank, ein Taco Bell, ein House of Pancakes, ein riesiger Supermarkt mit Salatbar, die man durch die automatischen Türen sieht, ein Toys-R-Us, ein K-Mart und ein Home Depot. Daß wir in Florida sind, weiß ich nur von den Nummernschildern der Autos; ansonsten könnte es auch August in Colorado oder Kalifornien, North oder South Carolina sein. Amerika überall und nirgendwo, fünfunddreißig Grad und sonnig. »Willkommen bei Burger King«, sagt ein älterer Mann mit spanischem Akzent, wenn ich Robert am Sonntag zum Lunch ausführe in der Hoffnung, daß die gleichen Brötchen und Burger, die gleiche

Ausstattung, das Firmenzeichen und die Begrüßung ihm dieses fremde, ungewohnte Leben ein wenig vertrauter machen würden.

»Wohnt in Florida überhaupt jemand, der wirklich aus Florida stammt?« sagte ich einmal zu Cindy, als wir an unserem koffeinfreien Kaffee nippten.

»Nun, ich zum Beispiel«, erwiderte sie entschuldigend, als handelte es sich um einen Charakterfehler.

Verschwiegenheit, sagte Patty Bancroft uns im Krankenhaus, sei das Geheimnis ihres Erfolgs. Ich weiß, wie man ein Geheimnis bewahrt. Niemand auf der Welt kennt die Topographie meiner Verletzungen oder die Geheimnisse meines Körpers. Niemand auf der Welt weiß, daß mein Mann mir die Handgelenke verdreht hat, mich in den Magen getreten, die Treppe hinuntergestoßen und mir schließlich die Nase gebrochen hat. Meine Mutter nicht, die nach meiner Heirat das Interesse an mir zu verlieren schien, als ob sie nur so lange Verantwortung für mich tragen mußte, bis sie mich jemand anders übergeben konnte. Meine Schwester nicht, die mich nur sah, wenn ich es einrichten konnte, das heißt, wenn ich ein Sandwich oder ein Glas Mineralwasser heben konnte, ohne zusammenzuzucken. Und meine Freundin Winnie auch nicht, obwohl sie mehr Frauen wie mich behandelt hat, als eine von uns zählen kann. Nur Bobby weiß es, doch er sagt, daß ich übertreibe. Aus der Mücke einen Elefanten mache. Das ist sein Lieblingssatz.

Nur mein Sohn weiß etwas davon, doch er hat sein Wissen in einem verborgenen Winkel seines Kopfes vergraben, und ich fürchte, er hat eine seltsame Form von Farbenblindheit entwickelt. Irgendwann war er nicht mehr in der Lage, grün und blau zu erkennen.

Verschwiegenheit, Verschwiegenheit. Während ich am Telefon ihrer Stimme lausche, kann ich Patty Bancroft vor mir sehen, wie sie die dreifache Perlenkette zurechtrückt, die sie immer im Fernsehen trägt und die sie an jenem Tag im Krankenhaus trug, die die Falten um ihren Hals verbirgt und ihrer hübschen weißrosa Haut schmeichelt. Winnie lud sie im Februar ins South Bay Hospital ein, um zu den dienstälteren Angestellten zu sprechen. In unserer Notaufnahme waren in einem einzigen Jahr drei Frauen gestorben. Alle aus demselben Grund. Eine war aus einem Fenster gefallen, als ihr Freund auf sie losging, einer anderen hatte ihr Mann eine Flasche auf dem Kopf zerschlagen, und die dritte war von dem Mann, von dem sie seit einem Jahr geschieden war, erschossen worden. Alle drei hatten gegen die Männer, die sie schließlich umbrachten, einstweilige Verfügungen erwirkt, die es ihnen untersagten, sich den Frauen zu nähern. Vielleicht waren das die letzten drei Frauen in New York, die erfuhren, was alle Schwestern in der Notaufnahme wissen und die Frauen der Cops ebenso – daß diese einstweiligen Verfügungen nichts bewirken und nur dazu da sind, um mißachtet zu werden, wie man so sagt. Eine Boulevardzeitung brachte die Story über die drei Frauen, über das Krankenhaus und was es für sie getan hatte – und was es versäumt hatte zu tun – groß heraus.

»Hier schreiben sie etwas über das Krankenhaus«, hatte Bobby gesagt, während er sich seine Eier reinschaufelte, bevor er sich zu einem Undercover-Rauschgifteinsatz begab. Er hatte einen Schluck Kaffee genommen, aufgeschaut, den Ausdruck in meinem Gesicht gesehen, die Zeitung auf den Tisch geknallt und dann auch seine Gabel, so daß sie über den Porzellanteller rutschte und mit den Zinken nach unten auf dem Tischtuch landete. »Verdammt, du nimmst dich viel zu ernst, Frannie«, sagte er und zog seine Armeetarnjacke an, die er trug, wenn er einen Drogensüchtigen vorstellen sollte. »Du warst doch früher nicht so.«

Gott, wie oft hatte ich in meiner Phantasie mit Bobby Benedetto gesprochen, wie viele Worte hatte ich ihm gesagt, die in meinem Kopf herumsprangen, kämpften, hinausdrängten und statt dessen abstarben wie einer der Kürbisse in unserem kleinen Garten, nachdem die schwarzen Käfer sein Inneres aufgefressen hatten. Ich war früher nicht so, weil du mich früher nicht ganz so schlimm geprügelt hast, Bob, sagte ich im stillen. Ich war früher nicht so, weil ich mich bei der Arbeit nicht krankmelden und mich von meiner eigenen Schwester mit ihrem scharfen Blick und Verstand nicht fernhalten mußte. Oder mit ansehen mußte, wie mein Sohn auf einen Flecken an meinem Arm blickte, einen Flecken, der dem Schatten einer Hand glich, und wie sich die Frage in seinem Kopf formte und er sie wegschob in den Schrank, in dem er die Furcht vor seinem Vater und die Angst um seine Mutter versteckt. Und die Angst um sich selbst.

Selbstgespräche, ich führte ständig Selbstgespräche. Früher bin ich nicht so gewesen, Bob, mit zwanzig oder einundzwanzig war ich voller Träume und Zukunftspläne und Liebe, weil die guten Zeiten die schlechten überwogen und deine Hände häufiger zärtlich waren, als daß sie boxten und prügelten. Du hast mich in das Restaurant auf City Island ausgeführt, und du hast mit mir geredet, nicht über irgendwas Wichtiges, sondern so, als ob du mich für deine Freundin halten würdest. Du hast mir von der Dame erzählt, die an einem besonders heißen Nachmittag in New York mit all ihren dreihundert Pfund nackt in ihrer Küche gestanden hatte, als ein paar junge Kerle mit Einbruchswerkzeugen durch ihr Fenster klettern wollten. Als du sie fragtest, ob sie sich nicht etwas anziehen wollte, sagte sie: »Nun, ich dachte, ich dürfte am Tatort nichts verändern.« Und wir lachten, bis uns die Tränen über die Wangen in unseren Fra diavolo liefen. Oder du erzähltest mir, wie du irgendeinen Ganoven an die Wand gedrängt hast, der sich einen Fernseher aus dem Laden des alten Juden gegrabscht hatte, des alten Mannes, der gesagt hatte, daß er mit seinem Geschäft nie aus seinem Viertel wegziehen würde, und wie du entdeckt hast, daß gegen den Ganoven genügend Haftbefehle liefen, um ihn wirklich aus dem Verkehr zu ziehen – nicht wie sonst, wenn du den Bürokram erledigt hattest und bei den Sozialsiedlungen vorbeifuhrst und den Kerl, den du eingelocht hattest, mit breitem Grinsen vor dem Hydranten sitzen sahst. Und ich habe dich angeschaut mit deiner dunklen Haut und den dunklen Augen, den dichten Brauen und der dicken Unterlippe, die innen von der Farbe einer roten Weintraube war, und gedacht, was ich damals dachte, als Tommy Dolan uns in der Bar unten am Wasser in meinem ersten Jahr in der Schwesternschule vorstellte; ich war neunzehn, und Tommy sagte: »Du mußt unbedingt Frannie Flynn kennenlernen. Alle mögen sie.« Ich dachte, daß du der am besten aussehende Mann seist, den ich je gesehen hatte. Und vielleicht hast du diesen Gedanken in meinen Augen gelesen und dein Spiegelbild in meinen Augen gesehen, groß und stark und selbstsicher, dieser Bobby Benedetto, immer einen Haufen Leute um sich, die seinen Geschichten an der Bar zuhörten und ihm Drinks ausgaben – vielleicht hast du dich so in meinen Augen gesehen und meine Hand genommen. Und dir sogar ein paar Geschichten von mir angehört. Obwohl das nach einer Weile aufhörte, obwohl du allmählich aufhörtest zuzuhören und ich in den letzten Jahren aufhörte zu reden, als du immer wütend warst statt nur gelegentlich, als man dich bei einigen Beförderungen übergangen hatte und kein zweites Kind gekommen war, als du einen Wagen zu Schrott gefahren hattest und die beiden jungen Cops am Tatort von einer Anzeige wegen Trunkenheit am Steuer absahen, nachdem sie deine Dienstmarke gesehen hatten. Tausend kleine Enttäuschungen, ein halbes Dutzend große, und du hast nicht mehr über die Leute in den Sozialsiedlungen gesprochen, die ihre Söhne aus Schwierigkeiten heraushalten wollten, die Teenager, die sich um ihre Babys kümmerten, sondern nur noch über die Nigger und Latinos und die Leute, die du hinter Gitter gebracht hast, die Leute, die ich zusammengeflickt habe. Sie leben wie die Tiere, hast du gesagt und dich in unserem Haus umgeschaut, mit den geblümten Sofas und den geblümten Vorhängen und den geblümten Dosen, die auf der Arbeitsfläche in der Küche standen, Mehl, Zucker, Kaffee, Tee. Du wolltest es immer ordentlich haben, genau wie bei deiner Mutter. »Das Baby hat den ganzen Tisch vollgeschmiert«, hast du an einem Sonntagmorgen nach oben gebrüllt, bevor deine Freunde zum Fußball und zu einer Lasagne vorbeikamen. »Du weißt doch, wo die Haushaltsrollen sind«, brüllte ich zurück.

Welcher Teufel hat mich da bloß geritten? Warum nur habe

ich gesagt, nachdem die Jungs gegangen waren: »Jackie Ferrin schmatzt, daß man ihn im Zimmer nebenan noch hören kann.«

»Jackie ist in Ordnung«, sagtest du.

»Trotzdem ißt er wie ein Schwein.«

»Yeah, Gott behüte, daß jemand deine Ohren beleidigt, was, Fran? Und dann kratzt er sich auch noch manchmal, oder? Das reicht, streichen wir ihn von der Gästeliste. Jackie Ferrin hat Gott weiß wie viele Auszeichnungen wegen Tapferkeit erhalten, aber er kratzt sich an den Eiern und kaut mit offenem Mund.«

»Ich gehe schlafen«, hatte ich gesagt. »Ich wasche morgen ab.«

»Dann werden wir überall Schaben in der blöden Küche haben. Und können kein Geld für einen Kammerjäger ausgeben, weil der neue Teppich so teuer war.«

Und weiter und weiter und weiter, über nichts, bis er mich schließlich so hart gegen den Küchentisch stieß, daß ich mir das Schlüsselbein anknackste. »Himmel, Fran, ich war nur ein bißchen beschwipst«, sagte er am nächsten Tag, aber die Zeiten, da er mich in den Arm nahm, wenn er so was sagte, waren vorbei. Der Bobby, den er nun in meinen Augen sah, war kein Held. Meine Augen waren ein Zerrspiegel geworden, der nur eine groteske Figur zurückwarf. Zwei Wochen lang trank er kein Bier und kam früh von der Arbeit nach Haus. Er unternahm sogar allein mit Robert etwas. »Die Jungs gehen jetzt in den Park, damit Mom sich ausruhen kann«, sagte er. Fast ein Jahr lang war alles in Ordnung. Es war mein erster gebrochener Knochen, das hat ihn wahrscheinlich erschreckt. Doch ich wußte, daß er es wieder versuchen würde, und wieder und wieder, um den Ausdruck von meinem Gesicht zu wischen, sein Spiegelbild in meinen Augen.

»Frauen, die so etwas erlebt haben, müssen begreifen, daß häusliche Gewalt nichts mit ihnen zu tun hat und auch nicht mit etwas, was sie getan oder nicht getan haben«, hatte Patty Bancroft vor den versammelten Ärzten und Schwestern des Krankenhauses gesagt, als sie ihnen erklärte, wie sie ihre Patientinnen behandeln sollten, wie sie ihnen helfen konnten. Es war, als hörte man einem Onkologen bei der Schilderung eines Falles zu, wenn man selbst vom Krebs zerfressen war. Ich habe so viele Nächte hindurch im Dunkeln Bobbys Atem gelauscht und darüber nachgegrübelt, woran es lag, ob es seine Mutter oder sein Vater war, Roberts Geburt oder der Neid auf einen großen Fang, den ein anderer Cop gemacht hatte. Oder die Sauferei. Oder meine Gehaltserhöhung, die bedeutete, daß ich lausige neunhundert Dollar mehr im Jahr verdiente als er, neunhundert Dollar, die sie meinetwegen hätten behalten können.

»Hey, Frances Ann«, sagte er, als er am Schreibtisch in dem kleinen Arbeitszimmer saß, das auf die Gasse hinter dem Haus hinausging, und unsere Steuererklärung machte, »du verdienst mehr als ich.« Und mich überlief ein kalter Schauer. Ich konnte seine Stimme deuten, ebenso wie ich ein Röntgenbild lesen konnte.

Ich glaube, mir wurde an diesem Abend bewußt, daß ich mich nicht einfach scheiden lassen oder weggehen konnte, so wie andere Frauen ihre Männer verließen, daß er mich niemals gehen lassen würde. Ich packte gerade Roberts Lunch für die Schule ein, ein Sandwich mit Erdnußbutter und einen in Viertel geschnittenen Apfel, und er saß am Küchentisch und trank ein Bier.

»Kann denn der Junge seinen Apfel nicht wie alle anderen essen?« fragte er und beobachtete mich.

»Er mag ihn eben geviertelt.«

»Du verhätschelst ihn.« Das sagte Bobby immer über Robert: »Du verhätschelst ihn.«

Dann klingelte das Telefon, und er seufzte, weil er dachte, daß es einer seiner Kollegen war, doch es war für mich. »Hey, Schwester«, sagte Ben Samuels. So begrüßte er mich immer im Krankenhaus. Hey, Schwester. Hey, Doktor. Er war ein guter Arzt. Er faßte die Patienten immer an, wenn er mit ihnen redete, und sah ihnen in die Augen.

»Hi«, sagte ich und sah Bobby an.

»Erinnerst du dich noch an das Buch über Geistheilung, über

das wir vor ein paar Wochen gesprochen haben?« fragte Ben Samuels. »Heute abend bringen sie bei PBS einen Bericht darüber. Etwa eine halbe Stunde lang. Ich dachte, du würdest dir das vielleicht gern ansehen.«

»Danke«, sagte ich. »Bis morgen dann.« Ich spürte an seinem Schweigen, daß ihn meine Schroffheit irritierte. Ich hatte Bobby den Rücken zugekehrt, als ich den Hörer auflegte. Jedes Telefongespräch war mittlerweile zu einem Spionageakt geworden.

»Das war Winnie«, sagte ich. »Wegen irgendeinem Bericht über Geistheilung um zehn Uhr im Fernsehen.«

»Was, zum Kuckuck, ist Geistheilung?«

»Die Vorstellung, daß geistige Kräfte eine Krankheit genausogut heilen können wie eine medizinische Behandlung. Wir haben darüber im Krankenhaus gesprochen.«

»Hört sich an wie 'n Haufen Bockmist«, sagte Bobby. Er ging zum Kühlschrank, machte noch eine Flasche Bier auf, stieß mich an, als er zum Tisch zurückging und sich setzte, hob die Flasche in der Bobby Benedetto eigenen Art und trank in großen Schlucken. Nachts roch sein Schweiß nach Bier, sein Schweiß und sein Atem. Er blickte zu mir auf. »Wer, hast du gesagt, war am Telefon?« fragte er.

»Winnie.«

»Das hat sich von dort, wo ich sitze, aber gar nicht nach Winnie angehört.«

Um zehn Uhr stellte ich den Fernseher an und setzte mich auf die Couch. Bobby ließ sich in seinen Sessel fallen. »Gib mir die Fernbedienung, Fran«, sagte er. Er hatte wieder ein Bier in der Hand. Nach zwei Minuten schüttelte er den Kopf. »Kann der menschliche Geist den menschlichen Körper beherrschen?« fragte eine Stimme, und Bobby schaltete auf den Sportkanal. Ach, was waren wir doch für ein tolles Paar.

»Ich gehe ins Bett«, sagte ich und ging in die Küche, um einen Schluck Wasser zu trinken.

»Du hast diesen Mist doch nicht wirklich sehen wollen, oder?« rief er.

»Eigentlich schon.«
»Kannst du mir noch ein Bier mitbringen, Frances?«
Ich trug eine weitere Flasche Budweiser ins Wohnzimmer und hinterließ auf der eisgekühlten Flasche Fingerabdrücke.
»Und aufmachen konntest du es wohl nicht?«
»Um Himmels willen, Bobby, es ist ein Schraubverschluß. Und im andern Fall würdest du es wohl auch ohne einen Öffner aufkriegen.«
»Was, zum Teufel, soll das heißen?« Ich hatte die leere Flasche in die Küche zurückgebracht und gab keine Antwort. Als ich mich vom Mülleimer umdrehte, stand er in der Türöffnung. Er sah gut aus, wenn er betrunken war. Das war mir aufgefallen, als er jünger war. Seine Augen glitzerten, und sein Mund erschlaffte auf eine Art, die mich früher sehr erregt hatte und die mich jetzt sehr, sehr vorsichtig werden ließ. Meistens jedenfalls.
»Wer war am Telefon, hast du gesagt?« fragte er.
»Mein Gott noch mal, Bob«, fing ich an.
»Mein Gott noch mal, was, Fran?« fragte er mit dieser tiefen, schleppenden Stimme, mit halb geschlossenen Augenlidern. Er stellte die Flasche ab und kam auf mich zu, und ich wußte nicht, was schlimmer war: mein erster Gedanke, daß er mich in der Küche nehmen wollte, gegen die Kante der weißen Resopalarbeitsfläche gedrückt, oder mein zweiter, daß er dazu überhaupt nicht mehr in der Lage war. Ich spürte, daß er nicht mehr konnte. Ich spürte, wie er es spürte.
»Du mußt ein bißchen zunehmen, Fran«, sagte er und drückte mich fest an sich. »Du bist nur noch Haut und Knochen.« Er küßte mich hart, er preßte sein Gesicht eher auf meinen Mund, als daß er mich küßte. Ich bekam keine Luft mehr und wollte mich wegdrehen, aber er hatte mich mit der Hand im Nacken gepackt, und ich mußte ihn schließlich zurückstoßen – ich mußte es tun, denn ich war am Ersticken und rang nach Luft. Er versuchte, seinen Mund wieder auf meinen zu drücken, obwohl ich mit offenem Mund keuchte; ich glitt zur Seite, und er fiel nach vorn und schlug sich das Kinn

an der Tür des Oberschranks. Es war wie eine einzige Bewegung: die Finger an sein Gesicht heben, in meines schlagen, so daß ich zurückfiel und mit dem Kopf an die scharfe Ecke des Schrankes am Fenster stieß und das warme Blut in meinem Haar und Nacken spürte.

Als ich eine Woche nach meinem einundzwanzigsten Geburtstag vor dem Altar in St. Stannie gestanden hatte, hätte ich mir nie träumen lassen, daß ich einmal mit blutverklebtem Haar an die Decke starren und mir wünschen würde, daß mein Mann endlich fertig werden und kommen würde.

Jeder von uns hatte seinen Treueschwur aufgeschrieben: »Ich werde dir bis ans Ende der Welt folgen«, las Bobby vor, und in seiner Stimme klang es, als ob er es fett und kursiv geschrieben hätte. Und das würde er auch tun. Ich wußte es, als er in dieser Nacht neben mir schnarchte und nach Budweiser roch, so wie ich nach Blut.

In dieser Nacht wurde ich wieder schwanger, doch ich verlor das Baby nach vier Monaten, und eine Woche lang massierte er mich jeden Abend und bearbeitete meine Schultermuskeln mit seinen starken Händen, während er rittlings auf mir saß. Vielleicht kann das nur eine Frau verstehen, die einmal erlebt hat, wie ihr Mann voller Reue schluchzte, diese erstickten Schluchzer, die klingen, als würde er Glas schlucken. Er gab mir das Gefühl, geliebt zu werden, das gab Bobby mir in solchen Momenten wirklich – so geliebt, wie mich noch niemand geliebt hatte. Verwöhnt, wie ich noch nie verwöhnt worden war, auch nicht von meinen eigenen Eltern. Irgendwie erreichte er mich, lullte mich ein, drehte mich zu sich, sagte: »Ich liebe dich so sehr, Baby« und berührte mich überall so zärtlich, daß ich die Arme nach ihm ausstreckte, obwohl der Arzt gesagt hatte, daß ich noch warten sollte, und wieder schwanger wurde. Und ich verlor auch dieses Kind. Zum Glück. Zum Glück.

Vor unserer Hochzeit dachte ich, es würde aufhören, wenn wir verheiratet wären. Als wir verheiratet waren, dachte ich, daß ein Baby helfen würde. Nach dem Baby dachte ich, daß es ihm besser ginge, wenn wir noch ein Kind bekommen würden.

Und als Robert zwei Jahre alt war, konnte ich nicht weggehen, weil es die entscheidenden Jahre seiner Entwicklung waren, obwohl ich vielleicht nicht genügend bedachte, was wir entwickelten, Bobby und ich. Und als Robert in die Schule kam, konnte ich nicht gehen, weil die Schule eine große Umstellung für ihn war. Und im Mai konnte ich nicht gehen, weil ich uns den Sommerurlaub vermasselt hätte, und im November konnte ich nicht gehen, weil ich uns die Feiertage verdorben hätte. So blieb ich und blieb und blieb.

Und dann wurden diese drei Frauen getötet, und als ich ihre Geschichte las, fiel mir auf, daß alle ihre Männer verlassen hatten, so wie man es von ihnen erwarten würde, wenn ihr Mann sie prügelt und zusammenschlägt. Sie erledigten die Formalitäten, erwirkten Unterlassungsverfügungen und sagten: »Nie wieder.« Doch zwei davon hatten sich zurücklocken lassen, wieder und wieder, und eine hatte es sogar nach der Scheidung nie geschafft, wirklich wegzugehen. Ihr Mann hatte die Tür eingetreten, war in ihr Büro gekommen, hatte ihr an der Bushaltestelle aufgelauert und war vor einem Dutzend Zeugen über sie hergefallen. Am Ende hat er sie umgebracht. Alle drei sind tot. Obwohl sie gegangen sind, obwohl sie versucht haben zu entkommen, sind sie schließlich doch zerbrochen. Und ich konnte im Geist Bobbys Stimme hören, die mich anflehte, anflehte und meinen Widerstand brach. Und ich sah ihn vor mir, wie er mir auf meinem morgendlichen Dauerlauf folgte, im Bus zum Krankenhaus drei Bänke weiter vorn saß, Robert beschwatzte, ihn ins Haus zu lassen. Da erkannte ich, daß ich ihn nicht verlassen konnte, wie andere Frauen ihre Männer verließen. Ich würde überhaupt nicht weggehen können. Ich mußte einfach verschwinden.

Ich sah mich in der Wohnung um, während Patty Bancroft redete. Vielleicht war dies ja das Ende der Welt. Aber zumindest gab es dort Vorhänge. Zumindest gab es Farbe und Bilder.

»Sie werden Ihnen Arbeitskleidung zur Verfügung stellen«, sagte Patty Bancroft über meinen neuen Job, nachdem sie zwei weitere Münzen in den Apparat geworfen hatte.

»Wissen sie Bescheid?« fragte ich.

»Was?«

»Wissen sie, wer ich bin?«

»Sie kennen Sie als Elizabeth Crenshaw. Sie haben ausgezeichnete Referenzen. In Florida brauchen Sie keine Anerkennung Ihrer Ausbildung. Das ist einer der Gründe, warum Sie dort sind. Sie werden Sie gleich nächste Woche einsetzen.«

»Beth«, sagte ich. »Ich habe mich für Beth entschieden.«

»Alles wird gut werden, Beth«, sagte sie, »wenn Sie tun, was wir sagen.«

»Sie hören sich wie mein Mann an.«

»Wie bitte?«

»Sie hören sich wie mein Mann an. Alles wird gut werden, wenn du tust, was ich sage.«

Sie schwieg, und ich konnte Menschen sprechen und lachen hören, die reisten und nicht flohen – die durch den Flughafen gingen und auf dem Weg zu anderen Menschen waren. »Damit wir uns richtig verstehen«, sagte Patty Bancroft, »im Augenblick sucht er nach Ihnen.«

Die Agentur wies mir nur Handlangerarbeiten zu, Aufgaben für eine Schwesternschülerin, nicht für eine examinierte Krankenschwester. Kochen, putzen, einkaufen. Doch es war gut, es war sogar wundervoll, wieder Ziele zu haben und unter Leute zu kommen. Meine erste Visite führte mich in eine Behindertenwohnanlage zu einer dreißigjährigen, spastisch gelähmten Frau. Sie hieß Jennifer und teilte mir ihre Bedürfnisse mit, indem sie mit einem Stock, der an ihrer zuckenden Hand befestigt war, auf eine Computertastatur tippte. Sie sah aus wie ein Vogel, ihr Kopf ging auf und nieder, als würde sie bereits essen, während sie mir sagte, was sie essen wollte, ihre Augen rollten über einem schlaffen Mund, der zu lächeln schien. »Instant-Haferschleim«, schrieb sie an meinem ersten Tag. »Ein Liter Magermilch. Fertig-Pudding, Schokolade. D.« D für Danke.

Sie sagte es auch, doch es hörte sich mehr nach einem Knurren oder Räuspern an als nach einem Wort. Als ich vom Einkaufen zurückkam, hörte ich den Drucker summen, der an ihren Computer angeschlossen war. Nachdem ich ihr Bett in dem kleinen Hinterzimmer frisch bezogen hatte, deutete sie mit dem Stock auf einen Stapel Papier in der Druckerablage. Elf sorgfältig beschriebene Seiten mit den Daten ihrer gesamten Krankengeschichte. Der erste Satz war: »Ich heiße Jennifer Ann March und wurde um 6.14 Uhr am 7. November 1967 in Atlanta, Georgia, geboren. Der behandelnde Arzt war nicht erreichbar und der diensthabende Geburtshelfer, Dr. Gregory Littel, beendete die Geburt mit der Zange.«

»Die Zange«, sagte ich unbeabsichtigt laut, und sie ließ ihr Grollen wieder hören und wackelte mit dem Kopf, als wollte sie sagen: Ja, ja darum bin ich so, wie Sie mich jetzt vor sich sehen. Das hat die Zange in den Händen dieses Arztes mir angetan. Wäre die Zange nicht gewesen, könnte ich heute eine dreißigjährige Frau sein, die Tennis spielt und abends im Schnellrestaurant am Highway kellnert. Oder, wenn man die Intelligenz und den Fleiß bedachte, mit der sie diese Krankengeschichte verfaßt hatte, sogar eine Dreißigjährige, die gerade ihre Doktorarbeit über einzellige Organismen oder die Kammermusik des neunzehnten Jahrhunderts fertigstellte. Jeder sucht nach einem Sinn in seinen Deformierungen, und eine schwere Geburt war ein ebenso guter Erklärungsversuch wie jeder andere. Es erklärte ihr, warum gerade sie ins Abseits geraten war und, gefangen in ihrem eigenen Körper, versuchen mußte, mich mittels dieser bedruckten Seiten dazu zu bringen, sie als menschliches Wesen wahrzunehmen.

»Ist das für mich?« fragte ich, und ihr Kopf wackelte erneut. Auf ihrem Bildschirm erschienen wie durch Zauberei plötzlich Wörter, Nachrichten von Menschen, die in einem Chatroom verbal miteinander wetteiferten. »Der Meteoritenregen am letzten Wochenende war einfach unglaublich«, lautete die letzte Zeile auf dem Bildschirm. »Von Manitoba aus sah es aus wie ein silbernes Feuerwerk.«

»Ich muß jetzt gehen«, sagte ich. »Am Dienstag komme ich wieder. Soll ich Ihnen irgend etwas mitbringen?«

Ihr Kopf schwenkte wackelig von einer Seite zur anderen. Ihr Haar war rundherum auf Streichholzlänge gestutzt. Ich wußte, daß eine Krankenschwester ihr morgens beim Anziehen half. Sei dankbar für das, was du hast, hatte mein Vater immer gesagt. Es ist beschämend, wenn man erst an der Not der anderen erkennt, wofür man dankbar sein muß. Wieder dieses Geräusch tief in ihrer Kehle.

»Keine Ursache«, sagte ich, bevor ich die Tür hinter mir zuzog und nach draußen in die Hitze trat.

Vielleicht hatte Patty Bancroft recht, vielleicht suchte Bobby gerade nach mir, als ich den Pudding und die Milch in Jennifers Kühlschrank stellte. Doch ich war ebenfalls wachsam. Ich nahm jeden Tag einen anderen Weg zu meinen Patienten, spähte in jedes geparkte Auto und drehte mich um, wenn jemand langsam hinter mir her ging.

Cindy und ich beschlossen, die erste Stunde am Tag unentgeltlich in der Schulbibliothek zu arbeiten. So konnte sie Chelsea erzählen, sie sei ganz in der Nähe, und ich konnte sowohl Robert als auch den Eingang der Schule gleich gegenüber im Auge behalten. Anstatt weiter schwitzend auf dem Parkplatz herumzustehen, stellten wir nun unter der nörgelnden Anleitung der alten Mrs. Patrinian, die wir beide »Mommy« nannten, Bücher in die Regale zurück und erneuerten Schutzumschläge. Die Schulsekretärin kannte mich inzwischen und war daran gewöhnt, daß ich hin und wieder bei ihr vorbeischaute. »Wenn Robert irgendwelche Probleme hat, rufen Sie mich doch an?« fragte ich sie eines Tages, als ich ihr einen Becher Eistee aus der Cafeteria brachte. »Selbstverständlich«, sagte sie, während sie mit ihrem langen, rosa und weiß lackierten Fingernagel Süßstoff in ihren Becher schnippte.

Wenn Chad nicht zum Turnen mußte, tranken wir hinterher meist noch eine Tasse Kaffee. »Diese Erstmütter, die wie vom Untergang der Titanic reden, wenn ihr Baby aus dem Bett fällt«, sagte Cindy verächtlich. »Wenn ich mir noch eine Diskussion darüber anhören muß, ob man bei Ohrenentzündung Schläuche legen soll, wird mir speiübel.« Anschließend gingen wir arbeiten. Cindy lud ihre schwarzen Musterkoffer aus Kunstleder in den Minivan, und ich begab mich zu meinen Patienten. Außer Jennifer, die ich zweimal die Woche besuchte, betreute ich auch noch Melvin, einen Dialysepatienten des örtlichen Krankenhauses, dessen Haut sich bereits margarinegelb verfärbt hatte. Er sah nicht einmal vom Fernseher weg, wenn ich seinen Blutdruck maß und sein Herz abhörte. Er beobachtete die Aktienkurse auf dem Wirtschaftskanal und machte sich Notizen. »Er kommt nicht besonders gut damit zurecht«, sagte seine Frau. Ein Fernfahrer, der auf eine Nierentransplantation wartete und sich die Zeit damit vertrieb, auf dem Papier an der Börse zu spekulieren und im Geiste GM, Textron und IBM-Aktien zu kaufen und wieder abzustoßen. Jeden Morgen schickte er seine Frau zum Laden an der Ecke, um Lotterielose zu kaufen. »Glauben Sie, daß es falsch ist, um eine Spenderniere zu beten?« fragte mich Ada, seine Frau.

»Warum sollte das falsch sein?«

»Ich habe angeboten, ihm selbst eine zu spenden, doch der Doktor meinte, das wäre nicht gut. Aber so muß zuerst jemand sterben. Ich meine, jemand muß sterben, damit er eine neue Niere bekommt. Es kommt mir nicht richtig vor, um den Tod eines anderen zu beten.«

»Machen Sie sich darüber keine Gedanken, Ada«, sagte ich.

Zu Melvin ging ich ebenfalls zweimal die Woche. Aber ich wurde nie richtig mit ihm warm, obwohl Ada mir leid tat, die seine Laken täglich mit Clorox wusch, um die Schweißflecken herauszubekommen. Aber meine wichtigste und gleichzeitig auch meine liebste Aufgabe war es, mich um die Levitts zu kümmern. Sie wohnten in einem Gebäude namens Lakeview auf der anderen Seite des Highways. Es war ein langer Fußmarsch, etwa zwanzig Minuten, bis die Zwillingstürme der Seniorenwohnanlage vor mir wie eine Fata Morgana aus einem Meer kleiner, weißer Stuckhäuser mit roten Ziegeldächern und Klimaanlagen vor den Fenstern auftauchten. An manchen Tagen setzte ich mich auf die Treppe eines der kleineren Häuser, das durch spärlich blühende Büsche vor neugierigen Blicken geschützt war, und wischte mir die Stirn mit einem Taschentuch. Manchmal schaute ich beim Laden an der Ecke vorbei, um mir etwas zu trinken zu kaufen. »Heiß da draußen«, sagte der Asiate hinter dem Tresen immer und sprach es wie ein langes, mehrsilbiges Wort aus, eine Redewendung, die er zusammen mit einem breiten Grinsen als Preis dafür anbot, daß er in diesem verrückten, verrückten Land Geschäfte machte. Es schien durchaus möglich, daß ich der einzige Mensch in Lake Plata war, der nicht in einem Wagen mit Airconditioning unterwegs war. Seit wir in Florida waren, lief ich meistens mit einem puterroten Gesicht herum, das ganze Blut schien durch meine dünne Haut, und die Haare standen mir in Stacheln vom Kopf ab.

Als ich zum erstenmal zu den Levitts ging, hatte Robert schulfrei, und ich vertraute ihn widerstrebend der Castro-Familie an, wobei ich Milagro Castro langsam und laut fragte, ob sie während meiner Abwesenheit auf ihn aufpassen könne.

»Lassen Sie mich mal«, sagte Bennie und beugte sich zu seiner Mutter vor. Ein Gezwitscher spanischer Worte aus dem Mund des Jungen, gefolgt von aufgeregtem Nicken seiner Mutter, dann wieder Spanisch und noch ein nachdrückliches Nicken.

»Sie sagt, daß sie sich um ihn genauso wie um jeden von uns kümmern wird. Sie sagt, er ist ein guter Junge.«

Eine Flut von Worten ergoß sich über uns. Mrs. Castros Kopf und Hände tanzten.

»Sie sagt, sie freut sich, daß Robert mit uns zu Mittag essen wird. Sie sagt, er ist ein guter Junge, und sie wird ihn nicht aus den Augen lassen. Na gut, Ma, das reicht jetzt.« Bennie hatte sich wieder mir zugewandt. »Sie spricht jetzt lauter so Gebete. Na, keine richtigen Gebete, aber religiöses Zeugs. Nicht eigentlich religiös, aber daß sie ihre Aufgabe sehr ernst nehmen und sich wie ein Engel um ihn kümmern würde. Ist in Ordnung, Mommy, sie hat verstanden.« Und die zwei Jungs verzogen sich in die Wohnung der Castros und diskutierten darüber, welcher Superheld aus den Comics unbesiegbarer wäre, während ihre Mütter sich voreinander verbeugten und grinsten wie Puppen am Armaturenbrett eines Autos. Frauensache, schienen sie zu sagen, als sie den Rückzug antraten. Die Fliegengittertür fiel ins Schloß. Dann kam Robert noch einmal heraus, zog mich beiseite, während Mrs. Castro uns gütig anlächelte, und flüsterte: »Wann kommst du nach Haus?«

»Um vier«, sagte ich.

»Vier Uhr nachmittags?«

»Willst du wirklich nicht mitkommen? Ich hab' dir ja gesagt, daß du am Empfang auf mich warten kannst.«

Er schüttelte den Kopf. »Ich wollte es bloß wissen.«

»Sieh mal, Irving«, sagte Mrs. Levitt, als sie die Tür zum Flur aufmachte, der nach Desinfektionsmittel und alten Leuten roch. »Schau mal«, sagte sie, nachdem sie auf Zehenspitzen stehend durch den Spion gelinst hatte. »Sie haben eine Neue geschickt.«

Sie lebten in einem Zweizimmerapartment mit einer so winzigen Küche, daß Mrs. Levitt und ich nicht zur selben Zeit Eistee und Sandwiches zubereiten konnten. Es hatte einen Balkon, wie ihn so viele Wohnhäuser in New York haben, gerade groß genug, um darauf zu stehen – klein, häßlich und nutzlos, ein Anhängsel moderner Architektur. Mrs. Levitt betrat ihn nur, um nach einem heraufziehenden Sturm Ausschau zu halten, wenn sie die Warnung im Wetterkanal gehört hatte, und um ihre Handwäsche aufzuhängen. Wenn ich mich dem Gebäude näherte, konnte ich das Apartment der Levitts manchmal an den Miederwaren erkennen, die draußen in der reglosen Luft backten.

Die Wohnung war so einfach und schlicht wie das Innere einer Schuhschachtel, aber vollgestellt mit Rokokomöbeln: Anrichte neben Kommode, eine große Sitzgruppe mit alten Brokatkissen, die vom vielen Gebrauch so weich wie Babyhaut geworden waren, in der Ecke eine weitere Kommode, auf der eine Reihe von sepiabraunen Fotos in Acrylrahmen stand. Es gab Eßzimmerstühle, aber keinen Eßtisch, Couchtischchen mit geometrischen Einlegearbeiten und leichte, zusammenklappbare Tablettische aus Plastik. Den Orientteppich hatte man an einer Seite umgebogen, weil er für seine Umgebung fünfzehn Zentimeter zu lang war. Eine Ecke des Wohnzimmers beherbergte ein Krankenhausbett, einen kleinen Tisch mit Medikamenten, Reinigungssprays und Windeln für Erwachsene und ein großes Ölgemälde in prunkvollem Goldrahmen, das einen dunklen Wald zeigte. Als ich Lernschwester war, hatte ich einmal einen siebzigjährigen Krebspatienten zu Hause besucht, einen ehemaligen Kürschner, dessen kleines Apartment im Hotel genauso aussah. »Ihr Leben schrumpft zusammen, wenn sie älter werden, doch ihre Möbel bleiben so groß wie früher«, hatte die Oberschwester gesagt.

»Diese Farbe macht Sie blaß«, sagte Mrs. Levitt am ersten Tag, als sie die Tür öffnete und den blauen Polyesterkittel mit Reißverschluß, den ich zum Arbeiten trug, erblickte; er förderte das Schwitzen ebenso wie die transparenten Plastikhüllen zum Abnehmen, die ich in Frauenzeitschriften gesehen hatte.

»Gleichfalls guten Morgen«, sagte ich.

»Uh, oh, Irving«, rief Mrs. Levitt. »Die hier ist ein richtiger Scherzkeks.«

Im Grunde gab es bei den Levitts nicht viel für mich zu tun. Irving war durch einen Schlaganfall inkontinent, stumm und außer den gelegentlichen wilden Zuckungen gelähmt geworden. Mrs. Levitt und ich drehten ihn um und wechselten seine Bettwäsche und seinen Schlafanzug, der nach Schweiß und Weichspüler roch. Meistens tranken wir Tee, nachdem wir Irving durch einen Strohhalm mit pürierten Erbsen und Brühe gefüttert und ihm frische Windeln angezogen hatten.

»Darf ich mal telefonieren, ich würde gern meinen Sohn anrufen?« fragte ich an jenem ersten Tag. »Es ist ein Ortsgespräch.«

»Mom, mir geht's gut«, sagte Robert ungeduldig. »Wir sind gerade mitten im Spiel.«

»Ich bin bald zu Hause«, sagte ich und hörte an seiner Stimme, seinem Atem, seinem ungeduldigen Schnaufen, daß es ihm gleichgültig war, daß er langsam in die Normalität zurückfand und wieder vollauf mit seinem eigenen Leben beschäftigt war.

»Um ganz ehrlich zu sein, meine Liebe«, sagte Mrs. Levitt in ihrem englischen Tonfall. »Ich kann hier mit Irving jede Hilfe gebrauchen. Aber es ist auch schön, jemand zum Reden zu haben. Nicht daß Irving niemand wäre. Aber du warst ja nie ein großer Redner, nicht wahr, Irving? Auch nicht davor.« Sie zwinkerte mir zu, hob eine Hand an ihr wolliges, weiß und grau getüpfeltes Haar, das aussah, als hätte man es dauergewellt und dann seinem Schicksal überlassen. »›Florida, Florida‹, sagte er immer, wenn er an seinen Ruhestand dachte. ›Alle gehen nach Florida.‹ ›Was soll ich denn in Florida, Irving‹, sagte ich, doch am nächsten Tag wachten wir auf, und es lag ein Viertel Meter Schnee. Ach ja, hab' ich mir gedacht, damit ist alles klar. Als nächstes hat er dann unser Haus zum Verkauf angeboten. Sehen Sie sich das nur an.« Sie benutzte die fein geschnitzten und geschwungenen Armlehnen eines Mahagonisessels, um sich hochzustemmen, und führte mich an einen Besenschrank im Flur zwischen Wohn- und Schlafzimmer, in dem sich ein Staubsauger, ein gesteppter, goldfarbener Kleiderbeutel, der nach Mottenkugeln roch, und ein Set Golfschläger befanden.

»Spielen Sie Golf?« fragte Mrs. Levitt. Ich schüttelte den Kopf. Viele Cops spielen Golf, eine etwas sportlichere Variante des ständigen Zusammenhockens auf der Terrasse, wo man darüber redet, was für Trottel Verkehrspolizisten sind und daß alle Streifenwagen neue Stoßdämpfer brauchen. Bobby stemmte statt dessen Gewichte. Seine Unterarme fühlten sich an wie ausgelöster Rippenbraten vor dem Auftauen. Gott, was für einen schönen Körper er hatte. »Du kannst dich wirklich nicht beklagen, Fran«, hatte mir die Frau eines Polizisten einmal bei einer Strandparty in Hampton Bays gesagt und von Bobby zu ihrem Gatten geschaut. »Baby mag Bier«, pflegte ihr Mann zu sagen und sich mit der Hand auf den Bauch zu klopfen.

Mrs. Levitt gab den Golfschlägern einen Klaps mit ihren Pantoffeln. »Er sagte, er würde jetzt Golf lernen. Einundsiebzig Jahre, und er meint, er sei, wie war doch noch sein Name – Arthur Soundso, der große Golfspieler. Stimmt's, Irving? All den Unsinn über Handikaps, den du von Bernie Meerson und seiner Truppe im Schwimmklub gelernt hast. Meinen Sie, ich sollte eine Anzeige in der Zeitung aufgeben und sie verkaufen?«

»Die Golfschläger?«

Mrs. Levitt nickte und ging wieder zurück zu ihrem Stuhl, dem Tee und den Keksen. Sie beugte sich zu mir vor und senkte die Stimme. »Und dann würde folgendes passieren«, sagte sie und zwinkerte mir zu. »Jemand würde die Schläger kaufen, Irving würde aufwachen oder da herauskommen«, sie wedelte mit der Hand in Richtung Ecke, als wollte sie damit die ganze Bescherung andeuten, das verstellbare Kopfteil des Bettes, das Paket Windeln, den Beutel mit den Kathetern, »und sagen: ›Selma, wo, zum Teufel, sind meine Schläger? Du hast sie verkauft? Hast du etwa gedacht, ich würde sterben?‹« Sie zuckte die Achseln, und ihr Oberkörper mit dem gewaltigen Busen hob und senkte sich entschlossen und schicksalergeben. Sie sah zu Irving hinüber, einer gelblichen Mumie mit feuchten, dunklen Augen, der mit den Fingern zuckte und nur durch sein schweres Atmen an der Unterhaltung teilnehmen konnte. Das Bett war angewinkelt, so daß er einen weiten Ausblick auf die willkürliche und wirre Landschaft von Lake Plata hatte: ein kleines Dach nach dem anderen, durchbrochen nur vom Gerüst des Wasserturms und der kastenförmigen Ausbreitung der Kaufmärkte, aber er schien nichts zu sehen und nichts zu hören. Vielleicht konnte er noch hören, wie das Herz in seinem Körper schlug, wer weiß. Man konnte sich wirklich nicht vorstellen, wie er nach seinem Neunereisen verlangte.

»Ach, ist ja egal«, sagte Mrs. Levitt. »Was denken Sie über dieses Mädchen, das in Orlando vermißt wird? Ihr Freund hat sie umgebracht, das können Sie mir glauben.« O ja, das glaubte ich ihr.

Während ich Mrs. Levitt zuhörte, wie sie über Irving sprach, mußte ich an die vielen Gespräche denken, die ich während meiner Ehe mit den Frauen der anderen Cops geführt hatte, wenn wir bei einem Barbecue zusammensaßen. An jenen Sommernachmittagen dachte ich manchmal, daß Bobby recht hatte und ich dazu neigte, die Dinge zu übertreiben. Ich saß im Garten des Hauses von Bobbys Freund Buddy auf Long Island und hörte Buddys Frau Marie und ihrer Schwester Terri zu, die auch mit einem Cop verheiratet war, und Maries Nachbarin Annmarie, deren Mann bei der Feuerwehr war, und bei allen klang es so, als wäre die Ehe ein einziger Leidensweg, als entspräche es der natürlichen Ordnung auf Erden, daß der Mann eine Heimsuchung ist.

»Er sitzt da draußen wie der Vater des Jahres, doch Gott behüte, daß er eins von ihnen jemals baden oder ihnen ein Paar Schuhe kaufen würde«, sagte Marie.

»Ein Paar Schuhe?« sagte Terri. »Davon kann man doch nur träumen. Ich wäre schon zufrieden, wenn er die verdammte Mayonnaise wegräumen würde, wenn er sich ein Sandwich gemacht hat.«

»Er macht sich sein Sandwich selbst?« meinte Annmarie, und wir mußten lachen. Herzhaft lachen.

O Gott, die Geschichten, die sie erzählten. Sie waren alle so witzig und bitter wie die von Mrs. Levitt. Wie Terri eines Abends so erschöpft von den Kindern war, daß sie mitten im Sex einschlief. Wie Buddy am Geburtstag eines der Mädchen betrunken erschien und auf der Couch einpennte, während die Party ohne ihn und um ihn herum weiterging, und wie jemand eine Buttercremerose auf seine Nase legte und er sich nicht einmal rührte. Über Annmaries Mann Kevin, der auf der Hochzeit seines Bruders einen Toast ausbrachte, der die Braut so verletzte, daß sie in Tränen ausbrach.

»Ehrlich, es ist, als ob man fünf Kinder hätte, und mit den Mädchen ist es sowieso leichter«, sagte Marie.

Die Berufstätige, so nannten sie mich. Hey Fran, sagten sie immer, was ist los in der wirklichen Welt? Und ich erzählte Geschichten aus dem Krankenhaus. Über die junge Frau, die mit dickem Bauch in die Notaufnahme kam und ihr Baby Benedetto nannte, weil sie immer auf mein Namensschild gestarrt hatte, während sie schrie und brüllte und sich mit ihren langen Zehen am Fußteil des Bettes abstützte, als sie preßte. Über den Angeschossenen, der die Kugel als sein persönliches Eigentum betrachtete und Krawall schlug, als wir ihm nicht erlaubten, sie für seine Sammlung mitzunehmen. »Ich hab' fünf von diesen Babys auf dem Kopfteil meines Bettes, Mann«, ächzte er. »Fünf, alle schön der Reihe nach aufgestellt. Gib mir die da.« Über das Pärchen, das verlegen herumdruckste und schließlich gestand, daß das Kondom irgendwie irgendwo verlorengegangen war. Eine Assistenzärztin zog sich Gummihandschuhe an und fischte es wieder heraus. »Sie sollten es abrollen, wenn Sie es anlegen«, sagte sie zu dem Burschen.

»Verdammt«, sagte er.

Wir saßen immer in der Küche, wenn ich solche Geschichten erzählte, und sie brüllten vor Lachen, diese Frauen. Die Männer nicht. Die Männer saßen im Sommer auf der Terrasse unter der Markise und während der Football-Saison unten im ausgebauten Keller. Sie hatten den Großbildfernseher, wir den Küchentisch und den Kühlschrank. Ich glaube, ich habe mit Buddy die ganze Zeit, die wir uns kannten, nur fünf Worte gewechselt – »danke« und »immer mit der Ruhe«. Wir waren kaum über die Türschwelle getreten, Bobby und ich, da ging er in die eine Richtung und ich in die andere, in die Küche zu den Frauen. Es war, als gehörten wir verschiedenen Arten an.

Keine von den Frauen arbeitete. Ihre Ehemänner wollten das nicht, sagten sie. Sie sagten es alle etwas neugierig, wie wenn sie sich wunderten, daß Bobby es erlaubte, wie wenn sie unter sich darüber gesprochen hätten und nun darauf warteten, daß ich ihnen das Geheimnis verriet. Niemand von ihnen wußte, daß Bobby mich für den Luxus, fünf, manchmal sechs Tage die Woche im South Bay Hospital schuften zu dürfen, teuer bezahlen ließ.

»Ich hab' hier genug zu tun«, sagte Marie.

Ich weiß noch, wie ich mich fragte, ob es das war, ob Bobby nicht mehr so wütend auf mich wäre, wenn ich zu Hause bliebe und Kränze aus Seidenblumen und Schmuckschachteln bastelte. Nur hatte ich gar nicht den Eindruck, daß Bobby direkt auf mich wütend war, sondern eher, daß er sich einfach aufregte und ich zufällig zur Hand war.

Eines Abends ging Annmarie früh nach Haus, bevor es Rumkuchen und Kaffee gab, und Marie beugte sich vor und sagte. »Das arme Mädchen, kann ich euch sagen. Er hat seit zwei Jahren jemand anders. Sie glaubt, daß seine Familie immer noch stocksauer ist wegen diesem Toast auf der Hochzeit, aber sie können ihr nicht ins Gesicht sehen, weil seine Freundin ein Kind von ihm erwartet.«

»Sag bloß!« sagte Terri.

»Echt wahr«, meinte Marie.

»Warum verläßt sie ihn nicht einfach?« sagte ich.

»Wohin sollte sie gehen?« fragte Terri. »Soll sie ihr Leben ruinieren, bloß weil ihr Mann ein Schwein ist? Sie hat gerade das ganze Haus neu gestrichen. Und den Flur tapeziert.«

Ich erzählte ihnen auch von Patty Bancroft, als sie zu uns ins Krankenhaus gekommen war. Sie kannten sie schon aus dem Fernsehen, wo sie darüber gesprochen hatte, wie eine Frau sich in der Weite Amerikas mit ein wenig Hilfe von den richtigen Leuten verlieren konnte. »Wir sind besser als das Zeugenschutzprogramm«, hatte sie in einer Talkshow am Nachmittag gesagt.

»Buddy sollte nur einmal die Hand gegen mich erheben, er würde sein blaues Wunder erleben«, sagte Marie.

»Du hast doch keine Ahnung«, erwiderte Terri, und ich sah sie an und betrachtete ihre braunen Augen, die dick getuschten Wimpern, die wie Spinnenbeine aussahen. Sie erwiderte den Blick nicht, und ich machte mir Gedanken. Doch wir machten uns ohnehin immer bloß Gedanken. Wir zogen uns seidene Cocktailkleider an, fönten unser Haar und gingen zu den Hochzeiten und Taufen und Firmungen, unsere Männer gaben die Mäntel ab, steckten das Ticket in die Taschen ihres Anzugs, und wir sahen aus wie glückliche Paare, und einige von uns waren es vielleicht auch, und viele von uns waren es sicher nicht, aber niemand von uns würde jemals darüber reden. Ich war dumm, als ich heiratete, und stellte es mir einfach wie ein verlängertes Verliebtsein vor, dauernd Essen gehen und Kinobesuche, Sex in einem richtigen Bett oder sogar auf dem Küchenfußboden. Dabei hätte ich aus der Art, wie der Fotograf uns für die Hochzeitsbilder aufstellte – »Schauen Sie auf den Ring... schauen Sie zu ihm auf... halten Sie die Blumen hoch« –, schließen können, daß es vor allem darum ging, die Fassade aufrechtzuerhalten, Tag für Tag, Woche für Woche, bis uns unsere Enkelkinder, wenn wir Glück hatten, wenn kein Krebs oder Autounfall dazwischengekommen war, zur Goldenen Hochzeit eine Party in einem Saal mit Speisen und Getränken spendieren und uns mit feuchten Augen beglückwünschen würden, daß wir so lange in einer ehelichen Gemeinschaft ausgeharrt hatten, was sie mit Liebe verwechselten.

Und trotz alledem: Bei Roberts Erstkommunion saßen Bobby und ich Seite an Seite am Tisch, als unser Sohn sich mit seinen acht Jahren bei allen Gästen für ihr Kommen bedankte. Er wirkte so feierlich in seinem kleinen, marineblauen Anzug und seiner rot und blau gestreiften Krawatte, und meine rechte Hand fand Bobbys linke, und ich sah ihn an und sah den Vater meines Sohnes, den Beginn meines Erwachsenenlebens, den Menschen, der jede Nacht auf der rechten Seite meines Doppelbettes schlief und dessen Unterhosen ich seit fünfzehn Jahren zusammengelegt und in einen Plastikkorb getan hatte. Es war, als ob es zwei Bobbys gab, zwei Frans, zwei Paare, und eins davon saß an jenem Tisch, Knie an Knie, atemlos vor Liebe zu seinem Kind und daher, durch eine Art Osmose, auch zueinander. Der andere Bobby und die andere Fran blieben zu Hause und warteten auf den Anbruch der Dunkelheit; sie hatte Angst, das falsche Wort zu sagen, er – nun, ich habe nie erfahren können, was er fühlte.

Wenn ich Cindy besuchte, sah ich mir manchmal die Bilder von ihr und ihrem Mann Craig an und fragte mich, ob es auch zwei von ihnen gab, das Tagespaar und das nächtliche Paar, wie Masken für Komödien und Tragödien. Und Mrs. Levitt und Irving. Und Fremde, die ich vor Ampeln im Wagen sah, die nebeneinander saßen und geradeaus durch die Windschutzscheibe blickten, die sich nie ansahen, die parallele Leben lebten.

»Diese Prinzessin und der Prinz«, sagte Mrs. Levitt. »Das war doch eine Ehe, die von Anfang an Ärger versprach. Und jetzt ist plötzlich die Freundin da, und wer weiß, was noch.«

»Wissen Sie noch, wie zerknittert ihr Hochzeitskleid war, als sie aus der Kutsche stieg?«

»Die Prinzessin?« Mrs. Levitt hob die Hände gen Himmel, als flehte sie eine höhere Macht um Hilfe an. »Ich sagte zu meiner Freundin Flo in Chicago, ›Flo‹, sagte ich, ›da sitzt man nun auf Seide, und das hat man dann davon.‹«

Wenn Irving nicht drei Wochen nachdem sie nach Lakeview gezogen waren, seinen Schlaganfall gehabt hätte, wenn sie Zeit gehabt hätte, sich mit den anderen Frauen im Haus anzufreunden, hätte Mrs. Levitt über den Aufseher und die alleinstehende Frau im Erdgeschoß, über den Mann von der Reinigung und seine gräßliche Frau geklatscht. Statt dessen redete sie nun über die Menschen in den Illustrierten: die Prinzessin und ihre Scheidung, Streisand und Sinatra – »keine glückliche Frau«, sagte Mrs. Levitt über die eine und »kein glücklicher Mann« über den anderen –, den Präsidenten und die First Lady. Mrs. Levitt holte sich die Blätter, wenn Mrs. Winkelman, die ein paar Türen weiter wohnte, sie mit dem Altpapier entsorgte; wenn sie am Dienstag abend die Tür der Winkelmans hörte, schlich sie sich zur Verbrennungsanlage hinunter und zog den *Star* und den *Enquirer* aus dem verschnürten Bündel. »Sieh mal, Irving, hier ist die aus *Dallas,* die du so mochtest«, rief Mrs. Levitt dann durch den Raum. »Sie macht nicht gerade eine gute Figur.«

»Irving«, sagte sie, während sie die Laken glattstrich, »weißt du noch, wie du in Las Vegas unser ganzes Urlaubsgeld in einer halben Stunde beim Blackjack verloren hast?«

»Du denkst wohl, daß ich dich damals mit Mamie in der Bar nicht gesehen habe«, sagte sie, während ihm der Unterkiefer runterfiel.

»Du warst ein rechter Geizkragen, Irving«, sinnierte sie, während sie an die Kommode ging und einen frischen Schlafanzug herausnahm, der vom vielen Waschen weich wie Seide war. »Zwölf Jahre hat es gedauert, bis ich einen anständigen Herd bekam. Und die nächsten zwölf Jahre hast du es mir ständig unter die Nase gerieben.«

Manchmal gab Mr. Levitt einen Laut von sich, der wie ein Stöhnen oder ein Keuchen klang, und dann sagte sie: »Ja, ja, ja.« Und etwas an der Art, wie sie es sagte, brachte mich auf die Idee, daß sie das seit Jahren gesagt hatte, daß Mrs. Levitt ebenso mit »ja, ja« geantwortet hatte, wenn ihr Mann sagte: »Guck mal, wie schnell dieser Verrückte in dem Chevy fährt« oder »Es wird gleich regnen« oder »Das ist ein zähes Stück Fleisch«. Wir beide, das muß ich leider zugeben, ignorierten Mr. Levitt, wir schenkten ihm weniger Aufmerksamkeit als dem Fernseher oder der Kaffeemaschine. Aber ich hatte das Gefühl, daß Mrs. Levitt das seit einiger Zeit so machte.

»Hörst du mir eigentlich zu, Fran, oder rede ich mit mir selber?« hatte Bobby manchmal spät am Abend gefragt. Gott, wie gern hätte ich ihm dann geantwortet, daß er wirklich mit sich selbst sprach. Doch das wagte ich nicht.

»Er war tüchtig in seinem Beruf«, sagte Mrs. Levitt, während ich den Katheter spülte und wieder anschloß und wir beide unbeteiligt auf seinen schlaffen Penis sahen. »Er hat gut verdient. Im Verkauf. Er verkaufte Autoteile. Ich hab' nicht einmal Autofahren gelernt. Zu beschäftigt, es mir beizubringen, nicht wahr, Irving?« Sie lächelte. »Etwas in der Richtung«, meinte sie. »Möchten Sie einen Thunfischtoast zum Lunch?«

»Sie müssen sich meinetwegen keine Umstände machen«, sagte ich.

»Das sind keine Umstände. Ich hab' auch für das letzte Mädchen Lunch gemacht, und sie war eine Farbige. Nicht daß es mich gestört hätte, aber Irving war es, glaube ich, nicht so recht.« Sie machte den Kühlschrank auf und nahm einen Laib Weizenbrot heraus. »Nicht wahr, Irving?« rief sie in das Zimmer zurück und schob zwei Scheiben Brot in den Toaster. »Aber sie war wirklich nicht grob, das muß ich sagen. Davor hatten wir eine, die Irving wie einen Sack Kartoffeln behandelte. Ich rief die Agentur an und sagte, sie müsse verschwinden. Wahrscheinlich haben sie mir das farbige Mädchen aus reiner Bosheit geschickt. Nicht daß es uns etwas ausgemacht hätte, was, Irving?«

»Brauchen Sie noch etwas?« fragte ich jeden Tag, wenn ich ging, und Mrs. Levitt antwortete zwei Wochen lang mit Nein.

Dann hatte sie wohl genügend Vertrauen zu mir gefaßt. Sie neigte ihren Kopf zur Seite, eine seltsam mädchenhafte Geste, und legte einen Finger unter ihr Kinn. Dann zog sie ihre Tasche hervor, eine schwarze Einkaufstasche mit großen, weißen Punkten. »Ich gebe Ihnen das Geld, und Sie bringen mir das *People*-Magazin«, sagte sie.

»Die hol' ich Ihnen«, sagte ich. »Und das mit dem Geld ist schon in Ordnung.«

»Und irgendwann anders bringen Sie einen Big Mac mit«, sagte sie. »Irving ißt gern mal einen Big Mac. Big Mac und Seniorenkaffee. Ein großer Kaffee für nur fünfundzwanzig Cents, wenn man über fünfundsechzig ist. Was wir ja sind, was, Irving?« Sie rückte seine Bettdecke zurecht und packte ihn ein, als wäre er ein Kind. Keine Kinder, hatte mir Mrs. Levitt erzählt und mit einer flüchtigen Handbewegung auf ihre Körpermitte gedeutet, bevor sie sich wieder mit der Ehe irgendeines Filmstars beschäftigt hatte. Nur sie und Irving, achtundvierzig lange Jahre.

Der Supermarkt auf dem Gelände an unserer Straße war so groß wie ein Fußballplatz und so grell beleuchtet, daß selbst sonnengebräunte Frauen, die ihre Kinder auf den Wagen in den Gängen herumschoben, käsebleich aussahen. Wassersprüher befeuchteten die Paprikaschoten und Pflaumen, so daß sie unwiderstehlich wirkten und eher Kunstobjekten glichen als Naturprodukten. In einer Ecke war eine Apotheke, in einer anderen eine Bank, in der dritten eine Bäckerei, die einen unerwartet mit Zimtgeruch begrüßte, wenn man um eine Ecke bog – wie eine dieser parfümierten Anzeigen in einer Zeitschrift. Es war, als hätte man eine ganze amerikanische Kleinstadt in eine Flugzeughalle gepackt und aufs schönste angeordnet und beleuchtet. Es erinnerte mich daran, wie ich mir als Kind den Himmel vorgestellt hatte, weißes Licht und für jeden etwas. Überall riefen Menschen ihren Kindern zu, ihnen einen zweiten Wagen zu beschaffen, als hätte man sie gegen ihren Willen dazu verleitet, Suppen und Käse und Instantpuddings einzuladen.

Robert und ich konnten nur so viel kaufen, wie wir tragen konnten, aber das war für uns beide meist reichlich, und ich achtete darauf, wofür ich mein Geld ausgab. Ich hatte immer noch keine Miete für die Wohnung bezahlt und wußte nicht einmal, wie teuer sie war. Das war wieder eines von Patty Bancrofts Geheimnissen. »Wir kümmern uns schon darum«, hatte sie nur gesagt, als ich sie fragte, ab wann ich die Miete selbst übernehmen sollte. Also hatte ich bei der Pflegegesellschaft ein

Konto eröffnet und legte jede Woche etwas Geld für den Notfall auf die Seite. Ich trug meine Uniform und die geerbten Kleider und gab mein Geld hauptsächlich für Robert aus. Stadtbummel mit Bennie, Hamburger-Essen am Wochenende, hin und wieder ein T-Shirt oder einen Comic. Ich wollte nicht, daß er sich ausgeschlossen fühlte, daß er sich entwurzelt und arm vorkam. Zweimal hatte er Alpträume, und ich saß an seinem Bett, bis er sich beruhigt hatte und wieder eingeschlafen war. Er konnte oder wollte nicht viel von diesen Träumen erzählen, nur daß da böse Männer gewesen waren, daß er weglaufen mußte, daß es dunkel war, daß er Angst gehabt hatte und gefallen war. Zweimal wollte er wegen Bauchschmerzen nicht zur Schule gehen. Unter seinem Bett hatte ich ein Blatt Papier gefunden: »Lieber Dad«, stand in seiner krakeligen Handschrift darauf. »Ich wette, du bist ganz schön überrascht –« Nichts weiter. Vielleicht hatte ich ihn an dieser Stelle gerade zum Essen gerufen oder an seine Tür geklopft. Vielleicht hatte Bennie ihn zum Spielen abgeholt. Ich warf das Blatt weg.

»Hast du Hunger?« fragte ich, als ich endlich einen Einkaufswagen mit funktionierenden Rädern gefunden hatte. Robert zuckte die Achseln. Das tat er dieser Tage oft. Bist du müde? Achselzucken. Möchtest du dir einen Film ansehen? Achselzucken. Wie sollte er sich auch für irgend etwas begeistern, wenn es im nächsten Moment schon wieder verschwunden sein könnte, wenn die Umrisse unseres Lebens so blaß und durchsichtig waren wie das Bild auf dem alten Fernseher in unserem Wohnzimmer. Es war wie die Zaubertafel, die er vor zwei Jahren zu Weihnachten bekommen hatte. Man malte ein Bild, zog es aus seinem Rahmen, schob es zurück, und schon war es verschwunden und ließ nur eine graue Fläche zurück, bereit für das nächste, ebenso flüchtige Bild.

Ich wußte nicht, wieviel ich ihm dieses Jahr zu Weihnachten würde schenken können oder wie, zum Teufel, ich das ganze überhaupt überstehen sollte, den Baum, das Essen und die verdammten Weihnachtslieder. Ich schob meinen Wagen weiter und diese Gedanken beiseite. Ich war mittlerweile ziemlich gut darin geworden, Gedanken beiseite zu schieben, als würde ich den Fernsehsender wechseln. Von Weihnachten zu Huhn alla cacciatora.

Essen war das einzige, woran ich nicht sparte. Sobald die Hitze ein wenig nachließ, was man im Norden als Winteranfang betrachtete, sobald ich mich ein klein wenig heimisch in unserer stickigen, fensterlosen Küche fühlte, fing ich an, wieder italienisch zu kochen, so wie es mir Ann Benedetto Jahre zuvor beigebracht hatte.

»Meine Mutter braucht eine Tochter«, hatte Bobby gesagt, »und du mußt lernen, wie man eine anständige Mahlzeit kocht.« In der ersten Zeit unserer Ehe lud er mich jeden Sonntag in dieser Küche ab, die so sauber war, daß ein Fleck roter Soße wie Blut aussah. Vorher duschte ich mich und schminkte mich, aber manchmal dachte ich, Ann könnte riechen, was wir gemacht hatten, während sie in der Neun-Uhr-Messe war. Ihre Küche bestand aus einer Liste von Verboten: Kauf keinen billigen Käse, laß die Soße nicht zu stark kochen, nimm kein Knoblauchsalz statt frischem Knoblauch, mach die Lasagne nie höher als drei Schichten, egal wie tief die Form ist. Eine Liste von Verboten, eine Liste davon, was Bobby nicht mochte: Bobby mag die scharfe Wurst nicht, Bobby mag die dünnen Spaghetti nicht, Bobby mag das Brot von Emilio nicht, nur das von Marie. An den meisten Sonntagen schenkte sie ihm ein Hemd, ein weiches, feines Jerseyhemd mit dunklem Kragen. »Es war so günstig«, sagte sie immer. Später kaufte sie für Robert Sachen, Polohemden und Pikeehemden mit geknöpftem Kragen. T-Shirts und Jeans waren für sie »Lumpen«, Tiefkühlkost nannte sie »Müll«.

»Sie kommt von ganz unten«, zischelte Bobbys Großmutter, als Ann ins Badezimmer ging. »Denk immer daran. Laß dir von ihr nichts einreden. Sie ist eine halbe Polin, um Himmels willen. Mein Sohn, Gott schütze ihn – sie hat ihm so zugesetzt.« Bobbys Großmutter hat mich immer gemocht, bis zu dem Tag, an dem sie starb. Sie gab mir ihre Kameen, die ich in der Schmuckschachtel aus Rosenholz auf meiner Kommode zurücklassen mußte. Gütiger Gott, hatte ich zu mir gesagt, Bobby wird mich wirklich umbringen, wenn ich Mamas Broschen mitnehme. Mama, so nannten wir seine Großmutter immer. Meine Schwiegermutter nannte ich Ann. Sie hat mich nie darum gebeten, sie anders zu nennen.

Aber sie hat mich zu einer Köchin gemacht, und ich kochte für Robert Fleischklößchen und Braten, Nudeln mit Bohnen und Lasagne – ein Stück Heimat an diesem wackligen Tisch, zweitausend Meilen entfernt. Er lud Bennie zum Essen ein, und die beiden beugten sich schweigend über ihre Teller, bis ihre Münder vor Tomatensoße und Butter glänzten. Bennies Mutter kochte für Robert Bohnen mit Reis und Huhn mit Tomaten.

»Möchtest du Huhn alla cacciatora?« fragte ich, als Robert und ich durch die endlosen Gänge mit Fleisch latschten, und er nickte und beugte sich über ein neues Videospiel, das er von einem Jungen in der Schule gegen sein altes eingetauscht hatte. Das hier hatte Soldaten, die Kickboxen beherrschten. Es produzierte kleine, grunzende Geräusche, wenn ein Mann den anderen mit seinem Stiefel trat. Uh. Uh. Uh. Wir gingen am Schweinefleisch und Rindfleisch vorbei zum Geflügel. Vor dem Supermarkt klebten auf einer Anschlagtafel Flugblätter mit den Bildern vermißter Kinder. Die Gesichter wurden zweimal im Monat ausgetauscht. Ich wußte das, weil ich sie mir immer ansah, während ich vorgab, einen Wagen mit Rädern zu suchen, die wirklich funktionierten. Alle Kinder auf diesen Bildern sahen glücklich aus, als machten sie sich nichts daraus, vermißt zu werden.

»Aber ohne Pilze«, sagte Robert.

»Du mußt die Pilze ja nicht essen.«

»Kann ich mir die Comics ansehen?« fragte er, ohne von seinem Spiel aufzuschauen.

»Wo?«

»Ich weiß nicht. Sie sind da drüben. Ich werd' sie schon finden.«

»Ich hätte es lieber, wenn du bei mir bleiben würdest.«

»Mom, ich bin doch kein Baby mehr.«

»Du bist in zehn Minuten wieder zurück«, rief ich ihm nach, als er abzog. Ich haßte es, ihn irgendwohin allein gehen zu lassen. Jeden Nachmittag, wenn der Schulbus vorfuhr, stand ich hinter der Fliegengittertür – eine überbesorgte Mutter, die jederzeit sichergehen wollte, daß ihr Sohn gesund und munter war. Manchmal wollte ich mir Bennie schnappen und ihm wieder und wieder sagen: Danke, danke, danke dir, danke dir dafür, daß du ein normaler Junge bist, daß du meinen Jungen auch normal erscheinen läßt, daß du überall mit ihm hingehst.

»Wo ist dein Vater?« hörte ich Bennie eines Tages Robert fragen, aber freundlich und sanft. In Roberts Zimmer war es lange Zeit still geblieben, oder vielleicht schien es mir nur so lang, weil ich den Atem anhielt. Dann sagte Robert mit leiser Stimme: »Er und meine Mom haben sich getrennt.«

»Jonathans Mom und Dad haben sich im letzten Jahr getrennt«, meinte Bennie. »Allyson lebt bei ihrer Mutter. Ich weiß nicht, wo ihr Vater ist. Sean auch. Seine Eltern haben sich scheiden lassen, als er noch sehr klein war. Er ist jedes Wochenende bei seinem Vater in East Preston.« Es war, als wollte er gar nicht mehr aufhören mit seiner Litanei von zerrütteten Familien, von Kindern, die sich auf den Trümmern des Lebens ihrer Eltern vorwärtstasteten. »Deine Mom kocht gut«, sagte Bennie nach einer Weile.

»Ich weiß«, erwiderte Robert. »Zu Weihnachten kocht sie besonders gut.« Ich preßte den Handrücken gegen meinen Mund, und etwas Speichel rann mir zusammen mit meinen Tränen über die Finger. Alles, was wir verloren hatten, alles, was aufzugeben ich ihn gezwungen hatte, schien in diesem einfachen kleinen Satz enthalten zu sein. Zu Weihnachten kocht sie besonders gut. In dem Moment wäre ich am liebsten zurückgegangen, nur um den Ausdruck auf Roberts Gesicht zu sehen, wenn wir zur Tür hineingingen. Mein ganzes Leben lang hatte ich versucht, meinen Jungen glücklich zu machen, und nun mußte ich ihn um der Sicherheit willen traurig machen. Und wütend. Ich sah es manchmal an seinen zusammengepreßten Lippen, und ich war mir nicht sicher, ob er wußte, auf wen er wütend war. Eines Abends, während er an seinen Schularbeiten saß, hatte er plötzlich sein Mathematikbuch auf den Boden geschmissen und mit seinem Stift an die Wand getrommelt. Ich war von der Couch aufgestanden, doch ich blieb wie angewurzelt stehen, weil die Choreographie dieses Ausbruchs von Wut und Gewalt mir so vertraut war, daß ich mich nicht mehr rühren konnte, obwohl es nur um Bruchrechnung ging.

»Das ist so blöd«, brüllte er. »Das ist alles ganz anders, als wir es letztes Jahr gelernt haben, und außerdem ist es völliger Quatsch, wie wir das übertragen sollen. Und wir müssen die ganzen Aufgaben vorzeigen, dabei ist nicht mal genug Platz auf der Seite.«

»Warum nimmst du nicht einfach noch ein Blatt?« sagte ich ruhig.

»Das dürfen wir nicht, Mom«, schrie er, während die Tränen anfingen zu kullern. »Du verstehst das nicht. Wir dürfen nicht. Wir müssen alles auf dieses Blatt kriegen, oder sie zieht uns Punkte ab. Das ist alles so blöd.« Er stieß den Stuhl zurück, stürmte die Treppe hinauf und knallte die Tür so fest hinter sich zu, daß der Fußboden wackelte wie nach einem Erdbeben.

»Möchtest du mit mir über etwas sprechen?« hatte ich an diesem Abend gefragt, als ich auf Roberts Bettkante saß.

»Nö«, meinte er.

»Vielleicht fühlst du dich dann besser.«

»Mir geht's gut.«

»Ich hatte nicht den Eindruck, als du vorhin deine Matheaufgaben gemacht hast.«

»Das ist ja auch echt blöd, wie die das hier machen«, hatte er geantwortet.

Ich sah ihm nach, wie er durch den Supermarkt ging, immer noch über sein Videospiel gebeugt, und den Wagen instinktiv auswich, so, wie sich vermutlich ein Blinder durch sein Wohnzimmer bewegt. Die langen Knochen in seinen Beinen waren gewachsen; er bewegte sich auf diese linkisch-hölzerne Art, die ein Junge so an sich hat, wenn er zum jungen Mann wird und seine Glieder und Gelenke nur locker verbunden scheinen. Er würde größer und hübscher werden als sein Vater. Er hatte meine Nase, nicht diesen Habichtsschnabel mit den schwarzen Raubvogelaugen darüber, der Bobby manchmal so furchterregend wirken ließ. Was hatte dieser Junge, Tyrone Biggs, im Zeugenstand noch gesagt? »Dieser Cop da, Mann, der hat mir angst gemacht.«

»Hat er dich bedroht?« hatte sein blöder Verteidiger gedonnert, hatte die Regel mißachtet, daß man keine Frage stellt, auf die man die Antwort nicht kennt.

»Nein, Mann. Er hat mich nur angesehen. Nur angesehen, ganz kalt.«

So, wie manche Mütter bei ihren Babys nach Geburtsfehlern Ausschau halten und später, wenn die Kinder sprechen und laufen lernen, nach ersten Anzeichen von mangelnder Intelligenz, so lauerte ich bei Robert auf den dunklen, drohenden Blick, düster wie der Himmel, kurz bevor es in Strömen regnet. Drei Monate lang hatte ich auf Anzeichen einer Kolik gewartet und mich dann ganz meiner Mutterschaft überlassen, als die gefährliche Zeit vorüber war. Diesmal würde es länger dauern, weil ich nicht auf Blähungen wartete, sondern auf die frühen Vorboten der Wut. Aus diesem Grund wollte ich ihn auch immer dazu bewegen, sich auszusprechen, so daß er sich auf diese Art Luft machen konnte statt auf die andere. »Hilf dir mit Worten«, sagte ich, als er klein war, und meistens tat er es auch. Doch einmal, auf dem Nachhauseweg von St. Stannie, hatten ihm ein paar Jungs ausgerechnet Robert der Hobbit nachgerufen, nicht mehr als ein alberner Singsang, der ihm folgte, während er mit gesenktem Kopf den Bürgersteig entlangstolperte: Robert der Hobbit, Robert der Hobbit. Und dann hatte er sich urplötzlich umgedreht und sich mit rudernden Armen und aufgerissenen Augen auf sie gestürzt. »Halt's Maul!« schrie er, während er schlug und schlug und schlug und die anderen Jungs wie betäubt zurückwichen und sich mit erhobenen Händen ergaben. »Haltet euer verdammtes Maul«, bis ich ihn wegzog und selber schrie: »Um Gottes willen, Robert, hör auf. Hör endlich auf!«

»Daddy hat gesagt, daß man sich wehren muß«, meinte er, als ich ihn auf dem Nachhauseweg zurechtwies. Und als ich mich bei Bobby beschwerte, wedelte der nur mit der Hand und zuckte mit den Achseln. »Das Problem ist, Fran, daß du nicht weißt, wie Jungs sind«, hatte er gesagt.

Während er durch den langen Gang des Supermarkts schlenderte, sah Robert genauso aus, wie Bobby vielleicht als Junge ausgesehen hatte, außer daß er etwas Wehrloses an sich hatte, runde Schultern, einen weichen Rücken. Und ich fragte mich, ob Bobby auch einmal so gewesen war, so wehrlos, bevor er Muskeln und sein Abzeichen bekam und den Draufgänger spielte. Vor meiner Zeit. Oder hatte Robert diese Art zu gehen von mir gelernt während all der Jahre, in denen ich mich klein gemacht hatte, um nur ja nicht aufzufallen? Plötzlich, als hätte er meine Augen im Rücken gespürt, blickte Robert über die Schulter zurück und lächelte, ein Lächeln, das auf diesem dunklen, bedrückten Gesicht mehr als ein Lächeln war: eine Hand, eine Umarmung, ein Kuß. Das war das Lächeln, das Bobby damals auch gehabt hatte, als wir miteinander gingen, als wir beide jung waren – das Lächeln, das meine Seele schweben ließ und meinen Körper von innen heraus wärmte.

»Weißt du was, Frances Ann?« hatte Bobby gesagt, als er neben meinem Bett in dem Einzelzimmer auf der Entbindungsstation saß und Roberts verhutzelten, kleinen Kopf in seiner Hand hielt. »Jetzt haben wir alles.«

Himmel, ich liebte ihn. Nun habe ich es gesagt. Ich komme mir manchmal blöd dabei vor, wenn ich meine Narben spüre, die Stellen, an denen man die Verletzungen noch erkennen kann, und die, wo die Wunden nur in meinem Kopf weiterleben. Ich habe Bobby geliebt. Und er hat mich geliebt. Jeder, der einmal gehört hat, wie er das sagte, wußte, daß er es ernst meinte. Am Anfang liebte ich ihn, liebte ihn ganz und gar. Und dann, nach einer Weile, liebte ich die Vorstellung von ihm, den guten Bobby, der immer wieder zu mir kam, meinen Rücken massierte und mir die Finger küßte. Und ich liebte unser Leben, die langen Abschnitte täglichen Einerleis und kleiner, bescheidener Freuden, die unser Zusammensein ausmachten. Unser Leben war wie eine Zeichnung, bei der man die Punkte verbinden muß, und die Linien, das war unser Leben, die schlechten Dinge nur die willkürliche Ansammlung von Punkten, die sie verbanden.

Und jetzt strömt all die Liebe in das, was von jenem Leben übriggeblieben ist – ein Junge, dessen Basketballstiefel zu groß für seinen kleinen Körper sind. Ich beobachte ihn und fürchte, daß mein Gesichtsausdruck der gleiche ist wie Ann Benedettos, wenn sie Bobby beobachtete: wie eine hungrige Katze, die den Dosenöffner hört und nur noch aus großen Augen und Verlangen besteht. Ich fürchte, daß ich genauso enden werde wie sie, daß mir nichts bleibt als die beiläufige, fast mildtätige, fast herablassende Art von Zuneigung, die ein erwachsener Mann für seine Mutter empfindet, wenn er eine andere Frau gefunden hat, eine andere, die ihn umhegt und pflegt. Allein in jenem makellosen Haus mit den Fotos auf dem Fernseher: Bobby mit vier Jahren, der im Schneidersitz auf dem Boden sitzt und mit seinen rundlichen Fingern beide Knie umfaßt. Bobby mit sechsundzwanzig, in Dienstuniform. Am anderen Ende des Wohnzimmers, in der Schrankwand, stand die Fotografie ihres Mannes in seinem Polizistenblau.

»Mein Alter war ein harter Brocken«, sagte Bobby immer. Robert Senior war erschossen worden, als er einen Junkie bei einem Einbruch in eine Bar festnehmen wollte, der nicht wußte, wie man mit einer Pistole drohte, ohne daß sie losging. Als es passierte, waren wir zwei Monate zusammen, und ich weinte beim Begräbnis, nicht um Lieutenant Benedetto, den ich nur einmal gesehen hatte, sondern um seinen Sohn. Die Dudelsackpfeifer klangen wie seltsame Vögel, und die Cops sahen aus wie eine Armee, blau mit schwarzem Flor an ihren Abzeichen.

Das war alles, was er jemals sagte – ein harter Brocken. Nie eine Geschichte, ein Wort der Liebe oder auch der Wut. Sein Vater war der Stein in Bobbys Herzen. Und vielleicht würde sein eigener Vater der Stein in Roberts Herzen sein. Die Muster, die Muster, so unwandelbar wie der Tartan eines schottischen Clans. Rot, schwarz, grün, blau, Vater, Sohn.

Ich hatte in meinen halb gefüllten Wagen gestarrt, und als ich aufsah, stand ein großer Mann, der mir irgendwie vertraut vorkam, bei Robert am Ende des Ganges und legte ihm die Hand auf die Schulter, und mir wurde flau im Magen, als ob ich gleich in Ohnmacht fallen würde. Die beiden unterhielten sich, während ich mit meinem Wagen vorwärtsdrängte. Doch zwei ältere Frauen, die auf Gutscheine guckten, blockierten den Gang, und als ich mich an ihnen vorbeigeschlängelt hatte, war Robert verschwunden, und der Mann sah sich Hühnchen an oder tat zumindest so. Er sah sie sich viel zu eingehend an, wie ein schlechter Schauspieler, und schaute nicht auf, bis ich mich vor ihm aufgebaut hatte und ihn ansprach.

»Entschuldigen Sie«, sagte ich. »Warum haben Sie mit diesem Kind geredet?«

»Wie bitte?«

»Warum haben Sie den Jungen angesprochen, den Jungen mit den dunklen Haaren? Was haben Sie zu ihm gesagt?« Die Frauen mit den Gutscheinen runzelten die Stirn und sahen mich an. Meine Stimme war zu laut, das spürte ich selbst.

»Robert Crenshaw? Ich bin sein Sportlehrer. In der Grundschule.«

Die Erleichterung in meinem Gesicht, die Rückkehr zu Alltag und Sicherheit, die sich in der Haltung meiner Schultern, meines Kopfes ausdrückte, und die Lautstärke meines Seufzers müssen so auffallend gewesen sein, daß er mich einen Augenblick lang verblüfft anstarrte und dann reumütig lächelte. »Sie sind Roberts Mutter«, sagte er. »Und ich habe Ihnen gerade einen fürchterlichen Schrecken eingejagt. Es tut mir wirklich sehr, sehr leid.«

»Nein, nein, Sie trifft keine Schuld. Es war albern. Es ist nur ...«

»Daß man heute mehr aufpassen muß als in unserer Jugend. Hey, ich in meinem Job weiß das gut.« Er streckte mir eine große Hand mit dicken Fingern hin. Meine eigene verschwand darin und tauchte wie ein kleiner Fisch aus dem Schlund eines großen wieder auf, als ich sie herauszog. Er war größer, als ich angenommen hatte, als ich ihn an diesem ersten Tag den Parkplatz und Rasen der Schule hatte überqueren sehen, groß und stämmig, rot im Gesicht und freundlich. An was für ein Tier erinnert dich dein Sportlehrer? fragte ich Robert manchmal, wenn wir nach Hause gingen – ein weiteres Spiel zwischen uns beiden. Und die Antwort war etwas Gutmütiges, Schwerfälliges, Großes und Großzügiges. Ein Bär vielleicht.

»Mike Riordan.«

»Beth Crenshaw.«

»Ich weiß«, sagte er. »Sie und Mrs. Roerbacker arbeiten in der Bibliothek.«

»Tut mir leid. Irgendwie sind Sie mir entgangen.«

»Ich bin kaum aus der Turnhalle rauszukriegen«, sagte er. »Vermutlich werde ich dort noch verschimmeln. Sie sind aus New York?«

»Nein«, sagte ich, während sich meine Schultern schon wieder verkrampften. »Delaware.«

»Sie klingen, als kämen Sie aus New York«, meinte er. »Ich wollte Sie ohnehin wegen Robert sprechen.«

»Warum?«

»Hey, er ist in Ordnung. Wenn er sich erst richtig eingelebt hat, wird er schon noch auftauen. Ich hätte ihn gerne in unserem Fußballteam. Keine große Sache, keine große Belastung, ein Spiel die Woche und zwar vor dem Abendbrot. Ich schreie und brülle nicht und gebe ihnen den Tag vor einer größeren Prüfung frei. Aber wir fangen nächste Woche an, und er müßte nach der Schule zum Training bleiben und dann entweder zu Fuß nach Hause oder von Ihnen abgeholt werden. Er ist neu und schien sich nicht sicher zu sein, ob Sie damit einverstanden sind. Bennie Castro spielt auch mit, wenn das eine Rolle spielt.«

»Ich werde mit ihm sprechen. Es ist in Ordnung. Wirklich großartig. Es täte ihm gut.«

»Wunderbar. Ganz wunderbar.« Er schwieg einen Moment. »Ich schicke Ihnen eine Einwilligungserklärung und noch etwas Informationsmaterial. Sie können mich anrufen, wenn Sie Fragen haben. Ich bin auch Konrektor, was immer das heißen mag. Wenn Sie etwas wissen wollen, über die Schule, die Hausaufgaben oder sonst was, rufen Sie mich an.« Er zögerte und sah in seinen Wagen. »Dürfte ich Sie etwas fragen?«

Ich nickte.

»Kennen Sie sich mit Hühnern aus?

»Hühnern?«

»Wie man Hühnchen zubereitet.«

»Ich habe im Leben schon viele Hühnchen gebraten, wenn Sie das meinen.«

»Kennen Sie diese Dinger, die man in das Hühnchen steckt, damit es irgendwie aufrecht steht und schneller gar wird? Sie haben sie wieder im Angebot, mit den entsprechenden Töpfen und Pfannen. Sie sind aus Metall und sehen aus wie ein großes Golftee. Funktionieren diese Dinger?«

Ich lachte. »Ich weiß nicht«, sagte ich. »Ich bin nie auf die Idee gekommen, mir so ein Ding zu kaufen. Ein Hühnchen braucht sowieso nur eine Stunde. Warum sollte es also schneller gar werden?«

»Das habe ich mir auch gedacht«, sagte er. »Danke.«

Plötzlich vernahm ich Gracies Stimme, so deutlich, als käme sie aus dem Lautsprecher statt John Mack Carters Tips, wie man vielen internationalen Gerichten mit Koriandergrün eine aufregende, exotische Note geben könne. Wo saßen wir damals, Grace und ich? In jenem Café an der Lexington Avenue, wo der Mann hinter dem Tresen sie immer »Frau Professor« nannte, oder in dem griechischen Restaurant im Village mit dem selbstgebackenen Fladenbrot, von dem wir so satt wurden, daß wir den ganzen Weg zur U-Bahn stöhnten? Bei dem Griechen, glaube ich; Grace hat von dem großen Mann erzählt, der ihr ständig bei D'Agostino's über den Weg lief und alles über Estragon, Kartoffeln, saure, süße und Kaffeesahne wissen wollte. »Als ob ich nicht wüßte, daß es die älteste Anmache der Welt ist, eine Frau zu fragen, wie man etwas kocht«, meinte Grace und schüttelte den Kopf.

»Ich hab' das nicht gewußt«, habe ich gesagt.

»Wann hat dich zum letztenmal einer angemacht?« fragte sie.

»Vor fast zwanzig Jahren«, erwiderte ich. Bobby, in der Bar, wo uns Tommy Dolan miteinander bekannt gemacht hatte. Bobby, eine schwarze Haarlocke über der Stirn, der sagte: »Hey, Fran Flynn. Schätze, wenn dich alle mögen, könnte es mir ebenso geh'n.« Bobby, der sich an die Bar lehnte, ganz natürlich, die Ellbogen hinter sich aufgestützt, die kräftigen Unterarme locker herabhängend, und das Becken – und das war der entscheidende Punkt – lässig vorgeschoben.

»Na dann, viel Glück«, sagte ich zu Mike Riordan und spürte, wie mir warm wurde und mir das Blut ins Gesicht schoß, genauso wie damals, als ich Bobby Benedetto kennengelernt hatte.

Ich kam mir albern vor, als ich davonzog, um Petersilie, Tomaten und Knoblauch in den Wagen zu legen. Fußballsaison. Regeln, Training, Sportsachen. Vielleicht würde ich sein Zimmer herrichten, wenn Robert beim Training war und ich von den Levitts zurückgekommen war, mit preiswerten, hellen Vorhängen und einer neuen Steppdecke, ein paar Postern und einem Schreibtisch. Ich glaubte, daß ich in einer Ecke von Cindys Keller einen alten Tisch gesehen hatte. Vermicelli, Hühnerfonds, Tomatenmark. Der Wagen wurde zu voll; Robert würde sich über die schwere Tüte beklagen, die er nach Haus tragen mußte, besonders wenn er lieber einen Comic lesen wollte. Ein Ladenjunge schickte mich sieben Gänge weiter zu den Comics, die sich bei den Glückwunschkarten und Paperbacks befanden, doch dort stand nur eine ältere Frau, die Geburtstagsgrüße studierte und ihr Gesicht ganz nah an die glänzenden, bunten Karten hielt. Ich ging langsam weiter, schlängelte mich durch die vielen Gänge und dachte, wie groß dieser Markt doch war, größer als alle, die ich in der Stadt besucht hatte. Ich drängte mich zwischen anderen Kunden hindurch, an Suppen- und Kaffeedosen vorbei, Kisten mit Coke und Pepsi, Stapeln mit Haushaltsrollen und Klopapier und wieder zurück zum Comicgang, der jetzt ganz verwaist war. Ein Teil von mir überlegte, daß ich

Papiertücher brauchte, der andere dachte, rief, brüllte: »Robert? Bäh? Baby? Wo bist du?« Ich bog in Gang 16 ein, Milchprodukte, und fuhr wieder zurück.

»Haben Sie einen Jungen gesehen, etwa zehn Jahre alt, in einem grünen T-Shirt mit einem Tiger vorne drauf?« fragte ich die anderen Kunden, und sie sagten: Nein, nein, hab' ich nicht, und natürlich hatten sie ihn nicht gesehen, dachte ich, weil er jetzt in einem Auto auf dem Highway saß und sagte: Hey Dad, ich hab' dich vermißt, Dad, wie geht's Nana, wo fahren wir hin, wann kommen wir zurück und holen Mommy ab?

Ich ging so schnell, daß ich mit einem anderen Wagen zusammenstieß und eine Schachtel Cornflakes von oben herunterfiel. Ich bog um die Ecke in den Gang mit den Tiefkühlgerichten und rempelte fast einen Mann an, der eine Packung Makkaroni mit Käse in der Hand hielt und den Text auf der Rückseite las, und ich sah, daß es wieder der Sportlehrer war, konnte mich aber plötzlich nicht mehr an seinen Vornamen erinnern, nur daran, daß er Robert in die Fußballmannschaft aufnehmen wollte, daß ich Papiertücher brauchte und mein Sohn verschwunden war. Als er aufsah, mich anschaute, lächelte und die Stirn runzelte, erkannte er sofort, daß etwas nicht in Ordnung war.

»Ich kann Robert nirgendwo finden«, sagte ich, meine Stimme um fast eine Oktave höher als sonst.

»Beruhigen Sie sich«, meinte er. »Kommen Sie.« Er ließ unsere beiden Wagen vor den Tiefkühlschränken stehen, die mit ihren beschlagenen Scheiben und all dem Glas und Chrom wie die Behälter im Leichenschauhaus des Krankenhauses aussahen, wo wir Schwestern nie hingegangen waren, wenn wir es hatten vermeiden können, faßte mich am Ellenbogen und führte mich in Richtung Ausgang. Am Druck seiner Hand an meinem Arm konnte ich spüren, daß er es gewohnt war, die Führung zu übernehmen. »Er kann noch nicht weit sein«, sagte er, als hätte er das schon oft gesagt. Am Schalter, wo sie die Schecks einlösten, steckte er seinen Kopf hinein und rief: »Entschuldigen Sie bitte«, und da fiel mir wieder ein, daß sein

Name Mike war. Ein stämmiges Mädchen mit einer schlechten Haut trat an das Fenster. »Kundendienst« lautete das Schild über ihrem Kopf.

»Ich habe jetzt Pause«, sagte sie.

»Wir haben ein Kind verloren«, sagte Mike Riordan. »Können Sie es ausrufen lassen oder etwas ähnliches? Sein Name ist Robert, Robert Crenshaw.«

»Ich kann nichts ausrufen lassen, ohne den Manager zu fragen.«

»Wo ist der Manager?«

Sie rief nach hinten: »Wo ist Lenny?« Man hörte ein kurzes Murmeln, dann kam sie aus ihrer Kabine, und ich fing an zu weinen, die Hände vors Gesicht geschlagen. »Kinder gehen hier oft verloren«, sagte sie, als wäre das ein Trost, und dann rief sie zur nächsten Kasse hinüber: »Pete, wo ist Lenny?«

»Einen Augenblick noch«, sagte Pete. »Ich warte auf eine Preisüberprüfung.«

»Wo befindet sich die Sprechanlage?« fragte Robert in freundlichem Ton.

Das Mädchen deutete in ihre Kabine, und er sagte: »Sie werden sie jetzt sofort benutzen, oder ich gehe hinein und mache es selbst.«

»Jetzt regen Sie sich mal ab, Mister«, sagte sie. »Ihre Frau hätte besser auf ihn aufpassen sollen.«

»Da ist Lenny«, rief Pete, und Mike wandte sich einem dunkelhäutigen Mann in weißem Hemd und weißer Hose zu. »Zu Ihren Diensten: LENNY« stand auf dem Schild an seinem Hemd.

»Bitte«, sagte ich.

»Sie wollen, daß ich ihr Kind ausrufen lasse«, sagte das Mädchen. »Sie können ihn nicht finden. Ich sagte ihnen, daß ich niemand ohne Ihre Anweisung ausrufen lassen könne.«

»Er ist zehn«, sagte ich. »Er wollte zu den Comics gehen. Wo die Karten und Zeitschriften sind.«

»Mageres Kerlchen?« fragte Lenny. »Dunkles Haar, grünes T-Shirt?«

»O Gott, ja«, sagte ich und wartete nur darauf, daß Lenny als nächstes den Mann beschreiben würde, der mit dem Kind weggegangen war, dunkel, gutaussehend, kräftig gebaut, den Mann, der wie das Kind aussah, wie sein Vater. Und Mike Riordan würde die Polizei rufen wollen, und ich würde lieber sterben wollen, auf der Stelle, hier im Supermarkt, als allein in unsere Wohnung zu gehen. Oder nach Brooklyn zurückzukehren.

»Ich hab' ihn gerade achtkantig hinausbefördert. Er ist wahrscheinlich immer noch draußen auf dem Parkplatz.«

»Was?« fragte Mike Riordan, aber ich war schon auf halbem Weg zu den Türen mit ihren elektronischen Augen, die einen ständig zu beobachten schienen. Der Platz vor dem Supermarkt war voller Menschen, die ihre Einkäufe hinten in die Wagen luden, doch an einer Seite, ein bißchen weiter weg, wo die Kaugummiautomaten und das Pferdekarussell standen, saß Robert auf dem Boden, die Arme fest um die Knie gewickelt, den Kopf gesenkt, als wäre er einer dieser kleinen, schwarzen Käfer, die sich bei Gefahr zu einer Kugel zusammenrollen.

Ich rannte auf ihn zu, berührte ihn am Arm, und er sprang auf, sprang auf mich zu und warf mich fast zu Boden, als er seine Arme um mich schlang. Niemand von uns sprach ein Wort, ich hielt ihn nur ganz, ganz fest und wartete darauf, daß das Zittern in seinen Schultern und seinem Rücken nachließ. Dann hörte ich eine freundliche Stimme hinter mir sagen: »Hi, Robert. Alles in Ordnung?« Aber Robert schüttelte den Kopf und drückte ihn weiter an meinen Körper, auch als seine Arme sich gelöst hatten und an den Seiten herabhingen.

»Dieser Bastard, entschuldigen Sie den Ausdruck, hat gedacht, daß Robert allein ist, und sie dulden in dem Laden keine unbeaufsichtigten Kinder«, sagte Mike Riordan hinter meinem Rücken. »Offenbar haben sie einige Probleme mit mutwilliger Zerstörung und Ladendiebstahl gehabt, und jetzt wirft er die Kinder einfach raus, wenn er sie ohne Erwachsene antrifft.«

Robert riß den Kopf hoch, und die Spucke sprühte ihm aus dem Mund, während er schrie: »Ich hab' ihm immer wieder gesagt, daß meine Mom hier wäre und er sie finden könnte. Ich sagte ihm, daß ich nicht ohne Aufsicht wäre. Er hat nur gesagt, sicher, sicher, sicher. Ich redete mit ihm, und er hörte mir gar nicht zu.«

»Ach, mein Liebes«, sagte ich und hielt ihn ganz fest, aber er riß sich los.

»Erst wollte er mich gar nicht nach dir suchen lassen. Ich sagte ihm, wo du bist, und dann warst du nicht da. Wo warst du denn? Wo warst du bloß?« Er war so laut geworden, daß ein älterer Mann herüberkam und ihn und uns anstarrte, als ob er ihn davor bewahren müßte, von dieser Frau in den verwaschenen blauen Shorts und dem weißen Polohemd und dem Mann mit dem blauen Hemd und der Pilotenbrille entführt zu werden. »Es ist alles in Ordnung, ihm geht es gut, er ist nur aufgeregt«, sagte Mike.

»Ich hab' es ihm gesagt«, schrie Robert, und ich wollte ihn wieder in den Arm nehmen, aber er stieß mich zurück. Er sackte gegen die große Glasscheibe am Eingang des Supermarkts.

»Ich habe dem Kerl gesagt, daß ich mich bei der Leitung der Supermarktkette beschweren würde«, sagte Mike Riordan. »Das war das dümmste und brutalste Verhalten, das ich je erlebt habe. Er hätte mit ihm doch nur durch den Laden gehen müssen.«

Robert murmelte etwas, und ich beugte mich hinab, um ihn zu verstehen. »Es ist mir egal, was du gesagt hast«, flüsterte er. »Ich hab' ihm gesagt, daß mein Dad ihn umbringen wird. Ich sagte ihm, daß er ihn mit seiner Pistole erschießen würde.«

»Ich möchte nur noch nach Hause gehen«, sagte ich.

»Ich fahre Sie hin«, meinte Mike Riordan.

An diesem Abend aßen wir Tiefkühlpizza. Wir hatten alle unsere Einkäufe im Supermarkt stehen lassen. »Ich hasse diesen Ort«, sagte Robert, und ich gab keine Antwort.

Danach hatte ich Angst, und frische Farbe oder optimistische Pläne konnten daran genausowenig ändern wie die Stunden in der Schulbibliothek, die Ds von Jennifer oder das aufgeräumte »Nehmen Sie Platz, Schwester« von Mrs. Levitt. Gerahmte Drucke zwischen den Fenstern konnten nicht darüber hinwegtäuschen, daß die Jalousien geschlossen waren. Dieser Moment im Supermarkt, als ich davon überzeugt war, Robert sei verschwunden, und auf den leeren Fleck starrte, wo er eben noch gestanden hatte, war wie eine Generalprobe für die Katastrophe gewesen. Danach war immer Adrenalin in meinem Blut, als würde ich es jeden Morgen mit meinen Vitaminen einnehmen. Es war wie vor Jahren, als ich mit Bobby zu Polizeibegräbnissen ging und, während die Klänge des Zapfenstreichs über den Friedhof wehten, das Gefühl hatte, als übte ich schon für die Qual, die mir sein Verlust einmal bereiten würde. Es war der größte Schmerz, den ich mir damals vorstellen konnte. Aber damals war ich noch jung.

Ende Oktober fegten von der Küste Stürme durch den Staat, und die trockenen, gelben Palmwedel flogen manchmal bis spät in die Nacht über das Dach über meinem Schlafzimmer, und der Wind blies den Kies vom Innenhof und schmetterte ihn gegen die Backsteinmauern, was wie Pistolenschüsse klang. Die Sturmfenster zitterten in den Rahmen, und ich lag auf dem Rücken und starrte zur Decke und wartete auf das wispernde, verstohlene Geräusch der sich öffnenden Wohnungstür.

Jede Nacht grübelte ich darüber nach, wie es hätte anders

sein können, ob ich uns alle nicht doch hätte retten können, mich, Robert und auch Bobby. Zum Einschlafen erlaubte ich mir manchmal Erinnerungen daran, wie wir beide mit Robert im Kinderwagen spazierengegangen waren und Bobbys muskulöser Arm meinen streifte, so daß sich auf beiden die Härchen aufrichteten, seine schwarz und kräftig, meine blaß und flaumig. Oder ich stellte mir vor, wie Bobby im September die Tomaten in unserem Garten gepflückt und jede einzelne sorgfältig begutachtet hatte, bevor er sie in den Korb legte, den Robert ernst und stolz vor seine Brust hielt, wie ein kleiner Meßdiener. Es sagte vermutlich alles über mein früheres Leben, daß ich weinend im Bett lag, während diese Bilder vor meinem geistigen Auge abrollten und die Zärtlichkeit dieser friedlichen Sommertage zurückbrachten, und gleichzeitig angespannt darauf horchte, ob jemand sich in die Wohnung schlich, um mich zu holen, mich herumzuschubsen, niederzuschlagen, wegzubringen. Ich sehnte mich nach jenem anderen Bobby, der mir im Bett ins Ohr flüsterte, damit der Junge nicht aufwachte, der mir manchmal die Hand über den Mund legte, damit ich nicht zu laut wurde, wenn er auf mir lag. »Du wirst dem Jungen angst machen, Fran«, sagte er ganz nah an meinem Ohr, und ich hörte an seiner Stimme, daß es ihm gefiel, mich zum Schreien zu bringen.

Doch er brachte mich auch auf ganz andere Weise zum Schreien, oder zumindest zum Stöhnen und Weinen: bitte nicht. Ständig schwankte unsere Ehe zwischen diesen beiden Polen. Hätte ich doch nur den einen Bobby verlassen und den anderen behalten können.

»Du hattest keine Wahl«, sagte ich mir immer wieder, und manchmal sprach ich es sogar laut aus.

Nach dem Zwischenfall im Supermarkt hatte Robert auch Angst. Ich merkte es daran, daß er sich tagsüber trotzig und verschlossen gab, Bücher in die Ecke schleuderte oder stumpfsinnig aus dem Fenster in seinem Zimmer auf die gegenüberliegende Hauswand starrte, während er sich nachts in ein zitterndes, klammerndes Kind zurückverwandelte. Er behauptete, die gurgelnde Wasserleitung im Badezimmer würde ihn wachhalten, und fragte, ob er in meinem Bett schlafen dürfe. Ich hätte es ihm nur zu gern erlaubt, weil ich zum Schlafen auch gern jemanden neben mir gespürt hätte, den ich liebte, doch ich wußte, es wäre nicht gut für ihn gewesen. Ich dachte daran, wie ich ihn als Baby hatte weinen lassen müssen, damit er lernte, nachts durchzuschlafen und sich tagsüber nicht so an mich zu klammern. Bobby hielt mich in der ersten Nacht zurück, als Robert ganze zwanzig Minuten lang brüllte und ich doch zu ihm gehen wollte. In der nächsten Nacht waren es nur noch zehn Minuten, und danach schlief er ein, sobald wir ihn hingelegt hatten. Ich machte mir klar, daß man seinen Kindern gegenüber manchmal hart bleiben mußte, weil es auf lange Sicht besser für sie sein würde. Doch ich fühlte mich trotzdem so wie in jener ersten Nacht, jeden Moment bereit aufzugeben.

Doch Robert und ich fanden einen Kompromiß. Wir legten seine Matratze in mein Zimmer neben mein Bett, und ich hielt seine Hand. Nach vier Nächten brachte er seine Matratze zurück in sein Zimmer. Mit zehn Jahren heilen Wunden vermutlich schneller. Ich höre nachts immer noch Geräusche, die Wasserleitung, den Wind, die Autos und die Vergangenheit.

Ich eile so hastig über die staubigen Straßen von Lake Plata, daß man es fast schon rennen nennen könnte. Und ich warte jeden Tag darauf, daß Robert aus der Schule nach Hause kommt. Manchmal höre ich, wie er draußen auf dem Hof mit Bennie spricht und wie die beiden herumalbern, sich ihre Sweatshirts um die Ohren hauen oder die Mützen vom Kopf reißen. Manchmal höre ich, wie eine Autotür zufällt, wenn eine Mutter es einrichten konnte, ihn mitzunehmen, oder wenn Mr. Riordan einige Jungs vom Fußball nach Hause gefahren hat. »Danke«, höre ich Robert rufen. Richtig zu spät kommt er nie. Er weiß Bescheid.

»Hi«, sage ich beiläufig, wenn er seinen Rucksack gleich hinter der Tür fallen läßt, aber es ist so, als begönne für mich erst jetzt das wahre Leben, als hätte ich in einem Trancezustand eingekauft, saubergemacht und andere Menschen gepflegt. Als ich im Krankenhaus arbeitete und Robert nach der Schule für ein oder zwei Stunden zu seiner Großmutter ging, ist es mir nie so gegangen. Aber mein Leben war damals anders, weiter. Jetzt ist es auf die Grundlagen zusammengeschrumpft. Ich bereite bestimmte Gerichte zu, weil Robert sie mag. Ich backe, damit er einen guten Nachtisch bekommt. Der Kühlschrank ist mit seinen Klassenarbeiten bedeckt. Ich habe sogar ein Babyphon gekauft, so eins, wie wir früher an seinem Kinderbett und an unserem Bett stehen hatten, so daß er nicht einmal wimmern konnte, ohne daß wir es hörten. Ich versteckte den Empfänger unter Roberts Bett und das Warngerät unter meinem Kissen. Manchmal kann ich hören, wie er in seinen Träumen murmelt. Das schläfert mich ein wie das Rauschen des Ozeans. Wenn jemand sein Schlafzimmerfenster öffnet, werde ich es hören.

Oft gehe ich zu ihm und sehe zu, wie er den Schlaf eines Zehnjährigen schläft, so nah an der Bewußtlosigkeit, wie es ein gesunder Mensch nur sein kann, und dabei weiß ich genau, daß meine größte Furcht sein sehnlichster Wunsch ist, Daddy. Daddy. Daddy. Er liebt Bobby so, wie ich ihn einst liebte, instinktiv, aus dem Bauch heraus, unabhängig davon, was passierte. Bobby war ein Vater, den ein kleiner Junge einfach gern haben mußte. »Hat dein Dad eine Pistole?« fragten seine Freunde manchmal, und er nickte und fühlte sich sicher und geborgen. Einmal schrieb er in der zweiten Klasse einen Aufsatz über das, was Bobby und ich so machten. Der erste Satz lautete: »Mein Daddy sorgt dafür, daß nichts Schlimmes passiert.«

Das Buch *One Fish, Two Fish*, das wir von zu Hause mitgebracht hatten, lag auf Roberts Nachttisch, und manchmal las er darin, obwohl er ein- oder zweimal sagte, daß er es Chad Roerbacker schenken wollte. Die Fische sahen freundlich und vertraut aus und lächelten einen mit aufgerichteten Stacheln und gespreizten Flossen an. Eines Abends blätterte Robert die Seiten um und sagte: »Weißt du noch, als ich fünf war und du immer neben mir auf dem Bett gelegen hast, wenn ich einschlief?« Später, als ich an seinem Bett stand und zu ihm hinuntersah, tat es mir leid, daß ich nicht mehr gesagt oder getan hatte. Am nächsten Abend schlüpfte ich aus meinen Gummisandalen, kuschelte mich an Roberts Seite und legte lächelnd meinen Arm über seine Brust.

»Mom, sei nicht böse«, sagte er, »aber dafür bin ich ein bißchen zu groß.«

Doch bevor er einschlief, durfte ich immer an seinem Bett sitzen, und er fragte mich etwas über meine Kindheit, ob ich mein Zimmer gern mit Tante Grace geteilt hatte, ob ich mich allein im Haus gefürchtet hatte, wenn meine Mutter arbeitete, über den Job meines Vaters als Feuerwehrmann und die großen Brände, die er gelöscht hatte. Er fragte, als wollte er ein Leben, das er geliebt und verloren hatte, ein Leben, das ich mit einer Fahrt quer durch das Land ausgelöscht hatte, von Grund auf neu erschaffen. Ihm gefiel vor allem die Geschichte von dem Mann, der an einem Sonntagmorgen einmal mit einem Revolver in die Bäckerei gekommen war, als ich sechzehn Jahre alt war, zwischen dem Ansturm nach den Gottesdiensten um neun und um halb elf, und Geld aus der Kasse verlangt hatte. »Sie machen wohl Witze!« hatte ich gesagt. Und nachdem ich eine braune Tüte mit Geldscheinen gefüllt hatte, wollte er Donuts haben, mit Sahne gefüllt und mit Schokolade überzogen. »Ich gebe niemanden Kuchen, der uns gerade überfallen hat«, hatte ich gesagt, und dann war Mr. Orlofsky gekommen, der ein paar Häuser weiter wohnte und wie jeden Sonntagmorgen sein Roggenbrot haben wollte, und der Mann hatte sich umgedreht und war weggelaufen; Tüte und Revolver hielt er fest umklammert und rannte Mr. Orlofsky um.

»Erzähl mir die Donutgeschichte«, sagte Robert, und hinterher: »Das war cool. Das war mutig.«

»Herr im Himmel, wie kann man sich nur so blöd verhalten«, hatte Bobby bei unserer zweiten Verabredung gesagt, als ich ihm die Geschichte erzählte.

»Erzähl mir die Donutgeschichte«, sagte Robert. »Ich habe sie Bennie erzählt. Und er dachte, ich hätte sie mir ausgedacht.«

»Ich hätte ihm vielleicht Brötchen gegeben, aber keinen Kuchen«, sagte ich.

»Erzähl von Anfang an.« Er spielte mit meinen Händen, mit meinen Fingern, als ich die Geschichte noch einmal erzählte, von der Kasse, den Scheinen, die wie Spielgeld in die Tüte fielen, dem Klang der Türglocke, als Mr. Orlofsky reinkam. Und jeden Abend, wenn ich hinuntergehen wollte, fragte er mich noch:

Weiß Großmama, wo wir sind?

Weiß Tante Grace, wo wir sind?

Und Mrs. Selick, seine Lehrerin in der dritten Klasse, oder Pater Charles, der ihm die Erstkommunion erteilt hatte, oder Mrs. Pinto?

Und wieder und wieder sagte ich nein. Nein, mein Liebes, nein Baby, nein Bäh, bis er mir eines Abends endlich anvertraute, daß er nicht mehr Bäh genannt werden wollte, wenn es mir nichts ausmache, wenn es mich nicht verletze, ich solle nicht böse sein, aber dafür sei er jetzt zu alt.

Aber er fragte nie: »Weiß Daddy, wo wir sind?« Er wußte, daß das der springende Punkt war. Ich hatte Grace die Postkarte geschickt, damit sie uns nicht als vermißt meldete. Aber ich war mir absolut sicher, daß Bobby das nie tun würde, weil er wußte, daß die Jungs von der Abteilung für vermißte Personen eine vermißte Ehefrau fast immer irgendwo finden würden, wo ihr Leben gesünder und glücklicher verlief. Er würde nie riskieren, daß man sich innerhalb der Polizei zuraunte: »Kennst du Benedetto, den Burschen vom Rauschgiftdezernat? Seine Frau ist abgehauen, Mann. Und hat sein Kind mitgenommen.«

Warum hatte ich mich vor dem jungen, flachgesichtigen Cop an der Schultür am ersten Morgen gefürchtet? Es würde keine Einmischung von außen geben. Bobby würde selbst kommen und wie ein großer Palmwedel bei heftigem Wind über das Dach fegen. Doch ich hatte mich vorbereitet. Mr. Castro bewahrte einen Haufen Werkzeuge in dem Schrank gleich hinter seiner Wohnungstür auf, und eines Tages hatte ich ihn gefragt, ob er mir sein Brecheisen leihen könnte, und hatte es nicht zurückgegeben. Es lag unter meinem Bett und fühlte sich immer kalt an, egal, zu welcher Zeit ich es anfaßte – ein totes Ding unter mir.

Robert ließ es zu, daß ich mich um ihn kümmerte, ihn verhätschelte, wie sein Vater immer gesagt hatte. Es war, als ob der Supermarkt auch ihm etwas vermittelt hätte, eine Vorahnung von Angst und Verlust. Abends unterhielten wir uns wie früher, als er ein kleiner Junge gewesen war und noch nicht so viele Narben gehabt hatte: »Was wäre, wenn«, sagte ich beim Frühstück, und er erwiderte sanft und liebevoll: »Wir an den Strand gingen...«

»Und du ein ganz großes Boogiebrett hättest...«

»Und ich schon gut genug wäre, um wie ein Surfer aufrecht auf den Wellen zu reiten...«

»Und Delphine an die Küste kämen und um dich herumschwimmen würden...«

»Und ich verstehen könnte, was sie sagten...«

»Yo, Robert«, brüllte Bennie draußen auf dem staubigen Hof. »Der Bus kommt.«

»Wir werden bald ans Meer fahren«, sagte ich und gab Robert zum Abschied einen Kuß. »Ich verspreche es.«

Es war kein richtiger Abschied, nur ein Auseinandergehen auf kurze Zeit, denn jeden Morgen folgte ich der Busspur zu Fuß und traf wie an jenem ersten Tag auf Cindy. Sie brachte mir fast immer etwas mit: einen Tiegel Creme, Ahornsirup aus Vermont, Tomaten von der Farm ihrer Eltern. »O bitte«, sagte sie abwehrend, wenn ich mich bei ihr bedanken wollte. Es war leichter, ihr auf versteckte Weise zu danken. »Das Parfüm finde ich gut«, sagte ich dann, oder: »Diese Farbe steht dir gut«, und sie lächelte. Ihre beiden Vorderzähne waren schief gewachsen, und sie lächelte immer mit geschlossenem Mund; nur wenn sie sehr gut gelaunt war, vergaß sie es.

»Was ist in der Tüte?« fragte sie an dem Montagmorgen nach dem Supermarkt, und ich zog ein Glas mit roter Soße heraus, die Bobbys Familie immer Salsa genannt hatte. »Ach, wie lieb«, sagte sie. »Ich kippe sie einfach heute abend über ein paar Nudeln.«

»Wenn das meine Schwiegermutter hören könnte, würde sie einen Schlaganfall bekommen«, sagte ich.

»Sie ist deine Ex-Schwiegermutter, Süße«, meinte Cindy. »Ist sie Italienerin?«

»Sie ist eine alte Hexe«, sagte ich.

»Das ist ja wunderbar. Was hast du noch da drin?«

»Laufschuhe«, sagte ich.

»Ach du Schande«, sagte Cindy.

So habe ich Mike Riordan nämlich kennengelernt, indem ich dreimal die Woche zum Joggen ging, an den Vormittagen, an denen ich nicht bei Cindy saß und Kaffee trank und Muffins aß. Ich bin ganz plötzlich darauf gekommen, als ich versuchte, mein Leben wieder normal, gewöhnlich, besser einzurichten, als ich die etwas klebrigen Küchenschränke mit Papier auslegte. Es war mir wieder in den Sinn gekommen, als ich mich nach langen Nächten, in denen ich wachlag und lauschte, aus dem Bett erhob und mein Körper sich steif und alt anfühlte. Endgültig entschlossen hatte ich mich dann im K-Mart, als ich weiße Schuhe mit Kreppsohlen für die Arbeit kaufte und vor billigen, plumpen Joggingschuhen stand und mich an das teure Paar erinnerte, das Grace mir zu meinem siebenundzwanzigsten Geburtstag geschenkt hatte – weißes Netzgewebe aus Nylon, türkisfarbene und purpurrote Streifen und in der Ferse irgendein goldgelbes Gel. »Damit wirst du dich wieder jung fühlen«, sagte Grace.

»Zum Teufel mit dir«, erwiderte ich. »Ich *bin* noch jung.«

Ich konnte jetzt nicht mehr allzuoft an Gracie denken. Es tat einfach zu weh. Doch damals, als ich siebenundzwanzig war und versuchte, schwanger zu werden, während sie einundzwanzig war und versuchte, einen Studienplatz zu ergattern, dachte ich beim laufen immer an sie. Ich stellte mir vor, wie sie eine Schleife um den Riverside Park zog, während ich im Bogen um die Bucht von Brooklyn lief. »Beim Laufen denke ich immer an dich«, sagte ich, als wir uns über unsere Bestzeiten und unsere Wehwehchen an Knien und Sehnen unterhielten. Ich arbeitete am South Bay Hospital in der Schicht von acht bis vier und stand um sechs Uhr auf, um zu laufen, da die Luft sich um diese Uhrzeit anfühlte, als hätte sie jemand gerade in die Straßen von Brooklyn gepumpt, als würde sie jeden Morgen frisch angeliefert, wie die Milch in diesen glatten, weißen Glasflaschen, als ich klein war. In einigen Häusern brannte schon Licht, wenn ich hinauslief, im Winter keuchten die Autos in den Auffahrten, ein paar Leute waren schon auf dem Weg zur Bushaltestelle. Doch in den Straßen war es bis auf das Klatschen meiner Schuhe auf dem Pflaster ganz still; ihr Rhythmus war so vollkommen, daß ich das Gefühl hatte, ich könnte jeden Tag überstehen. Zwei, manchmal drei Meilen, dann ging die Sonne über der Bucht auf und warf einen silbernen Streifen über das wellige Wasser, und ich blinzelte und fing an zu taumeln, bis ich nicht mehr direkt nach Osten lief, sondern in die engen Straßen nach Norden abbog. Im Fernsehen sah ich mir immer den Marathonlauf an, der mich beim Start eher an die Rush-hour im IRT als an ein Sportereignis denken ließ, da alle um ein kleines Stück Pflaster auf der Verrazano Bridge rangelten. Ich lief nie auf diese Art. Ich genoß es, allein zu sein. Bobby arbeitete oft abends oder nachts. »Wenn die Gangster bei der Arbeit sind, muß ich eben auch dasein«, erzählte er Robert später, als der Junge alt genug war, um es zu verstehen. Also machte ich meine Tagesschicht, ging früh zu Bett, lief kurz nach oder kurz vor dem Morgengrauen, je nach Jahreszeit, kam zurück, duschte so leise wie möglich und trug meine Schuhe durch die Diele, damit das Geräusch meiner Tritte auf dem Boden ihn nicht störte. Auf dem Küchentisch stand immer noch der schmutzige Teller von Bobbys Abendessen, das ich im Ofen für ihn warmhielt. Ann Benedetto hatte ihren Sohn nicht dazu erzogen, sich sein Essen zu machen oder das Geschirr abzuwaschen.

Ich hörte auf, als ich im sechsten Monat schwanger war, und fing wieder an, als Robert ein Jahr alt war und ich wieder arbeiten ging. Bobby paßte beides nicht, er sagte, daß wir das Geld nicht bräuchten und ich keinen Sport nötig hätte. Doch ich arbeitete ein paar Jahre Teilzeit in der Nachtschicht, so daß ich meist dann im Krankenhaus war, wenn Robert schlief, und als Robert in die Schule kam, war ich nur außer Haus, wenn er auch weg war. Nur diese eine Stunde am Morgen hatte ich für mich. Im dunklen Eßzimmer band ich mir die Schuhe zu, zog mein Sweatshirt über und sprintete über das Pflaster, bis meine Kehle vor Anstrengung brannte. Einmal rannte ich sogar mit zwei gebrochenen Rippen, nur um Bobby zu beweisen, aus was für einem Holz ich geschnitzt war. »Frannie, Frannie, Fran«, murmelte er an jenem Morgen, als ich meine Shorts auszog, das Bett roch nach Schweiß und Scotch und Samen, weil er mich vor allem dann begehrte, wenn er mich verletzt und gedemütigt hatte. »Du bist ein verdammt harter Brocken.«

In Lake Plata ging ich zum Joggen, wenn ich von der Schule nach Hause kam. Ich lief um unseren Wohnblock, durch die Straßen Poinsettia, Hibiscus, Royalton, Largo, Miramar – die wohlklingenden Worte tanzten um die niedrigen Holzhäuser mit den angebauten Garagen. Die Hitze war wie eine Faust in meiner Kehle, die Schweißtropfen rannen mir wie Tränen herunter und kitzelten spöttisch meine Beine, Brust und Arme. Ich ließ meine Brille auf der angestoßenen Kommode im Schlafzimmer liegen, und die Sonne warf mir fluoreszierende Flecken in den Weg, und am Rand meines Gesichtsfelds entstanden schwarze Wellen. Manchmal fühlte ich mich unwillkürlich nach Brooklyn zurückversetzt, und es war, als ob ich nur schnell genug laufen müßte, um hinter der nächsten Ecke zu Hause zu sein, wirklich zu Hause, nur einen Katzensprung von der Bucht von Brooklyn entfernt. Die Handtücher würden sich auf meiner Haut ebenso weich anfühlen wie der Teppich unter meinen Füßen, Robert würde verschlafen herumtapsen und hätte keine größeren Sorgen als seinen zweiten Schuh oder seine verlegten Hausaufgaben zu finden. Und Bobby – wo wäre er? Irgendwo anders. Wir hätten nur eine Vorstellung von Bobby im Haus, so als könnte er jeden Moment hereinkommen. Es wäre wie ein Parfüm, wie Bratenduft am Sonntag oder der Truthahn zu Thanksgiving, der süße Duft der Sicherheit. Trotz des Benzingestanks und des Geruchs der

Petunien in den Seitenstraßen von Lake Plata konnte ich ihn förmlich riechen.

Manchmal weinte ich beim Laufen, aber es war so heiß, und ich war so rot im Gesicht, daß es kaum auffiel. Es war sowieso niemand da, dem es hätte auffallen können. Alle waren in ihren Häusern oder bei der Arbeit.

An einem Morgen lehnte an der Ecke Largo und Miramar ein Mann an einem Maschendrahtzaun, hinter dem ein Hund knurrend die Zähne fletschte und hochsprang, ganz frustriert vom Anblick meiner vorüberflitzenden Beine, die er nicht erreichen konnte. Am Gartentor mahnte ein Schild: »Vorsicht, bissiger Hund«. Es schien so vollkommen überflüssig, daß ich fast lachen mußte. Der Mann nickte mir zu. Er hatte die Arme, die von der Hitze so rot wie Sommerrosen waren, vor der Brust verschränkt.

Eine Woche lang lief ich durch die Straßen, jeden Tag einen anderen Weg, und prägte mir gewisse Wahrzeichen ein: einen Wohnwagen, der genauso türkis leuchtete wie eine Ansichtskarte aus der Karibik, ein weißes Haus mit einer schwarzen Katze, die immer im selben Fenster saß, einen Rasen mit einem Riesenaufgebot an gelben Plastiksonnenblumen, deren Windrädchen-Blütenblätter sich in der stillen Vormittagsluft gelegentlich zu einer trägen Drehung bewegen ließen. Und wieder sah ich den Mann. Diesmal las er eine Zeitung; er stand an derselben Ecke und sah nicht auf, als ich auf der gegenüberliegenden Straßenseite vorbeilief. Als ich ihn das drittemal traf, kam ich aus der anderen Richtung, bretterte um die Ecke und sah ihn in einem geparkten Wagen sitzen, einer schäbigen, weißen Limousine. Ich war erschöpft, fast am Ende meines Dauerlaufs, hatte eine tüchtige Strecke hinter mich gebracht – vier, vielleicht fünf Meilen. Der Bürgersteig war rissig und hob sich unmittelbar am Randstein, wo ein Sträußchen verwelkten und sterbenden Löwenzahns aus der kieseligen braunen Erde unter dem Beton wuchs. Ich stolperte, stürzte fast zu Boden, fing mich wieder und spürte einen Schmerz im Knöchel. Ich versuchte, schnell an dem Mann vorbeizukommen, sah, wie er mich anblickte, bemerkte im selben Atemzug seine kräftigen Arme und die mächtige Brust, sein seltsam zusammenhangloses Lächeln und daß er froh zu sein schien, mich zu sehen, als er sich zum offenen Fenster lehnte. Der Hund schleuderte sich gegen den Zaun und knurrte uns beide an, und ich fragte mich, wie ich so dumm sein konnte anzunehmen, daß sie zusammengehörten, Herrchen und Hund waren. Ich war zwischen Wagen und Zaun eingepfercht, und ich lief an ihm vorbei und wartete gleichzeitig darauf, seine Hände zu spüren. Vielleicht hat er etwas gemurmelt, ich weiß es nicht. Doch ich zwängte mich an ihm vorbei und rannte schneller, schneller, als ich je zuvor gerannt war, den ganzen Weg nach Haus. Verschloß die Türen, kontrollierte zum x-ten Mal die Fenster und zog mich, ohne zu duschen, um, weil ich Angst hatte, daß das laufende Wasser das Geräusch übertönen könnte, wenn jemand durchs Fenster oder zur Tür hereinkam, obwohl sie verschlossen waren, fest verschlossen, doch was konnten Schlösser schon ausrichten. Einmal hatte die Polizei eine Frau in die Notaufnahme gebracht; sie hatten sie nackt in einem Gebäude gefunden, das die Stadt abreißen lassen wollte, und sie hinaustragen müssen. Sie kauerte sich, in eine Decke gewickelt, mit eingezogenem Kopf in die Ecke eines Untersuchungszimmers. Ich fragte sie, wovor sie Angst hätte. Sie flüsterte so leise, daß ich sie zuerst gar nicht verstand. »Vor allem«, sagte sie schließlich ein wenig lauter. Nun schämte ich mich dafür, daß ich mich damals im Schwesternzimmer über sie lustig gemacht hatte, jetzt, wo ich selbst vor allem Angst hatte. Nachdem sie in die Psychiatrie verlegt worden war, hatte ich mir nicht die Mühe gemacht herauszufinden, ob sie gute Gründe gehabt hatte, sich zu fürchten.

In der nächsten Woche lief ich nicht. Ich redete mir ein, daß es der Knöchel war. »Es ist sowieso eine unmögliche Angewohnheit«, meinte Cindy. »Besorg dir doch lieber ein Video von Jane Fonda.« Doch eines Tages trug ich morgens in der Schule Shorts, ein T-Shirt und meine Laufschuhe, und als Cindy weggefahren war, um Chad von ihrer Mutter abzuholen und ihn in die Turnklasse mit den anderen hyperaktiven Kleinkindern zu bringen, lief ich langsam eine Runde auf der Bahn, die graubraun und sonnenverbrannt zwischen der Grundschule und der großen, ausufernden Sekundarschule in der nächsten Straße verlief. Es war langweilig, so zu laufen, ohne die Schaufenster, die Farbe und Licht boten, ohne die Gutenmorgengrüße von Postboten, deren Atem weißdampfend und keuchend zwischen aufgesprungenen Lippen hervorgestoßen wurde. Doch von der Aschenbahn aus konnte ich den Haupt- und Nebeneingang der Schule sehen und die Zufahrt zu beiden. Von der Bahn aus konnte ich Robert und Bennie und die anderen Jungs sehen, die sich während der Morgenpause um die Basketballkörbe auf dem Asphalt versammelt hatten. Wenn ich den ganzen Tag lang hätte rennen können, statt zu arbeiten, hätte ich es getan.

Mike Riordan gesellte sich am dritten Morgen, den ich dort draußen war, zu mir. Er trug ein T-Shirt mit der Aufschrift »Orlando Magic« und sackartige Laufshorts. Man kann einiges daraus schließen, wie sich jemand zum Joggen anzieht. Wenn die Farben leuchtend sind, die Sachen gut sitzen und von Designern stammen, hat man es fast immer mit Aufschneidern zu tun, mit Leuten, die sich mehr für die Idee als für das Laufen selbst begeistern können. Mike Riordans Shorts sahen uralt aus, als stünden sie kurz vor der Kleidersammlung. Er war ein echter Läufer.

»Darf ich Sie begleiten?« fragte er, und ich nickte, ohne ein Wort zu sagen, weil ich schon sehr schwer atmete, so, wie ich es gern hatte, weil ich mich dann wirklich lebendig fühlte. In der nächsten halben Stunde sagte er überhaupt nichts, erst als wir keuchend und mit Krämpfen in den Waden anhielten, fügte er hinzu: »Ich habe jetzt eine Freistunde, und die muß ich nutzen.« Wir waren beide keine geschwätzigen Jogger; wir konnten fast eine Stunde laufen, ohne aufzugeben. Vielleicht drosselte er aber auch mir zuliebe seine Geschwindigkeit. Oder ich paßte mich an seine an. Meine Ängste verflogen, und mein gerötetes Gesicht kühlte sich ab, als ich nach Hause ging, duschte und meine Uniform anzog, um meine Patienten zu besuchen. Doch am Abend stellte ich wieder einen Klappstuhl unter Roberts Fenster und packte ihn voll Spielsachen, Videospiele, Bücher und einige Legosteine, mit denen er und Bennie gerade spielten – Dinge, die mit lautem Krachen auf den Boden fallen würden, wenn jemand durchs Fenster stieg.

Ich nutzte Mike Riordan in diesen ersten Tagen aus. Ich fühlte mich sicherer in seiner Gegenwart, und ich schämte mich nicht, ihn als Beschützer zu benutzen, obgleich er keine Ahnung davon hatte, daß er für mich noch etwas anderes war als nur ein Joggingpartner. Ich war nie zuvor mit jemand anders gelaufen und war überrascht von der unechten Intimität, die sich augenblicklich einstellte, wenn wir beide schweratmend hintereinander herkeuchten, halbnackt, konzentriert, schwitzend und ohne die übliche Staffage von sorgfältig hergerichtetem Haar, höflichem Lächeln, Make-up und Sonnenbrille. Wenn ich die Schule nach meinem Lauf dann verließ, war ich sicher, daß kein Fremder das Büro betreten oder durch den Gitterzaun des Schulhofs gespäht hatte, und ich war mir auch sicher, daß niemand so leicht an Robert herankommen würde, wenn Mr. Riordan in der Nähe war. Ich erinnerte mich daran, wie er den Manager des Supermarkts angeschnauzt hatte, und hatte weniger Angst um meinen Sohn.

»Der ist auf dich scharf«, sagte Cindy. »Das ist alles, was ich dazu zu sagen habe. Aber echt.«

»Ach, hör doch auf«, sagte ich. »Er ist ein Freund. Einfach ein guter Freund. Frauen können auch Männer zum Freund haben.«

»Na ja, mein Herzchen, das ist gut und schön, aber wenn unser Herrgott gewollt hätte, daß Frau und Mann Freunde werden, hätte er dafür gesorgt, daß sie etwas gemeinsam haben.«

»Hast du keine Freunde?«

»Ich habe einen Mann. Er hat Männerfreunde. Sie sind auch irgendwie meine Freunde. Das kennst du doch irgendwoher, oder?«

Ich hatte einmal einen Freund, oder dachte es jedenfalls.

Manchmal aßen Ben Samuels und ich in der blaßgrünen Cafeteria des Krankenhauses zu Mittag, wo jeder krank aussah in dem wäßrigen Licht, das durch die Fenster mit den Glasbausteinen fiel. Einmal gingen wir zu einer Tagung über die Behandlung von Traumapatienten, die im Auditorium des Medical Center in Manhattan stattfand, wo er seine Ausbildung gemacht hatte, und danach führte er mich zum Abendessen in ein japanisches Restaurant aus, wo wir auf Tatamimatten saßen, während unsere Schuhe nebeneinander an der papierenen Schiebetür standen – ein Paar braune Wildlederschnürschuhe und ein Paar blaue Pumps. Irgendwie strahlten diese leeren Schuhe etwas Indiskretes aus, doch wir hatten nur Terijaki gegessen und uns über nichts Besonderes unterhalten, auch wenn wir beide etwas überschwenglicher als nötig von unserem Familienleben geredet hatten.

Beim Tee zeigte er sich erstaunt, daß ich den Artikel über Kopfverletzungen, den die Sunday Times gebracht hatte, nicht kannte, und noch erstaunter, als ich ihm sagte, daß ich diese Zeitung nicht las. »Ich kann gar nicht glauben, daß eine so intelligente Frau ohne die New York Times auskommen kann«, sagte er, und ich errötete und war beschämt und antwortete in schnippischem Ton: »Cops mögen die Times nicht. Sie meinen, daß sie sich immer auf die Seite der Verbrecher stellt. Cops spucken auf die New York Times, Ihre Zeitung ist die News.«

»Aber du bist kein Cop«, sagte er. Ich habe die Art, wie er das sagte, nie vergessen. Ich dachte noch oft daran, auch nachdem er die Stadt verlassen hatte.

»Das war das Beste, was er tun konnte«, sagte Winnie, als sie davon hörte, und schaute mich vielsagend an.

Ich weiß, daß Winnie dachte, ich benutze Ben Samuels, um etwas zu bekommen, was ich zu Hause nicht hatte: jemand, mit dem ich sprechen konnte, jemand, der mich ernst nahm. Seine Freundschaft hatte mich glücklich gemacht. Doch in Mikes Gesellschaft fand ich nicht Glück, sondern Geborgenheit, mehr als je zuvor. Und es schien, als ob er das spürte, wenn er neben mir herlief oder wenn er bei Fußballspielen vor mir an der Seitenlinie stand. Als ich Robert zum erstenmal beobachtete, wie er im Zickzack über das flache, weite Fußballfeld der Schule rannte, sah ich nur noch die Gruppe von Bäumen an einem Ende. Alles, woran ich denken konnte, war eine Gestalt, die zwischen den Baumstämmen auftauchte, während alle Leute auf das gegnerische Tor starrten, und auf den Stürmer von Lake Plata mit den langen Stirnfransen und den dünnen Beinen zulief, den flinken Jungen, der seinen Mitspielern mit erstaunlich leiser Stimme Anweisungen zurief, während er mit den geborgten Spikes die Rasenstücke aufwirbelte. Ein flüchtiger Blick, und er war verschwunden, mein Sohn, der vorüberflog wie ein angesengtes Stück Papier, das der Wind in einer kalten Nacht durch den Kamin geweht hatte. Ich mußte mich zusammennehmen, um ihn nicht zu mir hinüberzuziehen, wenn er durch einen anderen Jungen ausgewechselt wurde, und ich glaube, daß Mike Riordan, der ja wußte, wie ich aussah, wenn ich Angst habe, etwas von meinen Gefühlen ahnte, als er sich umdrehte und mich anblickte.

»Ich brauche einen Elternteil, der uns am Dienstag auf der Busfahrt nach Lakota begleitet«, sagte er eines Tages, als wir ein Heimspiel drei zu eins verloren hatten.

»Das mache ich«, sagte ich.

Ich hatte nie einen Lehrer, eine Lehrerin gekannt, mit der ich mich unterhalten konnte, außer Grace, wenn man eine außerordentliche Professorin der amerikanischen Kultur und Literatur Lehrerin nennen konnte. All die Schuljahre, die ich bei den Nonnen verbrachte, Grundschule, Highschool, ja sogar die Schwesternschule, bildete ihre Ordenstracht eine unüberwindliche Schranke vor jedem persönlichen Kontakt, die ich auch dann nicht überwinden konnte, als die schwarzen Hauben und weißen Schleier Straßenkleidern und Schwesternuniformen gewichen waren. Selbst die Lehrer in St. Stannie, die an der schweren Tür standen und sie mit einem dumpfen Klang ins Schloß fallen ließen, nachdem die letzten der gleichgekleideten Kinder hineingelaufen waren, hatten mich eingeschüchtert. Ich vertraute ihnen meinen Sohn an, und zweimal im Jahr bekam ich dafür ein Zeugnis über seine Fähigkeiten – Schönschreiben befriedigend, Rechtschreiben gut, Begabung für Mathematik und Geschichte. Ein guter Junge.

Daher nannte ich ihn dann wochenlang so, wie ihn die Kinder nannten, Mr. Riordan, eine etwas alberne Anrede, wo er doch fünf Jahre jünger war als ich und ein rosa Babygesicht und strohfarbenes Babyhaar hatte. Aber es schien den Umständen zu entsprechen. Mr. Riordan, der Robert nach dem Fußballtraining ablieferte und am Küchentisch eine Pepsi trank, während er und Robert sich über den Schiedsrichter beklagten, den sie beim letzten Spiel gehabt hatten. Mr. Riordan, der Robert, Bennie und zwei andere Jungs nach dem ersten Monat zu McDonald's einlud, um sie für ihre vorbildliche Teilnahme an den internen Spielen und am Training zu belohnen. Mr. Riordan, der Robert und mich ins International House of Pancakes ausführte, als Robert bei einem Spiel am Samstagmorgen zwei Tore geschossen hatte.

»Ich will es mal so ausdrücken«, hatte er gesagt, während er sich Heidelbeerpfannkuchen und Speck schmecken ließ. Er trug ein gelbes Polohemd mit der Aufschrift »Mike« über dem Herzen. »Du wolltest spielen.« Er zeigte mit der Gabel auf Robert. »Du wolltest spielen. Und du hast es getan. Das zweite Tor war ein wahres Wunder.«

»Du hast gut ausgesehen da draußen«, sagte ich und lächelte.

»Du hast einfach wunderbar ausgesehen«, hatte Mr. Riordan gesagt.

Mr. Riordan und ich saßen Schulter an Schulter auf den Kunstledersitzen vorn im Bus und unterhielten uns, während von den hinteren Sitzen Papierkügelchen und gelegentlich ein gemurmeltes »Arschloch« zu uns herüberdrangen. »Bleibt sauber, Jungs«, brüllte Mr. Riordan. »Immer sauber bleiben.« Es fällt schwer, einen Lehrer mit seinem Vornamen anzureden. Vielleicht habe ich im Bus angefangen, ihn Mike zu nennen. Einmal hatte er ein Lotterielos in seiner Brusttasche stecken, und als ich ihn darauf ansprach, war er rot geworden.

»Ich kaufe mir ab und zu eins«, sagte er und drehte es in

der Hand um. »Wissen Sie, man holt sich die Zeitung, etwas Kaugummi. Dann gibt man dem Mann ein paar Zahlen.« Er las sie vom Losschein ab: 19, 9, 44, 10, 21. »Ich weiß nicht einmal, wie ich auf die hier gekommen bin«, sagte er.

»Was würden Sie machen, wenn Sie gewinnen würden? Würden Sie Ihren Job aufgeben?«

Er schüttelte den Kopf. »Nö. Sehen Sie mich an. Ich spiele mit Zehnjährigen Fußball und werde auch noch dafür bezahlt. Warum sollte ich aufhören?« Und ich hatte gelacht.

»Mr. Riordan, Sean hat mich Tampax genannt«, rief von hinten ein Junge namens Andrew, eine Petze, wie sie im Buch stand.

»Hört auf«, sagte Mr. Riordan und ging nach hinten. Ich sah mich um und tat so, als würde ich die Vermittlung beobachten, aber in Wirklichkeit wollte ich mir die Freude gönnen, Robert anzuschauen, der mit seinen dunklen, glänzenden Augen ganz hinten im Bus saß. Er blickte zum Fenster hinaus, während Bennie ihm etwas erzählte. Im Profil sah er hart, fast erwachsen aus. Er drehte den Kopf, sah mich, winkte und sah wieder hinaus. Mr. Riordan sprach einen Augenblick mit den beiden, und sie schauten zu ihm hoch und beugten ihre Köpfe auf den jungen, biegsamen Nackenmuskeln zurück, so weit zurück, als wäre Mr. Riordan ein Riese oder Gott. »Er hat es schon wieder getan«, rief Andrew. Dann war es ruhig, dann gab es wieder Streit, dann hörte man das Poltern einer tieferen Stimme, dann herrschte wieder Stille.

»Sie Tampax«, sagte ich, als er sich wieder auf den Sitz fallen ließ.

»Ich weiß«, sagte er. »Immer wenn ich für Disziplin sorge, muß ich mich richtig zusammennehmen, daß ich nicht anfange zu lachen. Gestern oder vorgestern kam eins der Mädchen aus der dritten Klasse und weinte. Ich sage ihr, sie soll sich setzen, und gebe ihr ein Kleenex. Sie schnieft und putzt sich die Nase und eröffnet mir schließlich: ›Joshua sagt immer, daß er mich liebt, und ich will, daß er damit aufhört!‹«

»Das ist ein wunderbarer Job«, sagte ich.

»Ich schätze, daß die meisten Menschen ihn aufgeben würden. Wenn sie in der Lotterie gewännen, meine ich.«

»Ich nicht. Ich arbeite gern. Meine Mutter hat immer gearbeitet. Immer. Mein Vater hat nicht gearbeitet, als ich ein Kind war. Es war wie eine lebenslängliche Freiheitsstrafe – das Emphysem war sein Verbrechen. Verurteilt zum großen Sessel vor dem Fernseher für den Rest seines Lebens. Der arme Mann war wie ein Möbelstück. Ich wollte nie so werden. Meinen ersten Job hatte ich mit sechzehn.«

»Meine Mutter hat nie gearbeitet.«

»Wie viele Kinder hatte sie?«

»Sieben.«

»Dann hat sie gearbeitet«, sagte ich.

Draußen versank die Sonne hinter einer Baumgruppe und einer Reihe von Baracken, in denen die Wanderarbeiter lebten, die zur Obsternte nach Florida kamen. Ein streunender Hund jagte unserem Bus hinterher, der Lärm der Jungen verebbte mit dem schwindenden Tageslicht, die Gespräche versandeten mit zunehmender Müdigkeit. Sie hatten verloren, vier zu zwei, in einem harten Spiel. Robert hatte schlecht gespielt.

»Wie geht es Ihrer Achillessehne?« fragte Mr. Riordan.

»Tut immer noch weh.«

»Sie sollten eine Pause einlegen.«

»Ha«, sagte ich. »Ich werde morgen wieder draußen sein.«

»Gestern habe ich Robert in mein Büro bestellt«, sagte Mr. Riordan ruhig. »Ich wollte es Ihnen schon die ganze Zeit sagen.«

»Warum?«

»Er ist wohl irgendwie mit zwei anderen Jungs aneinandergeraten. Anscheinend haben sie sich über sein Aussehen lustig gemacht, daß er so dunkel ist oder so. Sie wissen ja, wie sie in diesem Alter sind. Und er drückte einen von ihnen an die Wand und sagte: ›Ich werde dich drankriegen.‹ Mrs. Bernsen war richtig erschrocken über die Art, wie er das sagte. Als ob er es wirklich so meinte, wenn Sie wissen, was ich damit sagen will.«

Ich wußte genau, was er damit sagen wollte. Ich schloß die Augen und lehnte mich an die Scheibe. Robert der Hobbit, Robert der Hobbit, der dafür sorgte daß ihm niemand dumm kam, genau wie sein Daddy es ihm gesagt hatte. Es war Bobby Benedettos Lied, das Lied, das er sang, wenn er durch die Küche tigerte. Ich werde diesen Trottel erwischen, der Crack im Hof der Lincoln-Siedlung verkauft. Ich werde den Mistkerl kriegen, der über uns gelacht hat, als wir ihn gestern angehalten haben. Ich werde den Wichser kriegen, der den Tennisball auf den Streifenwagen geworfen, den Hydranten geknackt und seinen kleinen Bruder als Drogenkurier auf die Straße geschickt hat. Sie alle dranzukriegen, das war Bobby Benedettos Beruf und Berufung.

»Hey«, sagte Mike Riordan, »es ist keine große Sache. Wir haben miteinander geredet. Vielmehr habe ich geredet, und er hat zugehört. Sie wissen, daß er ein guter Junge ist. Er hat gewisse Probleme, mit seiner Wut umzugehen. Und mit anderen Sachen. Ich denke, er frißt vieles einfach in sich rein.«

»Ich weiß«, sagte ich. Die Scheidung, sagte ich, der Umzug, die neue Schule, die neuen Freunde. Es würde alles in Ordnung kommen. In Ordnung. In Ordnung. In Ordnung. Manchmal sagt man ein Wort so oft, daß es seine Bedeutung und Gestalt im Mund verliert, bis es wie ein Stück zähes, zerkautes Fleisch ist, das man ausspucken oder ganz schnell herunterschlucken will. In Ordnung. Zuerst Robert, dann ich. Wenn wir oft genug sagten, daß alles in Ordnung war, würde es vielleicht wahr werden. Sogar Mr. Riordan verhielt sich so. Einmal, als wir miteinander liefen und uns der Schweiß an beiden Seiten des Kinns hinunterrann und wir keuchend und abgehackt atmeten, sagte er plötzlich sanft, dann nachdrücklicher: »Machen Sie sich um ihn nicht zu viele Sorgen. Er ist in Ordnung.« Aber er hatte natürlich keine Ahnung.

»Alles wird in Ordnung kommen«, sagte ich wieder.

»Das weiß ich«, sagte er. »Aber ich glaube, es würde ihm guttun, mit jemand zu reden. Vielleicht mit Dr. Stern.«

Was sollte ich sagen? Bestimmt gab es kein Kind auf der

Welt, das dringender mit jemandem reden mußte, wie man so sagt, wenn man jemanden zum Psychiater schicken will – das wußte ich, schließlich hatte ich diese Umschreibung im Krankenhaus selbst oft genug benutzt –, kein Kind hätte es nötiger gehabt als Robert, sich den Dingen zu stellen, die er nicht sehen konnte, und das Unsagbare auszusprechen. Im stillen schwor ich mir, daß ich es ihm eines Tages ermöglichen würde, die Geheimnisse ein für allemal aufzugeben, so daß er sagen konnte, daß sein Vater und seine Mutter ihn belogen hatten, wenn sie nach all diesen Nächten so taten, als ob alles in Ordnung wäre. Schön und gut. Aber nicht jetzt. Das war Robert Benedettos Geschichte, und im Moment mußte Robert, so schlimm es für uns beide war, Robert Crenshaw sein.

»Ich werde darüber nachdenken«, sagte ich schließlich. »Ich weiß, daß er nicht immer alles so in sich hineinfressen sollte.«

»Vielleicht würde ihm das leichter fallen, wenn er dabei professionelle Hilfe hätte. Er würde möglicherweise lernen, anders damit umzugehen und sich besser fühlen.«

»Ich weiß. Ich bin mir nur nicht sicher, ob es der richtige Zeitpunkt ist.«

»Lassen Sie es sich durch den Kopf gehen.«

»Das werde ich. Und bitte sagen Sie mir Bescheid, wenn noch etwas passiert. Oder wenn es sonst irgendein Problem gibt. Ich muß es wissen, bitte.«

Was sollte ich diesem netten Mann mit seinem netten, offenen Gesicht denn sagen, um den Eindruck zu verwischen, daß ich mich störrisch weigerte, meinem Kind zu helfen? Daß unser Spiel aus wäre, wenn Robert mit dem Schulpsychologen darüber sprach, was ihn bedrückte, daß Verschlossenheit zum Plan gehörte? Ich wußte, daß es für Robert gut wäre, zweimal die Woche einen Spaziergang durch das Labyrinth seiner Erinnerungen zu machen, sich mit seinem geliebten Vater auszusöhnen, der schreckliche Dinge getan hatte, und mit der Mutter, der er vertraute und die ihn belogen hatte, mit dem glücklichen Zuhause, das an der Wurzel faul gewesen war wie einer dieser Bäume, die in vollem Blatt plötzlich vom Sturm geknickt werden und einen hohlen Stamm zeigen. Darüber zu sprechen, wie es war, noch halb schlafend aus seinem gewohnten Leben gerissen und binnen eines Tages in ein anderes verfrachtet zu werden. Doch er mußte allein damit fertig werden. Es war zu gefährlich, unser Geheimnis irgend jemandem anzuvertrauen. Es war zu gefährlich für Robert, darüber zu sprechen, was wirklich geschehen war. Wenn er es einem Psychologen erzählte, könnte er es auch einem Lehrer sagen. Wenn er mit einem Lehrer darüber sprach, dann vielleicht auch mit Bennie. Und in Kürze würde es jeder wissen. Jeder, und Bobby. Durch einen einzigen fehlenden Stein in der Mauer zwischen diesem und dem anderen Leben würde Bobby uns finden.

»Er wird es schaffen«, sagte Mike Riordan.

»Das glaube ich auch«, sagte ich.

Einer unserer Torhüter hinter uns hatte ein großes Taschentuch über seinen geschorenen Kopf gelegt und schnarchte. »Shane hat eine neue Mode erfunden«, sagte ich. »Kopfläuse«, flüsterte Mike Riordan. »Bislang konnten wir verhindern, daß es sich über die vierte Klasse hinaus ausbreitet.« »Wir sind fast da, Leute«, rief der Fahrer. Grillen sägten in der schwülen Abendluft Floridas. Es war schon fast Thanksgiving.

»Kennen Sie Chelsea Roerbacker?« fragte ich, um das Thema zu wechseln.

In dem grauen Dämmerlicht sah ich Mike Riordans Zähne in einem Lächeln aufblitzen. »Natürlich«, sagte er. »Wo wir gerade von Dr. Stern sprachen.«

»Ich weiß nicht, wie Cindy das schafft. Es würde mich wahnsinnig machen, wenn mein Kind sich vor so vielen Dingen fürchtete.«

»Wissen Sie was«, meinte Mike. »Die meisten Kinder fürchten sich vor so vielen Dingen. Sie haben nur Angst, es zuzugeben. Und die meisten Erwachsenen auch. Ich glaube, das Erstaunliche an Chelsea ist, daß sie alles offen auf den Tisch legt.«

»Mr. Riordan«, brüllte jemand. »Zachary hat mir eine Dose Saft über die Hose gegossen. Genau zwischen die Beine.«

»Sehen Sie nach«, sagte ich.

Er hielt sein Lotterielos hoch und küßte es. »Ach, du lieber Gott«, sagte er.

Ich weiß nicht genau, wann ich anfing, ihn Mike zu nennen, aber ich weiß, daß ich es von diesem Augenblick an in Gedanken tat.

»Mr. Riordan«, stöhnte einer der Jungs, »glauben Sie, daß wir nächstesmal gewinnen werden?«

»Bestimmt«, sagte er.

Zu meinem Geburtstag nahm mich Cindy in das Einkaufszentrum südlich von Lakota mit und spendierte mir in einem Laden namens The Clip Joint einen anständigen Haarschnitt. Ich hatte jetzt am 10. November Geburtstag, oder vielmehr Beth Crenshaw. Frannie Flynns Geburtstag war am 30. Oktober, ein gräßliches Datum für einen Geburtstag: die Nacht der Streiche, die böse Stiefschwester von Halloween und ein Tag, an dem Fenster eingeseift und Eier auf Windschutzscheiben geworfen wurden, an dem man am besten zu Hause blieb. Ich hatte nie eine Geburtstagsparty gehabt, nur die Torte mit Buttercremeguß und rosa Rosen, die meine Mutter in einem weißen Karton aus der Bäckerei im Erdgeschoß des Bürogebäudes in Manhattan mitbrachte, wo sie arbeitete. Als ich sechzehn wurde, brachte ich die Torte selbst mit, aus der Bäckerei, in der ich arbeitete; jetzt wußte ich, daß die Buttercreme aus Backfett und Zucker bestand. »Das ist ja Schokolade«, hatte meine Mutter überrascht gesagt, als ich sie anschnitt, und Gracie hatte erwidert: »Fran mag Vanillekuchen auch gar nicht.« Sie wuchs schnell heran, meine Grace. Im Bett hatte sie an diesem Abend geflüstert: »Was wäre, wenn ich für dich eine große Geburtstagsfeier im Waldorf Astoria bestellen würde.« Doch ich tat so, als ob ich schon schliefe.

Geburtstage – damit kriegen sie einen zu fassen. Es ist kaum zu glauben, aber Patty Bancroft sagte, daß der größte Fehler, den die Leute machten, der sei, den Namen zu verändern, aber dieselben Initialen zu behalten und dasselbe Geburtsdatum.

Patty Bancrofts Leute hatten mich auch noch zwei Jahre jünger gemacht, so daß Beth Crenshaw sechsunddreißig Jahre alt war, als sie unter dem Plastikumhang auf dem quietschenden Stuhl der Kosmetikerin saß.

»Maniküre, Pediküre, Styling, Farbe«, sagte Cindy im Wagen. »Ich lad' dich ein. Und Craig fährt mit den Kindern Wasserski auf dem Lake Lakota und geht mit ihnen dann vielleicht zum Lunch ins Chuck-E-Cheese. Meine fühlen sich wohler im Dreck als Schweine, entschuldige bitte die Ausdrucksweise. Chad glaubt, daß Robert und Bennie erwachsen sind, nur eben lustiger, und Chelsea findet sie süß. Was sie auch sind. Wann hat Robert übrigens Geburtstag?«

Jemand, der irrtümlicherweise dachte, daß er von Kindern etwas verstehe, hatte Robert anstelle des 9. April ein neues Geburtsdatum gegeben. »Am 4. Juli«, sagte ich.

»Das ist hart«, sagte Cindy. »Keine Schule, also auch keine Feier in der Schule. Und alle machen ihr eigenes Grillfest, einen Ausflug zum Strand, irgendwas mit der Familie. Auf der anderen Seite gibt es immer ein Feuerwerk. Schätze, ich könnte damit leben. Hättest du gerne längere Nägel?«

Ich lachte. »Wie denn?« fragte ich.

»Ach, das wirst du schon sehen. Sie legen so kleine Leinenstückchen auf die Nägel, sprühen sie mit etwas ein, bis sie steinhart sind, und feilen sie dann in Form.«

»Aber sie dürfen nicht zu lang werden.«

»Sei nicht so negativ!«

»Und niemand darf an meinen Füßen rummachen.«

»Du wirst sehen, es wird ganz toll.«

Sie hatte recht. Cindy hatte immer recht, wenn es um solche Dinge ging. Mein Haar fiel in weichen Wellen um mein Gesicht, in einem wärmeren Goldton als vorher, meine Nagelspitzen waren weiß bemalt und meine Füße von einer koreanischen Frau in einem rosa Kittel, die die ganze Zeit über lächelte, massiert worden. Es war offensichtlich, daß sie nicht ein Wort von unserer Unterhaltung verstand. Es war früh an einem Samstag morgen, und wir waren die einzigen Menschen in dem Laden, bis auf die zwei gutaussehenden, streng wirkenden dunkelhaarigen Frauen, die ältere der rougegeschminkte Schatten der jüngeren, die gerade hereinkamen, als wir fertig wurden. Sie trugen eine lange, weiße Schachtel, und nachdem sie sie sorgsam auf den Resopaltisch am Empfang gestellt hatten, zogen sie eine Perlenkrone mit einem langen Tüllschwanz in der Farbe hellen Kaffees heraus.

»Oh, das ist wundervoll«, sagte Cindy, die alles in der Spiegelwand des Salons beobachtete, während ihre Haarspitzen wie Löwenzahnflaum auf den Gummiumhang fielen.

»Hundertachtzig Dollar für einen Schleier. Nur für den Schleier!« sagte die ältere Frau.

»Fang nicht schon wieder damit an«, sagte ihre Tochter, als eine Friseuse ihr die Haare aufdrehte.

»Es würde wunderschön aussehen mit aufgestecktem Haar. Sehen Sie sich das an.« Sie hielt den Schleier für uns alle hoch: für mich, Cindy, die Frau, die Cindy die Haare schnitt, und die Koreanerin, die Hornhaut von meinen Fersen schabte und lächelte und nickte. »Einen Knoten inmitten der Perlen, so daß sie richtig zur Geltung kommen. Was auch von hinten besser aussehen würde, wenn sie vor dem Altar steht. Diese Mädchen, wissen Sie, sehen sich das Kleid immer von vorn an. Dabei sieht man während einer Hochzeit hauptsächlich die Rückseite des Kleides. Man will doch nicht, daß das ganze Rückenteil des Kleides von Haaren verdeckt wird.«

»Sie wollen also Ihr Haar hochgesteckt?« sagte die Friseuse zu der Braut. Die Stickerei auf ihrem Kittel verriet, daß ihr Name Jenna war, und ihr schmales, spitzes Gesicht hatte während des Monologs der Mutter den neutralen Ausdruck angenommen, den ich mir vor langer Zeit bei schwierigen Patienten angewöhnt hatte.

»Ich habe Ihnen gesagt, was ich will, als ich zur Beratung kam. Ich will Ringellöckchen. Sie will, daß mein Haar hochgesteckt wird, aber sie ist nicht die, die heiratet.«

»Du siehst mit aufgestecktem Haar doppelt so gut aus«, sagte ihre Mutter.

»Ma, wenn du dir das Haar hochstecken lassen willst, dann tu es. Ich werde mein Haar nicht hochgesteckt tragen.«

»Damit verdirbst du die ganzen Hochzeitsbilder.«

»Chris gefällt es nicht, wenn ich das Haar aufgesteckt trage. Mir gefällt es nicht. Ich werde das verdammte Haar nicht hochgesteckt tragen.«

»Und mit dem Schandmaul küßt du dann wieder deine Mutter?«

»Wir sind fertig«, sagte die Frau, die Cindys Haar fönte. Die koreanische Maniküre reichte uns unsere Geldbörsen, damit wir unseren Lack nicht verschmierten.

»Schau, wie schön ihre Nägel aussehen«, sagte die Mutter und deutete auf meine Hände. »Ich hab' dir ja gesagt, daß du dir eine französische Maniküre hättest machen lassen sollen.«

»Ma, fang nicht schon wieder an«, sagte die Tochter.

Cindy und ich warteten, bis wir am Aufzug waren, bevor wir anfingen zu lachen. »Wetten, daß sie mit hochgesteckten Haaren hinausgehen wird?« sagte Cindy.

»Glaubst du?«

»Ach, Süße, ich weiß es.«

Mein Kopf roch nach Blumen, und meine Hände sahen weich und elegant aus, als gehörten sie jemand, die lauter Duftkissen in der Kommode und gepolsterte Bügel in den Schränken hatte. »Die waren typisch Brooklyn«, sagte ich.

»Was?«

»Vergiß es. Nur ein Ausdruck von früher. Du hattest recht mit der Pediküre.«

»Weiß ich doch. Alles Gute zum Geburtstag, Süße.«

In solchen Momenten fühlte ich mich nicht wohl bei dem, was ich tat, wenn ich wahllos von einem Leben in Wilmington erzählte, das in meinen Ohren wie eine leblose Erfindung klang, wenn ich mir von Cindy die Hand tätscheln ließ, während sie noch eine Geschichte von einer weiteren Freundin erzählte, die man bei der Scheidung über den Tisch gezogen hatte. Cindy glaubte, ich hätte einen schönen Geburtstag, dabei war mein richtiger Geburtstag schon vor einer Woche gewesen, und ich hatte fast den ganzen Abend geweint und an Gracie gedacht, die irgendwo anders ebenfalls weinte. Gracie hatte mir immer geholfen, die Kerzen auf meinem Kuchen auszublasen, selbst als ich schon längst erwachsen war. Ich haßte es, Cindy anzulügen, haßte es, daß ich es mehr oder weniger jeden Tag tat, einfach indem ich zuließ, daß sie mich Beth nannte.

»Wetten, daß Mr. Riordan dein Haar gefallen wird«, sagte Cindy und steuerte ihren Minivan auf den Highway.

»Wetten, daß du die letzte halbe Stunde darauf gewartet hast, das zu sagen. Seit ich aus dem Stuhl geklettert bin.«

»Eigentlich wollte ich schon im Salon was sagen, aber diese Jenna lebt in Lake Plata, und ich hab' mir gedacht, das braucht sie jetzt nicht mitzukriegen.«

»Vielen Dank.«

»Also, wie läuft die Sache?«

»Cindy, du siehst zuviel fern.«

»Da magst du recht haben, Süße, aber im Fernsehen kommen der Fußballtrainer und die bezaubernde alleinstehende Mutter des Spielers schließlich zusammen. Nach vielem Hin und Her. Außerdem sehe ich nicht so viele andere Sterne an deinem Himmel. Außer Jim. Der ist wirklich höchst romantisch. Als du ihm das letztemal vor unserem Haus über den Weg gelaufen bist, hörte ich, wie er zu dem anderen Typ im Lastwagen sagte: ›Mann, bei der möcht' ich auch mal ran.‹ Reizender Mensch.«

Jim war einer der Arbeiter von Craigs Swimmingpoolfirma. Von all den Stunden in der Sonne war er tief gebräunt, und er nahm jede Gelegenheit wahr, um sein Hemd auszuziehen und seine Muskeln spielen zu lassen, die ihn wie einen Superhelden im Zeichentrickfilm aussehen ließen. Seine Bartspitzen waren immer ein wenig feucht, und ich hatte mir überlegt, wie es wohl wäre, mit ihm zu schlafen, seit ich zum erstenmal gesehen hatte, wie er eine Schaufel auf seinen massiven Schultern balancierte. Er hätte Bobbys Cousin sein können, so ähnlich sah er ihm. Er roch nach Schweiß und Chlor, und ich versuchte ihn gar nicht erst anzusehen, wenn ich ihm ab und zu bei den Roerbackers begegnete. Doch einmal hatte er mich angelächelt, richtig abgründig, und ich wußte, daß er wußte, was ich dachte.

»Wie ich schon sagte, du siehst zuviel fern«, sagte ich zu Cindy. »Mike Riordan ist ein sehr netter Mann. Das ist alles.«

»O nein. Ein netter Mann. Das ist wirklich zuviel. Weißt du noch, wie die Mädels in der Highschool tönten, oh, der ist so ein netter Kerl, was in Wirklichkeit hieß, daß sie unbedingt mit seinem widerlichen Freund ausgehen wollten.«

»Gott sei Dank, daß die Highschool vorüber ist.«

»Ich bitte dich. Das Leben ist eine Highschool, bis auf die Tatsache, daß alle entweder zehn Pfund leichter oder fünfzig Pfund schwerer geworden sind.«

Ich fing an, jeden, den ich kannte, in die eine oder die andere Gruppe einzuordnen. »Du hast recht«, sagte ich.

»Bestimmt, und mit Mr. Riordan habe ich auch recht. Und bitte, erzähl mir nicht, daß du auf den Richtigen wartest, weil er nämlich nicht kommt. Er wird niemals kommen.«

»Und das aus dem Mund einer glücklich verheirateten Frau.«

»Ich bin glücklich verheiratet, weil ich realistisch bin, Süße. Die Erkenntnis, daß sie die reinsten Nervensägen sind, trifft einen nach spätestens vier, vielleicht fünf Jahren. Egal, wie gut sie aussehen oder wieviel Geld sie verdienen, dann fällt einem auf, daß sie nicht mal eine neue Rolle Klopapier hinhängen und ihre schmutzige Wäsche nicht in den Korb werfen können. Du warst verheiratet, du kennst das Spiel: ›Liebling, wo ist mein Hemd?‹ – ›In dem verdammten Schrank, Schatz, wo es immer ist.‹ Und damit muß man dann einfach leben. Oder auch nicht, schätze ich.« Sie sah zu mir hinüber. »Wie bin ich darauf gekommen?«

»Durch Mr. Riordan.«

»Ach, vergiß Mr. Riordan. Wenn wir zu Hause sind, werde ich dich schminken. Ich hab' diese neuen gedeckten Farben bekommen, die werden toll an dir aussehen.«

Normalerweise widerstand ich Cindys Musterkoffer, doch dieses eine Mal ließ ich sie gewähren. Sie machte uns beiden Sandwiches mit Schinken, Salat und Tomaten und ging dann mit Stiften, Schaumstoffschwämmchen, Make-up und Puder ans Werk. Bis auf den Mund, der zu groß für das übrige Gesicht war, sah ich gut aus, als sie fertig war. »Nicht ein Tag über dreißig«, meinte sie. Statt sechsunddreißig. Oder achtunddreißig. Noch ein Geheimnis, das ich bewahren mußte, mein richtiges Alter.

»Gott, ich wünschte, du hättest heute eine tolle Verabredung«, sagte sie. »Ich würde dir auch gern Kleider kaufen. Nichts für ungut, Süße, aber du streichst deine Vorzüge einfach nicht genügend raus. Dein Body schreit einfach nach weißen Shorts und einem bauchfreien Top.«

»Du bist die erste, die das Wort Body tatsächlich in den Mund nimmt.«

»Schön wäre auch eins dieser engen T-Shirt-Kleider. Und sie sind billig. Bei Dress Barn gibt es sie für zwanzig Dollar. Dort hab' ich mir auch das hier gekauft.« Cindy trug königsblaue Shorts und eine Bluse mit Rüschen an der Vorderseite, weiße Sandalen und einen dazu passenden weißen Gürtel.

»Kann ich dich mal was fragen, ohne dich zu verärgern?« sagte ich.

»Schieß los.«

»Wieso machst du das eigentlich alles – das Make-up, die Kleider? Wird es dir nicht zuviel, jeden Tag perfekt aussehen zu müssen?«

Und Cindy ließ sich schwer in den Sessel mir gegenüber fallen; vor dem Glastisch, auf dem sie die ganzen Schminksachen aufgebaut hatte, und mit ihrem etwas traurigen und ernsten Gesichtsausdruck sah sie genauso aus wie die, die sie war: die ehemalige Highschool-Ballkönigin, die erwachsen geworden war, geheiratet hatte und den mühsamen Kampf aufgenommen hatte, sich ihr gutes Aussehen zu bewahren. »Gott, es tut mir leid«, sagte ich. »Kaum zu glauben, daß ich so etwas Blödes gesagt habe.«

»Reib nicht an deinen Augen herum«, meinte sie, »sonst schmierst du dir die Wimperntusche über das ganze Gesicht. Das ist schon in Ordnung. Du bist die einzige Freundin, die ich je hatte, die mir eine solche Frage stellen würde. Außerdem bist du vermutlich die einzige, der ich eine solche Frage beantworten kann. Weißt du, den meisten Leuten würde ich einfach antworten, wer schön sein will, muß leiden oder irgendeinen anderen dieser verflucht albernen Sprüche, die sie einem beibringen.« Ich hatte Cindy nie zuvor fluchen hören. Ich wollte über den Tisch greifen und ihre Hand nehmen, aber sie hatte sie in ihrem Schoß liegen.

»Ich glaube, es war die Farm, weißt du? Es war immer alles so staubig, und der Dreck drang durch die Fenster, so daß immer etwas Schmutz auf den Fensterbrettern lag, egal wie oft man Staub wischte. Und meine Mutter lieferte die Sachen aus und duftete immer so gut und sah so nett aus, obwohl sie gar nicht so hübsch ist, aber das wirst du ja selbst sehen, wenn du sie Weihnachten kennenlernst. Am nächsten Morgen zog sie sich einen Männeroverall an und half meinem Dad draußen in der Scheune, und sie roch nach Mist. Und nach einer Weile ging es mir wohl wie Scarlett O'Hara im Film, wo sie sagte: ›Gott ist mein Zeuge, ich will nie mehr dreckig sein‹ – oder so ähnlich.

Im zweiten Jahr auf der Highschool verliebte ich mich in einen Jungen namens Jackson Islington, der aus einem kleinen Ort bei Lakota stammte. Er war schon im letzten Schuljahr, ein Junge mit hellen Haaren, aber dunklen Augen – weißt du, wie gut das manchmal aussieht? Und wenn ich dir erzähle, daß ich erst fünfzehn war und er im Auto schon seine Hand unter meinen Rock schob und ich ihn ließ, dann kannst du dir vorstellen, wie verrückt ich nach ihm war. Eines Tages brachte er mich nach Haus und sprach lange mit meinem Dad, und dann kam mein Dad zum Abendessen herein. Ich weiß heute noch, daß es damals Makkaroni mit Käse und geschmorten Tomaten gab, und mein Daddy sagte: ›Das ist ein netter junger Mann. Man trifft heute nicht mehr viele, die gerne Farmer werden wollen.‹

Himmel, du hättest diesen Burschen hören sollen, als ich ihn am nächsten Tag auf dem Nachhauseweg danach fragte. Er sprach über die Erde, die Dinge, die man wachsen sehen kann, und die Luft am frühen Morgen, als ob es das höchste Gut auf der Welt wäre, auf vier Hektar Land Futtermais anzubauen. Und dann fing er an, mich zu küssen, und er küßte mich auf den Hals und dann weiter unten, wie er es immer gemacht hatte – das hat mich, glaube ich, am Anfang so erregt –, und dann küßte er mich auf den Mund und steckte seine Zunge hinein, wie tausendmal vorher, nur daß ich jetzt den Dreck schmecken konnte, richtig schmecken, so daß ich fast würgen mußte.

Selbst heute denke ich manchmal noch, Cynthia Lee, was war mit dir bloß los? Mit fünfzehn sollte man solche Dinge einfach übersehen und vor Liebe dahinschmelzen. Aber ich fühlte seine Hände auf mir und dachte nur noch daran, daß ich so erdig und knochig wie meine Mutter werden würde, und an den Schmutz auf dem Tischtuch im Eßzimmer. Und damit war alles vorbei. Aus und vorbei.« Cindy hatte Tränen in den Augen und tupfte sie sorgsam mit einem gekrümmten Finger weg. Dann lachte sie ein zittriges, ersticktes Lachen, das einen überkommt, wenn man die Tränen verdrängen will, ein Lachen, das ich selbst manchmal lachte, wenn ich mich mit Grace unterhielt.

»Bei der ersten Verabredung mit Craig fragte ich ihn, was er später gern werden wollte. Er war siebzehn und muß mich für verrückt gehalten haben. Er sagte: ›Ich will Geschäftsmann werden.‹ Die Swimmingpoolfirma gab mir zu denken, mit all der Herumgraberei, aber er hat eine Dusche im Keller eingebaut, direkt an der Außentür, und wenn er die Treppe heraufkommt, ist er immer sauber und riecht nach Christian Dior.« Und damit hob sie ihr Kinn und lächelte mich an, mit dem strahlenden Lächeln, das eine Frau einer anderen schenkt, das ebensogut ein Schlag ins Gesicht sein könnte, weil es jede Debatte im Keim erstickt. Ich sah hinunter, fummelte mit den Tuben und Tiegeln auf dem Tisch herum und betrachtete die

Etiketten: Kupfererde, Herbstblätter, Pfirsich, Zobel. Unwillkürlich fing ich an zu reden.

»In der achten Klasse hatte ich diese Nonne, die wollte, daß ich mich bei einer wirklich guten Privatschule in Manhattan bewerbe. Sie hat immer gesagt, daß sie an mein Potential glaube. Potential. Der Klang dieses Wortes hat mich fasziniert. Es hörte sich wie ein Kanonenknall an. Und dann sprach ich mit meinen Eltern darüber, und meine Mutter sah sich die Broschüre an, die ich mitgebracht hatte. Sie war aus diesem wunderbaren glatten und glänzenden Papier, an das ich mich noch erinnern kann, und hatte schöne Farbfotos von den Kindern in ihren Uniformen, in den Labors und der großen Bibliothek. Und meine Mutter sah sie sich an und fragte bloß: ›Warum?‹ Das war alles. Es war, als ob man mein ganzes Leben in einem Wort zusammengefaßt hätte. Und es ging so weiter, wenn ich mit der Sprachenschule nach Spanien fahren oder aufs College gehen wollte. Die Antwort war immer die gleiche: Warum? Wozu soll das gut sein? Ich weiß, daß es daran lag, daß sie kein Geld hatten, weil mein Vater nur seine Invalidenrente bekam und meine Mutter als Sekretärin arbeitete. Aber es klang nicht so, als ginge es meiner Mutter ums Geld. Sie klang besiegt. Ich sah mir das Foto von den beiden auf der Kommode in ihrem Schlafzimmer an, schlank, gutaussehend, glücklich und lächelnd, und es war, als hätte sich die Niederlage in jedem Winkel breitgemacht, bis auch ich nicht mehr wußte, wozu es gut sein sollte. Ich ging auf die katholische Mädchenschule und dann auf die örtliche Schwesternschule, dann heiratete ich und war wahrscheinlich dankbar für alles, was ich bekommen konnte.

Ich habe nicht einmal richtig darüber nachgedacht, bis meine Schwester älter wurde und sie mit ihr genauso verfuhren, nur daß sie sich nicht darum kümmerte. Wozu soll das gut sein, Grace? Lern Steno und Tippen, Grace. Dr. Edgar, der Zahnarzt, sucht eine Sprechstundenhilfe, Grace. Sie lachte manchmal über sie, wenn wir in unserem Zimmer waren, machte sich sogar lustig über sie, und bekam ein Stipendium für eine private Highschool und studierte mit Beihilfen und Jobs auf dem College, und sie mietete sich einen Umzugswagen, damit sie quer übers Land fahren konnte. Meine Mutter fragte sie, warum sie bis nach Chicago müsse, um zur Schule zu gehen. Und sie sagte: ›Weil ich es will.‹ Als wäre es die natürlichste Sache auf der Welt, das zu tun, was man wollte.

Manchmal sah ich, wie sie mich anschaute, und spürte, daß ich ihr leid tat. Gott, hat mir das weh getan, daß die kleine Gracie, deren Windeln ich gewechselt, der ich vorgesungen und vorgelesen hatte, die in der Wohnung herumgelaufen war und ›Wo ist Frannie?‹ gebrüllt hatte, während ihr die Windel bis auf die dicken Knie herabhing, der ich all die Reihentänze beibrachte und wie man den Uniformrock nach der Schule aufrollte – wie hat es mich getroffen, daß sie am Ende Mitleid mit mir hatte. Aber weißt du, ich war ja ganz allein. Grace hatte mich. Und das hat ihr Selbstvertrauen gegeben. Oder ihr zumindest gezeigt, wie man es nicht machen soll.« Ich zuckte mit den Achseln. »Sie hat sich einfach ein völlig anderes Leben geschaffen, hat es sich aus dem Nichts aufgebaut.«

»Nun, das hast du auch getan«, sagte Cindy.

»Was?«

»Hier«, sagte sie. »Du hast dir hier ein völlig neues Leben aufgebaut. Genau wie es deine Schwester gemacht hat.«

»Das ist was anderes.«

»Ach, Süße, das sagen wir alle«, meinte sie. »Natürlich ist es was anderes. Alles kommt so aus heiterem Himmel, daß es immer neu und anders ist. Wenn ich zum Beispiel Französisch statt Spanisch gewählt hätte, hätte ich Craig vielleicht nicht kennengelernt, und mein ganzes Leben wäre anders verlaufen. Oder wenn ich mit Jackson schon viel weiter gegangen wäre, bevor ich wußte, was Sache war, wäre alles anders gekommen. Es erschreckt mich, wenn ich daran denke, wie anders es gekommen wäre. Und wenn du wegen Robert nicht genauso durchdrehen würdest wie ich wegen Chelsea, hätten wir uns nicht getroffen, und alles wäre anders.«

»Ich drehe nicht durch wegen Robert. Er war in einer neuen Schule, er war –«

»Ich weiß, ich weiß. Es war anders als bei Chelsea. Schon gut. Jedenfalls wissen wir jetzt alles über einander, was wir wissen müssen. Du weißt, warum ich jeden Tag Make-up und Puder trage, und ich weiß, warum du es nicht tust. Und ich dachte, wir lassen uns bloß mal eben die Haare und die Nägel machen, und dann sitzen wir hier auf einmal und kehren unser Innerstes nach außen.«

»Das liegt am Geburtstag. Geburtstage bringen einen dazu, so über sein Leben nachzudenken. Sich zu fragen, wie man zu der geworden ist, die man ist, und ob man eigentlich mit seinem Leben glücklich ist.«

»Dieser Geburtstag ist wahrscheinlich nicht der beste Zeitpunkt, dich zu fragen, ob du glücklich bist«, sagte Cindy.

»Da hast du wahrscheinlich recht. Aber was ist mit dir?«

Cindy starrte an die Decke. Mir war beinah, als könnte ich die Jahre hinter ihren geschlossenen Augen abrollen sehen, als sie ihr Leben mit ihrem Mann und ihren Kindern Revue passieren ließ.

»Ich bin ziemlich glücklich mit meinem Leben«, sagte sie schließlich. »Auch wenn es nicht ganz das ist, was ich erwartet hatte.«

»Amen«, sagte ich.

Sie beugte sich zu mir herüber und umarmte mich. »Wer ist Frannie?« fragte sie, während sie die ganzen Schminksachen in eine Einkaufstasche räumte, die sie während der Ferien bei jeder Bestellung kostenlos verschenkte.

Es war ein gewaltiger Schock, doch mein Gesichtsausdruck blieb unbewegt. Außerdem sah sie nicht mich an, sondern ihr Handwerkszeug.

»Wie bitte?« sagte ich.

»Du hast gesagt, daß deine kleine Schw[illegible] dich Frannie genannt hat. Daß sie immer ›Wo ist Frannie?‹ rief.«

»Es ist ein alter Spitzname«, sagte ich, vom Reden, Zuhören und Mitfühlen erschöpft.

Cindy hielt ihre Einkaufstasche hoch, rot mit schwarzem Lackbesatz. Meiner Schwiegermutter hätte sie sehr gefallen.

»Nun, Frannie, Süße«, sagte sie, und dieses Wort, dieses eine Wort, klang in ihrem Mund so wundervoll. »Hier ist dein neues Gesicht. Noch einmal alles Gute zum Geburtstag. Jetzt bist du eine neue Frau, das schwör' ich dir.«

»Was ist aus Jackson Islington geworden?« fragte ich.

»Ich hab' keine Ahnung«, sagte Cindy. »Was ist aus der Nonne in der achten Klasse geworden?«

»Sie hat das Kloster verlassen, geheiratet und ist Sozialarbeiterin geworden.«

»Ich werd' verrückt«, sagte Cindy.

Die Süßkartoffeln in der Kasserolle auf dem Küchentisch sahen aus wie auf einem Foto im Rezeptteil einer Zeitschrift, auch wenn ich es selbst sage. Das Geheimnis ist der Bourbon, der mit Butter und braunem Zucker so lange eingekocht wird, bis die ganze Masse dick wie Ahornsirup ist. Es war ein Rezept meiner Mutter. Eins der wenigen Rezepte meiner Mutter, wenn man diejenigen außer acht läßt, die sie hinten auf den Dosensuppen ablas. Bei meiner Schwiegermutter, wo wir an Thanksgiving immer zu Abend aßen, wurden die Süßkartoffeln geduldet, waren aber nicht willkommen. Auch der Truthahn war mehr Tafelschmuck als Hauptspeise; er war mit Wurst gefüllt und umgeben von Platten mit Lasagne und mit Käse gefüllten Artischocken. Bei Ann Benedetto aß ich die Süßkartoffeln immer selbst, damit meine Kasserolle nicht unberührt auf der Anrichte stehenblieb, obwohl das Essen, das sie auftrug, auch wirklich besser war. Im Kampf zwischen Truthahn und Lasagne hat der Truthahn kaum eine Chance.

Der Bourbon, hatte meine Mutter immer gesagt. Und die Pekannüsse. Sie waren teuer, die Nüsse, fast drei Dollar für eine Tüte. Den Bourbon kaufte ich in einer dieser kleinen Flaschen, die sie im Flugzeug servieren. Alkohol im Haus beunruhigte mich. In der zweiten Woche in Lake Plata kaufte ich mir eine Flasche billigen Chardonnay, der mir hart und fast sauer über die Zunge rollte und doch irgendwie nur zwei Tage reichte. Danach war Schluß. Jeder Tropfen Bourbon wanderte in die Kasserolle.

»Süßkartoffeln sind komisch«, sagte Robert und stupste sie am Abend vorher, als sie auf dem kleinen Herd dampften, mit dem Finger an, »aber sie riechen gut.«

Sie hatten eine Kruste, braun und orange, und dufteten süß, wenn man mit dem Gesicht nah genug heranging, selbst an dem eiskalten Donnerstagmorgen, als ich am Telefon Cindys rauher Stimme lauschte. Die atmosphärischen Störungen klangen, als kullerten Steinchen durch den Telefonhörer. Es war Thanksgiving, doch anstatt den Truthahn in den Ofen zu schieben, würden die Roerbackers in Craigs Lieferwagen nach Süden rollen, zu dem Rentnerdorf, in dem Craigs Eltern lebten und wo sein Vater letzte Nacht einen Schlaganfall erlitten hatte. Und die Festtagspläne der Familie Crenshaw würden mit ihnen davonrollen.

»Es tut mir so leid«, sagte sie immer wieder. »Es tut mir einfach so leid.«

»Hör auf, Cindy«, sagte ich und piekste ebenfalls mit dem Finger in die Kartoffeln. »So etwas passiert nun einmal.«

»Ich weiß«, sagte sie. »Ich weiß.«

»Wir werden eben etwas anderes unternehmen«, sagte ich. »Vielleicht mit den Castros.«

»Ach, die Castros habe ich ja ganz vergessen«, sagte sie, und ihre Stimme hörte sich erleichtert an, während die Störungen stärker wurden, bis wir uns irgendwo auf dem Highway mit einem Rasseln, einem seltsam knallenden Kreischen, gefolgt von watteweicher Totenstille, verloren.

Doch natürlich wußte ich, daß auch die Castros weggefahren waren, um Thanksgiving bei einigen Cousins in Orlando zu feiern, die Milliardäre gewesen waren, wie Robert mir erzählte, bevor sie es für nötig erachteten, nach Amerika zu gehen, um dort als Taxifahrer oder Putzpersonal im Motel wiedergeboren zu werden – noch eine Gruppe Menschen, die einmal jemand anders gewesen waren. An diesem Morgen war ich auf den quadratischen Hof der Poinsettia-Wohnanlage gegangen, nur um den Himmel zu sehen und die Luft zu riechen, und hatte das Gefühl gehabt, als hätte man den Ort evakuiert und vergessen, uns von dem heranziehenden Sturm, der Flut, dem Tornado zu erzählen. Doch die einzige Naturkatastrophe waren die Ferien; unser schäbiges, kleines Hufeisen voller Maisonetten mit niedrigen Decken war ein Ort, den man verließ, wenn man sich mit der Familie treffen wollte, und kein Ort, an den man sie einlud. Und wir wollten auch wegfahren, zu den Roerbackers, und mit Cindys und Craigs Familie feiern. Doch Cindy und Craig und Chelsea und Chad – ich muß fast lachen, wenn ich sie alle zusammen beim Namen nenne, und ich zog Cindy immer noch ab und zu damit auf – hatten sich in aller Herrgottsfrühe auf den Weg zur Intensivstation eines Krankenhauses begeben, das zweihundertfünfzig Meilen weit weg lag.

»Liebes, wir haben ein Problem«, rief ich nach oben und versuchte, meiner Stimme die schlechten Neuigkeiten nicht anmerken zu lassen. Als ich keine Antwort erhielt, stapfte ich die Treppe hoch, und Robert lag auf dem Bett und las ein Magazin, das Bennie ihm geliehen hatte, eine Fachzeitschrift für Videospiele.

»Erinnerst du dich noch an das Spiel, von dem ich dir erzählt habe und von dem du gesagt hast, es wäre zu teuer? Wenn ich ein gebrauchtes für die Hälfte bekommen könnte, darf ich es mir dann kaufen?«

»Ich weiß nicht«, sagte ich, während ich an der Bettkante saß und meine Finger auf seinem Bein tanzen ließ. »Das war eben Cindy am Telefon. Sie und die Kinder mußten zu Mr. Roerbackers Eltern fahren. Sein Daddy hatte letzte Nacht einen Schlaganfall, und sie mußten sofort wegfahren, um ihn zu besuchen. Also können wir heute nicht zu ihnen gehen.«

»Wo gehen wir dann hin?«

»Ich weiß nicht«, sagte ich.

»Ich muß einen Aufsatz über Thanksgiving schreiben«, sagte Robert.

»Aber doch nicht heute.«

»Weiß ich. Aber was soll ich schreiben, wenn wir gar keine Thanksgivingfeier haben?«

Wie konnte ich nur vergessen, was es bedeutete, an diesem

Tag der Tage in ein billiges Restaurant zu gehen? Ich wußte es, wußte es so, wie sich ein Mensch mit Narben an die Schmerzen nach der Operation erinnert. An unserem ersten Thanksgiving hatte Bobby mich zu seiner Mutter eingeladen. Grace, meine Mutter und mein Vater waren mit einem Käsekuchen und einer Flasche Roséwein zum Haus meiner Tante in den Catskills gefahren, und ich hatte mir das Haar frisiert, meine Beine rasiert und ein Kleid gebügelt, das gar nicht gebügelt werden mußte. Ich wußte nicht, daß Bobby ihr erst an diesem Morgen Bescheid gesagt hatte, und vermutlich wußte er nicht, daß sie die Vorstellung buchstäblich umhauen würde, es gebe ein Mädchen, das an ihrem weißen pseudofranzösischen Landhaustisch mit dem silbernen Korb mit Wachstrauben in der Mitte sitzen wollte, an dem Tisch, wo nur die Familie saß. Er überfiel sie damit, so brachte Bobby es ihr bei, als ob ich ein kleines Tier mit scharfen Zähnen wäre, das nur darauf wartete, an Ann Benedettos faltigen, weißen Hals zu springen. Als ich sie besser kennenlernte, konnte ich mir direkt vorstellen, wie sie an diesem Tag reagiert hatte. Erst kühl und beleidigt, dann hatte sie ihrem einzigen Kind zitternd die Hand an die Wange gelegt und gebettelt und gefleht: nicht heute, bitte nicht heute. Also hatte Bobby meine Pläne geändert. Es hätte mir schon damals eine Vorstellung von meiner Zukunft geben sollen, als ich Bobby am Telefon sagen hörte: »Es ist nicht weiter tragisch. Ich hätte sie bloß nicht so damit überfallen sollen. Sie wird sich schon noch daran gewöhnen. Du weißt ja, der einzige Sohn und so. Sie wird dich ja Weihnachten kennenlernen. Bis morgen also. Iß nicht zuviel Truthahn.« Ich weiß nicht, warum, ich hätte doch zu Hause bleiben, mir eine Dosensuppe warm machen und einen Liebesroman lesen können. Statt dessen ging ich zum Boulevard, zu einem Griechen, und aß meinen Truthahn mit allem Drum und Dran auf einem Hocker am Tresen, zwei Sitze von einem alten Mann mit einem Emphysem entfernt, der während der ganzen Mahlzeit rauchte.

»Wie war's denn?« fragte Gracie, als sie nach Hause kamen und die Überreste des Truthahns mitbrachten.

»Nett«, sagte ich.

»Die haben ganz schön aufgetischt, diese Leute«, hatte mein Vater schnaufend gesagt, bevor er sich in seinen Sessel fallen ließ und in seine Sauerstoffmaske atmete, als wäre sie ein Jungbrunnen.

Und obwohl ich mich daran erinnerte, ging ich mit Robert ins Chirping Chicken; wir stapften auf dem Randstreifen des Highways entlang, wo es keine Bürgersteige gab, weil man keine brauchte, weil jeder außer uns in seinem Auto saß. Der Linoleumboden und das Kunstleder in den Sitzgruppen war so sonnig gelb, daß man sich geblendet fühlte, wenn man reinkam. Auch die Soße war sonnengelb mit schwarzen Pfeffertüpfelchen, die auf ihrer öligen Oberfläche schwammen. Immerhin war sie nicht grau. Die Soße in dem griechischen Lokal hatte nämlich die Farbe einer Pappschachtel gehabt, und ich hatte auf der Toilette geweint und mir die Nase mit einem Stück Toilettenpapier geputzt und das Make-up und den Puder abgerieben, die ich für Bobby und seine Familie aufgelegt hatte. Ich erzählte Robert diese Geschichte im Chirping Chicken, und irgendwie klang sie harmlos, sogar amüsant, wie etwas aus einer Sitcom, was sie mit Gelächter vom Band unterlegen würden. Genau diesen Eindruck wollte ich Robert vom Leben immer vermitteln, denn ich konnte es nicht ertragen, wenn er sich jämmerlich fühlte oder gar mich als jämmerlich betrachtete.

»Der Kartoffelbrei ist wirklich gut«, sagte er. »Er hat überhaupt keine Klümpchen.«

»Wolltest du gar nicht zu den Roerbackers gehen?« fragte ich.

»Doch, schon, aber es ist so wie mit Großmama damals. Sie wollte dich nicht haben, als du noch nicht zur Familie gehört hast. Ich glaube, Thanksgiving sollte man nicht mit der Familie von jemand anders feiern. Ich glaube, man sollte nur mit der eigenen Familie zusammensein.«

»Und an Weihnachten?«

»Weihnachten ist etwas anderes.«

Für den Weihnachtsfeiertag war ich zuständig, wir feierten ihn zu Hause. Ich machte einen Rippenbraten mit Kartoffeln und karamelisierten Zwiebeln, und Ann Benedetto ging zu ihrem Bruder nach Long Island. Grace kam Weihnachten zu uns, und Mrs. Pinto, deren Kinder alle in Florida lebten. Davor habe ich mich am meisten gefürchtet, als ich mit Cindy in dem Einkaufszentrum war, daß wir einer von Mrs. Pintos Töchtern über den Weg laufen könnten, mit ihren üppigen Haaren und scharfen Augen, die wie Anemonen von lackschwarzen Wimpern umrahmt waren.

»Nana hat mir einmal erzählt, daß Daddy sich den Finger an Thanksgiving verletzt hat und sie ihn ins Krankenhaus tragen mußte, weil das Taxi nicht gekommen ist. Sie sagte, er hätte gebrüllt und geschrien und sie blutig gemacht, als sie mit ihm die Ocean Avenue entlanggerannt ist.«

»Ich kenne die Geschichte«, sagte ich. »Er mußte mit elf Stichen an der Hand genäht werden. Er ist im Hof in eine Flasche gefallen. Die Narbe hat er immer noch.«

»Es ist eine große Narbe. Als ich mich mit fünf am Kopf geschnitten habe, wurde ich auch genäht, aber das kann man gar nicht mehr sehen.« Robert hob seinen Pony hoch und zeigte mir seine glatte, hohe, goldbraune Stirn. In der Mitte war die Andeutung einer geraden Linie zu sehen, als hätte jemand einen dünnen Strich mit dem Lineal gezogen. »Mein Gott, Frannie«, hatte Bobby gesagt und den Jungen auf seinen kräftigen Armen zum Sofa im Wohnzimmer getragen und seine Lippen sanft auf den Verband gedrückt. »Du hättest mich in der Arbeit anrufen sollen. Sie hätten mich über Funk rufen können.«

»Es waren nur fünf Stiche. Und ich hab' den plastischen Chirurgen dafür bekommen.«

»Weißt du was, Meister?« hatte Bobby zu Robert gesagt. »Wenn du einmal groß bist, werden die Mädchen sagen: Oh, Robert, woher hast du denn diese Narbe? Und dann kannst du dir was ausdenken. Du kannst ihnen erzählen, daß du beim Autorennen verunglückt bist. Oder beim Fechten. Du mußt ja nicht sagen, daß du auf dem Bett herumgehüpft und an das Kopfteil gestoßen bist. Was du auch nie wieder im Leben machen wirst, so wahr mir Gott helfe, halt ihn von diesem Bett weg, Frances, hörst du? Hörst du, Kumpel?«

Robert hatte genickt und den Kopf an die Brust seines Vaters gedrückt. Bobby hatte mir über den braunen, so kleinen, so zerbrechlichen Kopf hinweg zugelächelt. Noch Jahre später hatte ich mit den Fingern nachgeprüft, ob die Knochen über der Fontanelle, der weichen Stelle, gut zusammengewachsen waren.

Warum erinnerte ich mich in diesem Moment, wo ich mit meiner Gabel die Füllung auf dem dicken, weißen Teller herumschob, an das, was Patty Bancroft im Krankenhaus gesagt hatte? Winnie sprach gerade über einen Fall, ein paar Kinder, die man zu uns gebracht und dann in verschiedene Pflegeheime gegeben hatte, nachdem ihre Mutter mitten in der Nacht von einem Exfreund so zusammengeschlagen worden war, daß sie im Koma lag. »Die Kinder schliefen«, hatte Winnie gesagt, und Patty Bancroft hatte heftig erwidert: »Die Kinder schlafen nie. Sie tun nur so.«

»Daddy hat sich das Bein gebrochen, als er in der Highschool war, bei einem Autounfall«, fügte Robert hinzu, während er ein Brötchen aß. Es war, als ob er jetzt über Bobby sprechen durfte, weil ich damit angefangen hatte – über einen möglichst weit entfernten Bobby, den Bobby, von dem er Geschichten gehört hatte, nicht den Mann, den er kannte und der die Sachen machte, während er schlief. Oder so tat, als schliefe er.

»Er ist auch fast erschossen worden, als du ein Baby warst«, sagte ich und holte ihn in die Gegenwart zurück. »Irgend jemand hat ihn im Park mit einer Pistole bedroht, aber sein Partner hat den Kerl dazu gebracht, sie fallen zu lassen.«

»Daddy hat gesagt, sie war nicht einmal geladen«, sagte Robert. »Das hat er mir einmal erzählt.«

»Aber das hat er erst hinterher erfahren. Sie haben den Kerl verfolgt, weil er auf der Fifth Avenue jemand die Handtasche entrissen hatte.«

»Das hat er mir erzählt.«

»Dein Daddy ist ein guter Cop«, sagte ich. Ich wußte allerdings nicht, ob das überhaupt noch stimmte. Da gab es den Teenager aus den Sozialsiedlungen, der behauptete, daß Bobby ihn mit dem Gesicht gegen die Trennwand des Streifenwagens geschlagen hätte. Da war der Pfarrer, der sagte, daß Bobby ein Mitglied der Gemeinde, das sich beschwert hatte, als die Cops ein paar Teenager vor einem Sandwichladen vertreiben wollten, mit rassistischen Sprüchen beleidigt habe. Mir erging es wie den meisten Frauen der Cops; er erzählte mir so viel, daß es eine Geschichte war, aber nicht so viel, daß es real wurde, daß ich fühlen konnte, was er fühlte, erfahren konnte, was er wußte. Nach einiger Zeit konnte ich nicht mehr beurteilen, ob er ein guter Cop war. Aber wenigstens war er nie mit Geld in der Tasche nach Haus gekommen, dessen Herkunft ich mir nicht erklären konnte, wenigstens war er nie so gewesen wie einige seiner Freunde, die plötzlich ein Haus in den Adirondacks hatten oder auf piekfeine Kreuzfahrten in die Karibik gingen. »Er macht eben viele Überstunden«, sagten die Frauen immer, so unbeschwert lügend, als hätten sie nur das Problem, sich die Zeit zu vertreiben.

Ich sah in meine Kaffeetasse. »Damals war ich wirklich stolz auf deinen Dad, Bäh. Ich hatte auch oft Grund dazu. Ich habe ihn wirklich geliebt.«

»Aber er hat dich geschlagen«, sagte Robert. Es war das allererste Mal, daß er das zugegeben hatte. Es war fast wie ein Segen.

»Ja«, sagte ich.

»Weil du Sachen gemacht hast, die er nicht wollte.«

Ich seufzte. »Nein, nicht wirklich. Du weißt doch, woran du erkennen kannst, was mich wütend macht, zum Beispiel wenn du deine Hausaufgaben nicht machst oder gemein zu jemandem bist oder dich prügelst. Das Problem mit Daddy war, daß ich nie genau wußte, was er nicht mochte. Man wußte nie, was ihn wütend machen würde, und das war schwierig. Aber abgesehen davon, darf man nicht einfach zuschlagen, wenn einem etwas nicht gefällt. Wenn man auf jemanden wütend ist, muß man darüber reden. Schlagen ist immer falsch.«

»Du schlägst mich nicht«, sagte er.

»Nein.«

»Du würdest mich nie schlagen.«

»Nein, das würde ich niemals tun.«

»Daddy hat mich auch nicht geschlagen.«

»Das weiß ich, Bäh. Was zwischen ihm und mir passiert ist, hat nichts mit dir zu tun«, sagte ich. Es wird von uns erwartet, daß wir das sagen, wenn eine Ehe gescheitert ist und die Kinder darunter zu leiden haben, nicht wahr? Und ich weiß nicht, warum, denn es ist eine so faustdicke Lüge, daß sie jedes nur halbwegs intelligente Kind durchschauen kann. Robert nickte bloß und spielte mit der Kruste seines Kürbiskuchens. »Da habe ich wohl etwas Dummes gesagt«, fuhr ich fort. »Was ich meinte, war, daß dein Daddy und ich wütend aufeinander sein können, ohne daß wir auf dich wütend sind.«

»Daddy ist bestimmt wahnsinnig sauer auf mich.«

»Warum?«

»Weil ich mit dir weggegangen bin.«

Ich beugte mich vor und nahm seine Hand. Sie lag einfach da, ein kleines, warmes Ding, blaß und schlaff. »Bäh, er weiß sicher, daß du gar keine Wahl hattest. Er weiß sicher, daß ich dich mitgenommen habe.«

»Er ist bestimmt sehr wütend auf dich.«

»Das glaube ich allerdings auch«, sagte ich.

Dann gingen wir am Highway entlang nach Hause, und irgendwie war alles besser geworden. Irgendwie war alles gut. Der Wind blies Abfall über unseren Weg, Papier, Folie und Plastik, und wir waren sicher für jeden Vorübergehenden ein seltsamer Anblick. Aber diese Isoliertheit war etwas Besonderes, wie ein Abenteuer. »Ich bin satt«, sagte Robert, klopfte sich auf den Bauch, lächelte mich an, während er mit dem Fuß eine Getränkedose auf dem Kiesstreifen am Rand vor sich herkickte. Ich spürte Bobbys Geist an meiner Schulter, aber es war der gute Bobby, der in jener Nacht vor vielen Jahren an Roberts

Bettkante gesessen hatte, als unser kleiner Junge schreiend aufgewacht war, weil er den Unfall auf dem Bett noch einmal erlebt hatte, den Sturz auf das Kopfteil, die Hände des Arztes, die Nadel mit dem Betäubungsmittel, das Licht des Operationssaals in seinen Augen. »Ich kümmere mich um ihn, Fran«, hatte Bobby mir zugeflüstert, und ich war zurück ins Bett gegangen.

Wir gingen zum Lakeview hinüber und nahmen unterwegs ein Hähnchen für Mrs. Levitt mit. Als sie uns die Tür öffnete, standen ihre Haare in alle Richtungen von ihrem Kopf ab. Im Fernseher lief ein Footballspiel, das Wohnzimmer war abgedunkelt, doch als sie Robert sah, machte sie Licht. »Das ist ja ein netter Junge«, sagte sie. »Er möchte sicher eine Limonade.« Robert fürchtete sich, das sah ich ihm an. Er schaute sich unsicher um, und als sein Blick auf das Krankenhausbett fiel, zuckte er zurück. »Ist schon gut«, sagte Mrs. Levitt. »Das ist Mr. Levitt. Er mag die Green Bay Packers, nicht wahr, Irving?«

»Das ist College Football«, sagte Robert mit einem Blick auf den Fernseher.

»Aha«, sagte Mrs. Levitt, »was weiß ich? Außerdem beklagst du dich ja nicht, was, Irving?« Ich tat ihr Essen auf einen Teller und stellte ihn auf den Wohnzimmertisch. Während sie aß, saß sie zwischen Robert und mir, tupfte sich den Mund mit einer Papierserviette ab und hielt Robert ab und zu eine Gabel voll Essen hin, doch er schüttelte den Kopf.

»Sie machen auch an Feiertagen Hausbesuche, Schwester?« sagte sie, und ich lächelte. Wir blieben nicht lange, gerade lange genug, um ihr das Gefühl zu geben, an diesem Feiertag ein wenig Gesellschaft gehabt zu haben. Zum Abschied gab sie Robert eine sehr alte Ausgabe von *Die Abenteuer Tom Sawyers* mit dunkelgrünem Einband und einer goldenen Lilie auf dem Buchrücken. Auf der ersten Seite prangte eine große, verschnörkelte Unterschrift in verblaßter Tinte: Irving S. Levitt. Robert drückte das Buch auf dem ganzen Nachhauseweg fest an sich.

Auf dem Highway fuhren fast keine Autos, und der Wind war ein wenig frisch, als zollten sogar die Tropen dem kühlen Festtag der Pilgerväter Tribut. An Feiertagen scheint das Leben in Amerika stillzustehen. Vielleicht ist das aber überall so, auf der ganzen Welt, an all den Orten, an denen ich nie gewesen bin, in all den Ländern, die ich nie gesehen habe. Als Gracie und ich jung waren, waren auch die Sonntage so. Die Zeitungskioske und die Kaufläden waren still und dunkel; in den Fenstern hing das Schild GESCHLOSSEN. Die Menschen, die in Grüppchen an den Ecken standen, wo die Busse wochentags, werktags, hielten, waren verschwunden, und auf den Straßen herrschte eine ähnliche Schläfrigkeit wie in den Wohnungen, wo die arbeitenden Menschen in ihren Sesseln dösten und die Kinder sich über die Erstarrung des Lebens ärgerten und vom Dame- und Kartenspiel und dem Zank ihrer Eltern gelangweilt waren. Heute vermitteln nur noch die Feiertage – die echten Feiertage, nicht President's Day oder Labor Day – das bittersüße Gefühl des Zeitstillstands, das mich immer noch an den Sonntag, den Siebten Tag, erinnert. So war mir auch das Leben direkt nach unserer Ankunft in Lake Plata vorgekommen, als fiele man in eine große Leere. Es erschien mir nicht mehr so, als wir jetzt nach Hause schlenderten und ich den Rest des Truthahns, den mir die Kellnerin für Sandwiches mitgegeben hatte, in einer Plastiktüte in der Hand trug. Wir ließen es uns gutgehen, als hätten wir einen wirklich freien Tag, an dem es nichts zu tun und keine Geschichten zu erzählen gab. Oder behelfsmäßige Lügen.

»Ich liebe dich, mein Süßer«, sagte ich.

»Ich dich auch. Wenn ich dieses Videospiel für, sagen wir mal, den halben Preis bekommen könnte, darf ich es mir dann kaufen?«

»Treib's nicht zu weit.«

»Bitte!«

Der Rest dieses Faulenzertags wurde noch sehr schön. Das weiß ich, weil ich es später in Roberts Aufsatz las. Darin schildert er alles so anschaulich, daß ich ihn in meiner Nachttischschublade aufbewahre. Wir holten den Topf mit Tapetenkleister hervor, den ich gekauft hatte, um das Bad zu tapezieren, und klebten damit statt dessen Bilder aus alten Sportillustrierten an Roberts Schranktür. Mattingly, Dr. J., Boomer Esiason, sogar die Frauen aus der olympischen Basketballmannschaft. Wir saßen im Schneidersitz auf dem Fußboden seines Zimmers, das schmuddelig war und an den Wänden ringsherum eine Linie schwärzlicher Gummisohlenabdrücke hatte, ein Fußbreit über der Leiste, als ob hier irgendein Kind ständig mit dem Fuß an die Wand getreten hätte. Robert und ich machten eine Riesenschweinerei. Früher hatten wir nie Dreck oder Unordnung gemacht. Die Schranktür war von muskulösen Armen, langen Beinen und Gesichtern bedeckt. Es war fast, als hätten wir Gesellschaft bekommen. Wir stopften die Papierreste aus den Magazinen in eine Mülltüte, und Robert trat einen Schritt zurück, stemmte die Fäuste in seine Hüfte und kniff die Augen zusammen.

»Das ist das Coolste, was wir je gemacht haben«, sagte er. »Bennie wird es kaum fassen können.«

»Es sieht echt gut aus«, meinte ich.

»Wie bekommen wir das wieder ab?«

»Mach dir darüber jetzt keine Sorgen«, sagte ich.

Dann sahen wir uns im Fernsehen einen alten Film an, während wir uns auf der kratzigen Couch aneinanderkuschelten, aßen Truthahnsandwiches und prosteten uns mit Ginger-ale zu. Im Kühlschrank stand ein altes Glas Maraschinokirschen, genau wie in einem gewöhnlichen Haus, wie in meinem wirklichen Zuhause an der Bucht in Brooklyn: das Glas Kirschen, das man für einen Gast kaufte, der Manhattans trank – Bobbys Tante Mae, die Frau seines Onkels Thomas –, und das danach im Fach in der Kühlschranktür stand und stand und stand. Ich tat in unsere beiden Gläser je eine Kirsche.

»Ich habe das immer für Tante Grace gemacht, als wir kleine Mädchen waren«, sagte ich. »Ich tat auch etwas Kirschsaft hinein, so daß sie sich wie Shirley Temple fühlen konnte.«

Vielleicht war es das. Oder vielleicht auch nur, daß ich mich mit Robert auf der Couch zusammengerollt hatte und seinen warmen und biegsamen Körper neben mir fühlte und sein Haar roch, wie ich Gracies gerochen hatte, als ich es zu einem widerspenstigen Pferdeschwanz zusammenband. Vielleicht war es auch nur die schlichte Tatsache, daß Thanksgiving war. Die Thanksgiving-Feiern meiner Schwester waren wie diese schrecklichen Kurzgeschichten im *New Yorker* gewesen, die keinen Anfang, kein Ende und keinen Sinn zu haben scheinen. Ein Gastprofessor aus Oxford, der alles über die Pilgerväter wissen wollte. Eine Forschungsassistentin, deren Mann sie gerade wegen eines anderen Mannes verlassen hatte, die in der Küche weinte und zuviel Wein trank. Das Künstlerpaar, das am anderen Ende des Flures wohnte und Couscous mit Preiselbeeren mitbrachte. Es war wirklich lustig, das alles hinterher zu erfahren, und das tat ich, denn das letzte, was Grace am Thanksgiving-Abend tat, war, mich anzurufen und mir Bericht zu erstatten. »Und natürlich sitzt sie an einem Ende des Tisches und erzählt mir, wie befriedigend es ist, mit ihrem Mann zusammenzuarbeiten, wie nah sie sich dadurch gekommen sind, und er sitzt an meinem Ende und hat mir eine Hand auf den Schenkel gelegt«, sagte sie dann und: »Hast du schon mal Füllung mit Kastanien gemacht? Wenn nicht, laß es lieber bleiben, weil es beschissen schmeckt!« und: »Erzähl Robert, daß mir dieser Brite kleine Pilgerväter aus Plastik mitgebracht hat und ich sie ihm andrehen werde, wenn er mich nächste Woche besucht.« Kurz vor elf hat sie mich immer angerufen, meine Grace, und so nahm ich, nachdem Robert von der Couch in sein Zimmer gestolpert war – sein Atem roch nach Mayonnaise, als ich ihm einen Gutenachtkuß gab –, das alte Wählscheibentelefon von der Wand in der Küche, goß mir noch ein Ginger-ale ein und setzte mich mit gekreuzten Beinen auf den Linoleumboden. Mein Herz raste wie eine Maus im Käfig. Sie wußte es, als sie den Hörer abnahm; ich konnte es an ihrer Stimme hören, die sanft und piepsig war, nicht tief und bestimmt wie sonst. Sie mußte es zweimal sagen – »Hallo... hallo?« –, weil mich der

Schock, sie zu hören, plötzlich überwältigte und mir den Atem raubte.

»Frohes Thanksgiving, kleine Schwester«, sagte ich endlich, und meine Stimme klang auch nicht wie sonst.

»O mein Gott«, sagte sie und fing an zu schluchzen, »o mein Gott. O Frannie. O Frannie.« Ungefähr eine Minute lang weinten wir beide nur.

»Wo bist du?« wimmerte sie schließlich, um gleich darauf mit fast normaler, erwachsener Grace-Stimme fortzufahren: »Sag es mir nicht. Sag mir überhaupt nichts von Bedeutung. Erzähl mir nichts, was ich ihm verraten könnte.«

»Bobby?«

»Bobby. Diesem Dreckskerl.« Ihre Stimme wurde wieder belegt. »Er hat in meinem Wohnzimmer gesessen und geweint. Er weinte. Er hat mir fast leid getan. Ich habe ihm sogar versprochen, daß ich dich überreden würde, ihn anzurufen, wenn ich von dir hörte.«

Die Worte blieben ihr im Halse stecken, zum Teil aus Kummer, zum Teil aus Wut. »Eine Woche später kam er wieder und wollte wissen, ob du angerufen hast, wo du bist und wie deine Adresse lautet. Und ich sagte, ich hätte keine Ahnung, ich hätte nichts von dir gehört. Und da beschuldigte er mich der Beihilfe bei einem Kidnapping. Zuerst wußte ich gar nicht, was er meinte. Ich sagte, Bob, vergiß nicht, daß ich ihr Gesicht gesehen habe. Und da hat er zu mir gesagt: Siehst du, Grace, darum legst du dich auch besser nicht mit mir an.«

»Hat er dir weh getan?«

In der Stille konnte man das atmosphärische Rauschen im Telefon hören, während Grace überlegte, ob die Wahrheit oder eine Lüge besser für mich wäre. Sie entschied sich für die Lüge. Tun wir das nicht alle?

»Nein«, sagte sie.

»Laß ihn nicht noch mal rein, Gracie. Das Risiko ist zu groß.«

»Ich weiß. Ich weiß. Mein Gott, Fran, was hast du bloß die ganze Zeit durchgemacht.«

»Uns geht es gut«, sagte ich. »Robert geht es gut. Er gewöhnt sich langsam ein. Ich habe Arbeit gefunden. Ich habe eine Wohnung und ein bißchen Geld.«

»Ich werde dir noch etwas schicken.«

»Das geht nicht. Ich kann dir meine Adresse nicht geben. Oder die Telefonnummer. Nicht, daß ich dir nicht vertrauen würde. Es ist nur sicherer so.«

»Dieses Schwein könnte mir ein Bein brechen, ich würde ihm nichts verraten, Frannie. Mein Gott, Frannie, ich komme mir wie eine Idiotin vor. All die Jahre hast du dich um mich gekümmert, so liebevoll gekümmert, und ich habe noch nicht einmal gemerkt, daß du solche Probleme hattest. Ich habe nichts getan. Nichts.« Sie fing wieder an zu weinen, meine kleine Schwester, so wie sie als Kind geweint hatte, während ich ihren Kopf an meine Brust drückte, sie ganz still hielt, bis sie aufhörte zu schluchzen. »Ich habe nichts getan, um dir zu helfen.«

»Du hast es ja nicht gewußt.«

»Wieso hat niemand von uns etwas gewußt? Ich habe Winnie im Krankenhaus angerufen. Sie hat dasselbe gesagt. Sie hatte einen Verdacht, aber sie sagte, sie alle wären der Meinung, daß du dir das nicht gefallen lassen würdest.«

»Es ist erstaunlich, was man sich gefallen läßt«, sagte ich.

»Nachts liege ich im Bett und stelle mir vor, daß ich ihn umgebracht und an irgendeinem Ort abgeladen hätte, wo ihn niemand finden kann. Manchmal kann ich kaum glauben, daß ich es bin, die so was denkt. Ich wünsche ihm den Tod. Wenn er tot wäre, wäre alles wieder gut. Du würdest zurückkommen. Du wärst in Sicherheit. Ich bete, daß ihn ein Wagen überfährt oder daß ihn irgendein Lump auf der Straße erschießt.«

»Ich bin in Sicherheit, Liebes«, sagte ich und vergalt Grace die Lüge mit einer Lüge. »Hör auf, von Mord und Totschlag zu reden.«

»Zweimal ist mein Briefkasten schon aufgebrochen worden, und der Superintendent glaubt, daß es Drogensüchtige waren, aber ich glaube, daß er es war. Ich habe mein Telefon nach Wanzen absuchen lassen.«

»Himmel, Grace, er würde doch nicht dein Telefon anzapfen.«

»Ach ja? Du willst mir doch nicht ernsthaft erzählen, daß du das glaubst!«

»Nein«, gab ich schließlich zu. Dann hüllten wir uns wieder in Schweigen, das Schweigen zweier Menschen, die das Atemgeräusch der anderen kennen und lieben. Auch Robert sollte wegziehen und ein eigenes Leben führen, wenn er erwachsen war. Ich konnte es kaum ertragen, daran zu denken, doch wenn, dann dachte ich daran, wie ich am Telefon seinem Atem lauschte.

»Wie geht es Mom?« sagte ich endlich.

»Wie immer. Sie hat Tante Ruth erzählt, daß du einen Ortswechsel brauchtest. Sie hat mir erzählt, daß Bobby unhöflich zu ihr war, als er sie aufsuchte. Unhöflich. Mein Gott, was für eine Untertreibung. ›Er war richtig unhöflich zu mir, Grace Ann‹, hat sie gesagt.«

»Das war er bestimmt«, meinte ich. »Macht nichts. Erzähl mir vom Essen.«

»Was?«

»Du weißt schon.«

Grace dachte, nun sei ich völlig verrückt geworden, daß ich, die ich mich versteckte, die alte, vertraute Geschichte von ihrem Thanksgiving-Dinner hören wollte, die Geschichte von merkwürdigem Essen und heimatlosen Großstadtgewächsen. Aber sie tat es. Sie tat es wirklich. Ein entlassener Priester war zu Gast gewesen, der vor einem Vierteljahrhundert eine führende Rolle in der Antikriegsbewegung gespielt hatte, einen guten Wein mitbrachte und die ganze Flasche selbst austrank. »Ich habe zum erstenmal gehört, wie jemand in einer Unterhaltung das Wort ›imperialistisch‹ benutzt hat«, sagte Grace. Grace' lesbische Freundin Trudi war da, die Seminare über Virginia Woolf und Gertrude Stein hielt und sich mit allen anderen am Tisch über die Frage stritt, ob die jungfräuliche Geburt bedeutete, daß Maria lesbisch war. Aus dem Haus waren noch zwei alte Frauen gekommen, die sich wie entfernte Cousinen von Mrs. Levitt anhörten und Steckrüben mitbrachten, die sich als erstaunlich gut herausstellten, und ein Jungakademiker aus Amerikanisch-Samoa, der sich bemüßigt fühlte, Grace seine Liebe zu gestehen, als sie gerade in der Küche Sahne für den Kuchen schlug. ›Ach, um Himmels willen, Ramon, schneide den Kuchen auf und leg ihn auf die Teller‹, sagte ich zu ihm, und damit war die Sache erledigt«, sagte Grace mit ihrer alten, trockenen, starken, wegwerfenden Stimme.

»Wir sind zum Essen in ein schäbiges Restaurant gegangen«, sagte ich leise. »Es war nett. Danach haben wir uns *Das Wunder von Manhattan* angesehen. Ich glaube, daß ich deswegen angerufen habe.«

»Wir haben es auch gesehen«, sagte Grace. »Trudi hat geweint und gesagt, daß sie schon immer in Natalie Wood verschossen war.«

»Wir haben zur selben Zeit denselben Film gesehen. Das ist wirklich gut.«

»Ich vermisse dich so sehr«, sagte Grace.

»Ich weiß.«

»Gib Robert einen dicken Kuß von mir und sag ihm, daß ich ihn auch vermisse.«

»Das kann ich nicht, Gracie. Ich kann ihm nicht erzählen, daß ich mit dir gesprochen habe. Ich kann ihn nicht zu sehr verwirren, mit damals und heute, dort und hier. Ich muß jetzt auch Schluß machen. Ich habe Angst. Vor allem um dich.«

Wieder herrschte Stille. »Im Spielfilmkanal läuft um Mitternacht *Frühstück bei Tiffany*«, sagte Grace. »Wollen wir ihn zusammen ansehen?«

»Wir haben hier kein Kabelfernsehen.«

»Rufst du wieder an?« fragte Grace.

»Wenn es geht«, sagte ich. »Ich denke jeden Tag an dich. Ich laufe jetzt wieder.«

»Ich laufe mit dir«, sagte Grace, und während aus dem Hörer Schluchzen drang, legte ich in Florida auf und sie in New York.

Ich kaufte Robert das Spiel, das er sich wünschte, zu Weihnachten und versteckte es in dem Stauraum über den oberen Räumen. Für Cindy kaufte ich ein kleines, hübsches Landschaftsbild, das ich in einem Posterladen im Einkaufszentrum gesehen hatte, und für Mike Riordan eine Nylonjacke, damit er an regnerischen Tagen joggen konnte. Mrs. Levitt schenkte ich ein Abonnement von *People.* Weihnachten stand vor der Tür, und ich hatte genügend Geld, um Geschenke zu kaufen. Niemand fragte nach der Miete, und ich bekam auch keine Telefonrechnung. Meine Fersen hatten Schwielen vom Laufen bekommen. Wenn jetzt das Telefon klingelte, ging ich einfach ran, und die Agentur für häusliche Alten- und Krankenpflege fragte, ob ich einen kurzfristigen Auftrag übernehmen könnte, oder Cindy fragte, ob sie mich zum Fußballtraining zur Schule fahren sollte, oder die Schule fragte, ob Robert ein bestimmtes Kopfschmerzmittel einnehmen durfte. Zweimal klingelte es, und niemand war dran. Das passiert jedem, sagte ich mir. Das passiert ja jedem.

»Alles in Ordnung?« fragte Cindy eines Morgens in der Bibliothek.

»Ich schlafe im Augenblick nicht sehr gut«, meinte ich.

»Mommies«, sagte Mrs. Patrinian. »Bitte nicht so laut.«

»Hast du mal Melatonin ausprobiert?« fragte Cindy. »Eine der Mütter beim Turnen schwört darauf und sagt, daß sie jetzt schon bei den Nachrichten einschläft.«

Als wir an diesem Morgen zu ihr gingen, stellte sie mir Muffins hin und suchte in ihrem Medizinschrank nach Schlaftabletten. »Nichts als Abdeckstifte, aber die könntest du mit deinen Augenringen auch brauchen, Süße«, sagte sie.

»Sehe ich wirklich so schlecht aus?«

»Du siehst müde aus. Irgendwie zerbrechlich. Aber manchen Männern gefällt ja dieser Look.«

»Manchen Männern gefallen ungebundene, kinderlose Frauen in den Zwanzigern.«

»Denen gehst du aus dem Weg, und im übrigen rennst du weiter auf deiner Bahn herum.«

»Denkst du dabei an eine besondere Bahn?« fragte ich.

»Ha, ha«, sagte Cindy.

Ich erzählte Cindy von Grace und ein wenig über unsere Eltern, auch wenn ich sie alle in Wilmington in Delaware ansiedelte, zusammen mit zwei älteren Brüdern und dem Buchhalter, von dem ich geschieden war. Ich behauptete, daß Grace englische statt amerikanische Literatur unterrichtete, und ich erwähnte nie das Hunter College. Ich sagte, daß mein Vater an Krebs gestorben sei und nicht an dem Emphysem, das er sich als Feuerwehrmann in New York City zugezogen hatte, weil all diese Gebäude mit Asbest isoliert waren und er dazu noch zwei Schachteln Camel am Tag rauchte. Ich erzählte ihr, daß meine Mutter Sekretärin gewesen war, und sogar, daß sie für einen Gewerkschaftsvorsitzenden gearbeitet hatte. Bald wußte ich alles über Craig und seine Swimmingpoolfirma, über Chelseas Ängste vor Gewittern, Hunden und Insekten, und daß Chad sich vor gar nichts fürchtete, über Cindys Mom Helen, die zu denen gehörte, die entdeckt hatten, daß das Badeöl von Avon Moskitos vertrieb, denn ihre Farm hatte mehr Moskitos als Ernten. Cindy war eine Avon-Lady in der zweiten Generation; sie zeigte mir im Avon-Jahresbericht den Beitrag über sich und ihre Mutter. Die Farm ihrer Eltern lag irgendwo zwischen Lake Plata und Jocasta, und ihre Mutter war manchmal hundert Meilen am Tag gefahren, um anderen Farmersfrauen Augenbrauenstifte und Badeperlen zu bringen, bevor die Gegend erschlossen und mit lauter pensionierten Nordstaatlern und Leuten, die Sonnenschein mit Gold verwechselten, besiedelt war. Als Cindy älter wurde, begleitete sie ihre Mutter und klaute die kleinen Musterlippenstifte, wie sie die Avondame in unserer Wohnung immer für mich und Gracie zurückgelassen hatte, obwohl unsere Mutter nie etwas kaufte. Ein Meer von Feuchtigkeitscremes hielt die Farm von Cindys Eltern am Leben, all die durstigen Gesichter der Frauen, deren Haut die unbarmherzige Sonne Zentralfloridas zu Leder gegerbt hatte.

Cindy und Craig hatten kurz nach ihrer Heirat auf der Farm gelebt und sich dann ihr eigenes Haus gebaut, auf einem kleinen Grundstück zwei Meilen vom Zentrum von Lake Plata entfernt – ein Holzhaus mit vielen Fenstern und einem Schwimmbecken, das über eine Art von automatischem Alarmsystem auf der Wasseroberfläche verfügte, damit Chad nicht hineinfallen und ertrinken konnte. Chelsea befürchtete, daß sie alle ertrinken würden, im Pool, am Strand, in der Badewanne. Sie lebten am Ende einer Sackgasse, in einer Gegend voller Sackgassen – als könnten sich die Anwohner mit einem Verzicht auf Durchgangsstraßen den Rest der Welt vom Leib halten. Immer wenn ich zum Kaffee kam, sah ich mich in Cindys Küche um und beneidete sie um den pflegeleichten Linoleumboden und den zweitürigen Kühlschrank mit der automatischen Eismaschine. Doch während meine Augen über die weißen Resopalplatten und die Eichenschränke schweiften, ging ich im Geiste durch mein eigenes Haus, die vier Stufen mit dem weißen Eisengeländer hoch, durch die Sturmtür und in die Diele mit dem halbrunden Tisch und dem vergoldeten Spiegel darüber, den uns Bobbys Mutter zum Einzug geschenkt hatte. Es ist komisch, wie sehr man an einem Haus hängen kann, wenn man nie eins gehabt hat und auch nie damit rechnete, einmal eins zu besitzen. An dem Tag, an dem wir die ganzen Papiere unterschrieben, dreißig Jahre dafür und dreißig Jahre hierfür, und die Schecks herumreichten wie bei einem Brettspiel für Erwachsene, fuhren wir zu dem Haus und wanderten in den leeren, hallenden Räumen wie zwei Kinder herum. Weil wir das Haus kauften, schien es uns, als wären auch wir so fest und solide aus Ziegelstein und Mörtel gebaut, daß uns nichts umwerfen konnte. Ich erinnere mich noch, wie ich die Treppe hinaufblickte und das Gefühl hatte, sie führe nicht zu drei Schlafzimmern und einem Bad mit Duschkabine, sondern direkt in den Himmel. Er hatte mich damals schon ein paarmal gestoßen, einmal sogar in den Bauch geschlagen. Aber kein einziges Mal schaute ich die Treppe hinauf und stellte mir vor, wie ich sie wegen eines Fausthiebs in den Rücken hinabstürzte.

»Das ist es, Baby«, sagte er und zog mich auf den Teppichboden, und seine Worte hallten in den leeren, kahlen Räumen wider. Und das war es auch. Der Teppich scheuerte meinen Hintern wund, und ich war an diesem Tag die glücklichste Frau auf der Welt. Die Leute können so viel von Selbstachtung reden, wie sie wollen, und das tun sie besonders gern und häufig, wenn es um die Angelegenheiten anderer Leute geht. Doch immer wenn ich daran dachte, Bobby zu verlassen, dachte ich auch an mein Haus, das ich verlassen müßte. An die gebauschten Gardinen und die Jalousien und daran, was es mir bedeutete, nachts auf meiner extraharten Matratze unter meinem eigenen Dach zu schlafen, das wir ein Jahr nach Roberts Geburt neu geteert hatten – all das trug dazu bei, mich dort zu halten. Und wenn das dumm klingt, so denke man an das Gefühl von Stabilität und Geborgenheit, das einen überkommt, wenn man seine Küchenschränke öffnet und die Becher sieht, aus denen man Tag für Tag und Jahr für Jahr seinen Kaffee getrunken hat und die in einer Reihe an Haken hängen und von gleicher Farbe und Größe sind. Kleine Dinge, Routine, Ordnung. Das hat mich die längste Zeit über dort festgehalten. Das – und die Liebe. Das – und die Angst. Nicht die Angst vor Bobby, sondern die Angst davor, in irgendeiner billigen, aufgeteilten Wohnung zu landen, mit einem Fenster, das auf eine Mauer hinausgeht. Die Angst, dort zu landen, wo ich jetzt war. Es hat ein Dutzend Jahre Hausbesitz und siebzehn Jahre Ehe gedauert, bis ich begriff, daß es schlimmere Dinge gibt als eine winzige Küche und einen schmuddligen Teppichboden.

Ich fragte mich, wie sehr Bobby in unserem Haus gewütet

hatte, als ihm klargeworden war, daß wir fortgegangen waren und er niemand mehr grün und blau schlagen konnte. Ich fragte mich, was er seiner Mutter erzählt hatte, ob er seinen Freunden etwas gesagt hatte oder ob er sich still und leise auf die Suche nach mir begeben hatte. Er hatte ein halbes Dutzend Freunde, die pensioniert waren und als Detektive arbeiteten; vielleicht hatte er einen von ihnen angerufen. Ich war jetzt einhundertunddreißig Tage von zu Hause weg. August. September. Oktober. November. Jemand mußte inzwischen an Patty Bancroft gedacht haben. Wenn um zwei Uhr morgens ein Wagen vor der Wohnanlage anhielt, drehte ich durch. Cindy gab mir eine Flasche Melatonin, aber ich hatte Angst, es zu nehmen, Angst, tief zu schlafen. Jede Nacht wachte ich auf und nickte wieder ein, in den Schlaf gewiegt, von Roberts Atem aus dem Babyphon.

Es ist schon komisch: Trotz aller sorgfältigen Vorbereitungen, die Patty Bancrofts Leute getroffen hatten, zweifelte ich nie daran, daß er uns eines Tages finden würde. Ich hatte immer das Gefühl, daß ich nur Zeit schindete, die Zeit, die ich brauchte, um meinen Jungen großzuziehen. Ich hatte mir nie vorgestellt, wie schwer das sein würde, bis ich damit begann, und dann war es zum Umkehren zu spät, was ich ohnehin nicht gemacht hätte. Das Vertrackte daran ist, daß es sehr viel Zeit und Mühe kostet, um alles gut und richtig zu machen, und sehr wenig, damit alles schlecht wird. Das Vertrackte ist, daß wir unsere Kinder aus dem Bauch heraus aufziehen und nie wissen, ob das, was wir tun, richtig oder falsch ist.

Ein gewisser Schaden ist schon entstanden. Robert beobachtet zuviel und ist zu ruhig. Es ist besser, wenn er mit anderen Kindern zusammen ist, doch in der Gesellschaft von Erwachsenen wartet er immer darauf, daß etwas passiert, wie ein Medium, das jemandem aus der Hand liest. Als man ihn aus dem Supermarkt warf, war er wütend und erregt, aber nicht überrascht. Als wußte er, daß Erwachsene jeden Augenblick wie die Alarmanlage in einem Auto losgehen können – laut, unheimlich, ohne jeden Grund. Die Wahrheit ist, daß Bobby ihn so werden ließ. Und ich auch, weil ich es hinnahm. Zu oft hat Robert einen Ausdruck im Gesicht, den Menschen haben, wenn sie glauben, ein Geräusch im Keller gehört zu haben oder das Grollen des Donners, der so weit weg ist, daß es genausogut ein Lastwagen in der nächsten Straße sein könnte. So einen Ausdruck hatte er an jenem letzten Abend in Grace' Wohnung; er hatte den Fahrstuhl und die Schritte noch vor uns gehört, weil er sie erwartet hatte. Seine Augen waren riesig, doch er hatte die Schultern hochgezogen, als wollte er sich klein machen, kleiner, winzig, unsichtbar. Ein heftiger Schlag gegen die Tür. Ein Krachen, und Robert sank wie ein kleiner, alter Mann in sich zusammen. Es ist erstaunlich, wie mächtig es sich anhören kann, wenn Knöchel auf Holz schlagen.

»Wie, zum Teufel, ist er hier heraufgekommen?« hatte Grace gefragt, und sie richtete sich auf, straffte ihre knochigen Schultern, marschierte in ihren Holzschuhen laut klappernd los, um auf das laute Klopfen an der Tür zu antworten.

»Geh weg, Bob. Verschwinde.«

»Ich will meine Frau und meinen Sohn.« Ich hatte an Bobbys Stimme erkennen können, daß er getrunken hatte, aber nicht allzusehr. »Auf der Stelle.«

»Geh weg, Bob. Du hast schon genug angerichtet.«

»Das geht dich überhaupt nichts an, Grace. Frannie? Fran? Du kommst jetzt raus und redest mit mir, oder ich trete die gottverdammte Tür ein.« Ich spürte, wie Roberts Schultern unter meinen Fingerspitzen zitterten, aber vielleicht kam das Zittern auch von mir.

»Wie, zum Teufel, ist er hier heraufgekommen?« wiederholte Gracie, und ihre vielen Sommersprossen bildeten einen scharfen Kontrast zu ihrem bleichen Gesicht, und von der anderen Seite der dicken Eichentür kam so etwas wie ein Kichern. »Ich habe dem Portier meine Marke gezeigt, Grace.« Wieder diese Stimme, diese tiefe Stimme, die für viele Leute Musik in den Ohren war, nur nicht für mich. Man konnte sich gut vorstellen, wie er mit dem russischen Emigranten gesprochen hatte, der den Eingang von Graces Gebäude bewachte, einem alten Mann mit verblichener blau-schwarzer Uniform und einer schlecht sitzenden Mütze. Man konnte es vor sich sehen, wie Bobby die kleine Ledermappe aufschnappen ließ, die ich ihm geschenkt hatte, als er Detective wurde, und der Portier vor ihm Haltung annahm und sich vielleicht sogar mit der Hand an die Mütze tippte. Manchmal dachte ich, wie schwer es war, ein Cop zu sein, die Uniform anzuziehen und das Gesetz zu verkörpern und sie auszuziehen und nur noch ein Mann in einem billigen Sporthemd mit einem Stapel unbezahlter Rechnungen zu sein. Aber manchmal machte es die Sache auch leichter.

»Laß ihn rein«, sagte ich.

»Nein.«

»Laß ihn rein, Grace. Oder geh mit Robert in das andere Zimmer, dann lasse ich ihn rein.«

»Ach verdammt, Frances«, sagte Bobby, als ich den Bolzen zurückschob und die zwei Sicherheitsschlösser aufschloß; doch ich weiß nicht, ob er es sagte, weil ich ihn verraten hatte und zu Grace gegangen war oder weil mein Gesicht dort, wo keine Pflaster klebten, schwarze und dunkelrote Flecken aufwies. Vielleicht hat er nicht gewußt, wie schwer er mich verletzt hatte. Er war die Nacht davor kurz nach zwölf nach Hause gekommen, hatte in der Küche und im Wohnzimmer einigen Lärm gemacht und wütend vor sich hin gebrummelt, weil er etwas suchte, und mich aus tiefem Schlaf geweckt, so daß ich nicht wieder einschlummern konnte. Ich weiß nicht, warum ich nach unten ging. Ich habe mich das sehr oft gefragt, auch wenn Patty Bancroft im Fernsehen gern darüber spricht, daß man die Schuld beim Täter suchen soll. Ich weiß nur, wenn ich, wie so viele Male, so getan hätte, als schliefe ich, und das abgehackte Wutgeschnaube von unten ignoriert hätte, würde ich noch heute in meinem eigenen Bett schlafen und mein Sohn in seinem. Vielleicht aber auch nicht. Wenn es an einem Mittwoch im späten Juni nicht meine Nase gewesen wäre, dann wäre es an einem Samstag im September eben mein Unterkiefer gewesen. Wahrscheinlich ist das die Wahrheit. So wie aus einer Wolke ein Sturm und aus einem Sturm ein Orkan wird, so war die Sache zwischen uns jeden Tag größer und dunkler geworden, bis sie uns eines Tages vielleicht zwangsläufig hochwirbeln, fallen lassen und zerschmettert zurücklassen mußte. In Lake Plata.

Wir hatten nicht einmal Streit gehabt. Aber vielleicht hatte Bobby schon den ganzen Tag im Geiste mit mir gestritten, bei der Arbeit, im Auto, während er in der Küche Krach machte. Vielleicht war es ein Streit aus Wollresten, ein großes, leuchtend buntes Knäuel von Streit, die Synthese all der Streits, die wir vorher gehabt hatten. Verflucht, warum verhätschelst du den Jungen gehst zu deiner Schwester mißachtest meine Mutter trägst diesen Rock arbeitest so viel siehst mich so an vögelst mit meinen Freunden deinen Freunden Fremden Ärzten jedem irgendeinem dem Mann im Mond? Ich war in meinem langen, weißen Nachthemd die Treppe in den Flur hinuntergestolpert, und das Licht blendete mich, so daß ich seine Augen nicht sehen konnte, nur ein halbes Dutzend herausgezogene Schubladen und offene Schränke, als suchte er etwas. Was vermutlich auch der Fall war. Bobby suchte immer etwas, und keiner von uns beiden wußte, was es war.

»Bobby, was ist denn los?« fragte ich und blinzelte in das Licht, und dann passierte es, einfach so: drei heftige Faustschläge, an die ich mich erinnern kann, und eine Stunde später kam ich wieder zu mir, blutbefleckt, mit tauber Nase und Zunge. Erstere war gebrochen, letztere hatte ich am Rand durchgebissen. Ich flickte mich mit Pflaster und Binden zusammen und legte mich zu ihm ins Bett. Ich weiß, daß man das nur schwer begreifen kann, aber es war mein Bett, mein eigenes Bett, in das ich gehörte und aus dem ich mich auf keinen Fall vertreiben lassen wollte. Einmal wachte ich auf, als Bobby Robert zur Schule schickte, dann hörte ich die Schlafzimmertür aufgehen und stellte mich schlafend. Als Bobby gegangen war, meldete ich mich bei der Arbeit krank, wartete darauf, daß Robert nach Haus kam, gab fünfundzwanzig Dollar für ein Taxi aus und fuhr mit ihm zu Grace, wo ich uns aufschloß und mich in ihre Wohnung setzte und wartete. Ich machte kein Licht an, es war dämmrig, weil es eine der billigeren Wohnungen nach hinten hinaus war. Robert schlief in ihrem Schlafzimmer ein.

»Ich habe mir die Nase gebrochen«, sagte ich, als Grace mit ihrer Aktenmappe und einer Einkaufstasche voller Bücher hereinkam.

Sie stand da, meine kleine Schwester, die sie auch mit zweiunddreißig Jahren noch ist, ihr Gesicht wurde knittrig, und sie setzte sich auf die Sofalehne und nahm meinen Kopf in ihre Hände. Sie ist klein, meine Grace, hat aber kräftige Knochen und Muskeln; genau wie Bobby stemmt sie Gewichte, und wenn sie ihre mageren Arme hebt, um sich zu strecken, kann man alle Verbindungen in ihrem Körper sehen, einfach alles, wie Gummibänder: Bizeps, Trizeps, Schultermuskeln.

»Nein, das hast du nicht«, sagte sie. »Du hast dir nicht die Nase gebrochen. Sag nie wieder, daß du dir die Nase gebrochen hast. Jemand anders hat dir die Nase gebrochen. Dieser Dreckskerl. Dieser Bastard. Ich habe Mom erzählt, daß er schuld ist. Ich hab' ihr erzählt, was dir alles so passiert ist. Von dem großen Bluterguß, den du hattest, als wir zum Mittagessen verabredet waren. Von den Abdrücken, die du mal am Arm hattest. Und weißt du, was sie gesagt hat? Sie hat gesagt, daß du schon immer unbeholfen warst. Herr im Himmel, wenn sie dich jetzt bloß sehen könnte.«

Bobby und ich setzten uns an Graces runden Eicheneßtisch, während Grace Robert in ihr Schlafzimmer brachte. Es war eine kleine Wohnung, und der Eßtisch stand in einer Ecke des Wohnzimmers an den Flügelfenstern, durch die man ein kleines Stück der 104th Street sehen konnte. »Wo willst du denn hier schlafen, auf der Couch?« fragte er. »Und wo soll Robert schlafen?«

»Schau dir mein Gesicht an«, erwiderte ich.

»Mein Sohn sollte in meinem Haus sein. Nicht in einem Dreckloch an der Upper West Side. Du kennst diese Gegend nicht so gut wie ich. Hier könnte ihm leicht was passieren.«

»Schau dir mein Gesicht an«, sagte ich.

»Ich bringe dich nach Haus«, sagte er.
»Nein.«
»Dann nehme ich Robert mit.«
»Das werde ich nicht zulassen.«

Dann betrachtete er mein Gesicht, sah es sich gründlich an, mit einem kalten, eiskalten Blick, mit dem Bobby mich noch nie angesehen hatte, und er hatte mir weiß Gott schon genug angetan. Und als hätte er es einstudiert, sagte er ganz ruhig: »Was willst du tun, Fran? Die Polizei rufen?«

In diesem Moment wußte ich es. Auf einmal war mir klar, daß dies das letzte Mal gewesen war, daß ich weglaufen würde. Wenn es einen Moment gegeben hatte, in dem ich beschloß, daß Bobby Benedetto mich nicht noch einmal anrühren würde, dann war es der Augenblick, in dem er mir hämisch erklärte, daß ich in der Falle saß. Daß ich in einem Keller angekettet war, den er errichtet hatte, einem Keller mit ordentlich gestapeltem Geschirr im Schrank und Seidenblumen in einer Vase auf dem Eßzimmertisch. Der Moment, in dem er mir erklärte, daß ich ihm nie entkommen würde, daß er mit mir machen konnte, was er wollte, und ich absolut nichts dagegen tun konnte.

Als wir gingen, zog mich Grace für einen kurzen Augenblick in die kleine Diele zurück. »Bitte tu das nicht, Frannie«, sagte sie. »Ich helfe dir. Ich werde alles tun, um dir da rauszuhelfen.«

»Wie?« sagte ich. Ich schlief fast im Stehen ein, und mein Gesicht tat so weh, daß ich nur noch an den Schmerz denken konnte.

»Mir wird schon etwas einfallen«, sagte sie.

»Er wird mir mein Kind wegnehmen, Gracie«, sagte ich.

»Das können wir verhindern«, meinte sie.

Da lachte ich, obwohl es weh tat, ein bitteres, ersticktes Glucksen, das fast schon ein Schluchzen war. »Was sollen wir denn tun, Grace, einen Cop zu Hilfe rufen?« fragte ich.

In dieser Nacht gab ich auf und schlief auf dem Fußboden in Roberts Zimmer. Bobby sah den Haufen Kissen und die Decke auf dem Boden und wollte die Hand nach mir ausstrecken. Aber ich zuckte zusammen und wich zurück, und dann sah ich ihm direkt ins Gesicht. Einmal habe ich in der psychiatrischen Abteilung einen Mann beobachtet, der die Notizbücher las, die er geschrieben hatte, bevor man ihn mit Medikamenten gegen Halluzinationen behandelt hatte. Er las den Schwachsinn, den er fanatisch, wie besessen geschrieben hatte, als handelte es sich um das Rätsel des Universums. Bobby sah ein bißchen so aus, als ich mich von seiner großen Hand zurückzog.

Ich hatte zwei Schmerztabletten genommen, die noch in der Packung waren, die man mir gegeben hatte, als man mir die Weisheitszähne zog, und als ich aufwachte, pochte meine Wange im gleichen Rhythmus wie mein Herz, und die Sonne warf Lichtflecken über den blauen Teppichboden, und das Haus war leer. Ich rannte von Zimmer zu Zimmer und rief Roberts Namen, bis ich schließlich den Rektor seiner Schule anrief, der seinen Lehrer anrief, der sagte, daß er in der Sporthalle sei und Ball spielte. Es waren nur noch zehn Schultage in St. Stannie. Wir hatten für die ersten zwei Augustwochen ein Cottage am Long Island Sound gemietet. Doch ich würde nicht hinfahren.

Ich hatte die Familienberatung in einer Klinik in Lower Manhattan angerufen und einen Termin für den nächsten Tag verabredet. Danach hatte ich Patty Bancroft angerufen. Und ich bin sicher, Bobby glaubte, es liege daran, daß er mir die Nase gebrochen und mein Gesicht blutig geschlagen hatte. Früher hatte er mein Gesicht nie angerührt; es war, als hätte er mein Innerstes getroffen, mein Wesen, meine Seele. Und es war auch seine Drohung, die mich begreifen ließ, daß ich abhauen, mich verstecken, für immer verschwinden mußte. Was wollte ich denn tun: die Polizei rufen?

Aber im Grunde war es Robert gewesen, der mich die Flucht antreten ließ. Es war der Ausdruck in seinem Gesicht, als wir von Graces Wohnung nach Hause fuhren, der Ausdruck in seinem Gesicht, als wir unter der Straßenlaterne an unserer Ecke vorbeikamen. Sein Gesicht zeigte keinerlei Regung, war völlig leer, der Gesichtsausdruck, den man bei einem langweiligen Film im Fernsehen aufsetzt oder wenn man bei Tisch mit dem

Essen herumspielt. Der Teil eines kleinen Jungen, der Angst hatte, wenn sein Vater seine Mutter oder Tante bedrohte, der Teil von ihm, der verstört schreien würde, wenn das Gesicht seiner Mutter geschwollen und blutig aussah, dieser Teil von Robert war tot. Oder hatte sich zumindest so weit nach innen zurückgezogen, daß man ihn nicht mehr sehen und er selbst ihn nicht mehr spüren konnte. Ich hatte ihn für einen Augenblick aufblitzen sehen, als er an jenem Tag aus der Schule kam und mich im Sonnenlicht in der Küche stehen sah. Ich sah das Entsetzen und die Angst, die ein normales Kind empfinden würde. Doch dann war es auch schon wieder verschwunden, und als er mich fragte, ob ich einen Unfall hatte, war sein Gesicht wieder verschlossen und ausdruckslos. In seiner Kindheit hatte es so viele Unfälle gegeben, und jeder einzelne davon war eine Lüge.

Das war der Grund, warum ich zu dieser Zeit und auf diese Weise fortging. Während der langen Winternächte in Florida, in denen ich wach lag und dem Flüstern und Rauschen des Windes lauschte und mir vorstellte, daß Bobby auf dem Dach oder an der Tür war oder ein Fenster aufstieß, hatte ich viel Zeit, um nachzudenken. Und es ist die Wahrheit. Aus diesem Grund bin ich fortgegangen. Ich bin schließlich Krankenschwester, und ein katholisches Mädchen, und eine Mutter, und die Frau eines Mannes, der mir die Seele aus dem Leib saugen und sie in seine Tasche stecken wollte. Es liegt mir nicht besonders, für mich selbst aktiv zu werden. Aber für Robert? Das war etwas anderes.

»Ach, du meine Güte, Sie müssen Beth sein. Und Robert.« Cindy hatte recht gehabt, ihre Mutter war dünn und dunkelhäutig, wie von der Sonne getrocknet – eine Rosine von einer Frau mit den großen, blauen Augen und dem elektrisierenden Lächeln ihrer Tochter. Sie trat zur Seite, um uns ins Haus zu lassen, und streckte ihren Arm aus, als wartete auf uns etwas Wunderbares, Zauberhaftes.

»Frohe Weihnachten«, sagte Craig und erhob sich von der Couch mit einem Krug Eierflip in der Hand, der mit Schneeflocken bemalt war.

»Frohe Weihnachten«, sagte Mike Riordan, der neben ihm saß.

»Hi, Mr. Riordan«, sagte Robert. »Was machen Sie denn hier?«

»Komm zu mir, Beth«, rief Cindy aus der Küche.

Als ich jünger war, habe ich manchmal am Heiligabend und am Weihnachtsfeiertag im Krankenhaus gearbeitet, damit die älteren Frauen mit Kindern und Schwiegereltern, die bekocht werden mußten, freinehmen konnten. Doch sogar im Gemeinschaftsraum der Chirurgie oder in der Notaufnahme gelang es uns, eigene Traditionen zu schaffen: bunte Wurst- und Käseplatten, auf denen Radieschenrosen blühten, Teller mit Cannelloni und Windbeuteln, ein winziger Baum mit Figuren aus Filz, die eine der Lernschwestern bastelte, Glocken und Sterne, auf die wir mit Glitzerbuchstaben unsere Namen klebten. Und später feierten Bobby und Robert und ich unser eigenes Weihnachten. Am Heiligabend aßen wir bei Ann Benedetto Calamares und Stockfisch und gingen durch die kalte Brooklynnacht nach Hause – durch die Straßen, die von den Lichtern der Rentiere und Schlitten auf den Rasen hell wie der Tag waren, und vorbei an Mr. Costanzas Haus, das jedes Jahr in der Daily News stand, weil es fünfhundert Dollar kostete, es eine Woche lang zu erleuchten. Am nächsten Morgen besuchten wir die Messe in St. Stannie, wo die Kinder das Spielzeug umklammerten, das ihnen in diesem Jahr am liebsten war – Ninja Turtles, Power Rangers, Battle Beasts –, und am frühen Abend gaben wir ein Essen. Wenn die Gäste gegangen waren und die Geschirrspülmaschine summte und Robert im Bett lag, die neuen Spielsachen rings um ihn aufgebaut, wenn der Geruch von Plastik und Immergrün in der Luft schwebte, legte Bobby seine Platte von Nat King Cole auf, und bei den Worten »Chestnuts roasting on an open fire« nahm er mich in den Arm und tanzte mit mir langsam und feierlich in unserem kleinen, engen Wohnzimmer herum und sang mit seiner Baritonstimme, die mit wachsendem Alter ein wenig unsicher geworden war, das Lied mit. Ich kann ihn fühlen und riechen, wenn ich jetzt die Augen schließe und das Lied vor mich hin summe.

Es war das Wetter in Florida, das mich an jenem Morgen rettete, als ich aufstand, um mich anzuziehen. Es war so warm wie New York im April, was es einem schwer machte, an Rentiere im Schnee oder Schlittenfahrten zu glauben. Das spürte auch Robert: »Es ist komisch, zu Weihnachten ein kurzärmeliges Hemd anzuziehen«, sagte er, während er neue Batterien in sein Videospiel einlegte. Das war das neue Wort: *komisch*. »Es ist komisch, bei anderen Leuten Weihnachten zu feiern«, sagte er später, als er seine Cornflakes aß. »Es ist komisch, bloß so einen kleinen Baum zu haben«, murmelte er, während er seine Schüssel in die Spüle stellte.

»Das ist der größte Baum, den ich mir leisten konnte«, sagte ich mit zitternder Stimme. »Das sind die Geschenke, die ich mir leisten konnte. Das ist die Art Weihnachten, die ich bezahlen kann.«

»Es fühlt sich bloß irgendwie komisch an«, entgegnete Robert nun selbst mit unsicherer Stimme. Ich nahm ihn fest in die Arme.

»Es ist komisch, nicht mit deinem Vater zusammen zu sein«, sagte ich. »Und mit Tante Grace und Grandmom. Weihnachten nicht mit den Menschen zu verbringen, die man liebt, ist das allerschwierigste auf der Welt.«

»Aber ich bin doch bei dir«, sagte er. Manchmal war es so süß, wie er solche Dinge sagte, als hätte er wie sein Vater zwei Gesichter, eins, das sein ganzes neues Leben verabscheute und eins, das seinen Frieden damit machen würde. So wie ich angefangen hatte, mich daran zu gewöhnen. Ich fragte mich, ob Bobby das vielleicht auch getan hatte, ob er womöglich jetzt in diesem Moment mit einem Glas Rotwein in der Hand bei einem seiner Kollegen saß und sagte: »Ach, was soll's«, während dessen Ehefrau nach dem Braten sah und die Kinder sich um ihre neuen Spielsachen zankten. Doch dann blickte ich auf Roberts glänzendes Haar hinunter und wußte, daß es nicht wahr sein konnte, egal wie sehr ich es mir wünschte. »Mein Sohn«, hatte Bobby ihn immer genannt. »Mein Junge.« Dieses Possessivpronomen. Meine Frau. Mein Mädchen. Er würde uns niemals aufgeben.

Ich wußte, daß er dieses Lied irgendwo, irgendwie hörte, während Robert die Treppe im Haus der Roerbackers hinaufging, um Chad bei seinen neuen Duplosteinen zu helfen, und ich in die Küche ging, um Cindys Plätzchen vom Backblech zu nehmen.

»Mama, Liebes, setz dich wieder hin«, sagte Cindy, als Helen Manford mir folgte, gedankenlos an der Schnur einer kleinen Weihnachtsmannbrosche zupfend, worauf seine Augen rot und etwas dämonisch aufleuchteten.

»Ich hatte als Kind auch so eine Anstecknadel«, sagte ich. »In einem Jahr hatte ich einen roten Mantel zu Weihnachten bekommen, und ich trug diese Nadel am Revers.«

Mrs. Manford lächelte. Trotz Farm und Dreck hatte sie sich eine Art Schönheit bewahrt, die anmutige Gestalt und Haltung, der die Sonne und die lange, schwere Arbeit nichts anhaben konnten. Neben ihr sah ihre Tochter mit ihren leuchtenden Lippen und dem gelockten Haar wie ein Parvenu aus, der einem Vorbild nacheifert.

»Erzähl ihr doch davon«, sagte Cindy, während sie an ihrem Weißwein nippte und mir auch ein Glas einschenkte. Ich konnte die Männer im Wohnzimmer hören; es klang wie entferntes Donnergrollen.

»Ich hab' diese hier auch bekommen, als ich ein Mädchen war. Mit vierzehn, glaube ich. Sie war mir so kostbar, daß ich es schaffte, sie nicht zu verlieren. Ich brachte sogar den Juwelier am Highway dazu, eine neue Batterie aufzutreiben, als sie nicht mehr leuchtete.«

»Als ich sieben oder acht Jahre alt war«, sagte Cindy, »zog ein Hurrikan auf, und sie evakuierten uns alle in die Highschool. Mama rannte herum und packte die Fotoalben, Dokumente, Rechnungen und so weiter ein. Und plötzlich schreit sie, läuft in ihr Schlafzimmer zurück und kommt mit etwas in der Hand wieder heraus. ›Ach, um Himmels willen, Helen‹, sagt mein Dad, und natürlich war es der Weihnachtsmann.«

»Geh bloß sorgfältig mit ihm um, wenn er mal dir gehört.«

»Gütiger Gott, Mama, du wirst doch ewig leben.« Cindy stellte eine Fruchtsoße kleiner, die hinten auf dem Herd brodelte. »Mit diesem Essen werde ich uns alle umbringen.«

»An Weihnachten möchte ich kein Wort über Cholesterin hören«, sagte Mrs. Manford. »Darüber redet man sowieso schon zuviel. Cynthia Lee, es ist keine gute Idee, gleichzeitig zu kochen und zu trinken. Du verbrennst dich noch am Herd.«

»Es ist nur ein Glas Wein, Mama. Möchtest du auch eins?«

»Nein, Ma'am«, sagte Mrs. Manford.

»Bring den Jungs im Wohnzimmer diese gesalzenen Pekannüsse«, sagte Cindy und reichte ihrer Mutter eine Schale.

»Na ja, riechen tun sie ja gut«, sagte Mrs. Manford wenig überzeugt, bevor sie die Küche verließ.

»Draußen im Wohnzimmer sitzt ein Gast, von dem du mir gar nichts erzählt hast«, sagte ich.

»Na ja, da ihr beide so dicke Freunde seid, schien mir das nicht nötig«, meinte Cindy. »Halt mal die Servierschüssel.« Sie schüttete Zwiebeln in Rahmsoße hinein, dann winkte sie mich zum Tisch hinüber und reichte mir einen silbernen Deckel.

»Das ist alles, was du dazu zu sagen hast?«

»Lieber Himmel. Der arme Mann bekommt morgen Besuch von seiner Mama und zwei seiner Schwestern mit ihren Kindern. Er hat Mrs. Patrinian gesagt, daß er morgen zu Hause bleiben und gründlich aufräumen müßte. Sie wollte ihn zu sich einladen und ihn mit Lamm und irgendwelchen schrecklichen Bohnen vollstopfen, wie sie mir erzählte. Du hättest ihn zu dir einladen sollen.«

»Wir wollten doch zu dir kommen!«

»Na, siehst du – hab' ich dir die Mühe abgenommen.«

»Du bist eine Hexe.«

»Wie gut, daß du dich schön angezogen hast. Grün steht dir. Die meisten Blonden sehen darin blaß aus.« Sie zwinkerte mir zu. »Moment mal, Moment mal. Ich bin nicht so betrunken, daß mir nicht auffällt, daß du deine Brille nicht trägst. Hast du dir Kontaktlinsen besorgt?«

»Laß mich in Ruhe und gib mir etwas zu tun«, sagte ich.

»Du hast also doch gewußt, daß er kommt!« krähte Cindy, und ich versetzte ihr einen Schlag mit dem Geschirrhandtuch, was ihr Haar in Unordnung brachte.

Cindys Weihnachten bestand aus Schinken mit Rosinensoße und Süßkartoffelbrei mit Marshmallows-Kruste, Zwiebeln in Sahne und extra feinen Erbsen, Engel aus Pappmaché auf dem Kaminsims im Wohnzimmer und einem silberweißen, künstlichen Baum mit roten Lichtern und rotem Schmuck. »Ich weiß, ich weiß, es ist geschmacklos«, sagte sie, als ich sie erwischte, wie sie Tannenduft in der Dose kaufte. »Aber ich kann es nun mal nicht ausstehen, wenn ich die Nadeln aus meinem Teppich zupfen muß.«

Craig schürte das Feuer im Kamin, obwohl wir draußen über zwanzig Grad hatten und die Klimaanlage lief. Er und Mike und sein Schwiegervater unterhielten sich über den Stand der diversen Footballteams, Profis, das College, die örtliche Highschool, und darüber, ob der Bürgermeister von Lakota ein Gauner war, ein schlauer Politiker oder beides. Cindys Vater Ed beugte sich vor und bestritt den Hauptteil des Gesprächs. Er war ein kleiner, kompakter Mann im Gegensatz zu Craig, der groß, ruhig und knochig war, eine graubraune Haarmatte trug und dessen Lächeln wie ein Muskelzucken wirkte, auf das er keinen Einfluß hatte. Wenn er und Cindy im selben Zimmer waren, hatte man den Eindruck, als hätten sie die Aufgaben in ihrer Ehe genau verteilt, als hätte Cindy neben den Kindern und der Wohnungseinrichtung auch noch Lachen und Geselligkeit übernommen. »Er ist mein Fels«, sagte sie gern über Craig, und mit seinen vierzig Jahren sah er auch irgendwie versteinert und frühzeitig gealtert aus. Aber ich hatte mich entschieden, ihn zu mögen, weil er Cindy die Möglichkeit gab, hinter ihm herzuräumen, und sich wegen seiner Flaschendeckel und fehlenden Knöpfe ausschimpfen ließ, als gäbe es nichts Schöneres oder Sinnvolleres, als ausgeschimpft zu werden. Ich mochte ihn an diesem Abend noch mehr, als er sich mit einem Geschirrhandtuch in seinem Hosenbund unter einem Messingkronleuchter erhob, der mit einer Riesenschlange aus falschem Grünzeug und roten Schleifen umwickelt und geknebelt war, und mit einem Glas Weißwein in der Hand sagte: »Frohe Weihnachten euch allen. Danke, daß ihr gekommen seid, Mike und Beth und Robert.«

»Wir danken dir«, sagte ich.

»Bedanken Sie sich nicht zu früh, Miss«, rief Ed Manford und beugte sich über seinen Teller. »Sie haben das hier noch nicht gekostet. Vielleicht wissen Sie nicht, daß unser Mädel eine ganz spezielle Köchin ist.« Er stieß eines dieser kurzen, bellenden Lachen aus, das kleine Männer bevorzugen und das nie wirklich fröhlich klingt. »Von einer Meisterköchin rede ich allerdings nicht.«

»Nicht schon wieder!« murmelte Cindy.

»Sie sind Krankenschwester oder Hilfsschwester oder so was, nicht wahr? Hatten Sie je mit einem Fall von Lebensmittelvergiftung zu tun? Ihr habt noch Pepto im Bad, oder Craig?«

»Ed, fang nicht wieder damit an«, sagte Helen Manford und stocherte mit ihrer Gabel in den süßen Kartoffeln herum, als erwartete sie, daß darunter etwas Giftiges begraben lag.

»Hat sie Ihnen von ihrem ersten Kochversuch erzählt?« fuhr Ed Manford fort und beugte sich zu mir herüber, bis sein fleischiger Oberarm fast meine Brust berührte und ich mich so weit zurücklehnte, wie es mir in meinem Stuhl möglich war. »Gebratenes Hühnchen. Braun und knusprig, wie auf einem Bild in einem Kochbuch. Bis auf eins.« Wieder das Bellen, diesmal etwas schärfer. »Sie hat es nicht aufgetaut. Innen rot und roh und ganz blutig. Gut, daß wir noch etwas Mortadella im Kühlschrank hatten.«

»Das war vor zwanzig Jahren, Dad«, sagte Cindy.

»Im letzten Jahr hat sie nach dem Fußballturnier ein Picknick veranstaltet«, sagte Mike. »Das war das beste gebratene Huhn, das ich je gegessen habe. Und dieser Schokoladenkuchen, den Sie gebacken haben. Der war auch ganz toll.«

»Erinnerst du dich noch an das Grillfest, Helen, das sie zum dritten Geburtstag des Mädchens gegeben haben?« sagte Mr. Manford, als ob Mike gar nichts gesagt hätte. »Ich war den ganzen Abend danach im Badezimmer. Hab' nie rausgefunden, ob es der Kartoffelsalat oder die Rippchen waren.«

»Den anderen ist das Essen bekommen«, sagte Cindy, aber er beachtete sie nicht. »Wie ist dein Schinken, Helen?« fragte er. »Ist er durch?«

»Er ist wunderbar«, sagte Craig Roerbacker. »Alles ist wundervoll. Wie immer.«

»Wirklich. Ein tolles Essen, Cindy. Ganz toll«, sagte Mike.

»Als Lehrer holt man nicht viel Geld raus, was?« sagte Mr. Manford.

»Nein«, gab Mike zurück. »Man muß den Beruf schon lieben.« Er lächelte mich an. »Und Humor haben.«

»Löffel. Löffel. Löffel. Löffel«, rief Chad am Kindertisch, der an einem Ende des Zimmers aufgebaut war.

»Halt den Mund, kleiner Kerl«, sagte Ed Manford und schaufelte das Essen in sich hinein.

»Löffel!« brüllte Chad fröhlich.

»Sei jetzt ein braver Junge«, meinte Helen.

»Laß ihn in Ruhe, Mama«, sagte Cindy. »Es ist Weihnachten.« Drüben am Kindertisch flüsterte Robert Chad etwas zu und fütterte ihn mit Kartoffeln, während er ihm seinen Lieblingstrick beibrachte, brav und still zu sein. Sich unsichtbar zu machen, wenn die Stimmen der Erwachsenen lauter wurden.

Danach tranken wir alle im Wohnzimmer Kaffee, während das Feuer melancholisch im Kamin brannte, die Gesichter der selbstgebastelten Engel im Schatten lagen und Mr. Manford im Ruhesessel schlief. Cindy und ihre Mutter nahmen nach dem Essen ein Aspirin. Chelsea hatte mit Holiday Barbie auf Chad eingeschlagen, weil der ihr Haar durcheinandergebracht hatte, und wurde in ihr Zimmer geschickt, wo sie in ihrem roten Spitzenkleid auf dem Bett einschlief. »Du dürftest an Weihnachten nicht so gemein sein, Mommy«, schluchzte sie, während sie die Treppe hochstapfte und Barbies Kopf – bum, bum, bum – ans Geländer schlug. Robert ging mit Chad nach oben und las ihm *One Fish, Two Fish* vor. Das wußte ich, weil ich von Zeit zu Zeit hörte, wie Chad von oben »Fisch!« rief.

»Ich habe ihm gesagt, daß ich morgen mit ihm Fußball spielen werde, wenn er jetzt einschläft«, sagte Robert, als er wieder nach unten kam.

»Tausend Dank, mein Süßer«, sagte Cindy, deren Kopf am Arm ihres Mannes lehnte. Von oben hörte man schwach das Wort: »Ball! Ball!« Wir alle lachten, außer Mr. Manford, der schnarchte, und Mrs. Manford, die die Küche saubermachte, obwohl Cindy drei- oder viermal versucht hatte, sie davon abzubringen.

Natürlich fuhr Mike uns nach Hause. Cindy hatte ihn schon gefragt, bevor wir angekommen waren. Die Lichter an der Einkaufsmeile glühten in der nebligen Nacht wie die Weihnachtsbeleuchtung, aber zum erstenmal seit unserer Ankunft in Lake Plata, vielleicht zum einzigen Mal im ganzen Jahr, waren die Parkplätze leer, als ob wir alle gemeinsam beschlossen hätten, einen Tag lang keine preiswerten Hamburger und arbeitssparenden Gerätschaften zu kaufen, sondern uns in unseren Wohnzimmern zu versammeln. Wir fuhren an Wohnwagen vorbei, die hinter dem Price-Club-Großhandel standen, und winzigen Häusern aus Schlackensteinen, die kaum mehr als zwei Zimmer haben konnten, und ich war mir sicher, daß in jedem eine eigene Weihnachtstradition herrschte – und vielleicht eine ebenso tiefe Kluft zwischen dem, was man fühlte, und dem, was man fühlen wollte, wie ich sie in dieser Nacht bei Cindy verspürt hatte. Ich mußte einfach an die Geschichte von Jackson Islington denken und an Ed Manfords kurze, dicke Hände, in die sich ein zartes Flechtwerk aus schwarzer Erde so tief eingeätzt hatte, daß er es nie mehr herausbekommen konnte, egal, wie gründlich er auch schrubbte. Er hatte alles auf seinem Teller aufgegessen und sich dann einen Nachschlag genommen.

»Wie um alles in der Welt hat dieser abscheuliche Mann eine so liebe Tochter wie Cindy bekommen?« fragte ich mit leiser Stimme, nachdem ich mich umgedreht und vergewissert hatte, daß Robert mit seinem neuen Videospiel beschäftigt war.

»Eine gute Frage«, sagte Mike. »Das sieht man aber überall. Wirklich helle Kinder mit schrecklichen Eltern. Und wirklich tolle Eltern mit schwierigen Kindern.«

»Schauen Sie sich Cindy und Craig an, die so bodenständig scheinen, und Chelsea, die sich vor allem zu Tode fürchtet. Cindy konnte für den Schinken nicht das elektrische Messer benutzen, weil Chelsea sonst ausgeflippt wäre. Ich habe den Sinn eines elektrischen Messers nie verstanden. Man kann doch genausogut auf die altmodische Art tranchieren. Doch Cindy sagte, sobald Chelsea das Messer summen hört, hat sie Angst, daß ihr jemand die Hand abschneiden will.«

»Ich glaube, daß die Angst etwas mit Cindys Schwester zu tun hat. Deswegen verhalten sich ihre Eltern auch so komisch ihr gegenüber. Wahrscheinlich haben sie Cathy vor Augen, wenn sie Cindy anschauen. Aber eigentlich müßten sie dankbar sein, Cindy zu haben, und könnten wirklich ein bißchen netter zu ihr sein.«

»Cindy hat doch gar keine Schwester.«

»Doch, sie hatte eine. Hat sie Ihnen das nicht erzählt?« Er schüttelte den Kopf. »Das ist seltsam. Es ist eine dieser Familiengeschichten, die es in jeder Stadt gibt. Früher oder später hätten Sie es ja doch von jemand anders erfahren. Sie waren eineiige Zwillinge. Wie ich gehört habe, hat Mrs. Manford ihre Mädchen so behandelt, wie die meisten Leute mit Zwillingen umgehen: Locken, Spangenschuhe und dieselben Kleider und so. Mir hat man erzählt, daß ihre Mutter Cathy eines Tages auf das Maisfeld geschickt hat, um Mr. Manford zum Essen zu rufen. Er saß auf einem dieser großen Traktoren, diesen John Deeres mit riesigen Rädern, die man hier hat, und wo man hoch über dem Boden sitzt. Anscheinend hat er sie nicht einmal gesehen. Wie ich gehört habe, hat er geglaubt, er sei über einen Felsblock gefahren.«

»Lieber Himmel«, sagte ich.

»Yeah. Wenn ich der Vater gewesen wäre, hätte es mich umgebracht. Doch ich hoffe, daß ich zumindest die, die mir geblieben war, wie meinen Augapfel gehütet hätte.«

»Ich kann gar nicht fassen, daß sie mir nie davon erzählt hat.«

»Vielleicht fällt ihr das zu schwer«, sagte er, als er vor dem Haus anhielt. »Hier sind wir.«

Robert war eingeschlafen, sein Spiel summte immer noch in seiner Hand. Mike Riordan trug ihn hinein, legte ihn auf die Couch und wandte sich zum Gehen. In unserem Wohnzimmer stand in einem Eimer mit nassem Sand ein kleiner Baum, der mit billigen Glaskugeln und Papieräpfeln geschmückt war, die ich im Discount-Drugstore gefunden hatte, und darunter lagen einige Päckchen. Ich gab ihm eins davon und sagte: »Frohe Weihnachten. Ich habe es heute abend nicht mitgebracht, weil ich nicht wußte, daß Sie dort sein würden.«

»Ich habe auch nicht gewußt, daß Sie kommen würden.«

Er zog die grüne Jacke aus der Schachtel und hielt sie hoch, als hätte er noch nie eine Jacke gesehen und wüßte gar nicht, was das sei oder was man damit anfangen solle. Robert bewegte sich auf der Couch und setzte sich auf. »Das ist eine gute Jacke«, sagte er matt.

»Wenn Sie schon eine haben –«

»Nein«, sagte Mike. »Danke. Genau so eine hat mir gefehlt.« Er lachte. »Ich bringe Ihr Geschenk morgen vorbei, ich hatte es heute nicht mit, weil ich nicht wußte – Sie wissen schon.«

»Frohe Weihnachten, Mr. Riordan«, sagte Robert.

»Mr. Riordan war komisch mit seinem Geschenk«, meinte Robert, als ich ihn zudeckte.

»Ich glaube, es gefiel ihm nicht, aber er wollte höflich sein«, sagte ich.

»Mir hat alles gefallen, was ich bekommen habe«, meinte Robert.

»Mir auch«, sagte ich. »Ich liebe dich, Bäh.« Ich nahm ihn in den Arm und merkte, daß er sich anders anfühlte: eckiger, nicht mehr so weich. Die Tränen rollten mir die Wangen hinab und tropften auf sein Gesicht.

»Ich liebe dich auch, Mom«, sagte er. »Es war wirklich ein schönes Weihnachten. Sei nicht traurig.«

»Das bin ich nicht, Liebes. Das bin ich nicht.« In der Küche nahm ich den Telefonhörer ab, hängte wieder ein und nahm ihn wieder ab. Ich war mir nicht einmal sicher, wen ich anrufen wollte. Oder wen ich gefahrlos anrufen konnte. Patty Bancroft hatte sich vor drei Tagen gemeldet, als sie die Telefonrechnung bekommen hatte, und mit eisiger Stimme nach dem Dreiundzwanzig-Minuten-Gespräch gefragt, das ich am Abend des 24. November mit New York geführt hätte. »Das ist genau die Art Dummheit, die das zunichte macht, was wir mühevoll aufgebaut haben«, hatte sie gesagt. »Sie haben ja keine Ahnung, was man mit Telefonunterlagen alles machen kann.«

»Wie könnte denn jemand an meine Telefonrechnungen kommen? Ich habe sie ja selbst noch nicht gesehen. Ich weiß nicht einmal, wohin sie geschickt werden.«

»Feiertage sind eine schwere Zeit, Elizabeth«, hatte sie gesagt. »Die Menschen rufen an den Feiertagen zu Hause an, und die Menschen, die nach ihnen suchen, wissen das. Und die Kopie einer Telefonrechnung zu bekommen ist für jemand, der sich auskennt, eine Kleinigkeit. Nur eine Kleinigkeit.«

Ich hatte mich über ihren Ton geärgert, als spräche sie mit einem jungen Mädchen, das zu lang mit ihren Freundinnen telefonierte, einer dummen Halbwüchsigen, die die Folgen ihrer Handlung nicht überblicken konnte. Aber sie hatte mich eingeschüchtert. Ich nahm den Hörer in der Küche ab, hängte ihn wieder ein und nahm ihn wieder ab. Das Freizeichen verwandelte sich in den aufgeregten, hohen Piepton, der ertönt, wenn man den Hörer zu lange von der Gabel nimmt, und ich konnte den eintönigen Singsang der Ansage hören: »Wenn Sie ein Gespräch anmelden wollen...« Schließlich legte ich wieder auf, dann nahm ich noch einmal ab und wählte die Nummer, die auf der Karteikarte an der Küchentür stand.

»Hallo«, sagte sie, und ihre Stimme klang ein wenig heiser, als wäre sie heute noch nicht dazu gekommen, sie zu benutzen.

»Hi, Mrs. Levitt. Hier ist Beth Crenshaw. Ich weiß, daß es spät ist, aber ich wollte Ihnen doch noch Frohe Weihnachten wünschen.«

Im Hintergrund hörte ich Stimmen und sogar Musik. »Störe ich?« fuhr ich fort.

»Ach, nein«, sagte sie. »Irving und ich sehen uns gerade *Weiße Weihnachten* an, nicht wahr, Irving? Ein Weihnachtsfilm, das kann ja nicht schaden. Diese Rosemary Clooney, eine Schande, wie dick die geworden ist! Sie war so ein hübsches Mädchen, als sie jung war.«

»Das war sie wirklich.«

»Aber manche müssen eben aufpassen, wenn sie etwas älter werden, oder ihr Hintern geht gewaltig in die Breite. Heute trägt sie nur noch diese bunten, weiten Sackkleider.«

»Aber sie hat eine schöne Stimme.«

»Schön. Sehr schön. Frohe Weihnachten, Schwester. Soll ich Ihnen mal was sagen – Irving mag Sie. Das spüre ich. Die hier gefällt dir, Irving, habe ich zu ihm gesagt.«

»Da bin ich aber froh. Richten Sie ihm aus, daß ich mich bedanke.«

»Bis zum Dienstag also, nicht wahr, Irving? Ich hab' auch eine Klitzekleinigkeit für den Jungen.«

Und dann rief ich Cindy an, obwohl ich soeben erst gegangen war. »Ich wollte mich nur noch einmal bedanken«, sagte ich. »Du hast mir mit deinem Essen und den Geschenken und allem das Leben gerettet.« Dabei dachte ich an ihre Zwillingsschwester, an die frühen Jahre, als Cindy ihr Spiegelbild hatte sehen können, ohne in den Spiegel schauen zu müssen, und daran, wie sie in der Küche oder in dem Zimmer oder wo auch immer gesessen hatte, als Cathy losgegangen war, um Ed Manford zum Essen zu holen, und wie sie die Rufe, die Schreie, gehört hatte. Oder auch nicht. Vielleicht hatte sie nur die Stille gehört, die sich plötzlich über ihr Leben gelegt hatte. Es war eine gute Geschichte gewesen, die Geschichte von Jackson Islington. Aber es war nicht die eigentliche Geschichte gewesen. Obwohl ich mich nicht beschweren durfte; die Geschichte von den Nonnen, die ich ihr erzählt hatte, war auch gut gewesen. Und auch nicht die eigentliche Geschichte.

»Ich liebe dich, Kindchen«, sagte ich.

»Ich dich auch, Süße«, sagte sie. »Ich gehe jetzt ins Bett. Ich habe zuviel Wein getrunken.« Und in der Küche goß ich mir ein Glas Wasser ein und trank es am Wohnzimmerfenster, während ich mit zwei Fingern einen Spalt in die Jalousie drückte und auf den dunklen, viereckigen Hof hinaussah, der von bunten Lichtern umgeben war. Schließlich legte ich mich schlafen, während Nat King Cole wieder und wieder in meinem Kopf sang und sich mein Magen vom Wein zusammenzog. Ich dachte an Ed Manford, der sich so nah an mich gelehnt hatte, und an Cindys Schwester, die unter dem riesigen Rad eines Traktors verschwunden war. Und ich dachte an Bobby. Letztes Weihnachten hatte er mir ein halbes Herz mit einem gezackten Rand geschenkt, das an einer schweren Goldkette hing. Die andere Hälfte hatte er sich um seinen Hals gehängt, an die Kette, an der er seine Tapferkeitsmedaille trug und das Bildnis der Jungfrau Maria, das sein Vater von seinen Eltern bekommen hatte, als er ein Cop geworden war, und das Ann Benedetto nicht ins Grab ihres Mannes legen, sondern ihrem Sohn geben wollte. Ich hatte das halbe Herz in meiner Schmuckschachtel unter dem Modeschmuck liegen lassen. Aber ich wußte, daß Bobby es gefunden hatte, sein Herz, zurückgelassen, aufgegeben, über Bord geworfen. Vielleicht hatte das gereicht. Vielleicht hatte er mich abgeschrieben. Vielleicht sang er jetzt einer anderen Frau Nat King Cole ins Ohr, einer Frau, die meinen Platz eingenommen hatte und bei der er nicht wütend oder gemein werden würde, die nur das Gute und nicht das Schlechte bekommen würde. Während der Weihnachtsabend zur Nacht wurde und zum Morgen des nächsten Tages, grübelte ich mich in den Schlaf.

Am nächsten Morgen kam Mike Riordan mit zwei Paketen vorbei, die mit Sternen aus Goldpapier und glitzerndem Band wunderschön und aufwendig verpackt waren – das Werk der Geschenkabteilung eines Kaufhauses. »Ich dachte, Sie erwarten heute Besuch«, sagte ich.

»Sie kommen um drei«, meinte er. »Ich habe alles in die Schränke gestopft.«

Für Robert hatte er ein blau-weiß gestreiftes Baseball-Trikot der Yankees besorgt, für mich eine leichte dunkelgrüne Regenjacke zum Joggen. Es war mehr oder weniger dieselbe Jacke, die ich ihm geschenkt hatte, nur daß seine Größe L und meine S war. Mein Gesicht muß komisch ausgesehen haben.

»Kein Wort zu Cindy«, sagte Mike, »sonst redet sie noch nächstes Weihnachten davon.«

Zu Silvester wurde ein Schulfest veranstaltet mit Luftballons, Würstchenbuden und Clowns auf dem Schulhof. Mike war so beschäftigt, daß ich ihm in der überfüllten Cafeteria nur kurz zuwinken konnte. Dann waren die Ferien vorüber. Die Fußballbegeisterung wurde von Basketball abgelöst. Robert ging dreimal die Woche zum Training und hatte jedes Wochenende Spiele. Außerdem bekam er so viele Hausaufgaben auf, daß er oft direkt von seinem Schreibtisch zum Waschbecken ging, um sich vor dem Schlafengehen zu waschen und die Zähne zu putzen. Jennifer bekam einen neuen Rollstuhl und brachte mir ein Computerspiel namens »Knockout« bei. Sie gewann immer, auf der Rangliste fanden sich nur alle möglichen Variationen ihres Namens. Cindy und ich veranstalteten einen Flohmarkt mit den ausgemusterten Büchern der Bibliothek, danach waren unsere Hände und Gesichter grau von jahrelang angesammeltem Staub. Und als ich an einem Tag Ende Januar von den Levitts aus nach Hause kam und die vertrauten Lichter in den mittlerweile vertrauten Fenstern sah, ging mir plötzlich auf, daß die Gleichförmigkeit dieses Lebens etwas Tröstliches bekommen hatte, daß es sich in seiner unverbrämten, alltäglichen Plackerei real und beständig anfühlte. So wie ich es beim Joggen angenehm fand, eine Route zu haben, die ich schon hundertmal gelaufen war, kamen mir all die kleinen Pflichten, über die ich nicht mehr nachdenken mußte und die mir nicht mehr abforderten als mechanische Routinehandlungen inzwischen beinahe entspannend vor.

Ich war weniger ängstlich, aber nicht leichtsinnig. Menschenmengen im Einkaufszentrum oder bei Roberts Basketballspielen suchte ich immer noch so argwöhnisch ab wie eine Verräterin, die nach dem Killer Ausschau hält. Nicht nur nach Bobbys Raubvogelprofil unter dem dunklen Haar, sondern auch nach seinem Onkel Gerald oder einem mittlerweile pensionierten Polizisten, der mit ihm zusammen Streife gefahren war oder irgendeiner Frau, die uns beide möglicherweise noch von St. Stannie kannte. Wenn man untertauchen will, scheint Amerika plötzlich ein ziemlich kleines Land zu sein. Man braucht nur zu erwähnen, daß man aus Omaha stammt, schon wird der nächstbeste Fremde einem todsicher erzählen, daß er dort einen Cousin hat. Lake Plata hatte mich so vollständig verschluckt wie einen Stein, der in tiefes Wasser gefallen war, weil es eigentlich gar keine Stadt war, sondern nur eine Ansammlung von Fremden um eine Einkaufsmeile herum. Keine Familien, die seit Generationen in einer Straße wohnten, nicht einmal Überreste eines solchen Lebens, ein Sohn oder eine Tochter, die nicht weit von dem Haus entfernt wohnten, in dem sie aufgewachsen waren.

An einem Samstag gingen wir auf einen Jahrmarkt außerhalb der Stadt, um den ersten Sieg von Roberts Basketball-Mannschaft zu feiern.

Alle Jahrmärkte sind gleich. Buchstäblich gleich. Wenn man den Namen auf den Tickets liest, die man bei den Fahrgeschäften in gewaltigen Mengen kaufen muß, oder auf die grellbunten Firmenzeichen schaut, die auf die Lastwagen gemalt sind, die um die glitzernde Mitte herum parken, kann man auf einem offenen Feld in Florida denselben Namen finden wie auf dem Parkplatz einer Highschool in Westchester oder vor einem Einkaufszentrum in Oak Park, Illinois. Westhammer Amusements, Jensen Amusements, Richter Amusements. Sie hängen sie einfach an ihre Wohnwagen oder packen sie auf Tieflader: die Geisterbahn, die Spielbuden am Mittelweg mit ihren schlechten Gewinnchancen und erbärmlichen Preisen, die Krake und den Cyclone. Drei Tage später packen sie alles wieder ein und schleppen es zur nächsten Stadt. Darum wollte Bobby Robert nie auf dem Rummel Karussell fahren lassen. »Sieh dir diese Schmutzfinken an«, flüsterte er, wenn Buddy oder Jimmy oder ein anderer Kumpel es geschafft hatte, uns auf den Rummel zu schleifen, statt im Garten zu grillen. »Was glaubst du, wie fest sie die Schrauben an diesen Dingern ziehen? Sehen die aus wie Burschen, die sich mit einem Schraubenschlüssel abmühen?« Nicht einmal die kleinen Boote, die einen engen Kreis auf einer stinkenden, einen halben Meter tiefen Wasserfläche zogen, oder die Autos, die niedriger auf dem Boden fuhren als Roberts Dreirad, fanden seine Zustimmung. Die Kinder anderer Leute kreischten auf dem Dragon Wagon und winkten uns zu, während die Wagen die Schienen hoch und runter donnerten, und Robert stand mit großen Augen neben Bobby und nahm seine Hand, als trennte mich meine Unfähigkeit, die augenfällige und unbestreitbare Gefährlichkeit dieses Ortes zu erkennen, von ihnen beiden. Gebrannte Erdnüsse und Zuckerwatte durfte er essen, nicht aber Hot dogs mit Paprika, die von tätowierten Frauen auf großen Rosten gebraten wurden. »Bist du denn übergeschnappt, Frances?« sagte Bobby dann.

»Möchtest du ein Hot dog?« fragte ich Robert, als ich die Essenswünsche aufnahm, während wir uns bemühten, die Jungs auf ein paar vergammelte Picknickbänke zu verteilen. Und er nickte. Dann lächelte er. Und das kam mir bedeutsam vor, weil es vielleicht hieß, daß wir weiterkamen, eine neue Entwicklungsstufe erklommen, wo wir uns neue Regeln und Traditionen schufen. Hot dogs waren nicht länger gefährlich. Wir hatten damit angefangen, uns ein neues Leben aufzubauen. In Momenten wie diesem fühlte es sich manchmal an wie meins. »Mrs. Bernsen hat gesagt, wir sollten ein Abenteuer erzählen«, hatte Robert eines Abends über den Resten einer Lasagne berichtet. »Ich habe von dem Abenteuer erzählt, wie es ist, wenn man in eine neue Stadt zieht, in der man noch nie gewesen ist und wo man keinen kennt.« Ich weiß nicht genau, was er in meiner Miene gelesen hat, doch er fügte rasch hinzu: »Ich habe nicht über vorher geredet. Nur über jetzt. Zum Beispiel wie ich Bennie getroffen habe und alles.«

»Du bist der beste Junge auf der Welt«, hatte ich gesagt.

Mr. Castro, der als Hausmeister der Papierfabrik nachts arbeitete, war auch mitgekommen, um Mike und mir zu helfen, die Jungen einigermaßen in Schach zu halten. Er brachte Bennies kleine Schwester Sandy mit, die gerade fünf geworden war, ein besonderer Ausflug zu ihrem Geburtstag; während sie tanzte, lächelte und lautstark nach Popcorn verlangte, hielt er sie die ganze Zeit fest an der Hand. Jasons Illings Vater hatte wie zu jedem Spiel seine Videokamera mitgebracht und filmte, wie Jason zusammengesunken auf der Bank saß und die Schultern bis zum Bauch herabhängen ließ wie ein alter Mann, filmte auch die zwei Minuten, die Mike, der allen eine Chance gab und niemanden ausschloß, Jason in jedem Spiel zubilligte. »Halt deinen Burger hoch«, rief Mr. Illing, aber Jason beachtete ihn nicht, sondern beugte sich noch tiefer über seine Pommes frites und seine Limonade. Cindy war auch mitgekommen, nachdem die Mutter eines der Jungen kurzfristig abgesagt hatte. Sie hatte Chad im Sportwagen dabei, und mir war es gelungen, Chelsea aus der Nische zwischen Cindys Oberkörper und Sportwagengriff auf eine Picknickbank zu lotsen, wo sie langsam und bedächtig ein Hot dog aß.

»Ich mag nicht Karussell fahren«, sagte sie.

»Soll ich dir etwas verraten?« sagte ich. »Ich auch nicht. Ich habe immer das Gefühl, daß ich mich gleich übergeben muß.«

Chelsea nickte.

»Elf, zwölf«, hörte ich Mike vor sich hin murmeln, und ich lachte. »Sie sind alle hier«, sagte ich.

»Es ist nicht einfach, an so einem Ort sechzehn von ihnen im Auge zu behalten«, sagte er.

»Ich weiß. Aber Sie müssen nicht wirklich sechzehn im Auge behalten. Jason steht unter ständiger elektronischer Überwachung, ich lasse Robert nie aus den Augen, und Robert geht nirgendwo ohne Bennie hin. Mr. Castro hat ein Auge auf Jonathan, weil der Bennie dauernd triezt. Bleiben nur noch zwölf.

Und Cindy und ich haben die zwölf im Bus unter uns aufgeteilt. Also müssen Sie nur noch die Tickets austeilen.«

Natürlich war es nicht ganz so einfach, als die Überreste des Mittagessens in Butterbrotpapier und Alufolie gepackt und von unten, von oben und von Jonathan Green über die breiten Schultern – warum freute ich mich nur so, als er sein Ziel verfehlte? – in die Metallbehälter geworfen wurden, die man für den Abfall aufgestellt hatte. »Zur Krake!« brüllte Mike, und wie auf Kommando bewegten sich die meisten aus der Gruppe auf das Karussell zu. Einige zerstreuten sich, um mit einem Baseball auf mit Sand gefüllte Milchflaschen zu werfen, wertlosen Schmuck oder gebrannte Nüsse zu kaufen und den Reservepanzer der Armee zu betrachten.

»Kann ich dir die Nachzügler anvertrauen?« fragte ich Cindy, die versuchte, mit einer Papierserviette und einer Tasse Wasser, die sie sich am Stand mit der selbstgemachten Limonade erbettelt hatte, einen Senffleck aus ihrer Bluse herauszubekommen.

»Nicht, wenn sie weiter an meiner Mitte hängt«, sagte sie und sah zu Chelsea hinab. »Ich bin selbst eine Nachzüglerin.«

»Chelse«, sagte ich und beugte mich zu ihr, »willst du mit mir kommen und aufpassen, daß die Jungs keinen Unsinn auf dem Karussell machen?«

»Ich möchte nicht fahren.«

»Ich auch nicht. Deswegen brauche ich deine Hilfe.«

Ihre Hand, die in meiner lag, war klein, niedlich und feucht. Cindy hatte ihr das Haar zu einem Bauernzopf geflochten, und sie trug rosa Shorts und eine passende Bluse mit Spitzenbesatz an den Ärmeln. »Du siehst heute wirklich hübsch aus«, sagte ich.

»Du auch«, sagte Chelsea. »Du siehst nett in einem Kleid aus.«

»Es ist ein T-Shirt-Kleid, kein richtiges Kleid. Deine Mom hat es mir zu Weihnachten geschenkt.«

»Ich weiß. Sie kauft gern Kleider für andere Leute.«

»Sie wollen noch mal fahren«, rief Mike aus einem Wagen

auf der Krake. Er hatte sich zwischen zwei der kleineren Jungs gequetscht und seine Arme um sie gelegt. Als er ausstieg, verdrehte er die Augen. »Die einzige Methode, sich nicht zu übergeben, ist, sich einen festen Punkt zu suchen und ihn anzuschauen«, sagte er.

»Echt?«

»Das ist meine Theorie.«

»Hat sie gewirkt?«

»Bis jetzt«, sagte er. »Ich habe Sie angestarrt.«

Ich spürte, wie mir das Blut ins Gesicht schoß, und sah, daß er auch rot wurde. »Und dann?« fragte ich.

»Wie wär's mit Kino und Essen gehen?« Wir blickten beide zu Boden. »Vergessen Sie es. Ich weiß gar nicht, was in mich gefahren ist. Himmel, Riordan. Nimm dich zusammen.«

»Beth, ich muß wirklich dringend auf die Toilette«, sagte Chelsea.

»Wir sind an der Geisterbahn«, rief Mike.

Als wir zurückkamen, standen sie immer noch in der Schlange. Jasons Vater schwenkte die Kamera über die Reihe der Jungs und rief jedem zu: »Und dein Name ist...« Vor ihnen befand sich eine Gruppe behinderter Kinder mit ihren Lehrern. Die Kinder trugen Namensschilder und lächelten, tanzten im Sonnenschein und verdrehten die Augen angesichts der Gespenster und Dämonen, die draußen an die Geisterbahn gemalt waren. »Seid ihr sicher?« fragte einer der Lehrer, und alle nickten. Aber als sie drinnen waren, konnten wir Weinen und Schreie hören, und der Mann, der die Tickets einsammelte, warf seine Zigarette ins Gras und fluchte. »Halten Sie Ihre Leute zurück«, bellte er, und Mike streckte die Arme aus, als ob er einem Regiment aufsässiger Soldaten Einhalt gebieten müßte.

»Bringen Sie sie wieder raus«, brüllte er in die Geisterbahn, und einen Augenblick später eilten die Lehrer und die Kinder durch die schwarze Tür und die Rampe hinunter, die Erwachsenen mit verlegen geröteten Gesichtern, die Kinder schweißgebadet, als wären alle Schrecken dieser Welt, die sie sich jemals vorgestellt hatten, im Licht der stroboskopischen Beleuchtung über sie gekommen, um ihnen das Herz aus dem Leib zu reißen.

»Wow«, sagte Chelsea.

»Weiter«, brüllte der Ticketmann Mike zu.

»Wollt ihr Jungs immer noch da hinein?« fragte Mike und drehte sich um.

»Um Himmels willen«, sagte der Mann mit den Tickets.

Danach kamen die Viper und der Autoskooter an die Reihe. Chelsea überlegte, ob sie sich in eins der Autos wagen sollte, aber dann sah sie die Funken von den Haltestangen an die Decke fliegen, als einer der Wagen an die Wand fuhr. »Willst du überhaupt irgendwas machen?« fragte Cindy. »Irgendwas? Es gibt auch Ponyreiten.«

»Vielleicht später«, sagte sie.

»Hübsches Mädchen«, sagte Mr. Castro.

»Danke. Bedanke dich, Süße«, sagte Cindy ein wenig zu laut. Dann mußte sich Christopher Menendez übergeben, und Mr. Castro ging mit ihm auf die Herrentoilette und half ihm, sich wieder sauberzumachen.

»Lieber Gott, laß ihn bitte nicht in meinem Wagen sitzen, wenn wir nach Hause fahren«, sagte Cindy.

»Das war keine gute Idee«, meinte Mike.

»So kann man das nicht sagen«, wandte ich ein. »Es ist nur eine von diesen Sachen, die sich vorher und nachher schöner anhören, als sie eigentlich sind.«

»Das mag ich so an ihr«, sagte er zu Cindy gewandt. »Die meisten Frauen würden sagen: Yeah, das war keine gute Idee, laß uns bloß weggehen. Oder sie würden sagen: Nein, es war eine tolle Idee, wir haben uns großartig amüsiert, und man wüßte, daß es Unsinn ist. Statt dessen sagte sie das, was sie eben gesagt hat, und zufällig trifft es genau zu.«

»Ich finde das auch gut an ihr«, sagte Cindy mit einer Stimme, die sich anhörte, als spielte sie in einer Schulaufführung die Naive.

»Riesenrad, und dann Schluß für heute?« sagte Mike.

»Ja, klar«, erwiderte ich.

Cindy betrachtete ihre Nägel und dann Mikes Rücken, als der sich durch die Menge zu dem Autoskooter wühlte, wo sich die Jungs nach ihrer fünften Runde versammeln sollten. Sie rieb an ihrem Zeigefingernagel herum und runzelte die Stirn, als ob ihr aufgefallen sei, daß der Lack beschädigt war. Chad lag im Sportwagen und schlief. »Ich sage dazu gar nichts«, meinte sie schließlich.

»Prima«, sagte ich.

Wir beide verfielen in das erschöpfte Schweigen von Erwachsenen, die von morgens bis abends mit Kindern zusammengewesen waren. Es erschien mir wirklich heldenhaft, daß jemand wie Mike Riordan oder Mrs. Bernsen das jeden Tag machte und dabei nicht die gute Laune verlor. Sogar jetzt, wo er hinter der Gruppe stand, die darauf wartete, daß das Riesenrad sich leerte, konnte ich erkennen, daß er mit den Jungs Spaß machte und dafür sorgte, daß sie in der Reihe blieben, ohne sie herumzukommandieren, wie ich es getan hätte. Das Riesenrad war schon voll, kurz bevor unsere Gruppe ans Ende der Schlange vorgerückt war, und setzte sich langsam in Bewegung. Die Kinder winkten mit zaghaftem Lächeln den Eltern und Freunden zu, die unten standen. Es war erst später Nachmittag, doch um das große Rad leuchteten schon zwei Reihen blauer Lichter in den dunkler werdenden Tag, und über den flachen Feldern, die sich rings um uns erstreckten, zogen sich schwere Wolken zusammen.

Ich schaute auf Chelsea, die den Kopf in den Nacken gelegt und den Mund leicht geöffnet hatte. Sie beobachtete die anderen Kinder, die auf und nieder fuhren, und ich glaubte, in ihren Augen die Art Traurigkeit zu erkennen, die man als Krankenschwester manchmal beobachtet, wenn ein Kind im Rollstuhl anderen Kindern beim Laufen zusieht. Und dann war da noch etwas anderes, Staunen und Erschrecken und ein reißendes Geräusch, das ich zuerst dem normalen Fahrbetrieb zuordnete, bis ich nach oben blickte und sah, daß eine Gondel des Riesenrads halb in der Luft baumelte und ein Kind aus ihr heraushing, das einen hohen Ton von sich gab, etwas wie Schreien oder keuchendes Atmen, Ah-ah-ah-ah-ah.

Ich rannte los, zog Chelsea fast automatisch mit mir und sah, daß ein anderes Kind schon auf die festgetretene Erde an der Seite des Riesenrads gefallen war, ein Junge in blauen Shorts mit einem dieser Rasierhaarschnitte, die Robert immer haben wollte. »Er ist tot«, flüsterte Chelsea, als ich mich neben ihn kniete und sich Erwachsene und Kinder um mich scharten, um das Blut und das Gesicht zu sehen, damit sie hinterher etwas zu erzählen hatten. Ein schrecklicher Schrei ertönte, dann hörte ich, wie der Körper des zweiten Kindes an etwas stieß und dann nur ein paar Meter von dem anderen Kind entfernt zu Boden fiel.

»Also gut«, brüllte ich, mich halb umwendend, und in diesem Augenblick war ich wieder die Krankenschwester Frances F. Benedetto, die in der Notaufnahme nicht versagte und auch jetzt die Nerven behielt. »Es gibt zwei Möglichkeiten. Dieses Kind kann draufgehen, oder ich kann ihm helfen. Doch um ihm zu helfen, müssen Sie alle zurücktreten.«

»O mein Gott«, kreischte eine Frau in vertrautem Ton. »O mein Gott!« Mike kam herbei und kniete sich neben mich, und ich wandte mich an ihn. »Sagen Sie Cindy, daß sie sich Mom oder Grandma oder wen auch immer schnappen und sie irgendwohin bringen und beruhigen soll. Sie kann ja etwas erfinden. Sie soll sagen, daß ich Ärztin bin. Und daß es den Kindern gutgeht. Kennen Sie die Herz-Lungen-Wiederbelebung?«

»Yeah.«

»Nein, ich meine, ob Sie sich wirklich damit auskennen. Ein Erste-Hilfe-Kurs reicht hier nicht.«

»Ich kenne mich wirklich mit dieser Methode aus.«

»Dann kommen Sie sofort zurück.« Ich erhob mich und rief mit lauter Stimme: »Ich brauche einen Schal oder ein Tuch.« Dann sah ich die Frauen in den T-Shirts und den ausgefransten Shorts an und die Männer in Jeans und Unterhemden und fügte hinzu: »Oder einen Gürtel. Auch ein Gürtel würde genügen.«

Wenn man die Herz-Lungen-Wiederbelebung beherrscht,

erhält sie die Durchblutung aufrecht; sie wirkt durch eine Reihe schneller, rhythmischer Bewegungen wie Liegestütze oder Kniebeugen. Mike machte es genau richtig. Der Junge, der wahrscheinlich eine Gehirnerschütterung hatte, fing an zu keuchen und zu stöhnen. Das kleine Mädchen hatte sich das linke Bein gebrochen, der Knochen ragte dicht über ihrem knubbligen, schorfigen Knie gezackt und weiß durch die Haut. Doch durch Abbinden hatte ich die Blutung zum Stillstand gebracht. Sie hatte einen Schock und starrte geradewegs in den Himmel und flüsterte: »Mommy, Mommy.«

»Alles in Ordnung, meine Kleine«, flüsterte ich zurück. »Du hast dir das Bein gebrochen.«

»Ich hab' versucht, mich festzuhalten«, sagte sie.

»Ich weiß.« Zwei Sanitäter rollten in einer Staubwolke eine fahrbare Trage heran. »Schätze, da sind auch noch ein paar Rippen angeknackst, Jungs«, sagte ich. »Glücklicherweise war die Gondel, in der sie saßen, noch nicht so weit oben. Wenn sie ganz oben gewesen wären –« Ich zuckte die Achseln.

»Gute Arbeit«, sagte einer von ihnen. An meinem Kleid und meinen Händen klebte Blut.

Im Krankenhaus hatte ich gelernt, daß es im Grunde zwei Arten von Menschen auf der Welt gibt: diejenigen, die bei wirklich ernsten Problemen ruhig und gelassen reagieren, und die anderen – zu denen Grandma gehörte, wie sich herausstellte –, die kreischen, schreien, schlapp machen, zu Boden sinken und selbst zu Patienten werden. All die Erwachsenen, die mit mir gefahren waren, gehörten in die erste Gruppe und übernahmen Verantwortung. Cindy war es gelungen, der Großmutter klarzumachen, daß sich die Kinder wieder erholen würden, und sie zu überreden, in einen Beutel zu atmen und einen Orangensaft zu trinken. Mr. Castro hatte die Jungs zusammengerufen und sie in ein Zelt am Rand des Rummelplatzes gebracht, in dem es Videospiele gab.

Und Jason Illings Vater hatte alles gefilmt. Während wir die Jungen zu Hause ablieferten und den Eltern erklärten, was sich ereignet hatte und daß wir alle gesund und munter waren, ging er ins hiesige Fernsehstudio und verscherbelte ihnen eine Kopie seines Bandes. Sechs Monate Vorsicht, in denen ich mein Haar gefärbt und über das verdammte Delaware geplaudert hatte, in dem sich mein Atem beim Anblick jedes Streifenwagens beschleunigt und beim Anblick meines friedlich im Nebenzimmer schlafenden Sohnes wieder beruhigt hatte. Sechs Monate, ein halbes Jahr, und dieser schwachsinnige Idiot hatte mit seinem blöden kleinen Sony, den er so stolz mit sich herumtrug, vielleicht alles ruiniert.

Wir gingen zu Cindy, und sie servierte Tortilla Chips und Salsa, dazu eingedenk der schockhaften Nachwirkungen der Tagesereignisse ein Bier. Als wir den Fernseher einschalteten, waren wir die Hauptmeldung der Abendnachrichten, und mitten in dem kleinen Filmclip tauchte ich auf wie eine rote Fahne für den Bullen in Bobby.

Die Angst, die ich beim Zusehen empfand, war schlimmer als die, die ich bei der Versorgung der Kinder erlebt hatte. Wir sahen das kleine Mädchen, dessen Bein in einem gräßlich spitzen Winkel abstand, und wir sahen Beth Crenshaw, die das Bein mit einem braunen Ledergürtel abband. Man konnte mein Gesicht kaum sehen, außer einmal, als ich mich umdrehte und direkt in die Kamera schaute. Ich hatte meine Sonnenbrille abgenommen und sah so finster aus wie immer, wenn ich mich konzentrierte – eine Lehrschwester hatte mich einmal beiseite genommen und mir gesagt, es sei nicht angebracht, so zu gucken, als wollte ich den Patienten erwürgen, während ich ihn an den Tropf hängte. Ich konnte mir vorstellen, wie jemand jetzt die Nachrichten sah, jemand, der sich in einem Motelzimmer bei Disney World oder im Wohnzimmer einer Ferienwohnung in Delray durch die Kanäle zappte, die Frau eines Cops, eine Freundin aus Anns Gemeindegruppe von St. Stannie, mich in diesem Augenblick sah und sagte: »Mein Gott, diese Frau sieht doch aus wie Bobby Benedettos Frau, oder?« Ich schloß die Augen und ließ mein Gesicht in die Hände fallen.

»Bobby«, hörte ich sie sagen, »ich habe Fran in Florida in den Nachrichten gesehen. In einer kleinen Stadt irgendwo im Norden, wie heißt sie doch noch mal? Auf einem Rummel, wo sie sich um ein paar Kinder gekümmert hat, die einen schrecklichen Unfall hatten. Was macht Fran denn in Florida? Lakota, so hieß der Ort.«

»Du hast nicht einmal schlecht ausgesehen«, sagte Cindy und tätschelte meinen Arm. »Den Umständen entsprechend.«

Was für ein sensationslüsterner Idiot Illing doch war. Er hatte die Kamera über die Menge geschwenkt und sie auf Chelsea ruhen lassen, deren Augen geweitet waren und deren Mund immer noch offenstand. Aber das Entsetzen, das ich dort einen Augenblick vorher gesehen hatte, war einer tiefen, überwältigenden Ruhe gewichen. Wahrscheinlich hätte jeder andere, der sie beobachtete, gedacht, daß sie unter Schock stand, aber ich war mir sicher, daß sie zufrieden war, weil sie nun die Bestätigung hatte, daß sie nicht verrückt oder komisch war, sondern vorausblickend, daß die Welt wirklich so zum Fürchten war, wie sie immer vermutet hatte, daß Kinder erst Kuchen essen, in der Schlange stehen und ihren Freunden zuwinken und im nächsten Moment einfach vom Himmel fallen konnten. Und als der Krankenwagen schließlich mit heulender Sirene auf einem Feldweg davonfuhr und in einer Staubwolke entschwand, war Roberts Gesichtsausdruck für mich ebenso leicht zu deuten. Er hätte es auch laut sagen können: Daddy hatte recht. Daddy hatte recht.

»Alles in Ordnung mit dir?« hatte ich ihn im Wagen auf der Fahrt zu Cindy gefragt, und er hatte genickt. Natürlich. Natürlich. Er hatte schon Schlimmeres gesehen, ohne seine Angst zu- und seinen Alpträumen nachzugeben. Wieder diese leeren Augen, dieser leere Blick. Mein Mut sank. Es war, als wäre er in die Vergangenheit gereist an einen Ort, wo er sich keine Gefühle erlauben durfte. »Den Kindern, die gefallen sind, geht es bestimmt bald wieder gut«, hatte ich gesagt.

»Ich weiß«, hatte er erwidert.

Als ich oben auf die Toilette gehen wollte, fand ich ihn in Chelseas Zimmer, Cindy stand über ihn gebeugt und hatte die Arme um ihn gelegt. Sein kleiner Körper wurde von Schluchzern geschüttelt, die ihm das Sprechen so schwer machten, daß er die Worte schwallweise hervorstieß wie die Plapperlaute, die er als Baby gemacht hatte. Tränen und Schmutz verwischten sich zu einer fließenden Masse auf seinem Gesicht, in der Hand hielt er einen Packen Taschentücher. Cindy klopfte ihm zweimal auf den Rücken und ging dann leise an mir vorbei aus dem Zimmer. Beim Hinausgehen tätschelte sie auch meine Schulter, und ich nahm ihren Platz an Roberts Seite ein, während er noch eine Weile weiterschluchzte. »Es war so schrecklich«, brachte er schließlich hervor. »Ich hatte solche Angst.« Ich drückte ihn an mich und wiegte ihn hin und her, während mein Herz so leicht war, daß es förmlich zu lachen schien, denn mein Junge hatte wieder gelernt, Angst zu haben und vor Schmerz oder über Blut und Wunden zu weinen. Als ob er ein ganz normaler Junge wäre. Als ob etwas in ihm lebendig war, etwas, das schreckliche Dinge mit ansehen und sie als solche erkennen konnte. Diesmal war es ein echter Unfall gewesen, doch er hatte das Wort nicht einmal verwendet. Er konnte etwas Schlechtes erkennen, wenn er es sah, und ich mußte mir eingestehen, daß ich bis zu diesem Moment geglaubt hatte, daß er diese schlichte Gabe für immer verloren hatte.

Mike brachte uns bei Anbruch der Dunkelheit nach Hause. Das Telefon klingelte. »Laß es klingeln«, sagte ich, aber Robert nahm ab und gab mir den Hörer. »Irving und ich haben Sie in den Nachrichten gesehen«, sagte Mrs. Levitt. »Wenn Sie das nächste Mal die Heldin spielen wollen, dann ziehen Sie besser ein Kleid an, in dem man Ihre Backen nicht sehen kann. Ihren Po. Ach, Sie wissen schon, Ihr Hinterteil.«

»Ich weiß, was Backen sind, Mrs. Levitt.« Mike Riordan stand in der Türöffnung und lachte.

Robert war nach oben gegangen. Ich konnte hören, wie das Wasser lief.

»Es geht ihm gut«, sagte ich zu Mike. »Er ist aufgewühlt.«

»Es tut ihm sicher gut, wenn er es gleich herausläßt. Besser, als es in sich hineinzufressen.«

»Ich weiß«, erwiderte ich.

»Sie waren wundervoll«, sagte ich zu Mike, der noch immer in der Tür stand.

»Sie auch«, sagte er. »Sie waren wirklich toll. Unglaublich. Außerdem freut es mich zu hören, daß Sie wissen, was Backen sind.«

»Tut mir leid, daß ich wegen der Herz-Lungen-Massage so pampig zu Ihnen war. Aber es gibt eben viele Leute, die denken, daß sie es können, weil sie es einmal im Fernsehen gesehen haben.«

»Ich war fünf Jahre lang ehrenamtlich Sanitäter in der Gemeinde.«

»Sehen Sie, das habe ich nicht gewußt.«

Er trat mit einem seltsam verlegenen Lächeln auf mich zu und nahm mein Gesicht in die Hände. Dann küßte er mich, so sanft, wie mich einmal ein Junge in der achten Klasse, in den ich verliebt war und der oben und unten Zahnspangen trug, geküßt hat – als hätte er Angst gehabt, daß etwas Heftigeres mich und ihn verletzen könnte. Dann hörte man Fußtritte von oben, und er ließ seine Hände fallen und ging zur Tür.

»Junge«, sagte er.

Das Telefon klingelte drei Tage lang nicht, und als es schließlich doch läutete, schwebte meine Hand über dem Hörer, als hätte ich Angst, bei seiner Berührung einen elektrischen Schlag zu bekommen. Mein Herz pochte, während ich der elektronischen Tyrannei lauschte. Kläng, kläng, klick, ratter, klirr, summ, surr, klick. Ich war überrascht, daß Patty Bancroft so lange gebraucht hatte, um sich nach mir zu erkundigen. Ich war ihr böses Kind geworden, ihre verlorene Tochter, so etwas wie Maeve Banning in der Queen of Peace, die immer im Rektorat landete.

»Maeve Banning«, pflegte Schwester Eucharista nach dem Morgengebet und dem Treuegelöbnis auf die amerikanische Fahne über die Sprechanlage zu sagen, »komm bitte ins Rektorat.« Und wir blickten kaum auf. Mit Maeve Banning, flüsterten die Mütter, würde es einmal böse enden – nun ja, man wußte schon, wo. Es hatte nicht böse geendet. Natürlich nicht. Grace erzählte mir, daß sie Anwältin geworden war, Partnerin in einer großen Kanzlei, und Unternehmen aus ihren Schwierigkeiten half.

Ich war Patty Bancrofts Maeve Banning. Ich führte unerlaubte Telefongespräche. Ich erschien in den Abendnachrichten.

»Elizabeth?« sagte sie.

»Beth«, erwiderte ich. Sie konnte sich nie daran erinnern, daß dies nun mein Name war, und plötzlich ging mir auf, es könnte daran liegen, daß sie uns alle zu Elizabeths gemacht hatte, die sich überall in den Vereinigten Staaten in Wohnungen und kleinen Häusern oder Wohnwagenparks versteckten und eine große Gemeinschaft der Elizabeths bildeten, wie eine dieser mittelalterlichen religiösen Gemeinden, die sich Armut und Gehorsam geschworen hatten. Und natürlich Verschwiegenheit. Patty Bancroft war unser öffentliches Gesicht, unsere Stimme, unsere Anführerin. Man sah, daß sie diese Rolle genoß, daß es ihr guttat, aus der ohnmächtigen Frau, die sie zu Hause gewesen war, zu einer Person von Macht und Einfluß geworden zu sein. Mir wurde klar, daß es mich von Anfang an gestört hatte, daß ihr ihre Arbeit so viel Spaß machte.

»Ich wollte Ihnen nur sagen, daß wir planen, Sie in einen anderen Teil des Landes umzusiedeln. Vielleicht nächste Woche, wenn wir bis dahin alles regeln können.«

»Wie bitte?«

»Ich habe erfahren, daß Sie im Fernsehen zu sehen waren, was sehr, sehr töricht von Ihnen war, wie ich sagen muß. Und daß ein Bild von Ihnen in der Zeitung erschienen ist. Der Drang, die barmherzige Samariterin zu spielen, mag bei Ihrem beruflichen Hintergrund tief verwurzelt sein, aber ich muß Sie dringend bitten, in Ihrem eigenen Interesse und dem vieler anderer Menschen, ihm nie wieder in aller Öffentlichkeit nachzugeben.«

»Beim nächstenmal, wenn ich ein Kind verbluten sehe, werde ich daran denken.«

»Es gibt keinen Grund, sarkastisch zu werden. Sie verschlimmern nur alles für sich und Ihren Sohn. Jemand wird Ihnen nächste Woche mitteilen, wohin wir Sie schicken.«

»Mein Name wurde im Fernsehen nicht genannt. Und in der Zeitung auch nicht.«

»Das ist nicht der Punkt.«

»Wir gehen hier nicht weg. Ich will meinen Sohn nicht noch einmal entwurzeln.«

»Das ist leider der Preis, den Sie zahlen müssen. Es ist nicht ungewöhnlich, daß wir eine Familie drei- oder viermal in ebenso vielen Jahren umsiedeln müssen. Besonders wenn sie die Aufmerksamkeit auf sich lenken oder ihre Verbindungen zur Vergangenheit nicht radikal abbrechen.«

»Ich will Ihnen mal etwas sagen, Mrs. Bancroft«, sagte ich. »Ich treffe hier die Entscheidungen. Ich ganz allein. Ich nehme die Dinge in die Hand. Ich bin mein ganzes Leben lang meinen eigenen Weg gegangen.« Und in dem Augenblick, wo ich das sagte, wußte ich, daß es nicht der Wahrheit entsprach. Ich wußte, daß meine schlechtbezahlten Jobs nur ein erbärmlicher Schutz gegen das unsichere Leben gewesen waren, das meine Eltern mir und Grace bereitet hatten, ein Leben, in dem man ein Haus bezog, aber nicht zu Hause war, in dem man umherzog, aber sich nicht verbesserte. Und mein Leben außerhalb des Hauses, in dem Bobby und ich gewohnt hatten, war ein Bühnenbild gewesen, eine Illusion. Die wahre Fran Flynn war nicht die Frau gewesen, die im Krankenhaus Verantwortung übernahm und alles unter Kontrolle hatte. Sie war ein Punchingball gewesen, eine Marionette. Und jetzt war ich eine von Patty Bancrofts Marionetten, eine Frau, die Angst hatte auf die Straße zu gehen oder ihren Sohn allein zum Fußballspielen gehen zu lassen, eine Frau, die nehmen würde, was sie bekommen konnte.

»Ich möchte Sie folgendes fragen«, sagte Patty Bancroft. »Wollen Sie am Leben bleiben?«

Das war ihre Trumpfkarte, wie man aus der Art, wie sie es sagte, schließen konnte. Die Tatsache, daß Patty Bancroft und Bobby Benedetto so häufig dasselbe sagten und beide mir das gleiche Ohnmachtsgefühl vermittelten, ließ mich Patty Bancroft in diesem Moment hassen, egal wieviel Gutes sie für mich und Robert getan hatte.

Doch wenn es darum ging, die schlimmstmögliche Wendung der Dinge auszumalen, hatte sie ihren Meister gefunden. Ich hatte das alles schon einmal gehört. Ich hatte es zwei Jahre zuvor gehört, als er die Karte eines Scheidungsanwalts in meiner Tasche gefunden hatte. Er war um zwei Uhr morgens nach einer Hochzeitsfeier sturzbetrunken und in Schlangenlinien über die Verazzano Bridge gefahren, während ich mich am Rand des Sitzes festklammerte und auf das trübe Grau des Wassers hinabsah, das jenseits der zarten, silbernen Seile wogte, die die Fahrbahn auf wundersame Weise in der Luft hielten. »Möchtest du lebendig nach Hause kommen, Fran?« hatte er immer wieder gesagt, als gäbe es eine richtige Antwort darauf, die ich bislang nur noch nicht gefunden hatte. Am nächsten Morgen machte er mir Waffeln zum Frühstück. Waffeln und Pfannkuchen, das war alles, was Bobby wirklich zubereiten konnte. Aber er machte gute Waffeln, selbst wenn er einen Kater hatte oder genervt war. Todesdrohungen und Waffeln mit Speck. Was für ein Leben.

»Es wäre mir lieb«, sagte ich zu Patty Bancroft, »wenn ich für diese Wohnung Miete zahlen könnte. Ich bin nicht gern ein Sozialfall. Ich würde auch gern meine Telefonrechnung bezahlen. Ich verdiene mehr Geld, als ich ausgebe, und möchte keine Almosen mehr. Ich möchte den Namen und die Adresse des Hausbesitzers.«

Lange Zeit blieb alles still, und aus irgendeinem Grund stellte ich mir vor, wie sie in einem Flugzeug saß, vielleicht in der ersten Klasse, an ihrem Glas Chardonnay nippte, ihre glänzenden Pumps abstreifte und über ihr Reich flog: die verborgene Welt der Frauen, die das Recht, für sich selbst zu sprechen, ja sogar das Recht, für sich zu sorgen, einer Frau übertragen hatten, die sich für sie aufs Podium setzte, für sie ins Mikrophon sprach, während sie an ihren Perlen herumspielte. Patty Bancroft sprach immer über sich selbst, wo sie auch hinging, darüber, daß sie einen wohlhabenden Banker in einer Stadt in Indiana geheiratet hatte, der sie ausschließlich am Körper geschlagen hatte, nie ins Gesicht, damit niemand es sehen konnte, wenn sie im Kostüm zum Mittagessen in den Country Club ging oder im Cocktailkleid zum Dinner. Als sie im Krankenhaus davon gesprochen hatte, war mir aufgefallen, daß es sich weniger nach einem Leben als nach einer Geschichte anhörte. Falls Patty Bancroft jemals ein Opfer gewesen war, so lag das weit, weit zurück. Sie genoß es, die Fäden in der Hand zu halten. So wie ich es in diesem Augenblick genoß, zum erstenmal die Herrschaft über mein eigenes Leben zu fordern.

»Ich bin Ihnen für alles, was Sie getan haben, dankbar«, fügte ich hinzu, »aber jetzt will ich mich selbst um alles kümmern. Mein Sohn hat sich eingelebt, ich habe ein bißchen Geld zurückgelegt. Sagen Sie also dem Vermieter, daß er vorbeikommen und mit mir einen Vertrag machen soll.«

»Sie machen mich wirklich nervös, Beth«, sagte sie leise.

»Das tut mir leid«, sagte ich. Aber auch das hatte ich schon einmal gehört. Ich hatte es von Bobby gehört. »Ich weiß nicht, ob Sie das verstehen«, sagte ich schließlich zu Patty Bancroft, »aber ich kann mir wirklich keine Sorgen mehr darüber machen, welche Gefühle ich bei anderen Menschen auslöse. Ich muß mich um meine eigenen Gefühle kümmern.«

»Sie müssen sich um Ihre Sicherheit kümmern. Und um die Ihres Kindes.«

»Das auch«, sagte ich.

Keuschheit ist ein weiteres Gelübde, das von Nonnen abgelegt wird. Vielleicht sollte ich deshalb in eine andere Stadt ziehen, ein anderes Haus, eine andere Schule, eine andere Identität bekommen, weil Patty Bancroft, die immer wieder erzählte, daß sie von ihrem Banker bewußtlos geprügelt worden war, bis ihr Gesicht dann doch von einem plastischen Chirurgen wiederhergestellt werden mußte, der jetzt übrigens umsonst für sie arbeitete, nie wieder geheiratet hatte. Vielleicht wußte sie Bescheid über Mike Riordan. Vielleicht hatte auch ich schon die ganze Zeit über Bescheid gewußt. Vielleicht hatte ich nur nicht zur Kenntnis nehmen wollen, wie schwierig es für ihn war, sich zurückzuhalten, selbst in der Schulbibliothek oder an der Seitenlinie bei einem Spiel. Vielleicht hatte ich mir weismachen wollen, daß mich die tröstliche Gewißheit, jemand, der größer war als ich, würde sich um meinen Sohn – und um mich – kümmern, nicht mehr in Versuchung brächte. Das hatte mich am Anfang zu Bobby hingezogen, die Vorstellung, daß ich bei jemandem sicher und geborgen war, bei jemandem, der sich um Frannie besser kümmern konnte als sie selbst. Das Gefühl, wenn er seine Arme um mich legte. Oder mir den Mantel aufhielt. Lieber Himmel, welche Illusionen man sich selbst aufschwatzt – besser als ein gerissener Autohändler. Und so war es auch mit Mike Riordan gewesen, nur daß ich mir nicht eingeredet hatte, er bedeutete mir alles, wie vor zwanzig Jahren Bobby, sondern überhaupt nichts.

In Lake Plata gab es keinen See, nur ein träges Wasserreservoir und einen Gemeindeteich, doch Mike fuhr mit uns am Samstag nach dem Ausflug auf den Rummel ans Meer. Er hatte eine Kühltasche voll Mineralwasser und einen Haufen Decken hinten in seinem Toyota, und ich hatte Brathähnchen und Kartoffelsalat gemacht.

»Kann Bennie auch mitkommen?« fragte Robert.

»Ich glaube, es wäre besser, wenn diesmal nur wir gingen«, sagte ich.

»Nur wir beide, du und ich?«

»Und Mike«, sagte ich.

»Ich kann ihn nicht so nennen«, sagte Robert. »Ich muß Mr. Riordan zu ihm sagen.«

»Ich glaube, daß du ihn mit Mike anreden kannst, wenn wir so was wie heute machen.«

»Was meinst du mit so was wie heute?«

»Wenn wir einen Ausflug machen.«

»Gehen wir danach noch irgendwo anders hin?«

»Ich weiß nicht«, meinte ich.

»Ich werde ihn mit Mr. Riordan anreden«, sagte Robert.

Er machte einen Kompromiß. Er redete ihn überhaupt nicht an. Als wir am Strand ankamen, rannte er ans Wasser, zog seine Schuhe aus und ließ sie am Rand der Fluten stehen, dann ging er bis zu den Knien hinein, während wir mit der Decke kämpften. Als Mike ihm in die Brandung folgte, bewegte er sich zur Seite, als wären sie beide Magneten, die sich von Natur aus zwangsläufig abstoßen. Als ich ins Wasser ging, baute er sich fast unwillkürlich zwischen Mike und mir auf. Jedem Beobachter an dem langen, weißen, überfüllten Sandstrand, der in der Mittagssonne flach und glitzernd dalag, müssen unsere Bewegungen wie ein eigentümliches Ballett vorgekommen sein. Unsere Unterhaltung erinnerte an diese seltsam dissonante moderne Musik, die ich ab und zu im Klassiksender hörte, Ansätze und Ausbrüche ohne Melodie. Meist sprach Mike Robert an, und Robert ignorierte ihn:

»Das Team von Lake Oijda soll recht gut sein.«

»Deine Mutter macht gute Brathähnchen.«

»Ich habe ein Frisbee mitgebracht, wenn du damit spielen willst.«

»Robert, du bist unhöflich«, sagte ich schließlich.

»Ich habe nur keine Lust zum Reden«, murmelte er und rannte wieder ins Meer.

Ich sah ihm zu, wie er in das tiefe Wasser schwamm. Das Auf und Ab der Wellen, der Wind, der seine gestreifte Badehose zu einem schwimmenden Kissen aufblähte, die Bewegung seiner Schulterblätter, als er gegen die Strömung ankämpfte – all das machte den Eindruck, als wolle er fliegen, abheben und aufsteigen. Mein Junge war ein guter, kraftvoller Schwimmer, auch wenn er am Anfang Angst gehabt hatte. Er fing damit an, um seinem Vater eine Freude zu machen, ging zum YMCA Brooklyn und tauchte sein kleines, spitzes Gesicht unter die Wasseroberfläche, als ob er in eine Höhle gehen würde.

Ich hätte nicht ans Meer fahren sollen. Der Strand rief die Erinnerung an Bobby wach. Der Geruch, die stechende Sonne, der Sand. Ich sah seine Schultern vor mir, die schwellenden Muskeln, als er sich das Hemd über den Kopf zog und so weit hinausschwamm, daß er nur noch ein dunkler Punkt am Horizont war. Die Rettungsschwimmer pfiffen und bedeuteten ihm zurückzukommen, und langsam und überheblich folgte er ihren Anweisungen. Dann ging er zum Stand der Rettungsschwimmer, sprach mit ihnen und schwamm wieder hinaus, und diesmal ließen sie ihn in Ruhe, als wäre er von den üblichen Regeln, die Vernunft und Sicherheit diktierten, befreit. Als Robert kleiner war, stand er am Wasserrand und sah mit gespannter Aufmerksamkeit zu, und als er älter war, schwamm er im seichteren Wasser parallel zur Küste hin und her. Und ich wußte, daß er nur auf den Tag wartete, an dem er mutig genug war, um mit Bobby loszuziehen und Schulter an Schulter mit ihm durch das Wasser zu schwimmen, das so tief war, daß man sich gar nicht vorstellen konnte, was sich unter einem befand.

Ich kann nicht schwimmen. Ich habe es nie gelernt. Ich bekomme schnell einen Sonnenbrand und behalte daher meine Kleider über meinem Badeanzug an, bis auf ein paar Minuten. Als wir Kinder waren, nahmen uns meine Eltern mit nach Coney Island; mein Vater schnappte nach Luft, meine Mutter trug den gemieteten Schirm und die Tasche mit Handtüchern. Wir machten uns viel Umstände für nichts. Grace und ich kauerten im Schatten und liefen in unseren T-Shirts zum Wasser und wieder zurück wie nachtaktive Tiere, die man mitten am Tag aufgeweckt hatte. Meine Fußsohlen, die aus dem breiten Schatten des Schirmes hervorguckten, verbrannten so schlimm, daß man sie mit einer Salbe bedecken mußte, die so weiß wie ihre normale Hautfarbe war.

Bobby und Robert brauchten keinen Sonnenschirm.

»Ich glaube, wir haben eine wunderbare Freundschaft zerstört«, sagte ich.

»Bestimmt nicht. Wir sind immer noch Freunde.«

»Nicht zwischen dir und mir. Na ja, vielleicht auch das. Aber sicher zwischen dir und Robert.«

Mike Riordan blinzelte durch seine Sonnenbrille und zuckte mit den Achseln. Seine Haut hatte schon jetzt eine leuchtende, fiebrig rosarote Farbe angenommen. Genau wie meine. Die irische Bräune, so hatten wir einen Sonnenbrand genannt, als wir Kinder waren. »Wie wäre es dir denn damit gegangen, wenn jemand deine Mutter ausgeführt hätte?« fragte er.

Ich lachte. »Ich kann mir kaum vorstellen, daß irgend jemand mit meiner Mutter ausgehen würde«, sagte ich.

»Da haben wir's«, sagte Mike Riordan. »Manchmal glaube ich, daß es doch wirklich seltsam ist – wir wachsen in unserer Familie auf, betrachten die Eltern als völlig geschlechtslose Wesen, und dann sollen wir wissen, wie man eine Beziehung eingeht.«

»Meine Eltern waren völlig geschlechtslose Wesen.«

»In deiner Vorstellung vielleicht. Das denken wir eben alle.

Meine Eltern haben uns Kinder am Sonntag immer zur Neun-Uhr-Messe geschickt; selber gingen sie erst um elf. Ich war dreiundzwanzig Jahre alt, als ich endlich herausfand, warum sie sich so entschieden widersetzten, wenn einer von uns ausschlafen und zu einer späteren Messe gehen wollte.«

»Wetten, daß deine Mutter einfach nur ihren Schlaf gebraucht hat.«

»Quatsch. Ich habe sie eines Tages danach gefragt. Sie sagte: Ach, Michael, werd endlich erwachsen – du hast sechs Geschwister.«

Das war vermutlich unser erstes Date. Zumindest schien Robert das zu glauben. Er hatte von Anfang an gewußt, instinktiv geahnt, daß Mr. Riordan von einem Freund zu einer Bedrohung geworden war. Ich glaube, ich habe es auch instinktiv geahnt, als wir nach dem Besuch auf dem Jahrmarkt zum erstenmal wieder zusammen joggten. Unser Atem schien anders zu klingen, und als wir uns zufällig mit unseren nackten Oberarmen berührten, wie wir das schon hundertmal zuvor getan hatten, zuckten wir nun auf unsere eigene Seite der staubigen Bahn zurück. Aber ich stand nicht auf Mike Riordan, egal, was Cindy immer wieder sagte; er machte mich nicht an, wie Clarice Blessing, die hübsche, schlagfertige schwarze Schwester in der Notaufnahme in meiner Schicht, sich auszudrücken pflegte, wenn ein gutaussehender Mann mit einem gebrochenen Knochen oder sogar einer Schußwunde eingeliefert wurde. Ich kann mich noch daran erinnern, wie Bobby einmal ins Krankenhaus gekommen war, als er meine Unterschrift auf irgendwelchen Papieren für die Bank brauchte, und Clarice hinter dem Empfangstisch gesessen hatte. »Lecker«, hatte sie gesagt, bevor ihr jemand erzählt hatte, wer der dunkelhaarige Typ in der gebügelten Jeans und dem weißen Hemd war. »Lecker, aber gefährlich.« So waren die Männer, auf die ich abfuhr, wie ich selbst annahm: lecker, aber gefährlich. Mike Riordan war der ungefährlichste Typ, den ich je kennengelernt hatte, und vielleicht der netteste, und jedesmal, wenn ich mir sagte, nun, Frannie, er ist eben nicht dein Typ, mußte ich mir in

Erinnerung rufen, daß mein Typ der Typ war, der blaue Flecken hinterließ.

»Bennie hat mich gefragt, ob Mr. Riordan dein Freund ist«, sagte Robert eines Tages, als er von der Schule kam.

»Ach, ja? Und was hast du gesagt?«

»Daß du keinen Freund hast.«

In der nächsten Woche lud uns Mike zu einer Pizza und einem Film ab sechzehn ein. An einem Samstag gingen wir zum Bowling und danach in ein chinesisches Restaurant hinter dem Supermarkt, das wirklich gut war. Robert bat ostentativ um Stäbchen, während Mike eine Gabel benutzte. »Genießen Sie ein wunderbares Essen mit zwei Menschen, die Sie wirklich mögen«, las Mike auf dem Papierstreifen seines Glücksplätzchens. »Das will ich sehen«, sagte Robert. Er blinzelte in dem dämmrigen Licht des Restaurants, in dem rotgoldene Papierlampen und Werbeschilder für chinesisches Bier, auf denen sich ein Drache um die Flasche wickelte, hingen. »Auch eine Reise von eintausend Meilen beginnt mit dem ersten Schritt«, las Robert vorwurfsvoll. »Yeah, das auch«, sagte Mike. »Ich glaube, das haben wir gerade vor Augen, einen ersten Schritt.«

»Ich hasse gebratenen Reis«, meinte Robert. »Gebratener Reis ist gar kein richtiges chinesisches Essen.«

»Iß doch die Klößchen«, sagte ich.

»Oder was anderes«, sagte Mike und schaufelte sich den gebratenen Reis mit der Gabel rein. Seine Geduld war bewundernswert.

Anfang März wurde die Luft weicher und wärmer, und Mr. Castro ging mit Bennie und Robert zu einem Jai-Alai-Spiel in einem Stadion, das anderthalb Stunden südlich von Lake Plata lag, und Mike führte mich in ein Restaurant in Lakota, das La Caravelle hieß und in dem sie alles außer dem Wein am Tisch anzündeten. Ich sah ihn allmählich mit anderen Augen an, so daß mir die blassen Haare auf seinen Handrücken auffielen, die Ecken seiner Stirn, wo der Haaransatz langsam zurückwich, der V-Ausschnitt, wo der Hals in die Brust überging. Als wir zum viertenmal ausgingen und Robert die Nacht woanders verbrachte und ich ein Kleid und Schuhe mit Absätzen trug, hatte ich plötzlich Angst vor ihm. Ich achtete darauf, daß meine Knie die seinen unter dem Tisch nicht anstießen.

»Kann ich dich etwas über deine Scheidung fragen?« sagte Mike, als sie die Kirschen zum Flambieren vor uns aufgebaut hatten.

»Muß das sein?«

»Robert scheint davon überzeugt, daß du wieder mit seinem Vater zusammensein wirst.«

»Hat er das gesagt?«

»Nicht direkt. Er scheint zu glauben, daß du hier nicht lange bleiben und dorthin zurückkehren wirst, wo du herkommst. Was doch wohl heißt, er denkt, daß ihr beide wieder zusammenkommt.«

»Glauben das nicht alle Kinder?«

»Viele, ja. Und manchmal ist es auch wahr.«

»In diesem Fall nicht. Ich bin viel länger geblieben, als ich hätte bleiben sollen, weil ich dachte, ich wäre irgendwann so vollkommen, daß alles besser wird. Ich stellte mir einfach vor, daß ich alles in Ordnung bringen könnte, wenn ich nur nett oder still oder hübsch oder lieb oder dumm wäre. Ich habe mich geirrt.«

»Soweit ich sehen kann, bist du schon ziemlich perfekt.«

»Sag das nicht. Das ist es ja, was alles zerstört, dieser Perfektionswahn. Denn die, die nicht bleiben, gehen deswegen, weil es nicht perfekt ist und weil sie denken, daß es perfekt sein müßte. Nimm zum Beispiel meine Schwester. Sie läßt sich mit einem mistigen verheirateten Typ nach dem andern ein und macht sich vor, es liege daran, daß sie dieses oder jenes Problem aufarbeitet. Aber der wahre Grund ist, daß sie sich festlegen müßte, wenn sie wirklich einen netten Mann kennenlernen würde, der frei wäre und sie liebte. Und der wäre vielleicht nett, aber nicht klug genug, oder klug, aber nicht gutaussehend oder so was. Niemand will sich festlegen, obwohl wir es alle ständig tun.«

Mike sah auf seine Hände. »Tut mir leid«, sagte er schließlich.

»Himmel«, sagte ich. »Wieso habe ich diesmal losgelegt?«

»Ich habe gesagt, daß du perfekt wärst.«

»Nun, da hast du es«, sagte ich, und wir beide lächelten und sahen dann wieder auf den Tisch. Die Rechnung lag da wie eine Botschaft, als könnte ich auf ihr statt abgekürzter Gerichte und Zahlen einige Worte finden, eine Warnung, die ich lesen konnte, wenn ich sie aufnahm: Fran Benedetto, Fran Flynn, Beth Crenshaw, wer immer du sein magst, was, zum Teufel, machst du bloß, du bist nicht bereit, du bist nicht interessiert, du bist nicht die, für die dich dieser Mann hält, du bist nicht die, für die du dich selbst hältst, du bist es nicht.

Ich betrachtete seine Hände. Ich konnte nicht anders. Sie waren groß und knorrig, und ich überlegte, was er sagen würde, wenn ich ihn fragte, ob er schon einmal eine Frau geschlagen hätte, aber ich wußte, daß ich das nicht zu fragen brauchte. Was es auch war, das mich weich und feucht und warm werden ließ, sobald Bobby Benedetto mir etwas ins Ohr flüsterte, brachte ihn auch dazu, mir den Arm zu verdrehen und mir ins Gesicht zu schlagen. Mich hatte die Gefahr angezogen, die ich nur leise erahnte, als sie noch darin bestand, daß mich die Cops mit heruntergezogener Jeans auf einer Bank am Strand von Far Rockaway ertappten. Ich blickte Mike Riordan an, wie er seine Kreditkarte aus einer braunen Lederbrieftasche zog, und wußte, daß er vielleicht der sicherste Mann war, den ich je getroffen hatte, und daß das sein Unglück war und auch meins. Patty Bancroft sprach immer davon, daß ihr Mann in Wahrheit zwei Gesichter gehabt hätte, ein freundliches und onkelhaftes, ein wutverzerrtes und purpurrotes. Doch Bobby war aus einem Guß, und wenn mich jemand gefragt hätte, als wir beide noch jung waren, ob ich mir vorstellen könne, er täte, was er dann tat, hätte ich gesagt: O mein Gott, nein, bist du verrückt, und tief im Innern hätte ich gewußt, daß es nicht nur möglich war, sondern unvermeidlich.

»Du siehst etwas müde aus«, sagte Mike.

»Das bin ich auch.«

Cindy hält mir gern einen Vortrag darüber, daß es heutzutage ganz anders ist, mit einem Mann auszugehen, als vor zwanzig Jahren, wo wir es das letztemal taten, aber sie bezieht den Großteil ihrer Informationen aus Talkshows und den düsteren Andeutungen alleinerziehender Mütter, denen sie abends Avon-Kosmetik verkauft. Sie erzählt mir immer wieder, daß die Männer heute erwarten, daß man sich bei der ersten Verabredung hingibt – Cindy benutzt immer noch dieses Wort, als ob Sex eine einseitige Angelegenheit wäre. Aber das ist nicht das Problem. Das Problem ist, daß man als Erwachsener nicht so recht weiß, was man bei einer Verabredung tun soll. In Nachtlokale tanzen zu gehen scheint albern, und die Partys am Samstagabend, wo man in der Ecke Zungenküsse austauscht, gibt es nicht mehr. Als wir das La Caravelle verließen und sich der Besitzer in seinem schäbigen Frack verneigte und grinste und uns bedrängte, doch wiederzukommen, wurde mir klar, daß Mike und mir die Restaurants ausgingen.

»Die Liebe ist beim zweitenmal am schönsten«, pflegte Cindy zu sagen.

»Woher, zum Teufel, willst du das wissen?«

»Ach, sei doch nicht so empfindlich«, sagte sie. »Weißt du, wie wenig alleinstehende Männer wirklich an einer Beziehung interessiert sind?«

»Ich bin nicht an einer Beziehung interessiert«, meinte ich.

»Ach, ich bitte dich«, sagte Cindy.

»Komm doch rein«, sagte Mike, als wir vor seiner Eigentumswohnung draußen am Stadtrand angekommen waren. Und als wir im Wohnzimmer mit der Couch und dem dazu passenden Zweisitzer standen, die aussahen, als hätte man sie im Möbelgeschäft genauso aufgestellt, sagte er: »Bitte, bleib.« Ich war nicht daran gewöhnt, daß ein Mann fragte und bitte sagte und sich später schüchtern und jungenhaft bedankte, und etwas daran irritierte mich. Aber ich machte weiter, vielleicht um mir zu beweisen, daß ich einen netten Mann lieben konnte, einen guten Mann, einen Mann, der auf seine Hände blicken würde, wenn ich ihn ärgerte, statt sie gegen mich einzusetzen.

Ich ging ins Schlafzimmer und hörte, wie Reißverschlüsse aufgingen und Schuhe auf den Boden schlugen, als wären es Geräusche aus einem Hörspiel im Radio, Geräusche ohne Bild. Ich versuchte wirklich, präsent zu sein, aber es war, als hätten Wein und Dunkelheit mich betäubt, in einen Trancezustand versetzt. Ich sah mir zu bei dem, was ich tat, sah auf die Kurve meines Rückens über der leichten Schwellung meiner Hüften, sah auf die Kaiserschnittnarbe, die seine Finger unter den Haaren fanden. Ich hielt meine Augen geschlossen, aber ich hatte das Gefühl, als lägen sie in seinen Händen. Er flüsterte immer wieder meinen Namen, und das war beruhigend, fast hypnotisch. Beth Beth Beth Beth, und schließlich sagte ich: »Ja«, und vielleicht war es das, was mich die Augen öffnen und plötzlich an das letztemal denken ließ, wo ich mit einem anderen Mann geschlafen hatte, so deutlich und in allen Einzelheiten, daß ich es in diesem seltsamen Bett mit den buntkarierten Laken und dem Kopfteil aus dunklem Holz noch einmal erlebte. Es war, als schwebte ein Geist über mir, der seine Knie zwischen die meinen drückte und mich mit dem Gewicht seiner harten, schwarzbehaarten Brust nach unten preßte, während er mit seiner rauhen, kehligen Stimme, die wie ein Messer an meiner Kehle war, flüsterte: »Komm schon. Komm schon.« Ein Geist, der seinen ganzen Körper wie ein Messer benutzte, in mich schnitt, und mir seinen Feueratem und Canadian Club ins Gesicht blies und sich mit seinem Kiefer, der so hart wie Stein war, in meine Wange grub.

»Beth«, flüsterte Mike Riordan wieder, und ich mußte zu ihm hochsehen, mußte meine Augen offenlassen, um mir ins Gedächtnis zu rufen, daß dies nicht Bobby war, daß Bobbys Haar nicht hell war, seine Schultern nicht so schräg abfielen und sein Gesicht nicht so weich war. Mike erwiderte meinen Blick und muß etwas in meinem Gesicht entdeckt haben. Vielleicht den Ausdruck, den ich in der letzten Nacht mit Bobby getragen hatte, als er mich vergewaltigte. Es sollte ein anderes Wort dafür geben, wenn es der eigene Mann tut, wenn es ein Mann tut, den man gewollt, geliebt, gehaßt, gefürchtet, gekannt und begehrt hat. Aber es gibt nur dieses eine. Ich weiß noch, wie ich eines Abends mit einer Collegestudentin zusammensaß, die von einem Teenager mit einer Pistole in ein verlassenes Haus in der Nähe der U-Bahn gezerrt und zum Analverkehr gezwungen worden war. »Es ist, als ob er meine Seele gestohlen hätte«, schluchzte sie, selbst in dieser Situation noch redegewandt. Vielleicht sah Mike jetzt in das Gesicht einer Frau, der man ihre Seele gestohlen hatte, die leer und gebrochen war, verwelkt wie ein Blatt im Herbst. Was auch immer er in meinem Gesicht las, er konnte nicht weitermachen.

»Alles in Ordnung mit dir?« fragte er.

»Yeah«, sagte ich.

»Ich habe dir weh getan.«

»Nein. Es ist alles okay.«

Er ließ sich in die Kissen zurückfallen und verschränkte die Unterarme über seinem Gesicht. Er roch nach Limonenrasierwasser, und seine Stimme brach wie die eines Jungen im Stimmbruch. »O Gott«, sagte er, »bitte nicht das. Sag nicht, daß es okay ist. Vier Jahre lang habe ich mit einer Frau gelebt, die mich zwang, ihr alles aus der Nase zu ziehen. Ich sagte: Laurie, was ist los? Was hast du? Alles okay. Das war alles, was sie jemals sagte.«

»Mir geht es gut«, sagte ich. »Ich bin müde.« Ich konnte ihn nicht ansehen, und er mich auch nicht. Ich spürte immer noch Bobby auf mir, wie ein Gewicht auf meiner Brust.

»Beth«, sagte Mike, als ich vor meiner Wohnung aus dem Wagen stieg.

»Alles okay«, sagte ich über die Schulter, ging hinein und nahm eine Dusche.

Ich liebe es, Robert anzusehen, wenn er schläfrig und gerötet ist, im Gesicht ein bißchen verschrumpelt, die Augen halb geschlossen. Manchmal, wenn Bobby mich geschlagen hatte, war ich zu Robert gegangen und hatte mich besser gefühlt. Ich war ruhig und still geworden. Wenn Robert am Einschlafen ist oder gerade aufwacht, sieht er so unschuldig aus, als ob ihm noch nie etwas Schlimmes zugestoßen wäre. Und nie zustoßen wird. So sah er aus, als er jetzt an meinem Bett stand und eine alte Steingutschüssel mit ein paar fettigen Kernen am Boden in der Hand hielt. »Könntest du uns noch ein bißchen Erdnußbutter-Popcorn machen?« fragte er sehr höflich, obwohl er wußte, daß die Antwort ja war.

Nur Robert und ich wußten, daß es sein elfter Geburtstag war. Er hatte die Geschichte immer so gern gehört, wie die Schmerzen kamen, aber das Baby nicht, wie sie uns in den Operationssaal gebracht und mir einen Schirm auf das Brustbein gestellt hatten, damit Bobby und ich nicht sehen konnten, was da unten passierte, wie Bobby aufstand, um die Bügelfalten in seinen Hosenbeinen glattzustreichen und für einen kurzen Augenblick den Schnitt sah, der wie ein großer, roter Mund klaffte, und die Blutspritzer am Vorhang, und wie er sich schwer in den Metallstuhl neben meinem Kopf fallen ließ. »Bist du in Ordnung?« fragte ich. »Bobby? Ist alles in Ordnung mit dir?« Die Hebamme, die in der Schwesternschule eine Klasse höher als ich gewesen war, ließ ihn tüchtig Sauerstoff einatmen. Robert lachte, wenn er sich seinen Vater so hilflos vorstellte. Er mochte diese Geschichte. Sehr sogar. Ich hatte sie ihm schon hundertmal erzählt. Bobby konnte kein Blut sehen. Zum Schreien.

Roberts Geburtstag war jetzt der 4. Juli, zumindest der von Robert Crenshaw. Aber am 9. April luden wir Bennie und drei andere Jungs vom Basketballteam zum Übernachten im Wohnzimmer ein. Sie kamen mit ihren Schlafsäcken und Videospielen. Chelsea schlief in derselben Nacht zum erstenmal auch woanders, bei einem kleinen Mädchen namens Melissa Erickson, deren Zimmer, wie Cindy erzählte, von oben bis unten rosa war.

Sie war ein In-vitro-Baby gewesen, und ihre Eltern benahmen sich so, als ob alles, vom Sturz auf dem Spielplatz über die Windelmarke bis zu dem Moskitoschutz um die Dusche in ihrem rosa Badezimmer ein »Fall fürs FBI« wäre, wie meine Mutter zu sagen pflegte. Es war ein guter Anfang für Chelsea, die seit dem Besuch auf dem Jahrmarkt, seit sie das Schlimmste mit eigenen Augen gesehen hatte, nicht mehr so ängstlich zu sein schien. Melissa Ericksons Eltern fürchteten sich genauso vor dem Leben wie Chelsea. Vielleicht sogar noch mehr.

Auch für Robert war es neu und aufregend, mit anderen Leuten zusammen die Nacht zu verbringen, wenn man die Nächte unberücksichtigt ließ, die er bei Grace und seiner Großmutter Ann Benedetto gewesen war, die ihn mit neuen Turnschuhen, neuem Hemd, einem Spielzeug, einem Buch und einer Tasche voll Bonbons und Kleingeld zurückbrachte. Ein paarmal hatte er auch bei den Castros übernachtet, aber bei ihm zu Haus waren früher nie Freunde über Nacht geblieben. Bobby war das recht gewesen. Er mochte es nicht, wenn Fremde in seinem Haus waren. »Ich verstehe es nicht, daß man immer woanders übernachten will«, hatte er gesagt. »Bei mir zu Hause hat niemand geschlafen, als ich ein Kind war.« Und ich hatte nur Gracie gehabt, die im anderen Bett atmete, während sich ihre sommersprossigen Beine in der braunen Decke verhedderten. Robert sagte immer, er wolle gar nicht, daß jemand über Nacht bei ihm zu Hause blieb. Vielleicht hatte er Angst davor, was sie hören und sagen würden: Robert, was ist denn mit deinem Vater los? Warum schreit er so? Was sind das für Geräusche? Vielleicht hatte er Angst, sie in sein nächtliches Leben hineinzulassen, diese Kinder, die nicht gelernt hatten, wann man sich taub und blind stellen mußte. Vielleicht war es die blasse Erinnerung an den Abend, als er mit weichem, rosigem Gesicht ins Licht blinzelnd nach unten gekommen war und gesagt hatte: »Warum bist du so böse, Daddy?« Es war das erste und letzte Mal, daß er je nach unten gekommen war, wenn wir stritten. »Geh wieder ins Bett, Robert«, hatte Bobby gesagt, und seine geschmeidige Stimme klang hart, nicht laut, aber gemein und böse. »Komm nie wieder aus deinem Bett oder aus deinem Zimmer, ohne daß ich es dir gesagt habe.«

»Warum denn?« hatte Robert gesagt.

»Geh sofort hinauf.«

Ich blieb oben und las, während ich dem Gemurmel der Jungs im Wohnzimmer lauschte, las und döste ein und fing wieder an zu lesen. Als ich nach unten ging, um noch mehr Popcorn zu machen, waren sie gerade mitten im zweiten Star-Wars-Film. »Der Typ, der in dem Film Luke ist, hatte einen Autounfall, und sie mußten sein Gesicht wieder zusammenflicken«, sagte ein Junge namens Andrew Kovacs, während alle fünf inmitten von Comic-Heften und Videokassetten auf dem Boden lagen.

»Das sieht man«, sagte Bennie. »Sein Gesicht sieht danach anders aus. Wie wenn seine Augen verschieden groß wären.«

»Ich habe noch nie Erdnußbutter-Popcorn gegessen«, sagte An Li Thong, ein vietnamesischer Junge, der Torwart in ihrem Team.

»Seine Mom ist eine richtig gute Köchin«, sagte Bennie, als wäre ich gar nicht da.

Es war etwas ganz Gewöhnliches, dieser lange, dunkle, samtige Abend, die leuchtenden Sterne über Zentralflorida, ein fast voller Mond, der vor dem Schlafzimmerfenster aufging. An den Tagen wurde es schon heiß, aber die Abende waren von einer weichen Wärme, die sich gut anfühlte, als ich vor dem Schlafengehen nach draußen ging, um mir den Himmel anzusehen.

»Gentlemen«, sagte ich, als ich ihnen eine zweite Schale Popcorn überreichte, »ich mache euch folgendes Angebot: Mir ist es egal, wie lange ihr aufbleibt.« An Li Thong kicherte leise. »Aber wenn ihr mich aufweckt, geht ihr alle nach Hause. Ist das klar?«

»Ja, Mrs. Crenshaw.« – »Danke, Mrs. Crenshaw.« – »Wir sind ganz still.« – »Verstanden.« Die himmlischen Heerscharen, Jungenstimmen zwischen Sopran und Tenor, die Worte undeutlich zwischen dem Popcorn hervorgestoßen. Oben in der Dunkelheit hörte ich ihre Stimmen und das Geräusch des Fernsehers, aber es klang so gedämpft, als hätte jemand eine Decke über sie geworfen, wie wenn das Pärchen, das neben der Wohnung meiner Eltern lebte – die vierte oder vielleicht auch die fünfte –, spät am Abend Musik anstellte und sich stritt, direkt an der anderen Seite der Schlafzimmerwand, wo Grace und ich schliefen. Die ersten paar Male hielt Gracie ein Glas an die Wand, um zu verstehen, was sie sagten, aber es war langweilig. »Sie sagt, sie sei doch nicht seine Mutter«, flüsterte Grace. Nach ein oder zwei Wochen hatten wir uns daran gewöhnt und schliefen einfach ein.

In dem blassen, blauen Licht, das durch das Fenster fiel, konnte ich die Möbel in meinem Zimmer erkennen, den großen, verkratzten Schreibtisch, das Landschaftsbild, das ich aus Cindys Keller geholt hatte, den Schaukelstuhl mit meinem Kleid, das ich darüber geworfen hatte, den dunkleren Schatten der Schranktür. Und mir wurde bewußt, während einer der Jungs unten rülpste und die anderen lachten und sich laut flüsternd zur Ruhe riefen, daß es mein Zimmer geworden war. Ich konnte im Dunkeln seine Umrisse erkennen. Die Straßen in der Nähe zu kennen, zu wissen, wo die Royalton auf die Poinsettia traf, wo die Miramar in den Highway mündete – das war eine Sache. Ein Schlafzimmer im Dunkeln zu erkennen war etwas anderes, etwas Endgültiges, etwas Wunderbares.

Selbst als ich unten am Wohnzimmerfenster ein Geräusch hörte, fühlte ich mich nur müde, müde und glücklich. Das Flüstern, das ein wenig lauter war als das Flüstern der gelegentlichen tropischen Stürme, ließ mich vermuten, daß sich die Mädchen, die bei den Castros waren, Bennies Schwestern und ihre Freundinnen, unten versammelt hatten, um die Jungs zu ärgern. Eine kicherte, die andere quiekste. Auch die Jungs hörten sie. Der Film wurde ausgestellt, man hörte Murmeln von unten und das Geräusch einer aufgehenden Tür. Das Brecheisen unter meinem Bett wirkte lächerlich, wie ein Requisit, das aus einem anderen Film am Drehort vergessen worden war.

Ich öffnete das Fenster und sah auf die fünf Mädchen hinab, die sich in einer kleinen Gruppe zusammendrängten. Mir fiel ein, daß ich so etwas auch einmal mit Dee Stemple und ein paar anderen Mädchen gemacht hatte, als eine Gruppe Jungs vom Heiligen Kreuz draußen auf Mr. Dolans Autofriedhof im Büro auf dem Linoleumboden übernachtet hatte. Zwei der Mädchen, die unten standen, hielten etwas so vorsichtig in den Händen, als wäre es ein Geschenk. Als ich hustete, fiel eins herunter, und Wasser spritzte nach allen Seiten hoch.

»Wenn mir irgendwer einen Wasserballon ins Haus wirft, bekommt ihr es mit mir zu tun«, flüsterte ich, und sie kreischten und rannten davon.

Kurz nach drei ging ich die Treppe hinunter, um das Licht auszumachen. Alle fünf Jungs waren mit offenem Mund und zerstrubbelten Haaren eingeschlafen. Andrew hatte seinen Daumen im Mund. Das kleine Videospiel des Torwarts lief immer noch; die Fußballspieler rannten sich dauernd um, fielen zu Boden, standen auf und schickten den Ball in einer Spirale über den grünen Bildschirm. Ich hatte seine Eltern bei den Fußballspielen kennengelernt; sie wechselten sich immer ab, der eine blieb im Restaurant, während der andere still an der Seitenlinie stand. Ich schaltete das kleine Spiel aus, löschte das Licht und zog die kühlen Laken über mich. So habe ich mir das Leben immer erträumt: mit fünf Jungen, die auf dem Boden schliefen, und außer Mädchengekicher nichts, was sie aufzuwecken drohte. Es war so normal.

»Gott, Sie sehen aber vergnügt aus in Anbetracht der Umstände«, sagte Andrews Mutter, als sie aus der Küche zur Tür strömten, und kletterte in ihren Wagen, um zur Sekundarschule zu fahren, wo einen Tag lang ein intensives Training stattfinden sollte.

»In diesem Fall trügt der äußere Schein. Ich gehe gleich wieder ins Bett.«

Aber so weit kam ich nicht. Ich stapelte die Müslischalen ins Spülbecken, als das Telefon klingelte. Wieder kam keine Antwort, nur das Atmen am anderen Ende der Leitung. All die Normalität der vergangenen Nacht, das Gefühl, sicher und geborgen zu sein, und daß mein Junge ein gewöhnlicher Junge war – all das entglitt mir.

»Bobby«, flüsterte ich geschlagen, dann hörte ich ein Husten, ein Keuchen und ein Schluchzen. »Schwester?« piepste eine schwache Stimme, und ich lehnte mich erleichtert an die Küchenplatte.

Ich duschte mich und zog mich an, bevor ich mich zu den Levitts begab, und unterwegs schaute ich noch bei McDonald's vorbei und kaufte eine große Portion Fritten und einen Big Mäc. Mrs. Levitt saß in ihrem dunklen Apartment mit heruntergelassenen, fest verschlossenen Rolläden. Sie roch nach Schweiß und Schlaf und schmutziger Wäsche, und sie sprach kein Wort, als ich die Tür mit dem Schlüssel, den sie mir gegeben hatte, öffnete und zum Bett ging, wobei ich ihr im Vorübergehen nur einmal leicht die Hand auf die Schulter legte. Es war das erstemal, daß es in ihrer Wohnung still war, ohne Fernsehgeräusch und ohne Irvings rasselnden Atem. Sogar die große Seth-Thomas-Uhr war nicht aufgezogen. Irvings Körper war ein wenig kalt und begann steif zu werden. Mrs. Levitt hatte das Laken bis zu seinen Fußknöcheln aufgedeckt, als ob sie zum letztenmal eine Landschaft betrachten wollte, die sie in ihrem Leben lange Zeit wenig beachtet hatte, weniger als ihren eigenen Körper, den sie nur richtig im Spiegel sehen konnte.

»Sie haben auf mich gewartet«, sagte ich und nahm ihre Hand. Sie nickte. »Das ist gut so. Soll ich jetzt jemand anrufen, der sich um alles kümmert, oder wollen Sie noch etwas warten?«

»Eine Minute oder zwei«, sagte sie und schlurfte in ihren Hausschuhen in die Küche. Ich konnte hören, wie sie die Tüte aufmachte, die ich mitgebracht hatte, und den Burger auswickelte.

»Um welche Zeit ist es passiert?« rief ich.

Sie trug ihren Lunch auf einem Küchenblech zum Klapptisch. »Und nichts für Sie?« fragte sie.

Ich schüttelte den Kopf. Auf dem Tisch stand eine Schachtel mit Matzen, und mir fiel ein, daß es Passah war. »Ich hoffe, daß ich nicht das falsche Essen mitgebracht habe«, sagte ich und sah die Schachtel an.

Mrs. Levitt bemerkte meinen Blick und zuckte mit den Achseln. »Glauben Sie, daß Gott böse wird, wenn ich einen Hamburger esse?« sagte sie und reichte mir das Ketchuptütchen, damit ich es öffnete.

Sie aß schweigend und tupfte sich die Lippen mit einer Serviette ab. »Ich habe um Mitternacht die Nachrichten gesehen«, sagte sie, »und bin auf der Couch eingeschlafen. Ungefähr um sechs Uhr bin ich aufgewacht, da brachten sie eine Sendung über Gänse, und ihr Geschnatter ließ mich sofort wach werden, und ich sagte zu Irving, daß diese Vögel noch die Toten aufwecken würden.« Ihre Schultern hoben sich und fielen mit einem trockenen, erstickten Schluchzer herab. »Ich hab' auf NBC umgeschaltet, wo dieses junge Mädchen kam, das ich so mag, die gerade ein Baby bekommen hat. Dann hörte ich aus dem Bett nichts mehr.« Sie sagte noch etwas, einen Satz auf deutsch, jiddisch oder hebräisch. Ich konnte es nicht verstehen.

»Ich muß jetzt ins Bad gehen, Liebes«, sagte sie zerstreut und schlurfte aus dem Zimmer.

Als sie zurückkam, sah sie besser, lebendiger aus. Sie ging zu dem Krankenhausbett hinüber. »Nehmen Sie das Ding weg, meine Gute«, sagte sie, und ich ging hin und entfernte den Katheter. Dann zog Mrs. Levitt das Laken über Irving, bis zu seinem knochigen Kinn, das jetzt wie der Bug seines Körpers in die Höhe stand, stolz und kantig. Dann beugte sie sich nah an sein Ohr, flüsterte ihm etwas zu und klopfte ihm auf die Schulter.

»Ich war hungrig«, sagte sie, setzte sich und betrachtete die Überreste ihres Essens.

Wir riefen das jüdische Bestattungsinstitut in Middle Lake an, und eine Stunde später kamen zwei Männer in schwarzen Anzügen, mit leisen Stimmen und einer zusammenklappbaren Bahre, die im Lastenfahrstuhl auf und nieder fuhr. Das Krankenhausbett stand jetzt leer am Fenster, und als ich endlich die Rolläden hochzog, schien die Sonne auf die weißen Laken, die Mrs. Levitt und ich erst vor zwei Tagen gewechselt hatten.

»Ich kann das hier in ein, zwei Stunden abziehen und wegschaffen«, sagte ich. »Oder einfach so stehen lassen. Was möchten Sie lieber?«

Sie seufzte. »Lassen Sie es stehen, meine Süße«, sagte sie.

»Soll ich irgend jemand anrufen?«

Sie schüttelte den Kopf. »Irving hatte zwei ältere Schwestern«, sagte sie. »Sie haben ihn wie einen Prinzen behandelt. Seine Mutter auch. Wie einen König. Sie sind alle schon tot.«

»Für Sie, meinte ich.«

»Ich hatte zwei Brüder und eine Schwester. Sie sind vor langer Zeit gestorben.« Sie trank ihr Mineralwasser, das warm und schal wurde. »Wir waren fast fünfzig Jahre verheiratet. Das ist eine lange Zeit.«

»Das ist eine sehr lange Zeit.«

»Im nächsten Monat werden es achtundvierzig Jahre.«

»Wie haben Sie ihn kennengelernt?«

»Ach, alle wollen immer diese Geschichte hören. Er hat mich befreit«, sagte sie, und ich lächelte und streichelte die schrumplige und fleckige Haut an ihren Händen.

»Am fünften Mai, haben sie uns hinterher erzählt. Wir haben die Zeit nicht mehr gezählt. Ein Mädchen, das auf der Pritsche über mir schlief, ritzte die Tage mit einem Stück Stein in die Wand. Sie ist gestorben, hat immer gehustet, wissen Sie, und dann wußten wir manchmal nicht mehr, was für ein Monat war, und nach einer Weile auch nicht, was für ein Jahr.

Man konnte diese kleinen, weißen Blumen von weitem riechen, so süß dufteten sie. Man konnte sie nicht sehen, bloß riechen. Als wir aufwachten, waren alle Wachen verschwunden, und die eine Frau, die ihnen half, ging die Straße entlang und sah sich um, als hätte sie Angst, daß wir ihr folgen würden. Es gab nichts zu essen. Ein, zwei Wochen lang gab es nichts zu essen. Zwei der Mädchen starben, aber wir warteten, daß sie jemand mitnahm. Sie starben die ganze Zeit. Man wachte morgens auf und sah, daß sich jemand in seiner Koje nicht mehr rührte, dann wußte man Bescheid, und nach einiger Zeit bedeutete es kaum mehr, als wenn man eine Ratte oder die Sonne oder irgendwas anderes sah. Nur wieder jemand, der gestorben war. Viele starben mit offenen Augen. Das ist nicht so schön.« Sie blickte zum Bett hinüber. »Sonst sieht es eher so aus, als ob man schläft.

Der Gestank trieb uns nach draußen. Man sollte meinen, daß wir es nach all der Zeit gar nicht mehr bemerkt hätten. Sie machen sich nämlich noch voll. Aber sie kennen sich ja aus, als Krankenschwester. Also gingen wir hinaus. Sada, das Mädchen neben mir, kam von einem Bauernhof. Sie redete und redete unaufhörlich, am Abend und am Morgen. Als sie ankam, war sie ein großes, dickes Mädchen, aber später war sie genauso dürr wie wir alle, ohne Haare unten und ohne Brüste. Als wir ankamen, waren wir sittsam wie junge Mädchen, wissen Sie, aber nach einer Weile nicht mehr.

Als wir Staubwolken näher kommen sahen, dachte sie, daß die Wachen zurückkämen. Ich glaubte das auch, weil ich die Lastwagen und die Uniformen sah. Aber dann bemerkten wir die Fahnen auf einem der Wagen und wußten Bescheid. Einer von ihnen, jung, mit braunen Augen und einem kleinen Schnurrbart, trat auf mich zu und sagte etwas auf englisch. Aber ich wußte nicht, daß es Englisch war, weil ich kein Englisch konnte. Dann sagte er auf deutsch, jetzt wird alles gut werden. Es sah so aus, als ob er ein bißchen weinte. Ich sagte zu ihm: ›Mein Herr, wir sind Juden. Sie sollten wissen, daß ich jüdisch bin.‹ Und er meinte: ›Ja, Miss, genau wie ich.‹«

Sie schwieg einen Augenblick, wie wenn ihre Zuhörer immer an dieser Stelle etwas sagten. Aber ich war sprachlos.

»Sergeant Levitt. Ich hatte noch nie von so was gehört, einem jüdischen Soldaten. Und sie hatten Essen. Sada stopfte alles in sich hinein, und übergab sich dann gleich auf den Boden, wie ein Hund. Sie brachten uns in ein besonderes Zelt und gaben uns etwas gegen die Wanzen. Die Kleider waren nicht so gut.« Plötzlich leuchteten ihre Augen auf, und sie lächelte. »Aber ich war auch in häßlichen Kleidern hübsch.

Später hörte ich das Wort. Befreit. Er hat mich befreit. Alle mochten diese Geschichte. Ein Soldat schickte sie an eine Soldatenzeitung, die es damals gab. Sergeant Levitt hat mich befreit und mit zu sich nach Hause genommen und mich geheiratet. Seine Mutter und seine Schwestern waren nicht so glücklich darüber. Da gab es ein Mädchen in der Nachbarschaft, das sie lieber als seine Frau gesehen hätten. Sophie hieß sie, glaube ich. Aber er hat mich geheiratet.«

Sie rollte den Ärmel ihrer Strickjacke hoch und zeigte mir die Nummer in dunkler Tinte. »Sehen Sie?« sagte sie.

»Ja«, nickte ich. Ich weinte, und Mrs. Levitt lächelte und zuckte mit den Schultern und tätschelte mir die Hand.

»Alle mögen diese Geschichte«, sagte sie. »Doch danach, danach waren wir verheiratet. Alle glauben, daß es wegen dieser Geschichte wie im Märchen war. Das hat einmal eine Nichte von Irving gesagt. Wie im Märchen. Ich weiß nicht. Man muß in der Zeit leben, in der man eben lebt. Die Vergangenheit ist vergangen, nicht wahr, Irving?«

»Es ist eine erstaunliche Geschichte«, meinte ich.

»Aber eben nur eine Geschichte«, sagte sie. »Es ist jetzt schon so lange her.«

»Werden Sie ihn auf dem Veteranenfriedhof begraben? Oder auf dem Nationalfriedhof in Washington?«

Mrs. Levitt schüttelte den Kopf. »Ich habe schon mit den Leuten bei Perlman's gesprochen. Sie werden ihn einäschern. Dann kann ich ihn mitnehmen, wo immer ich auch hingehe.« Sie sah wieder zum Krankenhausbett. »Wissen Sie, was das beste für Irving gewesen wäre? Wenn er einfach nach Hause gegangen wäre und Sophie geheiratet hätte. Sie hat dann gar nicht geheiratet. Sie war Lehrerin und unterrichtete die vierte Klasse in den staatlichen Schulen, bis sie pensioniert wurde. Irving hätte sie geheiratet und an mich gedacht, und ich hätte jemand anders geheiratet oder vielleicht auch nicht und hätte an Irving gedacht, wie er mich gerettet hat.« Sie seufzte. »Ach ja. Ich weiß nicht, was ich jetzt mit mir anfangen soll. Vielleicht ziehe ich nach Miami. Zwei Freundinnen aus meiner Heimat leben in Miami. Beides Witwen. Ruth und Esther, man sollte es kaum für möglich halten. Früher habe ich mich bemitleidet und den Leuten erzählt, daß meine ganze Familie gestorben sei, daß sie sie alle weggebracht hätten, meine Mama, meinen Papa, meine Schwester Rachel, meine Brüder. Jetzt sind alle, die ich kannte, tot. Sie wurden alt. Und krank. Was auch immer.« Sie hob die Hände gen Himmel. »Ah, was wirst du jetzt machen?«

An der Tür umarmte ich sie. »Sie sehen müde aus«, meinte sie.

»Letzte Nacht haben vier Freunde meines Sohnes bei uns übernachtet. Sie sind lange aufgeblieben. Sie waren sehr brav, aber trotzdem. Es hält einen wach. Sie hätten mich früher anrufen können.«

»Meine Schwester und ich haben das auch oft gemacht. Rachel. Sie war die Hübschere. Ich die Intelligentere. Wir lagen beide in einem großen Bett, die Decke über den Kopf gezogen, und redeten über die Jungs. Über dies und das, wissen Sie. Unsere Mama brüllte, daß wir endlich schlafen sollten. Jetzt wird aber geschlafen.« Mrs. Levitt lächelte, aber in ihren Augen standen Tränen. »Vielleicht möchte Ihr Junge Golf lernen«, sagte sie endlich.

»Vielleicht«, sagte ich.

Nur damit du Bescheid weißt, Mrs. Bernsen wird sie in der fünften Klasse alle ihren Familienstammbaum zeichnen lassen.«

Cindy reichte mir eine Tasse Kaffee. »Hat sie denn das letzte bißchen Verstand verloren?« sagte sie.

Das gleiche hatte ich auch zu Mike Riordan gesagt, als ich Robert abholte, nachdem er sich in der Schule mit dem verhaßten Jonathan Green geprügelt hatte, der gesagt hatte, daß die New York Yankees ein Haufen Versager sind. »Wir haben uns ein wenig darüber unterhalten, daß man sich auch dann beherrschen können muß, wenn andere anderer Meinung sind«, sagte Mike, als er mir Roberts Rucksack überreichte und meinem Blick auf diese gräßliche Art auswich, die wir uns angewöhnt hatten, seit wir miteinander geschlafen hatten. Und Mike und ich waren verschiedener Meinung über den ahnenkundlichen Unterricht gewesen, mit dem Mrs. Bernsen die fünfte Klasse während der letzten Wochen des Schuljahres verstören wollte, ein Lehrstoff, der vor dreißig Jahren vielleicht sinnvoll gewesen wäre, aber heute so gefährlich war, als wollte man in der Mitte der Route 18 entlangwandern. Was sollte denn die kleine Hillary Thompson, die wie ein Preßlufthammer stotterte, mit ihren zwei Stiefvätern und deren fünf gemeinsamen Kindern anfangen? Was war mit Brittany McLeod, die aus Paraguay stammte und so klein und dunkel war wie ihre Adoptiveltern, die jetzt geschieden waren und wieder geheiratet hatten, groß und hell waren?

»Sie meint, daß das der Klasse immer einen Auftrieb geben würde«, sagte Mike und zuckte die Achseln. »Alles, was ich dazu sagen kann, ist, daß man sich jedes Jahr bei mir beschwert und ich jedes Jahr hinterher höre, daß alles gut geklappt hat.«

»Sie ist nicht ganz bei Trost«, sagte ich.

In Zentralflorida gab es keinen Frühling und auch keinen richtigen Winter, der die häßlichen Einkaufsmeilen und Bungalows unter seinen weißen Schneehügeln vergraben hätte, die selbst die fadeste Stadt im Nordosten während der endlosen Monate zwischen Weihnachten und Ostern (beziehungsweise zwischen Chanukka und Passahfest, wie mich Mrs. Levitt belehrte, als ich mich über den Mangel an Jahreszeiten beklagte) verzaubern. Der Wechsel der Jahreszeiten beeinflußte vielleicht die müden Pflanzen auf den Feldern oder das Grün neuangelegter Rasen, aber in den engen Straßen und den Höfen mit gelbweißem Kies und kümmerlichen Sträuchern, wo ich lebte und arbeitete, konnte man die Jahreszeiten nur an den Auslagen in den Schaufenstern erkennen, wenn das weihnachtliche Grün dem Rot des Valentinstags und das österliche Purpurrot wie jetzt dem Rosa des Muttertages wich. Robert ging zur Einkaufsmeile und kaufte mir eine Schachtel Pralinen und einen Teddybär mit einem Ballon, auf dem »Ich liebe dich« stand. Cindy machte eine Lasagne, aber Mrs. Manford konnte nicht kommen, weil sie so was wie eine Magengrippe hatte. »Gott sei Dank, daß es nicht am Tag danach passiert ist, sonst hätte mein Dad wieder gesagt, daß es an meinem Essen lag«, meinte Cindy.

Am nächsten Tag hatte Robert wegen irgendeiner Konferenz schulfrei und begleitete mich zu Mrs. Levitt. Der Fernseher lief, wie immer, und in den Mittagsnachrichten kam ein Bericht über eine wilde Schießerei in der Bronx, bei der vier Polizisten getötet und zwei verwundet worden waren – das schlimmste Blutbad für das New York City Police Department seit zwanzig Jahren. Wie wenn wir noch immer durch die Nabelschnur verbunden wären, ließen sich mein Sohn und ich Seite an Seite auf dem Sofa nieder und starrten in den Fernseher, in der Hoffnung, daß er uns von Angesicht zu Angesicht mehr mitteilen konnte als die dürftige Story, die eine Frau mit leuchtendrotem Kostüm und passendem Lippenstift vom Teleprompter ablas. Wir hatten kein Kabelfernsehen in unserer Wohnung, weil wir es uns nicht leisten konnten, aber bei den Castros gab es eins, und Robert wußte, wie man sich durch die anderen Nachrichtensender zappte. Eine Stunde lang sahen wir zu und warteten, wie diese Leute, die mit offenem Mund halb schlafend in den Aufenthaltsräumen des Krankenhauses saßen und darauf warteten, daß der Arzt kam und ihnen Neuigkeiten brachte. Schließlich wurden Namen genannt, und wir sanken erschöpft zurück. Ich legte meinen Arm um seine Schulter.

»Kennen Sie Polizeibeamte in New York?« fragte Mrs. Levitt mitfühlend, während sie mir noch eine Tasse Tee einschenkte. »Vielleicht aus der Familie?« Und Robert sah mich ängstlich und voller Sehnsucht an, und ich drückte seine Schulter.

»Wir haben Freunde bei der Polizei«, entgegnete ich. »Niemand von ihnen ist verletzt.«

»Ich bin froh, daß Daddy nicht tot ist«, sagte Robert, als wir nach Hause gingen.

»Ich auch«, sagte ich. »Wirklich. Ich bin wirklich froh, daß es ihm gutgeht.«

»Geht es ihm denn gut?« fragte Robert. »Weißt du, ob es ihm gutgeht?«

»Du hast doch die Nachrichten gehört.«

»Ich meine aber wirklich gut, jeden Tag.«

»Das hoffe ich«, sagte ich.

Wie oft hatte ich mir gewünscht, daß Bobby sterben würde? Vor Jahren hatte ich aufgehört zu zählen. Dabei war es doch meine größte Angst gewesen, als er noch Streifenpolizist war, daß das Telefon klingelte, der Kaplan an die Tür kam, daß ich wieder den klagenden Ton des Dudelsacks hören würde wie beim Begräbnis seines Vaters, daß mir nur eine erbärmliche Pension und seine Dienstmarke auf dem Boden meiner Schmuckschachtel bleiben würde. Sogar in jenen Tagen, als er mir zum erstenmal den Arm verrenkt oder mich an die Wand gestoßen hatte, wachte ich nachts auf, warf einen Blick auf die Uhr und konnte nicht wieder einschlafen, wenn er auch nur eine halbe Stunde überfällig war. Ich hörte, wie er seine Kleider in die Ecke warf und die Gürtelschnalle im stillen Haus auf den Boden knallte, spürte, wie er ins Bett schlüpfte und nach Scotch und Bier roch und auch schmeckte, wenn er seine Arme um mich schlang und sich an meinem Nachthemd zu schaffen machte. Und dann kamen die Nächte, in denen mir vor dem leisen Türenklappen zwei oder drei Stunden, nachdem er von der Arbeit weggegangen war allmählich graute, dem Geräusch, wenn er unten auf der Treppe stolperte, oder dem lauten Knallen der Schranktüren in der Küche, wenn er wütend war, weil eine Ermittlung zu nichts geführt hatte, ein Zeuge arrogant oder unkooperativ gewesen war oder auch nur ein Wagen zu nah an unserer Auffahrt geparkt hatte. Die Nächte, in denen er Streit suchte, in denen er die Schlafzimmertür aufstieß und »Wo, zum Teufel, ist das Brot?« brüllte oder das regelmäßige Atmen ignorierte, das ich inzwischen vortäuschte, und über mich herfiel und in mich eindrang.

Gott vergib mir, aber ich dachte so viele Male, wenn er zur Arbeit gegangen war, daß das Beste, was mir passieren konnte, der Anruf war, der Kaplan, der Sarg, in dem der gutaussehende Cop lag, den ich geheiratet hatte und der nun nie mehr die Hand gegen mich erheben oder mir mit der Faust ins Gesicht schlagen oder mich mit seinen rohen Fingern öffnen konnte, als wäre ich ein Tunnel, den er zu jeder Zeit passieren durfte. Wenn ich darüber vernünftig nachdachte, wußte ich, daß das keine Lösung war, daß sein Vater für meinen Sohn zum Märtyrer werden würde, ein Mann, den er idealisieren würde und über den niemand die Wahrheit sagen dürfte, die ganze Wahrheit und nichts als die Wahrheit. Aber oft dachte ich eben nicht vernünftig und wünschte mir aus ganzem Herzen, daß irgendeine Kugel irgendeines Typen eine weiche Stelle an Bobbys Körper finden würde, eine der weichen Stellen, die ich nicht mehr finden konnte, mit meinen Händen, meinen Tränen oder meinen Worten.

»Warum hast du gesagt, daß Daddy ein Freund ist?« fragte Robert eine Woche später aus heiterem Himmel, als er an seinem Familienstammbaum arbeitete. »An dem Tag, wo du mit Mrs. Levitt gesprochen hast? Als die anderen Polizisten verletzt wurden.«

»Nun, das ist er ja auch irgendwie«, sagte ich. Aber das war überhaupt nicht wahr. Jedesmal, wenn ich in einer Zeitschrift las, wie eine Frau ihren Mann als ihren besten Freund bezeichnete, fragte ich mich, was sie damit bloß meinen könnte. Bobby und ich waren niemals Freunde gewesen, sonst hätte ich ihn nicht so abgründig lieben und zulassen können, daß er mich so schlecht behandelte.

Über ein Blatt glänzendes Posterpapier gebeugt, zeichnete Robert für Mrs. Bernsen seinen Familienstammbaum, und während er damit beschäftigt war, fiel mir auf, wie wenig er nach der Vergangenheit und nach der Zukunft fragte. Ein normales Kind hätte mich jetzt mit Fragen gelöchert, wann und ob wir zurückgehen würden. Ein normaler Junge hätte sich in der Schule verplappert, seinen Freunden erzählt, wo er wirklich herkam, damit angegeben, daß sein Vater Polizist war, in Sozialkunde auf die Karte von Italien gezeigt und sich zu dem nichtssagenden, mittelamerikanischen Nachnamen, den er trug, eine Geschichte ausgedacht. Doch als ich beobachtete, wie Robert seinen linken Arm in weitem Bogen um seine Arbeit herum ausstreckte, als ob er sie verbergen oder schützen wollte, wurde mir bewußt, daß er dieses Versteckspiel sein ganzes Leben lang geübt hatte, daß er gelernt hatte zu überhören, was im nächsten Zimmer geschah, zu verbergen, was er wußte, und nicht die falschen Fragen zu stellen. Seine Eltern hatten sich immer verkleidet; jetzt trugen wir eben nur eine andere Verkleidung, einen anderen falschen Bart, ein anderes Kostüm.

»Brauchst du Hilfe?« fragte ich nervös aus der Küche.

»Noch nicht«, sagte er.

Ich machte Makkaroni und las eine Zeitschrift und den neuen Avon-Katalog, aber es drang immer noch kein Laut aus dem Zimmer. Dann erschien er in der Türöffnung, lächelte, nickte mit dem Kopf, nahm meine Hand und zog mich an den Klapptisch.

»Mir ist eingefallen, wie ich es machen kann«, sagte er. »Wenn ich die Leute einfach anders nenne, kann ich es so machen, wie es wirklich ist. Hier ist Daddy, aber ich habe ihn Robert Crenshaw genannt. Und hier ist Daddys Daddy, und der heißt genauso. Es ist wie in Wirklichkeit, nur mit anderen Namen.«

Und so war es auch. Als ich ihn über die früheren Generationen aufklärte, mußte ich nur wenig verändern. Da gab es einen verräterischen Giuseppe, Roberts Urgroßvater väterlicherseits, aber ich nannte ihn Joe. Der Mädchenname meiner Schwiegermutter war Stanowicz; ich ließ ihn ihr. Und was war mit meinem? Such dir einen aus, sagte ich zu Robert, stell dir vor, es ist ein Spiel. Gib mir einen Mädchennamen. Er nannte mich Wynn. Elizabeth Wynn. Es hörte sich irgendwie großartig an.

»Was ist mit Großmama?« fragte er, und meine Mutter fand ihren Platz unter ihrem wahren Namen O'Donnell, mit dem sie geboren und aufgewachsen war, den Namen, der zu weit draußen auf einem Ast erschien, als daß er unsere neue Existenz hätte gefährden können.

»Siehst du, ich weiß, wer sie sind«, meinte Robert. »Das reicht doch, oder? Daß ich es weiß. Wenn die Leute in meiner Klasse also gucken und Robert Crenshaw lesen, weiß ich, wer damit wirklich gemeint ist.«

»Das ist richtig«, sagte ich.

»Genau. Weißt du noch, wie Daddy mich einmal dorthin mitnahm, wo er arbeitete, am Central Park? Da war doch dieser große Polizist, ich kann mich nicht mehr an seinen Namen erinnern, aber er war wirklich sehr, sehr groß.«

»McMichael. Captain McMichael. Er war der Leiter der dortigen Polizeiwache.«

»Das war er, glaube ich. Und er sah mich immerzu an und sagte, du bist kein Benedetto. Ganz bestimmt nicht. Ich kannte deinen Großvater, und ich kenne deinen Vater. Nee, ich weiß, daß du kein Benedetto bist. Und er hat wahrscheinlich nur einen Witz gemacht, weil ich wie Daddy aussah, aber ich war erst ein kleines Kind, ungefähr fünf, und habe nicht wirklich begriffen, daß es ein Scherz war. Ich dachte, daß er vielleicht recht hatte und ich adoptiert war oder so ähnlich, wie der koreanische Junge in meiner alten Schule, der allen Leuten immer erzählte, daß er Italiener ist, nur weil er Russo hieß, und alle hielten ihn für blöd. Und Daddy merkte, daß ich aufgeregt war, und als wir zu dem Eiscremewagen im Park gingen, setzten wir uns auf diese Bank, und er zeigte auf diese echt große Ader in meinem Arm.« Er streckte ihn aus, dünn und knochig, und deutete auf die blaue Arterie am Unterarm und strich mit seinem schmutzigen Finger an ihr entlang. »Und dann hat mir Daddy seine gezeigt. Sie war mächtig dick und trat richtig hervor. Und er sagte, das ist ein Teil von mir in dir. Und ein Teil von dir ist auch in mir. Und ein Teil von mir wird in allen Kindern sein, die du bekommen wirst, und in ihren Kindern.«

»Das ist wahr«, sagte ich.

»Ich weiß«, sagte er, nahm seinen Bleistift wieder auf und malte ein paar Blätter bunt an. Dann fragte er beiläufig, wie wenn er nur überlegte, ob er einen dunkelgrünen oder hellgrünen Bleistift nehmen sollte: »Erinnerst du dich noch daran, wie Daddy Nanas Spiegel im Flur kaputtgemacht hat und wie es ihm dann sehr leid tat und er ihr einen neuen besorgt hat? Wenn er das bei dir tun würde, wäre dann wieder alles in Ordnung?«

»Ich weiß nicht«, sagte ich.

»Ich meine nicht, daß wir zurückgehen sollten«, sagte er, ohne von seinem Papier aufzuschauen. »Ich meine, ob du seine Entschuldigung annehmen würdest.«

»Ich weiß es nicht, mein Schatz«, sagte ich. »Zwischen Daddy und mir sind eine Menge schrecklicher Dinge passiert. Er hat mir vieles angetan, was er nicht hätte tun dürfen. Er hätte mich nicht schlagen dürfen. Niemals. Niemand sollte einen anderen Menschen schlagen. Und er hat das sehr oft gemacht. Ich weiß, daß es schwer zu verstehen ist, warum er getan hat, was er getan hat. Nicht einmal *ich* verstehe es. Vielleicht werde ich es eines Tages verstehen.«

»Ich muß das hier jetzt fertigmachen«, sagte er und drückte mit der Bleistiftspitze fest auf das Posterpapier.

Manchmal kam es mir so vor, als hätte ich mein Leben lang auf dem geschlossenen Klodeckel gesessen und geweint, während das Wasser lief, und ich fragte mich, ob Robert, der unten saß und sich in seine Arbeit vertiefte, das Geräusch des voll aufgedrehten Kaltwasserhahns als etwas Beruhigendes empfand, das Hintergrundgeräusch in den Nächten seiner Kindheit, so vertraut wie das Poltern der anspringenden Heizung. Ich brauchte diesmal lang, bis ich mein bleiches Gesicht mit kaltem Wasser erfrischt, mir die Nase geputzt und mich ein wenig geschminkt hatte, um meinen inneren Aufruhr zu verbergen. Dann legte ich Wäsche zusammen und zog die Betten ab. Baumwolle hat mir immer geholfen, über den Berg zu kommen.

Als ich wieder nach unten ging, standen die Namen alle ordentlich geschrieben auf dem Papier, und Robert arbeitete an seinem Baum, einer mächtigen Eiche, wie es aussah, mit vielen Zweigen, dickem Stamm, mit Buntstiften ausgemalt. Und als ich es bewunderte und in staunende Rufe über die sorgfältig gestalteten Blätter ausbrach, wurde mir klar, daß ich Mike erzählen mußte, daß Mrs. Bernsen klüger als ich gewesen war, zumindest in diesem Fall.

Denn da stand am Fuß des Stammes, an den Wurzeln, der Grundlage von allem, der Name Robert – nur Robert, ohne jeden Nachnamen, wie mir auffiel. Er hatte noch nicht alle Blätter ausgemalt, und der Stamm und seine Zweige sahen in diesem Augenblick weniger wie ein Baum aus als wie ein großer, brauner Fluß, der Nil, der Amazonas, der Benedetto-Flynn-Blutfluß, und dort an der Mündung befand sich dieses Kind, so daß es den Anschein hatte, wie wenn all diese Leute aus Polen, aus Italien, aus Irland, der Bronx und Brooklyn nur deswegen zusammengekommen waren, um eines Tages Robert Benedetto zu produzieren – ein Ereignis, das so gewaltig und bedeutungsvoll war wie das Wunder von Bethlehem, von dem er im Bibelunterricht in St. Stannie gehört hatte. Da war Robert, der Grund für den Zusammenprall dieser unerklärlichen Umstände, unser aller Erlöser.

»Ist es in Ordnung?« fragte er.

»Es ist wunderschön. Perfekt. Ich bin wirklich sehr, sehr stolz auf dich.«

Er war auch stolz auf sich, das spürte ich. Er rollte das glänzende Papier sorgsam zusammen, band um jedes Ende ein Stück Schnur und trug es in beiden Händen zum Bus hinaus. Wie er so dastand, erinnerte er mich daran, wie er als Vierjähriger in blauen Satinshorts und weißem Smokinghemd bei der Hochzeit eines Patenkinds von Ann Benedetto die Ringe trug. Es erinnerte mich daran, wie er mit feierlichem Gesicht das blaue Satinkissen getragen hatte, dicht an seine schmale Brust gepreßt, den langen Gang durch die Kirche. Bennie war genauso, wenn man sah, wie er seine Rolle trug. Es war, als ob sie ihr Leben in der Hand hielten, diese schönen, dunkelhäutigen heimatvertriebenen Jungs. Der Ausdruck auf ihrem Gesicht, so ernst und irgendwie stolz, ging mir den ganzen Tag nicht aus dem Sinn, während ich den Dialysepatienten ausschimpfte, weil er zu viel Junk food gegessen hatte und für die Frau mit dem Schlaganfall einkaufte.

»Hi«, zwitscherte ich fröhlich, als Robert an diesem Nachmittag nach Hause kam und eine dicke Wolke warmer Luft in die dämmrige Kühle der Wohnung hineinließ. Auf der Couch stand ein Wäschekorb, und ich faltete gerade große Laken zusammen, wobei ich meine Arme ausbreitete, als wollte ich jemand segnen, so daß ich sein Gesicht nicht gleich sah, und dann konnte ich es kaum glauben, gar nicht fassen. Ich stand da und hielt ein ausgebreitetes Laken wie einen Vorhang vor mich, während ich mit großen Augen und offenem Mund darüber hinwegstarrte – eine Frau wie aus einer Karikatur.

»Mein Gott«, sagte ich und zog ihn ans Fenster.

Es sah schlimmer aus, als es war. Seine Oberlippe war auf einer Seite geschwollen, purpurrot und verunstaltet, und die

Gegend unter seinem linken Auge färbte sich soeben dunkel. Unter seinem Mund war ein Streifen Blut, aber als ich mit meiner Spucke daran herumrieb, zu ungeduldig, um mir Wasser und Handtuch zu holen, stellte ich fest, daß er dort nicht verletzt war. Vielleicht hatte das Zahnfleisch ein bißchen geblutet.

»Was ist passiert?« fragte ich.

»Jonathan Green ist ein Mistkerl«, sagte er, und seine Stimme trillerte in seiner Kehle wie ein Vogelruf.

»Setz dich hin«, sagte ich. Eis, Aspirin, Papiertücher. Ich stellte alles auf den wackligen Couchtisch und legte meinen Arm um ihn. Er schauderte und befühlte seine Lippe mit den Fingern, während er aufblickte. Die bunten Stifte lagen immer noch wie ein umgedrehter Regenbogen ausgebreitet auf dem Küchentisch.

»Warte«, sagte er und ging nach oben ins Bad. Ich wußte, daß er sich im Spiegel anschauen wollte.

»Es war nicht meine Schuld«, sagte er. »Ich habe ihn zwar zuerst gestoßen, aber er hat es verdient. Das war schon längst fällig gewesen. Er ist ein Arsch. Der größte Arsch in der Schule. Hoffentlich hab' ich ihm die Nase gebrochen. Er hat Bennie einen *spic* genannt. Weißt du, was ein *spic* ist?«

Ich nickte.

»Wir haben in der Klasse darüber gesprochen, wo wir herkommen, und dann fing er wieder damit an, daß man hier nur leben dürfte, wenn man Englisch sprechen könnte. Er sagte, daß Amerika zu klein für die Amerikaner sei und daß all diese anderen Leute herkommen und uns alles wegnehmen würden. Und sie könnten nicht einmal Englisch sprechen. Und unser Torwart war richtig verlegen, das hab' ich gemerkt, und dieses Mädchen Christie, du kennst sie nicht, aber ihre Eltern sind Griechen oder so und können wohl nicht so gut Englisch. Und ich habe gesagt, daß es eine Menge Leute gibt, die nicht besonders gut Englisch können, aber sehr nett sind.«

»Hat Mrs. Bernsen etwas dazu gesagt?«

»Sie sagte, daß ich recht habe. Sie sagte, daß ihre Eltern Deutsche wären und eine lange Zeit gebraucht hätten, um Englisch zu lernen, und jetzt ist sie Englischlehrerin. Doch dann war der Unterricht zu Ende, und wir gingen nach draußen, und Jonathan kommt zu mir und sagt, während Bennie neben mir steht, daß ich das nur gesagt hätte, weil ich mit diesem *spic* befreundet bin. Das hat er gesagt, dieser *spic*, und ich habe ihn so hart geschubst, wie ich nur konnte. Er hat Bennie einen *spic* genannt. Dann hat er mich geschlagen. Und ich habe zurückgeschlagen.« Wieder bildeten sich Blutperlen auf seiner Unterlippe, und ich reichte ihm ein Taschentuch. Er drückte es fest auf seinen Mund.

»Dann hab' ich mich auf ihn gesetzt, bis er es zurücknehmen mußte«, sagte er schließlich. Die Unterlippe wurde dicker, und seine Worte klangen gedämpft.

»Leg etwas Eis darauf«, sagte ich.

Er sackte auf dem Sofa zusammen, mit gebeugtem Rücken und Ellbogen, die auf die Knie hingen, und wich meinen Blicken aus. Im Gefrierfach war ein Zitroneneis – etwas Kaltes und etwas Süßes vor dem Mittagessen – zwei Fliegen mit einer Klappe.

»Jonathan ist wirklich blöd«, sagte ich. »Er hat dich vom ersten Tag an angemacht. Und er hat ein böses Mundwerk. Und jetzt weißt du also, daß er von Grund auf gemein ist. Jetzt weißt du, daß man sich am besten von Jonathan fernhält. Du wirst in deinem ganzen Leben immer wieder auf Menschen seiner Sorte treffen. Sie sind dumm und gehässig, und sie werfen mit Schimpfworten um sich, weil sie sich groß fühlen, wenn sie jemand anders klein machen können. Sie können es nicht ertragen, wenn jemand über ihnen steht. Bennie ist ein Star, alle mögen ihn, und er ist so gut in der Schule und im Sport, daß Jonathan ihn herunterziehen mußte. Also nennt er ihn einen *spic*. Das sagt viel mehr über Jonathan als über Bennie.«

»Das habe ich auch gesagt«, meinte Robert. »Ich sagte, daß er gar nicht wüßte, wovon er redete. Er wüßte gar nicht, was ein *spic* ist. Ich weiß es von Daddy. Daddy hat mit Mr. Hogan und Mr. Carter über diese Leute gesprochen. Er sagte, daß die *spics* wie Tiere leben und daß sie den Polizisten in Washington Heights umgebracht hätten. Den Daddy mit ausgebildet hatte, bei dessen Begräbnis du warst. Die *spics* haben ihn umgebracht.«

Ich zuckte zusammen. »Sprich nicht so über diese Leute, Bäh«, sagte ich. »*Spic* ist ein Wort, mit dem man die Leute beleidigt, die aus Puerto Rico oder Kuba stammen, wie Bennie. Man nennt sie Latinos, aber Leute, die sie nicht mögen, sagen *spics* zu ihnen.«

»Das hat Daddy aber nicht gesagt. Daddy sagte, daß die *spics* die Stadt versauen würden.«

»Vielleicht hast du ihn nicht richtig verstanden«, sagte ich, während mir all diese Phrasen im Kopf herumspukten, die ich immer wieder gehört hatte. Sie vermehren sich wie die Kaninchen, sie wollen die Sprache nicht lernen, sie schicken ihre Frauen zur Arbeit, um sich Drogen zu kaufen, die Mädchen ziehen sich wie Nutten an, die Jungs können nicht warten, warum, zum Teufel, bleiben sie nicht dort, wo sie hingehören. Das war ein Lied, das er so oft gesungen hatte, daß ich die Worte kaum mehr wahrgenommen hatte.

»Ich dachte, *spics* wären Verbrecher. Wie Räuber. Oder Typen, die Drogen verkaufen.«

»Nein«, sagte ich.

»Was sind sie dann?«

»*Spic* ist ein Wort, mit dem manche die Menschen beschreiben, die aus spanischsprachigen Ländern kommen. So wie die Leute, die keine Schwarzen mögen, sie Nigger nennen.«

»Wenn also Daddy über *spics* gesprochen hat, hat er dann die Leute aus Puerto Rico gemeint? Und aus Kuba?«

»Bäh«, sagte ich, und als ich sah, wie sich sein Gesicht verzerrte, »Robert. Polizisten sehen so viele schlimme Dinge um sich herum, daß sie manchmal ganz frustriert sind. Sie wollen üble Sachen über üble Burschen sagen und gebrauchen dann manchmal Worte, die sie nicht nehmen sollten. Dein Daddy würde dasselbe sagen, wenn er hier wäre.«

Robert lutschte an seinem Zitroneneis und starrte vor sich hin, ein Auge zu einem feuchtglänzenden Schlitz verengt, das andere ins Leere gerichtet. Eine ganze Weile saßen wir dort, Seite an Seite, ohne uns zu berühren. Schließlich stand er langsam auf, wie ein alter Mann, verwundet und erschöpft.

»Ich gehe nach oben und mache meine Hausaufgaben«, sagte er.

»Bäh«, meinte ich. »Es ist alles in Ordnung.«

»Ich möchte wirklich nicht mehr so genannt werden«, sagte er.

Eine Viertelstunde später klingelte es, und Bennie stand vor der Tür. Ich konnte Tränenspuren auf seinem Gesicht erkennen. Er trug einen Comic in der Hand. »Seien Sie ihm nicht böse«, sagte er, bevor er nach oben ging. Ich briet ein Hühnchen, kochte Reis und fragte mich, worüber wir beim Essen reden sollten. Doch als ich nach oben ging, um Robert zu rufen, war er fest eingeschlafen, mit dem Gesicht zum Fenster, weich und dunkel gefleckt wie eine überreife Frucht, ein süßer Pfirsich, eine goldene Pflaume. Ich stellte alles auf dem Herd warm.

Eins mußte ich Bobby zugute halten: Er hatte so etwas nie vor dem Kind gesagt, zumindest nicht bewußt. Er hatte »Nigger« oder »Hure« und all die übrigen üblen Kraftausdrücke nie in den Mund genommen – oder zumindest gedacht, daß er es nicht getan hätte. Doch Robert hatte vielleicht am Rande so viel mitbekommen und gesehen, Dinge, von denen ich vielleicht gar nichts wußte, Dinge, die er sich selbst nie eingestehen würde, Dinge, die ihn so werden ließen, daß er jetzt oben in seinen Kleidern schlief und von Zeit zu Zeit zuckte.

Er verschlief seine Lieblingssendung im Fernsehen, und Bennie kam wieder vorbei, mit einem Videospiel und noch einem Comic. Als ich mich zum Schlafengehen fertigmachte, stand vor dem Badezimmerfenster ein glänzender Mond, aus dem Silberpapier des Frühsommers geschnitten, und sein Licht fiel auf das Bett und ergoß sich über den Fußboden in Roberts Zimmer, wo seine Schulbücher in Packpapier eingeschlagen, mit Männchen bekritzelt auf einem kunterbunten Haufen lagen. Ich legte sie neben sein Bett, aber er rührte sich nicht.

Mein eigener Schlaf glich den Wolken, die über den Himmel jagten, und die weißen Zahlen der Digitaluhr leuchteten aus dem Dunkel, als ich mich aufrichtete: 0:27, 1:12, 2:14. Irgendwo draußen heulte eine Sirene auf und erstarb, und dann vernahm ich unten das Geräusch von Stimmen. Unter meinem Bett lag das Brecheisen, das ich vor langer Zeit von Mr. Castro ausgeliehen hatte, und ich packte es und ging auf Zehenspitzen aus dem Zimmer, durch den Flur und die Treppe hinunter.

»Ich weiß«, hörte ich eine Stimme sagen, und ich erkannte sie als Roberts. Er war in der Küche, und als ich unten an der Treppe angekommen war, konnte ich durch die Tür sehen, daß er telefonierte. Er saß im Schneidersitz in den Kleidern, in denen er geschlafen hatte, am Boden und lehnte sich mit dem Rücken gegen den Kühlschrank. Im Mondlicht konnte ich einen Haufen Kekse auf dem Boden sehen, die wie Spielsteine aussahen, vielleicht Damesteine oder Chips.

»Ich weiß«, sagte er wieder. »Ich möchte es auch.« Die Stille schien zu vibrieren. Das Brecheisen fühlte sich schwer in meiner Hand an, und ich wollte es hinlegen.

»Warum hast du es getan?« sagte Robert. Und dann: »Das mach' ich. Ich spiele Fußball und Basketball und Baseball. Ich bin schon ziemlich gut.« Er rieb sich die Augen, zuckte zusammen, als er aus Versehen an seine Wunde kam, nahm sich einen Keks und leckte an der Schokolade. »Ich habe es auch gesehen«, sagte er. »Ich wußte, daß du es auch sehen würdest.«

Ich hätte mich schon früher bemerkbar machen sollen, aber ich war mir erst jetzt sicher. Ich trat in meinem weißen Nachthemd aus der schwarzen Dunkelheit, und Robert ließ den Hörer fallen, starrte in mein Gesicht und dann auf das Brecheisen. Der Hörer baumelte an seiner langen Schnur und schlug dreimal sanft gegen die Wand, und ich nahm ihn mit zwei Fingern auf und legte ihn auf die Gabel, aber erst als ich seine Stimme am anderen Ende gehört hatte, tief und schläfrig: »Robert? Hey? Robert?«

»Leg die Kekse zurück«, sagte ich.

»Du hast mich angelogen«, sagte er, und als er aufstand, war er nicht mehr viel kleiner als ich.

»Wieso?«

»Weil du über viele Sachen nicht die Wahrheit gesagt hast.«

»Ich habe dich überhaupt nicht angelogen, Robert. Du hast heute nacht etwas sehr, sehr Dummes gemacht. Und wenn du das noch mal machst, müssen wir wieder umziehen und irgendwo von neuem anfangen. Kein Bennie. Keine Cindy. Neue Schule, neue Freunde.«

»Ich möchte meinen Dad sehen«, sagte Robert. »Du hast mir viele Lügen über ihn erzählt.«

»Welche?«

»Viele. Er sagte, daß du oft lügst.«

»Erzähl mir, was er gesagt hat.«

»Nein. Du willst ja nur schlecht über ihn reden. Er liebt mich. Er vermißt mich.«

»Das weiß ich. Das habe ich nie bestritten.«

»Er liebt dich auch, hat er gesagt.«

»Hast du ihm erzählt, wo wir sind?«

»Nein«, sagte Robert mit brüchiger Stimme.

»Hat er dich danach gefragt?«

Er nickte.

»Und was hast du gesagt?«

»Daß ich es ihm nicht sagen dürfte. Er hat gesagt, daß er das mit den *spics* nicht so gemeint habe und daß er bei sich im Drogendezernat mit einem Puertoricaner befreundet sei. Er fand es gut, daß ich für meinen Freund eingetreten bin. Manchmal müßte man das tun, sagte er.«

Er sagte, er sagte, er sagte. Ich hatte das Gefühl, als ob er wieder da wäre, während die Worte, die altbekannten Rechtfertigungen und Anschuldigungen auf mich einströmten – diesmal durch Roberts Stimme, die immer noch hell und hoch war.

»Bäh«, sagte ich und hielt dann inne. »Ich habe dich nie belogen.« Ich berührte sein Gesicht. »Kannst du dich noch daran erinnern, wie mein Gesicht so aussah? Nur schlimmer. Nur viel schlimmer. Als er mir die Nase gebrochen hat und ich von Glück sagen konnte, daß mein Kinn noch heil war.«

Er weinte so heftig, daß er in meinen Armen auf und nieder hüpfte, fast so, wie wenn ich ihn als Baby in den Schlaf schaukeln wollte. Mein Nachthemd wurde naß. Die Tränen vermischten sich mit seinem Blut.

»Ich habe nichts verraten«, sagte er schließlich.

»Ich weiß, Liebes.«

»Ich wollte ihn nur nach diesen *spics* fragen«, sagte er.

»Ich weiß.«

Ich ließ das Brecheisen neben dem Flurschrank stehen, und wir beide gingen die Treppe hinauf. Eine Stunde später, als ich sicher war, daß er wieder schlief, ging ich nach unten und zog eine Geschäftskarte aus meiner Brieftasche, die hinter seinem Babyfoto steckte. Ich wußte, daß es ein Anrufbeantworter war, und nach dem Piepton sagte ich: »Hier ist Elizabeth Crenshaw. Ich muß mit Patty Bancroft sprechen. Sie hat meine Nummer.«

Als er morgens mit dem Bus weggefahren war, stolz sein zerschundenes Gesicht herzeigend, Bennies Arm um seine Schultern, ging ich zur Schule. Mike Riordan saß an seinem Schreibtisch, als ich an die Tür klopfte. Als er mich erblickte, sah er so aus, wie ich wohl aussehen mußte, wenn Robert am Ende des Tages die Tür öffnete. Bei diesem Blick voll Glück und verschämter Sehnsucht wurde ich zornig auf mich selbst. Um seine Verlegenheit zu verbergen, warf er in hohem Bogen ein zerknülltes Blatt Papier in den Basketballkorb, der mit Saugnäpfen an der Wand neben seinem Schreibtisch befestigt war. Daneben hing ein Poster mit einer Katze, die sich an einer hohen Stange festklammern wollte. »Nur Geduld, Baby!« stand darunter. Im Schwesternzimmer des South Bay Hospitals hatten wir auch so eins.

»Ich brauche Hilfe«, sagte ich und setzte mich auf den harten Stuhl auf der anderen Seite seines Schreibtisches.

»Okay«, sagte er.

»Zuerst mal ist mein Name Frances Benedetto, und ich

komme aus New York City.« Es war zehn vor neun, als ich begann, und um neun Uhr dreißig war ich fertig. Wie wenig Zeit ich doch brauchte, um ihm alles, aber auch alles zu erzählen, wie schnell mir das Geheimnis wie ein Joch von den Schultern genommen wurde.

Am ersten Samstag nach Schulende fuhr er mich mit einem halben Dutzend Behältern, die mit Essen gefüllt waren und auf dem Rücksitz von einer Seite auf die andere schlitterten, zu Cindy. »Fahr nicht so schnell um die Kurven«, sagte ich, »sonst verteilen sich die Rippchen und Hähnchenflügel im ganzen Wagen.« Er blinzelte leicht in das Sonnenlicht und nahm den Fuß vom Gas, bis sein kleiner Wagen ungefähr zehn Meilen in der Stunde fuhr und uns eine ältere Frau überholte und vor uns einscherte. »Ha, ha, ha«, sagte ich.

Ich hatte zwei Tage lang gekocht, und die Jungs hatten versucht, Kartoffelpuffer und dunkelbraune Rippchen zu stibitzen, bis ich mit einem Geschirrtuch nach ihren dunkelbraunen, mageren Beinen schlug. »Sie sind eine gute Köchin, Mrs. Crenshaw«, sagte Bennie höflich. »Versuch nicht, mich mit Schmeicheleien herumzukriegen«, meinte ich. Robert lächelte nur. Die Flecken auf seinem Gesicht waren verschwunden, und er schien ruhiger geworden zu sein, was vielleicht aber nur meiner Einbildung entsprang. Schließlich war er immer still und ruhig gewesen.

»Ich kann ihn jetzt besser verstehen«, sagte Mike Riordan, nachdem ich ihm unsere Geschichte erzählt hatte. »Vielen, vielen Dank. Es ist viel leichter für mich.«

Es war auch für mich viel leichter. Die Vorstellung, daß dieser Mann mich nackt gesehen, seine Zunge in meinen Mund gesteckt und mein schulterfreies Kleid aufgeknöpft hatte – all das bedeutete nichts im Vergleich dazu, daß er nun wußte, wo ich wirklich herkam, wie ich hieß, was mein eigentlicher Beruf war und was mein Sohn hatte durchmachen müssen. Sogar sein Lächeln schien verständnisvoller geworden zu sein, und ich fühlte mich in seiner Gegenwart jetzt freier und geborgener als bei irgend jemand sonst, Cindy eingeschlossen. An dem Tag, an dem ich zu ihm gekommen war, um mit ihm zu reden, hatte er sich vorgebeugt, ohne Fragen zu stellen, und mir direkt in die Augen geblickt, und als ich fertig war, war er um den Schreibtisch herumgegangen und hatte sich in den Stuhl gesetzt, wo normalerweise die Väter saßen, wenn Mike Elterngespräche führte. Er hatte meine Hand genommen und meine Finger so heftig gerieben, als ob sie kalt wären und er die Durchblutung verbessern müßte. »Du bist erstaunlich«, hatte er bloß gesagt.

Jetzt sah er mich an, gab wieder Gas und lächelte.

»Robert ist schon in Ordnung«, sagte er, als ob er Gedanken lesen könnte.

»Ich weiß.«

»Nein, das weißt du nicht. Aber ich. Er ist ein intelligenter Junge. Er wird das alles verarbeiten.«

Aber ich weiß es wirklich. Ich weiß, daß es nicht wahr ist. Kinder sind unverwüstlich, sagen manche Psychotypen, und andere meinen, daß alles seine Spuren hinterläßt – und beides ist wahr. Manchmal sieht es so aus, als hätte Robert Bobby in jener Nacht niemals angerufen, nie seine Partei ergriffen. Manchmal scheint es, als wären Mike Riordan und ich nichts weiter als ein Sportlehrer und eine Mutter, als hätte ich ihn nie Robert vorgezogen. Doch Robert hat ebenso Narben wie ich, doch seine sind gefährlicher, weil er sie nicht sehen kann und sich deshalb vormachen kann, daß sie nicht existierten.

»Du grübelst zuviel, Fran«, hatte mir Bobby einmal gesagt, als ich über dieses und jenes nachdachte. Und vermutlich hatte er sogar recht. Jetzt denke ich, daß ich seine Stimme kaum mehr hören kann, Bobbys Stimme, die mein Leben beherrschte und mich zusammenzucken ließ, als hätte mich jemand mit der Peitsche geschlagen. Selbst am Telefon hatte sie wie die Stimme von jemand geklungen, den ich vor einer Weile mal ganz gut gekannt hatte. Du grübelst zuviel, Fran. Ich kann gar nicht mehr richtig hören, wie er das sagt.

Er hatte recht: Ich denke zuviel nach. Wenn man eine gute Krankenschwester ist, denkt man immer zuviel, sieht man zuviel und weiß man zuviel. Man schaut den Junkie an, der eine Lungenentzündung hat und einem erzählt, es sei nur eine Erkältung, eine Erkältung, Mann, ein bißchen Vitamin C und etwas Schlaf, und ich bin wie neugeboren, und man weiß, auch ohne sich doppelte Handschuhe anzuziehen und Blut abzunehmen, daß er die Grenze von HIV-positiv zu Aids überschritten hat und sich dem Tod nähert. Man sieht ein kleines Kind mit seiner Mutter in den Warteraum kommen, sieht, wie sich das Kind langsam und unmerklich zurücklehnt, wenn sich seine Mutter über es beugt, und weiß, daß die Mutter es schlägt. Die Röntgenaufnahme wird einem verraten, wie schlimm. Winnie sagte gern, daß sie an der Haltung ihrer Schultern oder der Richtung des Blickes manchmal ablesen könnte, was sie ihr erzählen würden, noch bevor sie den Mund aufmachten. Sie sagte, daß wir manchmal die Rolle des Pfarrers übernähmen. Das meinte ich auch.

Ab und zu rufe ich jetzt Grace an und spüre, daß etwas nicht in Ordnung ist. Bei ihr meldet sich auf einmal ein Anrufbeantworter, kurz und anonym. »Bitte sprechen Sie nach dem Piepston.« Dreimal habe ich geantwortet: »Grace, ich bin es.« Aber ich habe Angst, ihr meine neue Nummer zu geben, Angst, daß noch jemand mithören oder es auf einem Stück Papier lesen könnte. Zweimal habe ich sie im Büro angerufen, aber dort antwortet mir auch nur die Stimme auf dem Band und das Pfeifen am Ende. »Uns geht es gut«, sagte ich beim letztenmal. »Mit uns ist alles in Ordnung.« Mit ihr nicht. Ich kann es am kühlen Ton ihrer aufgezeichneten Stimme hören. Die Kälte darin läßt auch mich frösteln. Das und Roberts Anruf. Und die Nachrichtensendung nach dem Unfall auf dem Rummelplatz. Und was ich von Bobby weiß, wie gut er darin ist, herauszufinden, was er wissen will.

Ich beobachte, wie der Buckel zwischen Mrs. Levitts ewig gebeugten Schultern immer größer wird, und weiß genau, daß sie, wenn sie in zwei oder drei Jahren auch nur geringfügig stürzt, mit gebrochener Hüfte im Pflegeheim landen wird, mit einer Gehhilfe oder gar im Rollstuhl. »Nehmen Sie Ihre Kalziumtabletten ein«, sage ich und knalle die Plastikflasche auf den kleinen Küchentisch. »Ach, die stopfen so«, sagt sie und ißt ihre Chips Ahoy. Ich bringe ihr eine andere Sorte Kalzium mit, die besser für die Verdauung ist. »Sie müssen etwas für Ihre Knochen tun«, sage ich, und sie sieht mich mitleidig an, als wollte sie sagen: Schwester, was glauben Sie, was meinen Knochen in diesen vier Jahren widerfuhr, als sie mir mehliges Getreide und schmutziges Wasser gaben und mein Inneres so behandelten, daß ich keine Kinder mehr haben konnte. Ich sehe Mrs. Levitt heute immer im Licht ihres großen Geheimnisses, der Nummer auf dem Arm, der Geschichte ihrer Ehe, und mir wird klar, daß sie alle so gesehen haben, ihr ganzes Leben lang, seit jenem Tag im Mai vor einem halben Jahrhundert. Ich habe meine Wunden versteckt, weil ich mich schämte, für Bobby und für mich selbst, weil ich bei ihm blieb, aber heute weiß ich, daß ich auch befürchtete, in den Augen aller Bekannten auf das Bild einer Frau reduziert zu werden, die von ihrem Mann geschlagen wird. Oder geschlagen wurde. Ich habe angefangen, mich als eine Frau zu betrachten, die von ihrem Mann geschlagen wurde. Ich bin eine mißhandelte Frau, die sich langsam erholt. Gott, ich hasse all diese Begriffe, all diese Einordnungen, die unsere Wunden auf eine Ebene mit Augen- oder Haarfarbe stellen, die uns zu einem Typus machen, einer Schlagzeile in einer Zeitschrift.

»Die Überlebenden des Holocausts«, sagte Mrs. Levitt eines Tages wütend, als sie einen Bericht in den Nachrichten sah. »Wie ein Verein. Die Leute haben einfach kein Schamgefühl.«

Ich verstehe sie. An der löwenzahngelben Tönung der Haut meines Patienten Melvin erkenne ich, daß ich demnächst, anstatt seine Temperatur zu messen, zu seiner Beerdigung gehen werde, wenn er nicht bald eine Spenderniere bekommt. Ich weiß, daß meine spastisch gelähmte Patientin sich nach Liebe und Romantik sehnt, denn wenn sie via Computer einen Chatroom betritt, nennt sie sich Sexyjen. Ich frage mich, wie sie sich selbst beschreibt, wenn sie nichts weiter ist als eine Reihe schwarzer Buchstaben auf dem Bildschirm eines Fremden, ob sie sich schlank und geschmeidig macht, mit wohlgeformten Muskeln unter ihrer sonnengebräunten Haut statt der Arme und Beine, die in einem unkontrollierbaren Tanz zucken. Sie möchte eine andere sein, und ich kann es ihr nicht verdenken.

Ich weiß, daß Mike Riordan beschlossen hat, die Dinge in Ordnung zu bringen, indem er sie leichter nimmt. Robert spielt jetzt Baseball, wie er seinem Dad erzählt hat, und Mike geht danach ab und zu mit uns essen. Bennie kommt gewöhnlich mit uns, und Robert mißt mit den Augen die Entfernung zwischen seinem Trainer und seiner Mutter. Sie ist nicht unbeträchtlich. In der Woche, nachdem wir miteinander geschlafen hatten, hatte ich mir Verhütungsschaum gekauft, aber so, wie man sich Aspirin besorgt für den Fall, daß man eines Samstagabends Kopfweh bekäme. Die Dinge sind wieder so, wie sie früher waren. Keine flambierten Steaks mehr oder befrackte Oberkellner. Doch wenn Mike uns nach Hause bringt und Robert zufällig zu Bennie geht oder nach oben, um Hausaufgaben zu machen, dann umarmt er mich und küßt mich – weniger sanft als das erstemal. Als wir uns einmal im Kellergeschoß der Roerbackers während einer Schulschwimmparty trafen – er kam gerade in Shorts aus der eingebauten Betondusche mit nassem, zurückgekämmtem Haar, in dem noch die Spuren von Craigs Kamm zu sehen waren, ich trug den blauen Badeanzug, den Cindy mir geliehen hatte, und roch nach Kokossonnenöl –, hatte er mich lang im Arm gehalten und mich schließlich stöhnend zurückgestoßen. »Ich bin ein geduldiger Mensch«, sagte er.

»Du quälst diesen armen Mann«, meinte Cindy am nächsten Tag, als wir den Kindern beim Schwimmen zusahen.

»Das will ich doch nicht. Es wäre besser, wenn ich ihm aus dem Weg gehen würde, aber das ist unter diesen Umständen schwer.«

»Ich mag ihn«, sagte Cindy.

»Ich auch.«

»Was ist dann das Problem?«

»Dich mag ich auch.«

»Und ich würde dich auf der Stelle nehmen, Süße, wenn wir so veranlagt wären. Sind wir aber nicht. Wie kommt es, daß wir uns immer Freundinnen aussuchen, die nett und klug und hilfsbereit sind und uns mögen, und auf Typen stehen, die gemein sind und uns das Leben schwermachen?«

»Craig ist nicht gemein.«

»Craig ist anders. Und Mike Riordan auch. Und genau darauf will ich ja hinaus. Möchtest du das neue Insektenmittel ausprobieren, das wir gerade auf den Markt gebracht haben?«

»Wonach riecht es denn?«

Cindy schnupperte. »Moschus.«

»Nein, danke.«

»Außerdem mag er Kinder«, sagte Cindy.

Ich wußte es, als Cindy schwanger war, fast noch bevor sie es wußte. Ihr Haar wurde schlaff, und eines Tages, als wir in der Bibliothek überfällige Bücher anmahnten, fuhr sie Mrs. Patrinian an: »Wir wissen genau, was wir hier machen.« Mrs. Patrinian wurde rot, und ich vermutlich auch. Im April begann sie morgens Kräutertee statt Kaffee zu trinken, und wenn wir ausgingen und Burger und Bier bestellten, nahm sie ein Mineralwasser. Die Knöpfe an ihrer weißen, ärmellosen Bluse fingen an zu spannen und ließen ein Stück weiße Haut zwischen ihren Brüsten sehen. Aus irgendeinem Grund erzählte sie es mir nicht sofort. In unseren Gesprächen gab es lange Pausen, und sie starb fast vor Ungeduld, sie mit der aufregendsten – oder manchmal auch der schlimmsten – Neuigkeit zu füllen, die eine Frau jemals mitzuteilen hat.

»Mein Sohn vermißt seinen Vater«, sagte ich zu Mrs. Levitt, während ich ihren Blutdruck maß und sie mit der freien Hand einen gefrorenen Joghurt aß. Nach Mr. Levitts Tod hatte ihr Arzt sie untersucht und erhöhten Blutdruck und Übergewicht festgestellt. Die Diagnose hatte es ihm ermöglicht, mich weiter in die Wohnung der Levitts zu schicken. Nichts hatte sich dort verändert, außer daß das Krankenhausbett verschwunden war und Mrs. Levitt die Terrassentür jetzt offenließ, auch wenn die frischen, warmen Frühlingswinde in Florida frühzeitig heiß werden. »Die Luft sollte hereinkommen«, hatte sie beim erstenmal gesagt, als ich die offene Schiebetür bemerkte. »Wenn es morgens etwas kühl riecht, weiß man, daß es ein schöner Tag wird. Wenn es richtig kalt riecht, mit diesem harten Gefühl, dann wird es schneien. Zumindest in Chicago. Man braucht einfach frische Luft.« Irving stand in einer Edelstahlurne auf einem Beistelltisch. Wenn man sie schüttelt, klappert es. Robert hatte einmal gefragt, was das wäre. »Ah, Schnickschnack«, hatte Mrs. Levitt gesagt und die Augen verdreht, während sie mich angesehen hatte.

»Es ist schwer für die Kinder«, erwiderte sie ruhig und leckte sich den Vanillebart von der Oberlippe ab. »Das Leben ist nicht leicht.«

»Ich komme mir dumm vor, wenn ich mich ausgerechnet bei Ihnen beklage.«

»Warum?«

»Wegen Ihres Lebens.«

Mrs. Levitt zuckte die Achseln. »Sie hätten mir nicht sagen sollen, daß es Joghurt war«, meinte sie. »Ich hätte es für Eis gehalten.« Sie leckte und sagte dann: »Ach, die großen Dinge. Es sind gerade all die anderen Dinge. Ob man das Kabelfernsehen behalten oder umziehen soll, was man zwischen Frühstück und Mittagessen machen soll.«

»Sie sind einsam«, sagte ich.

»Nein, nein«, meinte Mrs. Levitt. »Die Stunden zu füllen – das ist eine Aufgabe, wenn man eine alte Dame ist, und kein Gefühl. Manchmal spreche ich immer noch mit Irving. Das ist mein gutes Recht.«

»Trotzdem sollte ich mich nicht beklagen.«

»Das nennen Sie beklagen? Sie wissen nicht, was es heißt, sich zu beklagen. Jedenfalls machen die Probleme anderer Menschen die eigenen nicht kleiner. Aber seien Sie doch nicht so dumm zu denken, daß bei den anderen alles wunderbar ist.«

Natürlich hatte ich als Kind immer genau das gedacht, wenn ich in meiner Schuluniform an den Häusern vorbeiging, in denen hellgelbe Leselampen die Abendstunden gutaussehender und lebhafter Väter erleuchteten, freundlicher und sympathischer Mütter und Kinder, die in Räumen mit schönen, bunten Tapeten liebevoll ins Bett gebracht und in warme Decken eingepackt wurden. Es gab später sogar Zeiten, wo mir mein eigenes Zuhause so erschienen war, wenn Bobby und Robert und ich am Abend unter dem Messingleuchter in dem kleinen Eßzimmer saßen und das Geschirr und die Gläser funkelten, als ob man sie uns als Preise verliehen hätte. Wenn es doch immer so wie in diesem Augenblick wäre, dachte ich dann bei mir. Doch als wir den Tisch abräumten, das Geschirr aufeinanderstapelten und das Haus für die Nacht verdunkelten, war auch das Gefühl verschwunden, hell und flüchtig wie das Lampenlicht.

»Im Leben eines Jungen geschieht manchmal etwas, das man nicht ändern kann«, fügte Mrs. Levitt hinzu.

»Sie hören sich wie eine Wahrsagerin an.«

»Genau. Die sagen immer diese Dinge, die auf jeden zutreffen. Das Leben wird gut und schlecht sein. Du wirst Menschen begegnen, die dir helfen können. Jemand, den du liebst, wird sterben. Als wäre da was dabei.«

»Haben Sie Ihr Kalzium genommen?«

Sie hielt ihr Eis hoch. »Besser als Pillen«, sagte sie. »Noch besser, wenn es mit Schokolade wäre. Gibt es auch Schokoladenjoghurt?«

Cindy ißt jetzt gefrorenen Joghurt, trinkt Milch und geht jeden Tag auf den Markt, um frisches Gemüse zu kaufen. Ich weiß noch, wie ich vor nicht allzu langer Zeit dasselbe tat. Vor einem Jahr. Erst vor einem Jahr. Vor einem Jahr hatte ich ein Geheimnis, das ich genau wie Cindy in meiner Brust bewahrte. Selbst Bobby wußte nicht, daß ich schwanger war. Auch Grace nicht. Eine gute Krankenschwester jedoch mußte es bemerken.

Winnie hatte an einem Nachmittag, als es in der Notaufnahme nicht viel zu tun gab, den Kopf zur Seite gelegt, die Hände in die mächtigen Hüften gestemmt und an einer Ecke ihres Mundes herumgekaut. »Wie fühlst du dich?« sagte sie. Die Art, wie eine Frau geht, auf flachen Füßen, die Zehen ein wenig nach außen gestellt, das Becken vorgestreckt, als ob ihr Körper stolz auf sich ist – und eine gute Krankenschwester weiß Bescheid.

Ich wußte auch Bescheid, als ich zwei Tage nachdem Bobby mir die Nase gebrochen hatte in die Klinik ging. Ich lag auf dem Tisch mit dem Laken über meinen Knien, sah die Flasche und den Schlauch in der Ecke und wußte genau, wie sie es machen würden.

»Ich will Ihnen den Vorgang erklären«, sagte die Beraterin, die ihren Blick nicht von meinem zerschlagenen Gesicht abwandte, dem Verband und der verräterischen Umrandung aus Blau, Grün und Rot.

»Ich bin Krankenschwester«, sagte ich. »Ich weiß Bescheid.«

Als ich bei Abtreibungen assistiert hatte, hatte ich den Patientinnen gesagt, daß sie leichte Krämpfe haben würden. Heute weiß ich, daß das nicht ganz richtig war. Es tut richtig weh. Ich war froh, daß es weh tat. Je mehr es weh tat, desto klarer und fester wurde mein Entschluß, vom Tisch aufzustehen und Bobby Benedetto zu verlassen. Ich wollte wissen, ob es ein Junge oder ein Mädchen war, aber ich fragte nicht, und es hätte auch gar keinen Unterschied gemacht. Ein Junge, der lernen würde, daß ein Mann eine Frau mit der flachen Hand beherrschen kann; ein Mädchen, das lernen würde, daß Männer einen gleichermaßen lieben und verletzen können. Nur das nicht, nur das nicht, sagte ich mir immer wieder, eine dieser sinnlosen Phrasen, die in einem rotieren, wenn es einem schlechtgeht. Der Apparat machte ein Geräusch wie die Klimaanlage an unserem Fenster im Schlafzimmer. Ich starrte an die Decke, meine Augen waren trocken und sandig. Nur das nicht. »Du bekommst dein Mädchen schon noch«, hatte Bobby nach meinen Fehlgeburten gesagt. Da täuschte er sich.

»Wir sind jetzt fertig«, sagte der Arzt.

Vielleicht habe ich gar nicht Bobby, sondern den Arzt gespürt, als Mike Riordan in mich eindrang, den Spiegel und schließlich das Rohr, das summte, als ich an dem Heftpflaster herumfummelte, das an meinem Gesicht zerrte, wenn ich meinen Mund bewegte.

»Was ist mit Ihrem Gesicht passiert?« fragte der Doktor.

»Ich hatte einen Autounfall«, gab ich zurück.

Ich denke nicht mehr oft daran, wie mir das Blut auf eine Serviette sickerte, als ich mit der U-Bahn von Manhattan nach Brooklyn fuhr, um Robert nach der Schule etwas zu essen zu machen. In dieser Nacht schlief ich ein und hatte einen Traum, in dem ich meine Flucht plante. Ich rannte auf der Strandpromenade von Coney Island entlang und erblickte ein kleines Mädchen in einem limonengrünen, gekräuselten Badeanzug, das mit den Wellen kämpfte. Ich rannte ans Ufer, aber dort standen schon zwei Polizeibeamte. »Wir kümmern uns darum, Ma'am«, sagte einer von ihnen und lächelte. Ich drehte mich um und fing wieder an zu rennen, ohne zurückzuschauen. In meinem Traum war alles still; ich hörte nicht, wie das Kind schrie oder der Polizist durch das Wasser platschte.

Sie wäre jetzt sechs Monate alt. Sie würde schon sitzen können und brabbeln und über die Grimassen ihres großen Bruders lachen. Ich ertrage es nicht, zuviel darüber nachzudenken. Aber im Auto auf dem Weg zu Cindys Babyparty ging es mir nicht aus dem Sinn. Ich dachte den ganzen Tag daran. Ich dachte daran, als Mike und ich das Essen durch die Kellertür brachten und Craig uns begrüßte, während Chelsea den blassen und schlaffen Chad wie einen Sack Getreide herumschleppte. »Laß mich runter!« brüllte er, aber Chelsea achtete nicht auf ihn.

»Ich habe so viel Mineralwasser auf Eis gelegt, daß ich eine zweite Wanne brauchte«, sagte Craig. »Der Kuchen kam, und ich hab' ihn in den Kühlschrank getan, aber er nimmt dort allen Platz weg.«

»Er hat einen kleinen Schirm aus Zucker«, sagte Chelsea. »Kann ich ihn hinterher haben?«

»Bestimmt«, sagte ich.

»Wo ist Robert?«

»Er ist mit Mr. Castro und Bennie zelten gefahren. Zum Hidden-Forest-Wildreservat. Bennies Dad hat gesagt, daß es dort Alligatoren gibt.«

»Ich mag keine Alligatoren«, sagte Chelsea.

»Ich auch nicht.«

»Hi, Mr. Riordan«, fügte Chelsea hinzu.

Ich ließ Chelsea an diesem Tag alles durchgehen. Von dem Schirm wurde ihr schlecht, ganz zu schweigen von den Rippchen und drei Dosen Cola, aber ich ließ ihr ihren Willen, auch wenn sie noch so viel Zucker in sich hineinschlang. Wir aßen fast das ganze Essen auf, das ich vorbereitet hatte, die Mütter von der Eltern-Lehrer-Vereinigung, zwei Highschool-Freundinnen aus Lakota, Mrs. Manford und zwei ihrer Schwestern, Cindys Tanten. Cindy war mit ihrer Mutter einkaufen gewesen, und als sie nach Hause kam und den Haufen Schachteln und den weißen Spitzenschirm sah, der über dem Sessel in ihrem Arbeitszimmer hing – sie hätte mich bestimmt umgebracht, wenn wir das Wohnzimmer benutzt und etwas auf dem graubraunen Teppich verschüttet hätten –, kreischte sie auf und schlug die Hände vors Gesicht.

»Dafür werde ich dich umbringen, Beth, das schwöre ich dir«, sagte sie. Aber ich lächelte einfach und lächelte noch breiter, als ich sie so rund und gerötet vor mir sah, mit der großen, harten Schwellung ihres Bauches unter der ausgestellten, weißen Bluse; was für eine gewaltige Verbesserung diese Umstandskleider waren, wenn ich an die Zeit dachte, als ich vor fast zwölf Jahren Robert erwartete und alles Spitzen und Bänder und Blumen hatte, als müßte man wie ein Baby aussehen, um eins zu bekommen. Sie war im fünften Monat, aber sie sah nach mehr aus, weil sie Zwillinge bekam. Das Ultraschallbild sagte, daß es ein Junge und ein Mädchen waren, und sie hatte ihre Schwangerschaft fast drei Monate geheimgehalten, weil der Arzt sich nicht sicher war, ob beide oder nur eins durchkommen würden.

»Ich hätte sie auch beide verlieren können«, erzählte sie mir schließlich, und ich dachte an mein verlorenes Kind, schob den Gedanken aber angesichts ihres Glücks beiseite. Cindy liebte das Besondere, und Zwillinge sind etwas Besonderes. Die Schachteln bargen Schätze in doppelter Ausführung: zwei Paar winzige Jeans-Overalls, zwei Decken aus weichem Flanell, zwei bestickte Wickeltücher, eins rosa, das andere blau. Zwei Teddybären, der eine mit Fliege und Zylinder, der andere in einem Kleid. »Oh, die sind aber schön«, stöhnte Chelsea, als Chad sie auspackte und über jedes neue Geschenk in Entzückensschreie ausbrach.

Ich ging in die Küche, um die Servierschüsseln zu füllen, die sie zur Hochzeit bekommen hatte, wahrscheinlich bei genau so einer Party wie dieser. Ich erinnerte mich daran, wie ich kurz nach meiner Heirat mit Buddy und Marie für eine Woche auf die Bermudas fliegen wollte und mir am Flughafen die Städte auf der Abflugtafel anschaute und dachte, daß ich jetzt einfach meine Travellerschecks nehmen, nach Seattle, Cincinnati, Paris, Grand Rapids oder Montego Bay gehen und ein neues Leben beginnen könnte. Ich weiß nicht, warum ich in diesem Moment darauf kam; Bobby und ich waren immer noch verliebt. Vielleicht denkt jeder mal daran, in eine andere Haut zu schlüpfen und Golfprofi statt Anwalt zu werden oder Kellnerin unter der heißen Sonne der Karibik statt Lehrerin. Bobby hatte mir einmal von zwei Cops in der Abteilung für vermißte Personen erzählt, die nach einem Englischlehrer aus Queens fahndeten, einem glücklichen Familienvater mit neuem Auto und schönem Rasen, der eines Tages einfach verschwunden war. Zwei Jahre später entdeckten sie ihn in Australien, wo er Englisch unterrichtete, einen schönen Rasen und einen neuen Wagen hatte und eine Frau, die wie seine frühere Frau Shelley hieß.

Damals schien es mir nur eine komische Geschichte zu sein, aber heute weiß ich, daß sie viel über die menschliche Natur aussagte. Robert und ich waren quer durch das Land gefahren und waren in gewissem Sinne dort gelandet, wo wir zuvor gewesen waren. Ich blickte Robin Pearson an, die Sekretärin des

Eltern-Lehrer-Verbands, die sich mit Meghan Dicksons Mutter unterhielt, an deren Namen ich mich nie erinnern konnte –, und sie hätten ebensogut Marie und Terri sein können. Die zerknautschten Papierservietten, auf denen Rosen rankten, die Plastikbecher, das Lachen der Männer unten im Keller, tief und grollend, wie die Heizung, die bei Sonnenuntergang an einem kalten Abend im Nordosten ansprang – das, was man in ein neues Leben mitnahm, war man selbst, und deshalb richtete man es so ein, wie es früher gewesen war: gebraucht und doch recht bequem. Als ich zu Cindy hinüberblickte, die gerade Seidenpapier aus einer großen Schachtel zog, durchzuckten mich Schmerz und Kummer um Grace.

»Oh, seht doch«, sagte Cindy und entfaltete eine Steppdecke für ein Kinderbett, die mit Kreuzstichherzen bestickt war. Sie kramte in dem Seidenpapier nach einer Karte, und endlich sagte Mrs. Manford mit betont heiterer Stimme: »Das ist von mir, Süße.«

Was mich nun wieder an Ann Benedetto erinnerte, daran, wie sie einmal an Weihnachten einen Toast auf ihre Jungs ausgebracht hatte, wie sie Bobby einen Kaschmirpullover und ein Paar Outdoorstiefel, ein Buch über Baseball und einen Matchbeutel schenkte und mir eine Flasche Parfüm aus dem Drugstore überreichte und einmal sogar nur eine Strumpfhose, die mir zu groß war. Ich hatte es nicht verhindern können, daß mir die Frechheit dieser Beleidigung die Schamröte ins Gesicht trieb, ebenso wie Cindy jetzt rot wurde, als sie von der Steppdecke zu ihrer Mutter und wieder zurück blickte.

»Sie ist schön, Mom«, sagte sie, aber man konnte erkennen, daß sie dachte, was wir alle dachten: daß eine einzelne Decke ein seltsames Geschenk für eine Frau war, die Zwillinge erwartete. Besonders wenn es von einer Frau kam, die selbst einmal Zwillinge gehabt hatte. Ich sah die Tanten an, Mrs. Manfords Schwestern, aber sie sprachen über die Obligationen, die die Highschool ausgegeben hatte.

Charlie und Cathy sollten sie heißen, wie Cindy mir anvertraute. Sie hatte mir nie die Geschichte von ihrer Schwester erzählt, die sicherlich eine gesamte, staubige Kleinstadt mit einer Personenbeschreibung versorgt hatte: »Cindy Manford, armes Ding, weißt du, das Kind, dessen Zwillingsschwester... ja, eineiige Zwillinge auch noch... die arme Mutter...« Mrs. Manford zog sich die Lippen nach. »Wenn ich an diesen Steppdecken arbeite, kann ich mich wirklich entspannen«, sagte sie.

Es kam mir alles so vertraut vor, deutlicher und lebhafter als jedes Déjà-vu-Erlebnis. So war das Leben nun einmal. Chad machte seine Windeln schmutzig. Mrs. Manford fragte Cindy, warum er noch nicht auf den Topf gehe. Robin Pearson sagte, daß sie ihren Sohn erst mit vier Jahren an den Topf gewöhnen konnte. Eine von Cindys Freundinnen aus der Highschool sagte, daß sie der Kindergarten in Lakota, der gute bei der Methodistenkirche, nicht nehmen würde, wenn sie noch nicht sauber wären. Chelsea sagte, daß sie die Babys baden wollte. Mrs. Manford sagte, daß sie dafür zu klein sei. Ich sagte, ich würde ihr helfen. Cindy sagte, daß sie so oft pinkeln müßte, daß sie auch gleich im Bad bleiben könnte. Ihre Mutter sagte, daß sie keine Avon-Kosmetik verkaufen könnte, wenn sie ständig im Bad wäre. Es war jetzt sechsundzwanzig Tage her, daß Robert seinen Vater angerufen hatte, unter der Nummer, die wir ihm für den Fall eines Kidnappings beigebracht hatten, als er sechs Jahre alt war. Die Angst, die ich in jener Nacht gespürt hatte, als ich diese Stimme hörte, so sanft und so erschreckend, war noch nicht ganz verschwunden. Aber in meiner neuen Umgebung, mit allem, was um mich herum geschah, schien es nicht mehr so real zu sein, so wie für Mrs. Levitt die Jahre im Konzentrationslager weniger real zu sein schienen als die Raviolidosen von Chef Boyardee auf ihrem Regal. Patty Bancroft hatte mich nicht zurückgerufen, und mir fiel auf, daß ich das auch gar nicht erwartet hatte. Ich hatte ihr gesagt, was ich ihr hatte sagen wollen, und das war's. Ich stand auf eigenen Füßen. Das hier war mein Leben.

»Sieh dir bloß diese Beute an«, sagte Craig bedächtig, nachdem alle Gäste gegangen waren, und schaute auf den Haufen Schachteln.

»Gesegnet seist du, Süße«, sagte Cindy und klopfte mir auf die Schulter. »Ich könnte dich umbringen vor lauter Liebe. Wo ist Robert?«

»Mit den Castros zelten gefahren.«

»Hast du schon Pläne für heute abend?«

»Ich werde früh zu Bett gehen. Die ganze Sache hat mich erschöpft.«

»Ich habe eine bessere Idee, die ich dir aber nicht verrate«, sagte sie und schaute in die Küche, wo Mike mit den Fingern den übriggebliebenen Kartoffelsalat aß.

»Ich danke dir für deine Zurückhaltung.«

»Yeah, wie auch immer. Ich muß wieder pinkeln.« Sie rieb sich das Kreuz, während sie sich über das blaßrosa Tischtuch krümmte, das ich auf dem Eßtisch ausgebreitet hatte. »Ich muß sofort etwas Fleckenwasser drauftun«, meinte sie. »Chad, Baby, sind das hier deine fettigen Fingerabdrücke? Hoffentlich finde ich keine auf meiner Couch.«

»Herzlichen Glückwunsch!« rief Chad, drehte sich im Kreis und fiel vergnügt glucksend auf seine Hände und Knie.

»Hat er von Janice Dicksons Wein getrunken?« sagte Cindy.

»So heißt sie also!«

»Die hat echt den sprachlichen Dünnpfiff. Mein Gott, das ist ein fürchterlicher Ausdruck. Ich habe ihn von Daddy aufgeschnappt.«

Mike fuhr mich nach Hause. In dem blassen, margarinefarbenen Nachmittagslicht sah er irgendwie älter aus. »Ich muß öfter auf den Platz, wenn ich auch nur ein bißchen Golf lernen will«, sagte er.

»Craig ist ein netter Mann, nicht wahr?«

»Ein guter Typ, wirklich. Er mag dich auch.«

»Das hat jetzt Spaß gemacht!« meinte ich.

»Ihr habt da oben einen ganz schönen Lärm veranstaltet.«

»Ich glaube, der Sekt hat das Ganze wirklich aufgelockert. Ich wünschte, Cindy hätte mithalten können.«

Wir fuhren direkt in die Sonne und fädelten uns zwischen den Autos hindurch, die von den Einkaufszentren auf die

Straße rollten, hochbeladen mit Kisten und Tüten und vollaufgedrehter Klimaanlage. Der Hochsommer stand vor der Tür, und Hochsommer bedeutete hier das gleiche wie anderswo auch: erbarmungslose Hitze und schweißnasse Hosenböden. Mikes Hand war feucht, als er nach meiner griff. Ich stand immer noch nicht auf ihn, gar nicht. Aber es war wirklich toll, wenigstens einen Menschen auf der Welt zu haben, der wußte, wer ich wirklich war.

»Du hast immer noch nicht die Hunderttausendmarkfrage gestellt«, sagte ich schließlich.

»Und die wäre?«

»Die Frage, die jeder stellen sollte. Die Frage, die wir jeder Frau stellten, die zusammengeschlagen in die Notaufnahme kam. Warum sind Sie nicht weggegangen? Wie konnten Sie bloß bei ihm bleiben?«

»Du bist gegangen. Ich weiß, warum du geblieben bist. Wegen Robert.«

»Und warum bin ich dann weggegangen?«

»Auch wegen Robert. Du hältst mich wohl für beschränkt.«

»Ich halte dich für einen erstaunlichen Menschen«, sagte ich. Ein Lastwagen donnerte an uns vorbei und schüttelte den Wagen, als hätte uns ein Sommersturm erfaßt. »Ich hatte eine Abtreibung, kurz bevor ich gegangen bin.« Der Lastwagen war so laut, daß ich nicht wußte, ob er mich verstanden hatte. Ich konnte mich selbst kaum hören.

Er schwieg eine ganze Weile und sah auf die Straße. Schließlich sagte er: »Hast du das gesagt, damit ich es weiß, oder weil du glaubst, daß ich weggehe, wenn du mir genügend schlimme Sachen erzählst?«

»Ich weiß nicht«, sagte ich.

»Komm doch zu mir zum Essen vorbei.«

Ich schüttelte den Kopf. Die Sonne spiegelte sich in seiner Brille, und ich konnte seine Augen nicht sehen. »Nicht heute abend«, sagte ich.

»Ob es wohl einen Punkt gibt, an dem du mir entweder sagst, ich soll abhauen, oder – was auch immer?«

»Was auch immer«, sagte ich, als wir vor der Wohnanlage vorfuhren. Seine Augen waren dunkel, verletzt, wie Roberts Augen manchmal waren, und er versuchte nicht, es zu verbergen. »Frances«, sagte er.

»Beth. Ich bin immer noch Beth.«

»Frances. Beth. Ich nenne dich, wie immer du willst. Es ist mir egal. Alles ist mir egal. Wenn du mir sagst, daß du eine Serienmörderin bist? Nur zu. Es ist mir egal.«

»Ich möchte nicht, daß du abhaust«, sagte ich.

»Das ist wohl ein gutes Zeichen, oder?«

»Yeah«, meinte ich und ging hinein.

Mitten in der Nacht wachte ich durch den Geruch von Rauch auf und stürzte in Roberts Zimmer, so schnell ich nur konnte, bis mir einfiel, daß er mit Bennie beim Zelten war, daß er nicht da war, daß sein Zimmer leer und sein Bett gemacht war und seine Bücher verstreut auf der Decke lagen. Ich schnüffelte in der Luft herum, mit erhobenem Kopf wie ein wildes Tier, und folgte dem Geruch die Treppe hinunter, in die Küche, weil ich mich fragte, ob ich den Herd angelassen hatte oder ob irgendwo in den billigen Gipswänden eine Leitung durchgeschmort war. Das Brecheisen stand immer noch unten in einer Ecke neben der Tür, und als ich es in die Hand nahm, fühlte es sich schwer und kalt an, und dann sah ich eine glühende Zigarettenspitze in meinem Wohnzimmer. Marlboros. Wieso hatte ich diesen vertrauten Geruch nicht sofort erkannt?

Der Blick, mit dem er das Brecheisen in meiner Hand betrachtete, ließ mich rot werden. »Was haben wir denn da, Fran?« sagte Bobby und schaute aus dem abgewetzten, grauen Tweedsessel auf, den ich wohl ein dutzendmal von einer Ecke des Wohnzimmers in die andere geschoben hatte, um einen Platz zu finden, wo er nicht ganz so gräßlich aussah. »Willst du mir vielleicht mit dem Stück Rohr eins über den Schädel ziehen?« Er schüttelte den Kopf. »Mein Gott, manchmal denke ich, daß du einen Hirnschaden hast. Setz dich hin.«

Nach dem ersten Ansturm von Adrenalin, das metallisch und bitter in meinem Mund schmeckte, fühlte ich nicht mehr viel. Sicher keine Überraschung. Es schien ganz normal, daß Bobby dasaß. Füreinander geschaffen, für immer zusammen: ich und Bobby, Bobby und ich. Er war vor mir, und die Küche war auf meiner Seite, und ich konnte das Telefon an der Wand spüren, als ob es nach mir rief. Wie immer las er meine Gedanken. »Das Telefon funktioniert nicht«, sagte er und schnipste die Asche auf eine alte Zeitschrift, die auf dem Couchtisch lag. »Außerdem, was, zum Teufel, willst du den Cops denn sagen? In meiner Wohnung befindet sich ein Fremder, der zufällig mein Mann ist. Yeah, was macht er denn, Lady? Oh, Officer, er raucht eine Zigarette. Verdammt, da kommen wir aber sofort vorbei.« Er nahm einen tiefen Zug. »Es dauert hier sowieso zwölf Minuten, bis sie kommen. Setz dich.«

»Ich bleibe genau dort stehen, wo ich bin.«

Er zuckte mit den Achseln. »Wie du willst«, sagte er.

Bobby sah wie immer gut aus. Seine Jeans waren wie immer gebügelt, und ich fragte mich, wer sie jetzt wohl bügeln mochte. Sein Polohemd saß eng, und man konnte seine Brustmuskeln wie auf einem anatomischen Lehrbild erkennen. Seine Arme waren kräftig, die Muskeln dick und gerundet. Er hatte hart trainiert, und plötzlich konnte ich ihn genau vor mir sehen, wie er im Kellergeschoß des Hauses, meines Hauses, seine Gewichte stemmte und stärker und stärker wurde, wütender und wütender, wie er meine Strumpfhosen und Parfümflaschen in die Hand nahm und wartete und wartete. An seinem Hals glitzerte etwas, und im V-Ausschnitt des Polohemdes, mitten im Pelz seiner Brust, sah ich die alte Medaille seines Vaters funkeln. Sie sah irgendwie anders aus, und dann bemerkte ich, daß sie von zwei Hälften eines gezackten Herzens flankiert war, der Hälfte, die er behalten hatte, und der, die ich getragen und in der Schmuckschachtel auf unserer Kommode in Brooklyn zurückgelassen hatte. Er sah gut aus, Bobby, gut und gefährlich, so wie Clarice Blessing es einmal gesagt hatte. Ich wußte, daß er gekommen war, um mich umzubringen.

»Wie ist es dir ergangen, Frances Ann? Du hast dir hier eine schöne Bruchbude besorgt. Das Ganze ist vielleicht ein Drittel so groß wie unser Haus. Ich wollte es verkaufen, aber dein

Name steht auf der Urkunde, und der Anwalt sagte, ich könnte es ohne deine Erlaubnis nicht verkaufen. Herr im Himmel. Ich brauchte deine Erlaubnis, um mein eigenes Haus zu verkaufen.

Ich mußte ihm eine Geschichte erzählen, daß du in Florida wärst und so. Das ist doch wirklich komisch, oder? Noch bevor ich wußte, daß du in Florida bist, sagte ich, daß du in Florida wärst. Ich mußte mir noch mehr beschissene Geschichten ausdenken. Zuerst warst du sehr beschäftigt, dann war deine Mutter krank, dann warst du in Florida, weil meine zwanzig Jahre fast vorbei waren und wir dort hinziehen wollten.« Er zündete sich eine Zigarette am Ende der anderen an. Er hatte geraucht, als wir miteinander ausgingen, aber nach Roberts Geburt damit aufgehört. Jetzt drückte er den Stummel mit der Fußspitze auf dem Boden aus. Er trug die weichen, schwarzen Lederslipper, die er immer in dem italienischen Geschäft an der 10th Avenue kaufte. Sie glänzten in dem dunklen Zimmer. Bobby putzte und polierte seine Schuhe immer selbst. »Ich weiß wirklich nicht, warum überhaupt jemand hierherkommt«, fuhr er fort. »Ich würde mich hier nicht einmal für eine Million zur Ruhe setzen.« Zwei Herzen, die wie eins schlugen: Fran und Bobby, Bobby und Fran. Unser Hochzeitslied war »I've Got You Under My Skin« gewesen. So konnte man es auch ausdrücken.

Ich zitterte in meinem durchsichtigen Nachthemd und fragte mich, ob er im schwachen Licht der Straßenlaternen, das durch die halbgeöffneten Jalousien drang, unter dem dünnen Stoff etwas sehen konnte. Er sagte etwas, aber mit so leiser Stimme, den Kopf nach unten gebeugt, die Zigarette im Mund, daß ich es nicht verstand. Dann sah er auf, und seine Augen waren so glänzend und schwarz wie die Schuhe, und mir wurde klar, daß er wiederholte, was er gerade gesagt hatte.

»Du hast meinen Sohn mitgenommen. Meinen Sohn. Mein Kind. Hast du denn völlig den Verstand verloren? Bist du so verrückt, daß du dir nicht denken konntest, daß ich dir folgen würde? Wo du meinen Sohn bei dir hattest und ihm lauter Mist erzählen würdest? Und weswegen? Weil ich einen Fehler gemacht und dich etwas hart angefaßt habe. Gott, ich hätte dir beide Beine brechen sollen, du Miststück, damit du nicht wegrennen konntest.

Verdammt, du hattest alles, was du dir nur wünschen konntest. ›Warum läßt du sie arbeiten, Bob?‹ haben die anderen Jungs immer gefragt, aber ich ließ es zu und dachte, wenn es dich glücklich macht, sollst du es haben. Du hattest dein Haus. Meine Mutter kümmerte sich um dein Kind, wenn du auf der Arbeit warst, wenn es spät wurde. Alles, was du tun mußtest, war, den Hörer abzunehmen. Sie sagte: Wieso lädt sie mich nicht zu euch ein, Bob? Ich sagte: Ma, du mußt ihr ein bißchen Freiraum lassen. Ich hab' immer deine Partei ergriffen. War immer der nette Typ, der mit dem Kind in den Park geht. Hab' meinen Freunden gesagt, sie sollten sich um ihre eigenen Dinge kümmern. Sie ist nicht sehr freundlich, Bob, sagten sie, und ich meinte: Na ja, sie ist eben schüchtern. Ich wußte, daß es gelogen war, weil du sehr nett sein konntest, wenn du wolltest. Aber du wolltest nicht.

Glaubst du denn, daß das Leben mit dir ein reines Vergnügen war, Fran? Wo du immer gearbeitet und andere Leute zusammengeflickt hast und zu Hause dann müde warst, du Ärmste, aber wehe dein Mann brauchte auch mal etwas Entspannung. Wie du immer am Küchentisch gesessen und so getan hast, als würdest du mir zuhören, und wie sich deine dünnen, kleinen irischen Lippen verzogen, während ich redete, als ob du was Saures im Mund hättest. Meine Mutter war eine alte Hexe, meine Freunde waren ungehobelt. Du willst meinem Jungen erzählen, daß ich selbstgerecht bin, Fran? Du willst meinem Sohn etwas erzählen, wo du nichts als Scheiße im Kopf hast?

Willst du etwas verdammt Trauriges hören? Ich habe dich geliebt. Verdammt, ich habe dich wirklich geliebt, Frances. Aber nichts konnte man dir recht machen, nichts war dir gut genug. Du wolltest tun, was dir paßte, mit deiner Schwester ausgehen, ins Krankenhaus gehen, mit deinen lesbischen Freundinnen weggehen, immer nur weggehen, statt zu Hause zu bleiben, dort, wo du hingehört hast. Und selbst wenn du zu Hause warst, hast du mich immer voller Angst angesehen, als ob gleich etwas Schreckliches passieren würde. Was glaubst du denn, was das für ein Gefühl ist, wenn man merkt, daß die eigene Frau einen anschaut und verstohlen zur Seite blickt, als ob man eine Granate ist, die gleich in ihrer Hand explodieren wird? Oft bin ich nur auf dich losgegangen, um diesen verdammten Ausdruck aus deinem Gesicht zu vertreiben, Fran.«

Es war das erstemal seit langer Zeit, daß wir beide wirklich allein waren, ohne Robert hinter der Wand, über dem Flur oder im nächsten Raum, so daß ich nicht daran zu denken brauchte, ihn zu beschützen, meine Stimme zu dämpfen. Ich weiß nicht, warum ich nicht einfach laut geschrien habe. Vielleicht beging ich denselben Fehler, den ich immer gemacht hatte: zu glauben, daß er früher oder später Vernunft annähme, daß ich hinter seinen Augen den Bobby sähe, der meine Finger küßte, einen nach dem anderen, wenn meine Hände rissig vom Desinfektionsmittel im Krankenhaus waren. »Du hattest kein Recht, mich zu verletzen, Bobby«, sagte ich.

»Verletzen? Verletzen? Was glaubst du, was du mir angetan hast? Ich komme nach Haus, alles ist dunkel, ich haue mich erschöpft ins Bett direkt neben meine Frau, die fest schläft. Mein Junge schaut mir nicht mehr in die Augen, weil sie ihm lauter Mist erzählt hat –«

»Ich habe ihm nie etwas gesagt –«

»VERDAMMT NOCH MAL, UNTERBRICH MICH NICHT!« Ich lehnte mit dem Rücken an der Wand am Fuß der Treppe und hoffte inständig, daß die Wände dünn genug waren, damit mich jemand hören konnte. Doch sie hörten immer etwas, die anderen Leute, sie hatten immer etwas gehört und nichts getan, sich nicht eingemischt.

»Und eines Abends komme ich nach Haus, und meine Frau und mein Sohn sind verschwunden, aber sie können nicht weit sein, weil alles noch da ist, also gehe ich zu deiner Schwester und deiner Mutter und zu dieser großen Lesbe, mit der du im Krankenhaus gearbeitet hast. Und sie sagt doch wirklich zu mir: Sie haben sie die ganze Zeit über geschlagen, oder? Und ich sage: Du hast sie ja auch die ganze Zeit über gebumst. Sie knallte mir die verdammte Tür vor der Nase zu und rief die Cops. Die Cops!« Bobby warf den Kopf in den Nacken und lachte. Ich sah, wie sein Haar an den Schläfen silbern wurde. Er sah gut aus. Attraktiv. Ich zitterte immer noch.

»Es hat 'ne ganze Weile gedauert, das muß ich zugeben. Deine Schwester ist ein zähes Luder. Egal, was ich auch versuchte, sie rückte nicht mit der Sprache raus. Bald hatte ich sie soweit, daß sie nicht mal mehr ans Telefon ging, aber was ich auch machte, sie hat nichts verraten. Die Frau, wie heißt sie doch noch, die immer im Fernsehen ist mit der rotzigen Stimme, an die kommt man nicht heran, aber einige ihrer Leute sind richtige Angsthasen. Klappen schnell zusammen. Die, die dich hierhergefahren hat, die mit den Hunden, war leicht einzuschüchtern. Und der Typ in New York, als ich ihm androhte, das ganze New York City Police Department auf ihn zu hetzen! Das hat ihnen angst gemacht, das konnte man sehen. Sie hätten dich früher oder später verraten.«

Er zog an seiner Zigarette und lächelte. Was für ein Lächeln Bobby immer hatte. Es veränderte sein ganzes Gesicht. Dies hier ließ ihn so unheimlich wirken, daß ich fast wegsehen mußte. »Aber ich brauchte nicht einmal zu warten«, sagte er. »Ich habe eine kleine Büchse am Telefon, den Anrufermittler. All die ängstlichen kleinen Fotzen in der Stadt kaufen sich so einen, als ob ihnen das irgendwie helfen würde, wenn der böse Mann anruft. Man kann die Zahlen so chiffrieren, daß sie nicht durchkommen, aber glücklicherweise kenne ich einen Typen bei uns, der sie entziffern kann. Den kleinen Kasten hatte ich da schon eine ganze Weile, aber ich nahm das Ding nicht ab, und was passiert? Hier bin ich. Weil mein Sohn loyal ist. Ein loyaler Junge. Er ruft seinen Vater an, und ich schreibe die Nummer auf und«, er wedelte mit der Zigarette in dem dunklen Wohnzimmer herum, »hier bin ich. In diesem Scheißkaff. Wo eine Frau zu Hause ist, die alles hatte, was sich eine Frau nur wünschen kann, und ein verdammtes Chaos zurückgelassen hat, das ich in Ordnung bringen durfte.«

»Bobby –«

»Ach Scheiße, Frances, gib dir keine Mühe. Ich will deinen Mist nicht hören. Selbst wenn ich gut drauf war, hast du mich angeguckt, als ob ich im nächsten Moment böse werden konnte. Du hast mich angeschaut, als ob du nur darauf warten würdest.« Er lachte wieder. »Und ich wollte dich nicht warten lassen, Fran. Nicht so, wie du mich ein ganzes Jahr lang auf meinen Jungen hast warten lassen.«

»Er ist nicht hier«, sagte ich.

»Als ob ich das nicht wüßte. Du glaubst doch nicht, daß ich nicht genau weiß, wo er ist und wo er zur Schule geht? Deswegen habe ich gewartet, Fran. Ich hätte auch schon zwei Tage nach seinem Anruf hier sein können. Aber ich habe noch eine Woche gewartet, und weißt du, warum? Weil ich so ein guter Vater bin. Ich bin ein verdammt guter Vater. Ich habe gewartet, damit ich ihm das Schuljahr nicht versaue. Damit er diese beschissene öffentliche Schule beenden konnte, in die du ihn gesteckt hast. Hassen dich nicht alle, Fran, weil du mit dem Lehrer schläfst und eine Sonderbehandlung für dein Kind bekommst?«

»Ich –«

»Spar dir die Lügen. Ich habe deine Lügen so verdammt satt. Lügen, Lügen, Lügen.« Er seufzte tief. »Frannie, Frannie, Fran. Ich weiß, wo du gearbeitet hast, Fran, und für wen. Ich weiß sogar, wieviel Geld du verdienst. Ich kenne deine Telefonnummer. Du hast ein loses Fenster an der Rückseite. Das Fliegengitter wackelt, und die Scheibe ist so dünn, daß man sie mit einem Glasschneider in einer Minute draußen hat. Ich hab' dir schon hundertmal gesagt, daß du kein Gefühl für Sicherheit hast, Fran. Jedes Tier könnte hier hereinkommen. Jedes. Mein Junge ist hier nicht sicher.«

»Wir gehen nicht zurück, Bobby.«

»Dich würde ich auch nicht für viel Geld zurücknehmen, du Miststück.« Er drückte seine Zigarette aus. »Weißt du, was das

Schlimmste an dieser Geschichte ist? Ich habe dich so sehr geliebt, Frances Ann. Manchmal bin ich nach ein paar Drinks eingeschlafen und hab' geträumt, aber keine unwirklichen Träume, so verrückte Sachen. Es waren richtige Filme, Familienfilme. Wie das eine Mal am Strand, als Robert ein Baby war und wir den großen Schirm aufspannten, damit er keinen Sonnenbrand bekam, und ich mit der Instamatic all diese Bilder machte, während du neben der kleinen Tragetasche gesessen hast, in die du ihn gelegt hattest. Im Traum hab' ich ihn gehalten, als er auf den Wellen herumhüpfte, und zu dir zurückgesehen, und du hattest dieses sanfte Lächeln, richtig süß, richtig nett. Ich wachte auf, und mein Innerstes brannte so, daß ich glaubte, sterben zu müssen. Ich hab' dich bis zum Wahnsinn geliebt, und was hast du mir dafür angetan?«

»Ich hab' dich auch geliebt, Bobby.«

Wieso hatte ich bloß die Fähigkeit verloren, in seinen schwarzen Augen zu lesen? Oder hatte ich sie vielleicht nie besessen? Ein dutzendmal, während er redete und redete, hatte ich mich so fest an die Wand hinter mir gepreßt, daß meine Fersen schmerzten, weil sie gegen die Leiste stießen. Vielleicht waren es die Worte oder der plötzliche Sog der Gefühle, die Traurigkeit, die wie eine leichte Ohnmacht über mich kam und mich sehnsüchtig werden ließ, während ich diese letzten Worte sprach und sie von ganzem Herzen meinte, während ich das Metall der Brechstange in meiner Hand spürte: Ich habe dich auch geliebt, Bobby. Ich hatte sie kaum ausgesprochen, als er aus dem Sessel auf mich zukam, wie eine Katze, so schnell, daß ich es kaum merkte, bis er mich mit seinem Körper gegen die Wand drückte und mir den abgewinkelten Unterarm an die Kehle preßte, wie es ihm die älteren Cops beigebracht hatten, als er ein Neuling gewesen war. Er hatte es mir einmal im Scherz gezeigt, vor vielen, vielen Jahren, und mir war schwindelig geworden, und der Fußboden war mir entgegengekommen. Diesmal war es kein Scherz. Er stemmte sein Knie hart gegen mein Handgelenk, und das Brecheisen fiel mit einem dumpfen Schlag auf den billigen Teppichboden und rollte auf meine Füße, als wollte es mich verspotten.

Früher hatte ich auf den Ausbruch geradezu gewartet, fast dankbar, wie er eben sagte, daß das Warten vorbei war. Vielleicht hatte er recht, vielleicht hatte ich jahrelang einen Ausdruck in meinen Augen gehabt, wie wenn mir ein Schrei in der Kehle steckte. Aber es war doch trotz allem Bobby gewesen, der mich herumstieß und mir ins Gesicht brüllte; ich roch den vertrauten Geruch, spürte den vertrauten Körper. Diesmal war es so, als ginge ein Fremder auf mich los. Die harten Hände fühlten sich nicht mehr vertraut an; der Atem, der die Zigaretten und den Alkohol verriet, roch abstoßend, und der Körper, der sich unter der Hose an meine Leiste drückte, fühlte sich fremd an, verbrecherisch. Sogar die Stimme war nicht mehr so hypnotisch wie einst, irgendwie anders, schwächer, blechern. Oder es lag daran, daß ich eine andere war, daß Beth Crenshaw sich nicht mehr von diesem Mann verprügeln und blutig schlagen ließ. Ich setzte all meine Kräfte gegen ihn ein, meine Hände, meine Knie, meine Füße – alles außer meiner Stimme, die von seinem eisernen Arm in Schach gehalten wurde. Ich schloß die Augen, ließ meinen Körper schlaff werden und glitt die Wand hinab, und als ich spürte, wie er sich entspannte und ein gurrendes, schnurrendes Geräusch von sich gab, wie seine Wachsamkeit einen Moment lang nachließ, schnellte ich hoch, überraschte ihn und warf ihn fast um.

»Jetzt ist Schluß«, sagte er und packte mich um den Hals. Und dann sah ich farbige Punkte vor schwarzem Hintergrund, wie das Feuerwerk, das wir jedes Jahr am vierten Juli auf der Strandpromenade von Coney Island beobachteten. Jetzt ist Schluß. Das ist das letzte, woran ich mich erinnere.

Meine Tochter hat rotes Haar und ist, wie man es von Rothaarigen erwartet, eigenwillig und ein bißchen wild. Seit sie angefangen hat zu sprechen, hängt sie an fast jeden Satz ein Fragezeichen: Mommy, was ist das? Mommy, Wasser heiß? Mommy, haben? Warum? Warum nicht? Wahrscheinlich können die meisten Leute sie nicht verstehen. Ihre Worte sind wie Suppe, klare Vokale mit Konsonanteneinlage, die sie in ihrem kleinen Mund herumwirbelt, bis sie zu einem undeutlichen Brei werden. Ab und zu muß ich es sogar ihrem Vater übersetzen, dem geliebten, bewunderten Daddy. Aber ich verstehe alles, was sie sagt. Einfach alles.

Manchmal wundern sich die Leute, wenn sie uns alle zusammen im Supermarkt sehen, über das Gewirr orangefarbener Locken über dem Einkaufswagen. Angesichts unserer blonden Haare können sie sich nicht ganz erklären, woher dieses ungewöhnliche Gen gekommen ist. Loving Care Nummer 27, kaliforniablond, läßt mich weniger wie die Mutter meiner Tochter aussehen, aber ich hänge inzwischen aus sentimentalen Gründen daran. Außerdem läßt es mich ein bißchen mehr wie Mikes Frau aussehen, eine Beziehung, die viel zarter ist als die zwischen mir und Grace Ann. »Gwacen«, nennt sie sich mit einem Wort. »Heute heißt du aber Grace Ann«, sagen wir vor dem Mittagessen an Feiertagen, und sie schüttet sich vor Lachen aus.

Ich heiße Beth Crenshaw. Ich habe den Namen Riordan nicht angenommen, und auch nicht wieder Flynn. Ich habe Frances zurückgelassen. Beth Crenshaw ist der Name der Frau, die ich heute bin, Grace Anns Mutter. Und Roberts Mutter. Was auch geschieht.

Es war Mike, der mich auf dem Fußboden meiner Wohnung fand, einen halben Tag, nachdem ich Bobby dort beim Rauchen entdeckt hatte. Am Sessel lag ein Haufen ausgedrückter Zigarettenstummel, und mein Nachthemd war bis zu meiner Brust hochgeschoben, als ob er mich zum letztenmal betrachtet hätte. Er hat mich nicht vergewaltigt, ich habe es überprüft. Nur die Tür hatte er offengelassen, als ob er damit geringschätzig andeuten wollte, daß es in der Wohnung nichts mehr gäbe, was man schützen müsse. Von einem Ohr zum anderen trug ich eine Halskette aus grünen und blauen Flecken. Ich weiß nicht, ob es das war, was Bobby beabsichtigte, oder ob er mich umbringen wollte und sich verschätzt hat. Vielleicht hat er aber auch im letzten Augenblick in mir gesehen, was ich in ihm gesehen hatte: jemand, den man haßte, fürchtete und doch liebte. Vielleicht war der Würgegriff in letzter Minute zu einer Umarmung geworden oder seiner verdrehten Version davon.

Vielleicht hat er aber genau das beabsichtigt. »Frannie, Frannie, Fran«, höre ich ihn mit seiner tiefen, samtigen Stimme sagen. »Der Tod ist zu gut für dich. Ich will, daß du leidest.« Und das tue ich auch, Tag für Tag.

»Er ist nach Hause gegangen«, sagte Mrs. Castro, als Mike und ich zu ihrer Wohnung am Ende des Blocks rannten und uns Bennie verstört und besorgt anstarrte, als er unseren Ausdruck sah. »Er ist schon lang zu Hause.«

Ich möchte gern glauben, daß Robert seinem Vater draußen begegnet ist, an der Haustür, und nicht im Wohnzimmer. Ich möchte glauben, daß Robert so viel Lärm geschlagen hätte, wenn er mich auf dem Boden gesehen hätte, daß jemand aufmerksam geworden wäre. Daß er schreiend und weinend zu den Castros geflohen wäre. Daß er sich auf meine Seite gestellt hätte. Ich möchte gern glauben, daß Bobby ihm irgendeine Geschichte erzählt hat, ein unwiderstehliches Märchen über Versöhnung und Vergebung, die glückliche Familie, die wieder zum Leben erweckt wird wie Schneewittchen durch ihren schönen Prinzen aus ihrem langen Schlaf im gläsernen Sarg. Ich möchte glauben, mein Junge wußte nicht, daß er mich verließ, bevor er mit sechzig Meilen die Stunde irgendeinen Highway entlangbrauste.

Ich weiß nur, daß er verschwunden ist und ich nicht weiß, wo ich ihn finden kann oder wo ich anfangen sollte, nach ihm zu suchen. Mike ist mit mir zur Polizei gegangen, und sie haben Bilder von meinem Hals gemacht und die Adresse und Telefonnummer meines Mannes aufgenommen und vorschriftsmäßig notiert, daß er ein Detective der New Yorker Polizei sei und daß ich keine Dokumente besitze, die mir das Sorgerecht für mein eigenes Kind zusprechen. Sie hörten genau zu, machten sich ein paar Notizen und nickten mit dem Kopf, aber ich konnte ihnen an den Augen ablesen, daß das Budget einer vier Mann starken Kleinstadtpolizei nicht ausreichte, um nach Brooklyn zu fliegen und einen Mann zu suchen, der seiner Frau das angetan hatte, was so viele Männer taten. Und außerdem wußte ich genau, daß Bobby nicht mehr dasein würde, ebenso wie ich an jenem Tag vor einem Jahr nicht mehr dagewesen war, als er von der Arbeit zurückkam.

Mike suchte uns einen Privatdetektiv, wir gingen gemeinsam zu ihm, und ich erzählte ihm meine Geschichte. Er schien ein netter Mann zu sein, ein ehemaliger Sheriff aus Texas mit einem großen, ausgestopften Fächerfisch über seinem Schreibtisch und einem Stück Red-Man-Kautabak, das seine Oberlippe ausbeulte. Er schob uns den Scheck über den Schreibtisch zurück. »Sie scheinen nette Leute zu sein«, sagte er, »also werde ich euch nicht bescheißen. Ihr Junge ist weg, und er wird schwer zu finden sein. Ihr Ex ist ein Cop, was bedeutet, daß er weiß, wie man sich dünne macht. Sehen Sie, wie leicht es für Sie gewesen ist. Aber selbst wenn Sie nach ihm suchen und ihn vielleicht sogar finden. Was dann? Sie haben keinen rechtlichen Anspruch. Sie haben das Kind genommen und sind mit ihm durchgebrannt. Er hat es sich zurückgeholt. Am Ende bekommen noch Sie die Schwierigkeiten. Tätlicher Angriff, das können Sie ihm vorwerfen, aber damit bekämen Sie nicht notwendigerweise Ihren Jungen zurück. Er geht vor Gericht und sagt, daß Sie mit dem Jungen seit einem Jahr verschwunden sind, und man reißt Ihnen den Kopf ab.«

»Wir werden den Jungen nicht aufgeben«, sagte Mike.

»Ich kann Ihre Gefühle gut verstehen, Mister. Ich habe selbst zwei Jungs. Aber ich muß Ihnen sagen, daß Sie unter Umständen gar keine Wahl haben. Sie können ihn sich schnappen und zurückholen, wenn Sie ihn finden. Und dann holt ihn sich ihr Mann wieder. Und so weiter und so weiter. Verstehen Sie? Pingpong, nur daß das Kind der Ball ist.« Er wandte sich an mich und schüttelte den Kopf. »Wenn Sie geschieden wären und das Sorgerecht hätten, könnte ich ihn finden und Ihnen zurückbringen. Es handelt sich hier ja nicht einmal um eine Art Kindesentführung. Ich weiß überhaupt nicht, wie man die Situation nennen sollte.«

Ich schon. Es war wie der Tod, außer daß ich damit weiterleben mußte. Ich konnte Mike Riordan nicht ansehen, wenn er mit Kuchen und Zeitschriften bewaffnet vorbeischaute, weil ich wußte, daß er seinen Tag mit Kindern verbracht und den süßen Duft ihrer Haut und Haare eingeatmet hatte, ihre leichten Tritte auf den Treppenstufen und ihre hohen Stimmen gehört hatte, die über das Spielfeld schallten, und ihnen beigebracht hatte, wie man einen Fußball ins Tor schießt, wie es mein eigener Junge getan hatte und es vielleicht noch tat, tausend Meilen von mir entfernt. Ich schlief in meinen Kleidern und lebte von meinen Ersparnissen und sagte Cindy ab, wenn sie mich zum Essen einlud. Und dann eines Tages im Juli, drei Wochen nachdem Bobby mich gefunden hatte, fast auf den Tag genau ein Jahr nachdem Robert und ich untergetaucht waren, klingelte es an der Tür meiner stillen Wohnung, die so voller Staubwölkchen war, daß es wie ein Schneesturm aussah, wenn ich mich bewegte, und ich riß sie wie eine Irrsinnige auf.

»Frannie«, sagte Grace mit einer Stimme, die so kummervoll klang, daß ich das Wort fast nicht verstehen konnte. Und dann lagen wir uns in den Armen. Sie putzte und kochte, als ob ich invalid wäre. Sie weinte mit mir und las mir vor. Einmal hörte ich sie am Telefon. »Sie ist noch nicht so weit, daß sie reden könnte«, sagte sie. Einmal reichte sie mir einen Umschlag mit Dokumenten: Meine Geburtsurkunde. Mein Abschlußzeugnis von der Schwesternschule. Roberts Taufschein. Ich strich mit dem Finger über die Siegel des Notars.

Ich hatte nicht einmal daran gedacht, daß ich jetzt frei war, daß ich mich nicht länger verstecken mußte, weil das, was ich hatte schützen wollen, verschwunden war. Aber Mike hatte daran gedacht und Grace über das College ausfindig gemacht und ihr alles erzählt und ihr meine Nummer gegeben. Und als Mrs. Levitt anrief und sagte, daß sie mich bräuchte, weil sie Ohnmachtsanfälle und Herzklopfen hätte, war es Mike, der sie dazu angestiftet hatte, auch wenn sie es erst Monate später zugab, als sie mich aufforderte, netter zu ihm zu sein.

»Sie müssen sich ein Leben schaffen, in das Ihr Sohn zurückkehren kann, Schwester«, sagte sie eines Tages, als sie ein Happy Meal aß und mir das Spielzeug gab, einen Donald Duck auf einem Motorrad. »Vergeuden Sie Ihre Zeit nicht mit Weinen. Weinen ist Quatsch. Es bringt nichts.«

Eines Abends kam Cindy mit einer Flasche Wein vorbei, und ich trank sie fast aus und fing endlich an zu weinen und ihr alles zu erzählen, während mir die Worte nur noch undeutlich von den Lippen kamen und mein Speichel auf ihre Schulter tropfte. Ich erzählte ihr von den Schlägen und den Wunden, alles, auch von den beiden Babys, dem, das er mir genommen hatte, und dem, das ich mir selbst genommen hatte. Sie steckte mich mit irgendeinem süßen Duftöl in die Badewanne, schnitt mir das Haar und manikürte mir die Hände, mit dem Kind in ihrem dicken Bauch, mit ihren Kindern. Der Tag, an dem Grace ankam, und der Tag, an dem Cindy sich in meine Wohnung drängte und die Fenster öffnete: An diesen Tagen fing ich wieder an zu leben. Ich kaufte einen Anrufbeantworter, damit Robert eine Nachricht hinterlassen konnte, falls er anrief, wenn ich nicht zu Hause war; ich kaufte mir auch so einen Anrufermittler, mit dem Bobby so geprahlt hatte, damit ich, wenn mich Roberts Anruf zu Hause erreichte, herausfinden konnte, von wo er anrief. Und ich hielt Robert auch weiter in der Schule angemeldet. »Sag ihnen, er kommt bald wieder«, erklärte ich Mike am Telefon, während ich ihm gleichzeitig sagte, er solle nicht vorbeikommen, und nein, es gäbe nichts, was er mir bringen könnte, nichts, was ich brauchen würde. Bis auf das eine, was ich nicht hatte.

Niemand kam, um die Miete zu kassieren, und die Agentur für häusliche Alten- und Krankenpflege vermittelte mir eine Alzheimerpatientin. Ich löste ihren Mann ab, der dann zum Bowling oder mit Freunden ins Kino ging, während Mrs. Dean an ihrem Rock herumzupfte und sagte: »Ich weiß nicht. Ich weiß gar nichts mehr.« Wir waren schon zwei verrückte Ladies, wie wir da im Wohnzimmer eines Backsteinbungalows saßen und uns im Fernsehen Sensationsshows ansahen. Wir hatten beide ein Tischchen vor uns stehen; Mrs. Dean spielte eine Version von Solitaire, die keine Regeln zu haben schien, und ich schickte Flugblätter an Schulen und Polizeiwachen. »Haben Sie diesen Jungen gesehen?« Grace druckte sie auf ihrem Computer. Das Foto von Robert wirkte körnig und flach, ein Allerweltsjunge in Schwarzweiß.

Zwei Schulen und ein Polizeirevier meldeten sich, doch die Jungen waren zu jung, zu alt, zu klein, zu leicht, zu sehr nicht meiner. Als ich eines Abends nach Hause kam, nachdem ich zusammen mit Mrs. Dean eine Folge einer Fernsehserie über eine schöne Frau angesehen hatte, die die teuerste Boutique in Beverly Hills besaß, sah ich in der dunklen Küche ein rotes Licht glimmen. Einen kurzen Moment lang dachte ich, es wäre das glühende Ende einer Zigarette, dachte, Bobby wäre zurückgekommen, um mich endgültig fertigzumachen. Doch gleichzeitig machte mein Herz einen freudigen Satz, denn wenn Bobby da war, würde Robert bei ihm sein. Der Gedanke an Bobbys Hände um meinen Hals machte mich glücklich, solange ich ein letztes Mal meine Arme um Robert legen konnte.

Es war nur das Lämpchen des Anrufbeantworters. Ein paar Sekunden lang hörte man auf dem Band nur Verkehrslärm, große Trucks, Hupen, im Hintergrund ein lautstarker Wortwechsel zwischen zwei Männern. Dann ein tiefer Atemzug. »Mom«, sagte er, und ich beugte mich über die Maschine und drückte sie an meine Brust, so daß die Stimme für einen Moment gedämpft klang.

»Mir geht es gut. Daddy geht es auch gut. Er ist echt nett zu mir. Er hat mich wirklich vermißt, als ich weg war.« Wieder breitet sich auf dem Band ein langes Schweigen aus. Ein Auto hupt. Die Hintergrundgeräusche klingen wie Autobahnverkehr, eine Tankstelle vielleicht oder eine Telefonzelle vor einem Einkaufszentrum. »Geht es dir gut, Mom?« Weiteres Schweigen. »Wir haben bei McDonald's gegessen. Sag Bennie, daß ich ihn grüße. Sag ihm, daß ich im Fernsehen *Batman* gesehen habe.« Wieder ein Schweigen, ein weiterer Atemzug. »Ich vermisse dich sehr. Ich muß jetzt Schluß machen. Ich liebe dich. Mach dir keine Sorgen, mir geht es gut. Wir ziehen oft um.« Dann Tränen. »Ich hoffe, du bist nicht verletzt. Ich hoffe, dir geht es gut. Es tut mir leid. Ich muß jetzt Schluß machen.«

In jener ersten Nacht habe ich mir das Band immer wieder angehört. Ich hatte das Gefühl, dort zu sein, ich konnte die Trucks vorbeisausen sehen, den Windzug vor der Telefonzelle spüren, den Jungen Münzen in den Apparat werfen sehen, zusammengesammelt von fremden Tresen und den Rückgabefächern von Automaten. Am nächsten Morgen kannte ich jedes Wort auswendig, jede Nuance, jede Veränderung in Stimm- und Tonfall. Er hatte Angst, mein kleiner Junge. Vielleicht Angst, daß Bobby ihn am Telefon erwischen würde wie ich an jenem Abend in der Küche. Vielleicht auch Angst vor etwas anderem. Ich bildete mir das nicht ein, die Art, wie seine Stimme brach, als er sagte, er hoffe, es ginge mir gut. Mike hörte es auch. »Das Schwein hat ihm erzählt, du bist tot«, sagte er. »Das weiß ich einfach. Ich spüre es.«

Eine Woche später hatte der Anrufbeantworter die Nachricht einer Vermittlung aufgezeichnet. »Wir haben ein R-Gespräch für Sie. Anrufer, nennen Sie Ihren Namen nach dem Piepton.« An dieser Stelle wurde das Gespräch unterbrochen, während ich weinend in meinem Haus saß und mir immer wieder den Schnipsel toter Luft vorspielte, wo eigentlich der Name hätte sein sollen. Ich änderte die Nachricht auf meiner Maschine, so daß sie jetzt mit den Worten begann: Dieses Gerät nimmt auch R-Gespräche entgegen. Doch nach jenem einen Versuch gab es keine mehr.

Im Oktober, als die Schule wieder begonnen hatte, nahm ich dreihundert Dollar und flog nach New York City. Grace dachte, daß ich am Dienstag abend ankommen würde, aber mein Flugzeug landete kurz nach Morgengrauen, und statt mich mit dem Taxi in ihre Wohnung bringen zu lassen, fuhr ich nach Brooklyn zu dem kleinen Haus, das Bobby und ich vor dreizehn Jahren gekauft hatten, in dem wir herumspukten und unsere Worte und Taten in den Mauern weiterlebten. Ich läutete, und ein hübsche junge Frau von fünfundzwanzig, vielleicht dreißig Jahren mit einem Geschirrtuch in der Hand öffnete die Tür. Ihr Haar und ihre Augen waren dunkel; wenn sie keine Italienerin war, konnte man sie für eine halten. Sie war die Art Frau, die Bobby Benedetto hätte heiraten sollen, die sanft und nachgiebig wie ein Federkissen gewesen wäre und sich nie beklagt hätte.

»Er ist nicht da«, sagte sie. »Mein Mann und ich haben das Haus von seiner Mutter gemietet. Sie lebt in der Ocean Avenue. Vielleicht kann sie Ihnen sagen, wo er jetzt wohnt. Ich glaube, irgendwo in Florida.« Mein Spiegel hing immer noch in der Diele, der Spiegel, den Ann Benedetto uns geschenkt hatte, und ich konnte mich darin sehen, meine Haare, die jetzt auf die Schultern fielen, und das Kleid, das ich im Ausverkauf mit Cindy erstanden hatte und das für einen Herbsttag im Nordosten eigentlich zu dünn war. Ich würde mir von Grace einen Pullover leihen müssen. Nein, sagte ich, sie müsse mir den Weg nicht beschreiben. Ich wüßte, wo Mrs. Benedetto wohnte. Die andere Mrs. Benedetto. Die einzige Mrs. Benedetto.

Ich hörte, wie innen die Klingel schellte, ich hörte das Glockenspiel in der weißen Diele; ich konnte an den leisen Tritten erkennen, daß sie aus der Küche kam. Ich erinnerte mich an einen Tag vor vielleicht sieben oder acht Jahren, an dem wir dort zusammen gestanden und aus dem Fenster geblickt hatten, das zum Garten hinausging, wo Bobby mit einem Bier stand und Robert durch die Reihen der Tomatenpflanzen lief. An jenem Tag hatte ich die Empfindung, daß Einsamkeit nicht nur ein Gefühl war, sondern ein Zustand wie Schwerelosigkeit oder die Caissonkrankheit, und daß wir an dem Ort waren, wo man es bis ins Mark spüren konnte, wir waren in der Tauchkugel, in der es überall zu spüren war, einen bedrängte, den Geschirrspüler, die Töpfe, das Gewürzregal, die Gabeln und Löffeln, die Leere im Innern.

»Ich möchte dich gern etwas fragen«, hatte ich an jenem Tag zu Ann Benedetto gesagt. »Wie war dein Mann eigentlich?«

»Was ist denn das für eine Frage?«

Ich wußte auch nicht, was das für eine Frage war. Es war vielleicht die erste direkte Frage, die ich Bobbys Mutter gestellt hatte, aber der Schmerz in meinem Ellbogen, mit dem ich mich an einem Eßzimmerstuhl gestoßen hatte, nachdem er mich heftig geschubst hatte, als ich gesagt hatte, daß ich sonntags lieber zu Hause bleiben und nicht in die Ocean Avenue gehen wollte – der Schmerz ließ mich den Mut finden.

»War er gut zu dir?«

»Er war mein Mann.«

»Hat er dich jemals geschlagen?«

Sie blickte mich mit zusammengekniffenen Augen an, strahlte eine Abneigung aus, die so vollkommen war wie die Isolation von uns beiden in diesem sauberen, sauberen Raum, wie unsere Entfernung voneinander und von dem Mann da draußen, der seinem Sohn etwas zurief.

»Mein Sohn ist ein guter Mann«, sagte sie. »Ich lasse mir von niemand etwas anderes sagen.«

Ihr Gesicht war damals hart gewesen, und es war hart, als sie jetzt die Tür öffnete und mich auf ihren Betonstufen vorfand, die so sauber waren, als ob sie jemand jeden Tag fegte. Ihr Haar war frisch frisiert, die schwarzen Wellen sahen wie gemeißelt aus und glänzten von Haartönung und Haarspray. Sie blickte mich lange an, und ich sie auch, dann wollte sie die Tür wieder schließen. Ich hielt sie mit der flachen Hand auf. »Ich will meinen Sohn zurückhaben«, sagte ich.

»Ich auch«, sagte sie. »Und wir haben beide kein Glück.«

Grace erzählte Mike davon, und er fuhr auf eigene Faust nach New York und engagierte dort einen Detektiv, der ein bißchen ermittelte und dann aufgab. Mike ging in eine Gruppe für Menschen mit vermißten Kindern, und er schickte Flugblätter an Schulen, auf denen Robert in der fünften Klasse in Lake Plata abgebildet war, mit breitem Lächeln, magerem Gesicht und leuchtenden Augen, vor einem falschen Hintergrund mit Bäumen, Wolken und endlosen Feldern. Mike hat nie aufgegeben, und ich auch nicht. Das ist jetzt vier Jahre her, und noch immer habe ich die Cassette in einer Schublade und höre sie mir von Zeit zu Zeit an, wenn Grace Ann ihren Mittagsschlaf macht. Und das Foto auf meinem Nachttisch. »Das ist dein Bruder«, erkläre ich meinem kleinen Mädchen. »Bald wirst du ihn kennenlernen. Wenn er nach Hause kommt.«

»Bruder«, sagt Grace Ann.

Ich stelle mir meinen Robert vor, bei dem sich allmählich der Stimmbruch bemerkbar macht, wenn er sich aufregt, bei dem der Flaum auf seinem Kinn dichter wird, bis es ihm im Spiegel auffallen muß und er den Kopf zur Seite legt und den Flaum mit der flachen Hand befühlt, als wolle er ihn gleichzeitig liebkosen und prüfen. Vielleicht lebt sein Vater jetzt mit einer anderen Frau zusammen, so wie ich mit einem anderen Mann, und wenn er zuviel Bier getrunken hat, haut er ihr vielleicht eine runter, schlägt sie vielleicht sogar zusammen, und Robert versucht, Augen und Ohren zu verschließen, trinkt vielleicht manchmal schon selbst etwas, stibitzt sich eine Dose aus dem Kühlschrank, damit die harten Geräusche weicher werden, wenn sich das Bier schützend um die scharfen Kanten legt.

Ich sehe ihn vor meinem geistigen Auge, und er ist jetzt groß und gutaussehend, und er spürt die Dinge ebenso tief, wie er das immer getan hat, aber er spricht nicht viel darüber. Und vielleicht hat er ein Mädchen gefunden, und sie probiert es ein bißchen aus und zieht ihn ganz unschuldig auf, weil es manchmal Spaß macht, etwas auszuprobieren und jemand aufzuziehen, zumindest den meisten von uns, und er packt sie hart an und macht ihr ein wenig angst. Aber ihr scheint es Liebe zu sein, der Griff an ihren Armen, und sie glaubt, daß er es tut, weil er sie so sehr liebt, so sehr, und vielleicht ist es am Anfang auch so. Und wenn es etwas anderes geworden ist – dann ist es zu spät.

Ich denke an meinen Robert, und ich denke an dieses mögliche Mädchen, und das Erstaunliche ist: Ihre blauen Flecken und selbst ihre gebrochenen Knochen sind mir völlig gleichgültig. Das sollte nicht so sein. Aber es ist so. Ich liebe meinen Jungen. Habe ihn immer geliebt, werde ihn immer lieben. Irgendwo zwischen meinem Kopf, der so viel weiß, und zwischen meinen Eingeweiden, die ihre Schmerzen nachfühlen, ist mein Robert. Mein Herz. In einem halben Jahr wird Robert sechzehn sein, alt genug, um in ein Flugzeug zu steigen, den Telefonhörer abzunehmen und sich auf die Suche zu machen. Es ist vier Jahre her, daß ich ihn verloren habe, aber er weiß, wo er mich finden kann. Meine Telefonnummer hat sich nie geändert. Als ich die Wohnung verließ, um mit Mike zusammenzuziehen, und als wir später das Haus mit den drei Schlafzimmern und dem Klematisspalier an der Garage kauften, gab ich der Frau, die dort einzog, meine neue Adresse. Und vielleicht wird er an die Wohnungstür klopfen, und die Frau wird sagen: Oh, Ihre Mutter wollte, daß Sie immer wissen, wo sie zu finden ist. Und er wird zu dem Haus fahren, und ich werde die Tür öffnen, und er wird sagen: Mommy, es ist alles in Ordnung. Ich habe von euch beiden das Beste genommen und den Rest hinter mir gelassen. Der Teil des Flusses, in dem das Blut fließt, versiegt mit euch. Er fließt nicht weiter durch mich. Ich bete jeden Tag darum, daß das wahr sein möge. Manchmal frage ich mich, warum Captain McMichael an jenem Tag im Polizeirevier sagte, daß Robert kein Benedetto sei. Hat er nur einen Spaß gemacht? Oder ihm ein glückliches Leben gewünscht?

Ich hätte jetzt ein glückliches Leben, wenn er nur hier wäre.

Mike hat nicht gelogen, als er sagte, daß er ein geduldiger Mann sei. Er war kein Narr; zweimal schickte ich ihn weg, und er ist gegangen. Eine Weile ging er mit einer Referendarin von der Sekundarschule aus, einer mädchenhaften Frau mit einer piepsigen Stimme und sehr langem, braunem Haar. Einmal habe ich sie gesehen, wie sie Hand in Hand in ein billiges Restaurant gingen, als ich auf dem Weg zum Dekan war. Er wirkte so groß neben ihr, wie Bobby neben mir vor vielen Jahren so dunkel wirkte. Mike erzählte mir, daß sie mit ihm Schluß gemacht hatte, weil er nicht bereit war, eine Bindung einzugehen. Aber das war er. Nur nicht mit ihr.

Er hat sich um mich bemüht, manchmal aus der Nähe, manchmal aus der Entfernung, lange Zeit bevor ich auch nur daran dachte, mich um ihn zu bemühen. Heute liebe ich ihn wohl, auch wenn es nicht das ist, was ich früher unter Liebe verstand. Ich weiß, daß ich das Leben, das er mir gegeben hat, liebe: ein normales, unaufregendes und erfülltes Leben. Es ist nicht leicht, über die Runden zu kommen, bei all den Rechnungen für Detektive und den Reisen, die Mike von Zeit zu Zeit unternimmt, wenn wir auf eine vielversprechende Spur stoßen. Er ist zum Direktor befördert worden; ich arbeite halbtags, Cindy kümmert sich neben ihren Zwillingen auch noch um Grace Ann, und Chad kommandiert alle drei herum. Mike und ich gehen jeden Morgen zusammen joggen, und das Baby kommt in einem speziellen Jogging-Kinderwagen mit, den Cindy uns zu unserer Hochzeit geschenkt hat. Ein Zimmer, in dem Mikes Mutter und meine Schwester übernachten, wenn sie zu Besuch kommen, ist grün und gelb gestrichen. Über dem Schreibtisch hängt eine Pinnwand mit einem Bild der Fußballmannschaft und einem Spielplan der Yankees. In der Schreibtischschublade liegt ein Brief von Bennie; ich habe ihm versprochen, ihn Robert zu schicken, wenn ich je eine Adresse habe. Dieses Zimmer ist Roberts Zimmer. Es wartet auf ihn, genau wie ich. Meistens sehe ich mich als Beth Crenshaw, denn wenn ich von mir als Fran Benedetto denke, fehlt ein so großes Stück von mir, daß mich der Schmerz überwältigt, sich in meine Eingeweide verbeißt und Bobby mich wieder hat – und das kann ich nicht zulassen. Auch weil ich die Mutter von Grace Ann Riordan bin, einem kleinen Mädchen, das nichts weiter zu befürchten hat, als daß ihr eine zweite Portion Crackers verweigert wird. Sie hört nichts durch die Wände, außer vielleicht das gelegentliche Stöhnen ihres Vaters, wenn er den Namen ihrer Mutter sagt: Beth, Beth. Ihr Vater liebt sie so bedingungslos, wie er ihre Mutter liebt. Und vielleicht liebt ihre Mutter ihren Vater auch. Zumindest vertraut sie ihm, was wichtiger ist, als sie früher einmal gedacht hatte. »Der glücklichste Tag in meinem Leben war der Tag, wo ich dich traf«, sagte Mike am Tag unserer standesamtlichen Trauung. Ich weiß nicht, ob das legal war, weiß nicht, ob ich geschieden bin – es kümmert mich nicht. Das alles gehört zu Frannies Leben. Das bin nicht ich. Das hier ist jetzt mein Leben, das ich mir geschaffen habe. Die Vergangenheit? Wie Mrs. Levitt sagte: »Es ist eben nur eine Geschichte.«

Drei- oder viermal im Jahr gestatte ich mir eine Rückkehr. Die Männer gehen mit den Kindern irgendwohin, zum Bowling oder ins Kino, und Cindy und ich haben den Abend ganz für uns, nur wir zwei, und ich trinke ein paar Gläser Wein und schluchze und schreie, und sie hält mich und weint in mein Haar. »Er liebt dich, Süße«, sagt sie. »Das weiß ich genau. Er wird zurückkommen. Er wird zurückkommen.« Das letztemal sagte sie zu mir: »Damit du es weißt, wenn ich diesem Mann jemals begegnen sollte, werde ich ihm ein Messer zwischen die Rippen stoßen.« Dann legte sie mir Gurkenscheiben auf die Augen, damit sie abschwollen. Ich weiß nicht, warum ich das gesagt habe, als ich so da lag und durch meine geschwollenen Lider nur verschwommenes grünes Licht erkennen konnte. Doch ich habe meine Hand nach ihr ausgestreckt und so leise, daß sie sich vorbeugen mußte, zu ihr gesagt: »Wann wirst du mir von deiner Schwester erzählen?«

Ich weiß nicht, wie ihr Gesicht ausgesehen hat, als sie geredet hat. Ich habe die Gurkenscheiben auf den Augen gelassen, damit sie mich nicht ansehen mußte, wenn sie es nicht wollte.

Sie weinte nicht; es war fast so, als würde sie über jemand anderes sprechen, als sie von einem kleinen Mädchen erzählte, das zusammengekauert auf einem Stuhl in einer dunklen Ecke des Wohnzimmers saß und las. Und hörte, wie ihre Mutter nach ihr rief: Cindy. Cindy, komm her. Cynthia Lee, ich brauche dich. Wie sie still vor sich hin lächelte, als ihre Mutter schließlich aufgab, die Fliegengittertür öffnete, um das Haus ging und direkt unter dem Wohnzimmerfenster am Rand der Blumenbeete rief: »Cathy, ruf deinen Vater zum Essen.«

Was konnte ich ihr sagen, während ich sie in den Armen hielt? Daß es nicht ihr Fehler war? Daß sie ihre Schuldgefühle loslassen sollte? Worte, Worte. Sie bedeuten nichts, weniger als nichts. Ich weiß es.

Cindy meint, die Abende, an denen ich sie zwecks Katharsis einlade, seien willkürlich gewählt. Das stimmt nicht. Ab und zu geschieht es nämlich, daß das Telefon klingelt und ich am anderen Ende nichts als Atmen höre. Das passiert jedem, sage ich mir, aber ich glaube es nicht. Ich bleibe am Apparat und lausche dem Klang dessen, was für mich Liebe ist, bis derjenige, der mich angerufen hat, einhängt. Ich weiß nicht, ob ich Robert oder Bobby zuhöre oder einem Fremden, der mich quälen will. Vielleicht werde ich es nie erfahren. Aber ich glaube, daß es Robert ist und bleibe dran. Im letzten Monat klingelte das Telefon wieder, und ich hörte das Atmen und lauschte, bis Grace Ann mich ansah und in ihrer fordernden Art brüllte. »Mama!« Wer immer am Telefon war, legte so plötzlich auf, daß es ein Geräusch gab, als ob man ein Buch zuknallte. »Robert«, schrie ich, aber ich vernahm nur die widerhallende Leere der Leitung. »Aus!« sagte Grace Ann glücklich.

Und an den Abenden nach den Anrufen sitzen Cindy und ich beisammen, und ich trauere, das süße Geräusch des Atmens noch im Ohr.

Cindy trat für mich und Mike auf dem Standesamt ein und hielt Charlie auf dem Arm. Auch Craig unterstützte uns, während er Cathy hielt. Und Grace. Chelsea hält Tante Grace mit ihrem reichen, mehrsilbigen Wortschatz und ihrem knotigen

Bizeps für Wonder Woman. Danach feierten wir eine Party am Pool der Roerbackers. »Auf unsere neue Tochter«, sagte Mikes Mutter, gab mir eine Kamee, die ihr Mann ihr vor Jahren zum Geburtstag geschenkt hatte, und umarmte mich fest. Da weinte ich zum erstenmal und noch einmal, als Mike sagte: »Können wir sofort ein Baby haben?« Ich trank ein Glas Champagner zuviel, und als ich ins Bad ging, sah ich mich lange im Spiegel an, mit meinem seidenen Kostüm, den Locken, die sich um mein Gesicht kringelten, und dem perlmuttrosa Lippenstift; ich sah mich an, um mich zu vergewissern, daß ich wahrhaftig wirklich war. Ich legte die Finger an meinen Mund und formte das Wort, sprach es aber nicht aus, sondern behielt es aus Rücksicht auf den Tag in mir. Robert. Robert. Noch in dieser Nacht wurde ich schwanger, im Himmelbett in einer Pension auf Key West.

Robert, Robert. Wo ist er jetzt? Wie geht es ihm? Was fühlt er, was denkt er? Vielleicht ist er in Italien oder Brasilien, Kanada oder Mexiko. Ich glaube nicht, daß er denkt, ich wäre tot, und ich weiß, daß er weiß, daß ich ihn liebe. Ich weiß, wie überzeugend Bobby sein kann, wie er einen in seinen Bann schlagen kann, bis man an Dingen zweifelt, derer man sich eigentlich ganz sicher ist, und Dinge toleriert, von denen man nie gedacht hätte, daß man sie hinnehmen würde. Ich war erst einundzwanzig, als er angefangen hat, mich zu bearbeiten. Vielleicht hat Bobby Robert erzählt, daß ich ganz genau wüßte, wohin sie gefahren sind, und daß ich ihn einfach aufgegeben hätte. Hätte Robert das auch nur eine Sekunde lang glauben können? Fragte er sich das jetzt, wenn er die Person am anderen Ende der Leitung gewesen war, als ein Kind meinen Namen gerufen hatte, mich so genannt hatte, wie früher nur er mich nennen durfte? Vielleicht hatte keine der Lügen, die Bobby ihm erzählen mußte, um ihn zu umwerben, ihn zu gewinnen, soviel Überzeugungskraft wie dieses schlichte Wort »Mama«, das jemand anders zu mir sagte.

Als ich Cindy die Wahrheit oder das meiste davon erzählte, meinte sie: »Ich möchte nur eins wissen: Ist Beth Crenshaw mehr oder weniger dieselbe Person wie – wie heißt die andere noch? Ich weiß nicht, warum ich mich innerlich so gegen diesen Namen sperre.«

»Frances Benedetto.«

»Ist Beth mehr oder weniger dieselbe wie Frances?«

»Nur die Namen wurden verändert«, sagte ich.

Und in gewisser Weise stimmt das wohl auch. Als ich Fran, Frannie, Frannie, Fran war, kam ich mir vor wie zwei verschiedene Menschen; die Frau, die so kontrolliert und zufrieden wirkte, und die andere mit den blauen Augen und den gebrochenen Knochen, eine Frau, die ihren Mann liebte und fürchtete und haßte, alles auf einmal. Beth Crenshaw ist auch zwei Menschen. Die eine jätet im Garten Unkraut, während der Kopf ihrer Tochter neben ihr in der Sonne leuchtet; sie lächelt Mike über den Eßtisch hinweg an und stapelt seine Hemden ordentlich gefaltet in die zweite Schublade; sie fährt mit ihrem Kleinwagen durch die Gegend und liebt, einen kurzen Moment lang alles andere vergessend, ihr liebenswertes kleines Leben. Und dann ist da die andere, die ein Loch in sich hat, größer als alles andere. Es gibt keinen Tag, an dem ich mich nicht gefragt habe, ob es richtig war, Bobby zu verlassen. Aber wenn ich das nicht getan hätte, gäbe es natürlich auch keinen Mike. Und deshalb auch keine Grace Ann. Kinder machen es einem unmöglich, die Vergangenheit zu bereuen. Sie sind ihre besten Früchte. Und manchmal auch ihre einzigen.

»Schätzchen«, sagt Cindy, »du hattest gar keine Wahl.«

Das sagt jeder, daß ich das Richtige getan habe und deshalb nicht zurückschauen sollte, daß ich keine Wahl hatte. Vielleicht haben sie recht. Ich weiß es noch immer nicht.